古典詩歌研究彙刊

第十輯

龔鵬程 主編

第 4 冊

〈憶江南〉詞調及其作品研究
——以唐宋詞為例

陳 揚 廣 著

國家圖書館出版品預行編目資料

〈憶江南〉詞調及其作品研究——以唐宋詞為例／陳揚廣 著

— 初版 — 新北市：花木蘭文化出版社，2011〔民100〕

目 2+278 面；17×24 公分

（古典詩歌研究彙刊 第十輯：第 4 冊）

ISBN 978-986-254-577-5（精裝）

1. 唐五代詞 2. 宋詞 3. 詞論

820.91   100015347

ISBN-978-986-254-577-5

9 789862 545775

古典詩歌研究彙刊
第十輯 第四冊   ISBN：978-986-254-577-5

〈憶江南〉詞調及其作品研究——以唐宋詞為例

作　　者 陳揚廣
主　　編 龔鵬程
總 編 輯 杜潔祥
出　　版 花木蘭文化出版社
發 行 所 花木蘭文化出版社
發 行 人 高小娟
聯絡地址 新北市永和區中正路五九五號七樓
　　　　 電話：02-2923-1455／傳眞：02-2923-1452
網　　址 http://www.huamulan.tw 信箱 sut81518@gmail.com
印　　刷 普羅文化出版廣告事業
初　　版 2011 年 9 月
定　　價 第十輯 20 冊（精裝）新台幣 28,000 元
版權所有·請勿翻印

〈憶江南〉詞調及其作品研究
——以唐宋詞為例

陳揚廣　著

作者簡介

陳揚廣，民國五十四年（1965）生於台北市。

學歷：中正理工學院專科班土木科畢業

　　　私立淡江大學夜中文系畢業

　　　國立成功大學中文研究所碩士在職專班畢業

　　　現為台南市國中教師。

提　　要

　　〈憶江南〉詞調為詞體鼻祖之一。由唐宋流傳至今，其體製未有改變，為早期詞調中少有的現象，因此從詞調與作品兩方面探究其原因。

　　第二章至第四章為〈憶江南〉詞調研究。第二章分析此調的名稱與來源：詞調的同調異名，本不足以為奇，但〈憶江南〉的別稱；〈望江南〉、〈杜秋娘〉、〈步虛聲〉卻能說明唐宋詞體的發展。

　　第三章在說明此調的體製：由唐至今，此調以單調二十七字體與雙調五十四字體為主；句式為三、五、七、七、五。而敦煌〈憶江南〉詞，因屬於民間詞性質，所以詞中多有襯字，體稍有異，但不離單、雙調之體。

　　第四章分析〈憶江南〉的結構分析：唐宋〈憶江南〉本是地方民歌，再經文人雅化，因此在結構中可看出含有文人化與地方民歌的性質。句式多為五、七言，韻腳為平聲韻，多聯章詞，更有與平起七言律詩頷聯格律相同等特色，體製與詩極為接近，又與民歌有關，遂組合成音節流暢的節奏，也就因為此種結構的特色，使唐宋時期的〈憶江南〉朝向實用性與文學性兩個方向發展。

　　第五章至第七章為作品分析。五、六章為實用性分析：〈憶江南〉在全部唐宋詞中並非數量最多的詞調，卻能不斷流傳，甚至未受時間影響而保有原來的形貌，主要原因在於其結構適於傳唱，因此能於市井中廣為流傳，進而不斷擴大其實用範圍，此兩章即在分析〈憶江南〉運用於日常生活的情形。

　　第七章為文學性分析：〈憶江南〉從中唐劉、白兩人起建立此調悲愁的基形。到晚唐五代，有皇甫松與溫庭筠以此調寫閨情。南唐馮延巳、李煜更以此調寫出憂國、亡國之痛，因此〈憶江南〉於唐五代多詠本題，也都離不開悲苦的基調。而兩宋因崇雅之風盛行，此調自然不易被士人所採納，因此雖流傳於市井，卻少見於文人詞中。

　　第八章結論：詞體初現是為了宴樂娛賓，以實用性為主。後經文人雅化，將詞由民歌性質提升至文學殿堂，由此忽略詞的初始功用。〈憶江南〉最特殊之處，在於實用性詞作遠超過文學性詞作，故分析此調不能忽略此現象。由此得知，文學性提升詞體的價值；實用性卻延伸詞體的生命，兩者同為詞體發展的重要因素。

誌　謝

　　年過不惑再次投入進修的行列，在心神上已不若往日，幸好一路上有師長、同學、同事與朋友的鼓勵，才能順利完成學業，感謝一路上相伴的貴人。

　　最要感謝的是指導教授偉勇老師，從定題、分章節、用字遣詞，老師一直從旁熱心指導，使駑鈍的我受益無窮，才能順利完成此論文，由衷感謝偉勇老師不厭其煩的指導。其次要感謝家姐——小菁，因雙親臥病在床多年，全賴家姐一人照料，因此才能安心完成學業，謝謝您。同學與同事（台南市立仁德文賢國中）也是一直不斷給予加油打氣，曾多次興起放棄的念頭，幸虧有大家的鼓勵，才能支撐到現在，感謝曾經聽我抱怨，為我解惑的好同學、好同事。最後要謝謝劉永仁、游振成兩位摯友，在這一段進修期間，每當陷入人生低潮時，都適時伸出援手，拉我一把。感謝內心所要感謝的每一個人。

　　因家境之故，從高中至現在，都不是經歷一般的教育歷程，一路的半工半讀，才能有機會完成心中的求學夢想。因此在而立之年才踏出大學之門，已過不惑才完成碩士學位，雖已晚矣，還是充滿感謝。也以此論文為自己的求學之路點上句號。

　　本論文得以出版，特別感謝偉勇老師的推薦。不才的學生幸能遇到明師的教誨，方能有此書，謝謝老師一路的提攜。

目

次

第一章　緒　論

　　詞萌發於隋唐，士人依聲填詞，一改依詩合樂的創作方式，由此詩詞漸異。中唐已開填詞之風，詞作日增，遂成其體，定其律，而具詞之雛形。晚唐五代爲詞成熟期，一部《花間集》奠下詞體走向「艷科」的特色，並正式宣告詞脫離詩而獨立成體，兩者分道而行。兩宋則爲詞興盛期，將詞運用於各類體材，擴大詞體範圍，形成與詩分庭抗禮之勢，至此詞體大興而爲宋代文學的代表。溯夫詞體萌發初期，即有〈憶江南〉此調，視之爲詞體鼻祖之一，也無不可。《御定詞譜》載：

> 詞上承于詩，下沿爲曲，雖源流相紹，而界域判然。如〈菩薩蠻〉、〈憶秦娥〉、〈憶江南〉、〈長相思〉等，本是唐人之詩，而風氣一開，遂有長位句之別，故以此數闋詞爲詞之鼻祖。〔註1〕

文體遞嬗非憑空而降，蓋有源有變，進而獨立成體。詞雖承詩而來，但要能爲文學體製，便須發展出自己獨特的形式，一旦發展成

〔註 1〕清聖祖：《御定詞譜‧發凡》，《文淵閣四庫全書電子版》（上海：上海人民出版社；香港：迪志文化出版社，1999 年 11 月）。此系統有原文及全文檢索。在運用此系統時除了有全文文本外，並和原文圖像檢索做校對，而其原文圖像即是將原古籍影印做成圖像檔的形式，跟閱讀原古籍一致。而原文和全文有所出入時，則以原文的影印圖像爲主。全文並無句讀，故按其文意自行加以句讀。凡運用此書皆以此形式，爾後註解不再說明。

熟，方可建構新文體。〈憶江南〉雖承詩而來，但其形式已爲長短句，不同於詩的齊言形式；而此調雖非唐宋士人使用頻率最高的詞調，但其形式由唐流傳至今，未曾改變，自有其特殊之處，殊值吾人深入探研。

第一節　研究動機與現況

　　〈憶江南〉雖爲詞體初創之既有詞調，但唐宋文人詞中卻屬少見。唐五代詞中，存有〈憶江南〉741 闋，列爲第一〔註2〕，但其中720 闋爲《兵要望江南》〔註3〕；而《兵要望江南》爲行軍占卜歌訣，非文人詞範圍，予以扣除，則此調只存 21 闋。筆者統計則有 44 闋（含呂巖詞及同調異體詞），與全唐五代詞相較，只佔其中少數而已。而合計唐宋〈憶江南〉亦只有 265 闋，不及《兵要望江南》一半數量，由此發現〈憶江南〉在唐宋詞中實用性遠遠大於文學性，爲詞調發展之特殊現象。另一方面，〈憶江南〉雖爲唐宋文人詞中少數詞調，但從唐至清都保有原來形式流傳不輟，不會因時間演進而淘汰或改變其形式，因而引發探討此調的動機。

　　歷代從整體面研究詞調源流、體製、用韻、聲情、音樂等方面的論著頗多，而針對單一詞調的研究則較少。單一詞調研究起步較晚，論著不多，近代兩岸單一詞調研究論文以《東吳中文研究集刊》、《中國古代、近代文學研究》收錄較多。《東吳中文研究集刊》載有：
　　　　連文萍：〈試論詞調〈河傳〉的特色〉（第一期，1994 年 5
　　　　　　月，頁 35～46）。

〔註2〕林鍾勇：《宋人擇調之翹楚：〈浣溪沙〉詞調研究》（彰化：國立彰化師範大學國文研究所碩士論文，2002 年 6 月）稱：「筆者亦曾統計唐五代的前五名詞調，〈望江南〉741 闋，〈十二時〉278 闋，〈楊柳枝〉135 闋，〈浣溪沙〉97 闋，〈菩薩蠻〉86 闋」（頁 2）。

〔註3〕林鍾勇：《宋人擇調之翹楚：〈浣溪沙〉詞調研究》其唐五代詞本以曾昭岷、曹濟平、王兆鵬、劉尊明編：《全唐五代詞》（北京：中華書局，1999 年 12 月）爲主，其中有 720 闋屬《兵要望江南》，頁186。

曾秀華：〈〈訴衷情〉詞調分析〉（第一期，1994 年 5 月，頁
　　　　175～192）。

謝俐瑩：〈在詩律與詞律之間──〈漁歌子〉詞調分析〉（第
　　　　二期，1995 年 5 月，頁 91～108）。

郭娟玉：〈〈南歌子〉詞調分析〉（第二期，1995 年 5 月，頁
　　　　109～128）。

黃慧禎：〈試論詞調〈浪淘沙〉之特色〉（第二期，1995 年
　　　　5 月，頁 129～144）。

林宜陵：〈〈更漏子〉詞調研究〉（第三期，1996 年 5 月，頁
　　　　139～159）。

杜靜娟：〈〈生查子〉詞調析論〉（第五期，1998 年 7 月，頁
　　　　43～64）。

李雅雲：〈〈西江月〉詞牌研究〉（第五期，1998 年 7 月，頁
　　　　139～162）。

此八篇主要分析詞調的體製：從結構、句法、格律、用韻、同調異名
等方面為主，各有所重，但尚未對單一詞調做全面性分析。此外，散
見於其它學術期刊的有：

陶子珍：〈〈虞美人〉詞調分析〉（《中國國學》二十四期，
　　　　1996 年 10 月，頁 183～197）。

陳清茂：〈〈生查子〉詞調綜考〉（《海軍軍官學校學報》七
　　　　期，1997 年 12 月，頁 233～241）。

郭娟玉：〈淺析〈調笑〉詞之藝術特色〉（《國文天地》十四
　　　　卷三期，1998 年 8 月，頁 52～56）。

沈　冬：〈〈楊柳枝〉詞調析論〉（《臺大中文學報》十一期，
　　　　1999 年 5 月，頁 217～265）。

上列論文主要亦重在調名、源流、結構等方面，仍未針對單一詞調全
面予以分析。台灣之外，大陸也有單一詞調的研究。《中國古代、近
代文學研究》載有：

謝桃坊：〈〈滿江紅〉詞調溯源〉（1997 年九期）。

劉慶雲：〈短調深情──〈臨江仙〉詞調及創作漫議〉（1997
　　　　年九期）。

　　　　岳　珍：〈《念奴嬌》詞調考源〉（1997 年九期）。
　　　　龍建國：〈《沁園春》的形式特點與發展歷程〉（1997 年九
　　　　　　　　期）。
　　　　王兆鵬：〈淺論〈水調歌頭〉〉（1997 年九期）。
《中央音樂學院學報》載：
　　　　鄭祖襄：〈《洛陽春》詞調初考〉。
除鄭祖襄重詞調之音樂性探討外，其餘仍以析論詞調源流、結構特
色等方面爲主，篇幅簡短，也未對單一詞調進行全面深入的探討。
〔註4〕
　　　以單一詞調做爲學位論文，對調詞做全面性分析的有：
　　　　林鍾勇：《宋人擇調之翹楚：〈浣溪沙〉詞調研究》（國立彰
　　　　　　　　化師範大學碩士論文，2002 年）（台北：萬卷樓圖
　　　　　　　　書，2002 年 9 月）。
　　　　王美珠：《〈蝶戀花〉詞牌研究》（國立彰化師範大學碩士論
　　　　　　　　文，2003 年）。
　　　　謝素眞：《〈漁家傲〉詞牌研究》（國立彰化師範大學碩士論
　　　　　　　　文，2006 年）。
　　　　施維寧：《〈水龍吟〉詞牌研究》（國立彰化師範大學碩士論
　　　　　　　　文，2006 年）。
　　　　李柔嫻：《〈漁美人〉詞調研究》（國立彰化師範大學碩士論
　　　　　　　　文，2006 年）。
此四者所探討的詞調，其使用頻率皆位於兩宋前二十五名，存詞超過
二百闋以上〔註5〕，爲兩宋士人常用詞調。從詞調的流變、格律、用
韻分析、名作賞析等方面做全方位綜合研究，研究對象偏重文人詞部
分，開闢單一詞調全面研究的路徑。

〔註 4〕詳見林鍾勇：《宋人擇調之翹楚：〈浣溪沙〉詞調研究》（彰化：國立
　　　　彰化師範大學國文研究所碩士論文，2002 年 6 月），頁 6～7。
〔註 5〕詳見王兆鵬：《唐宋詞史論》（北京：人民文學出版社，2000 年 1 月），
　　　　頁 107～108。曹濟平、張成：〈略論兩宋詞的宮調與詞牌〉，《中國首
　　　　屆唐宋詩詞國際學術研討會論文吉》（南京：江蘇教育出版社，1994
　　　　年 8 月），頁 551～553。

第二節　研究內容與方法

〈憶江南〉從唐宋就走向民間詞與文人詞兩條不同發展途徑，並形成民間實用性詞作大於士人文學性詞作的特色，故本文以唐宋〈憶江南〉為範疇，分析形成此種現象的原因。因此本文從詞調與作品兩方面分析：二、三、四章為詞調結構分析；五、六、七三章則為作品分析。

詞調結構分析以調名、體製、結構特色三方面為主。第二章探討〈憶江南〉調名的源流與變化。每種詞調皆有數種同調異名，本不足以為意，但分析〈望江南〉、〈杜秋娘〉、〈春去也〉、〈步虛聲〉等此調別稱，實與唐宋詞史發展有密切關係，可藉此更瞭解唐宋詞史的演變。第三章探討體製變化：〈憶江南〉現存詞作以劉、白〈憶江南〉、〈春去也〉為最早，至今其體少有轉變，主要以單詞二十七字為正體，另有重頭雙調五十四字與馮延巳雙調五十九字等兩種體製。此外尚有數種異體出現，本章以此四點分析其體製變化。第四章結構特色：從此調與近體詩的關聯，以及句式、用韻、表現手法等方面，分析此調獨特的結構特色。

作品分析可分為實用性與文學性兩方面。第五章、第六章解析其實用性，分為兵法占候、祝壽賀詞、宣揚佛理、道家內丹四方面，分析此調於實用性用途的發展及其影響。第七章為唐宋〈憶江南〉文人詞賞析，分為唐五代與兩宋兩部分，分析唐宋文人填作此調所呈現風貌為主要內容。

詞調研究方法因資訊發達之故，有利詞調定量研究，但要對詞調進行全面性研究則賴定性分析。因此本文採用定量與定性兩種分析法。近年來拜電腦科技發達之賜，陸續建立詞體電腦資料文庫，有利於詞調的匯集與統計。兩岸詞體資料庫有：【淺斟低唱】若有知音見採──唐宋詞全文資料庫（http://cls.hs.yzu.edu.tw/CSP/index.html），為台北國科會數位典藏國家型科技計畫──94 年度數位典藏創意學習計畫，由元智大學羅鳳珠教授主持，已建立唐宋詞檢索系統，在

東坡詞部分附有編年資料；另有詞體教學各項資料，有助於詞調定量分析。大陸則有：南京師範大學全唐宋金元詞文庫及賞析系統（http://mtec.njnu.edu.cn/C_iku/Ci_wk_fm.htm），已建構完整唐宋詞作檢索系統。因詞體電腦資料庫的發達，有利單一詞調的匯集與統計，因此近年來詞體研究得以完整、系統、準確、科學的研究法對詞體進行量的分析〔註6〕，求得客觀數據以利研究。本文雖運用電腦資料庫以利匯集唐宋〈憶江南〉詞作，但並非完全以此爲標準，所有詞作均以張璋、黃畬編：《全唐五代詞》〔註7〕；曾昭岷、曹濟平、王兆鵬、劉尊明編：《全唐五代詞》〔註8〕；唐圭璋編：《全宋詞》〔註9〕爲底本，以減少疏漏錯誤。詞調分析僅有數據仍不足進行全面研究，須以定量分析所得數據爲基礎，再加以定性分析，方能獲得詞調的特性。因唐宋〈憶江南〉實用性詞作超過文人詞甚多，其實用性價值高於文學價值，故其格律要求不如文人詞嚴謹，故本文不若其它論文從用韻等方面分析，反側重此調實用性的分析，俾凸顯〈憶江南〉的特色。

〔註6〕王兆鵬：《唐宋詞史論》（北京：人民文學出版社，2000年1月），頁81～112。

〔註7〕張璋、黃畬編：《全唐五代詞》（台北：文史哲出版，1986年10月）。

〔註8〕曾昭岷、曹濟平、王兆鵬、劉尊明編：《全唐五代詞》（北京：中華書局，1999年12月）。

〔註9〕唐圭璋編：《全宋詞》（台北：文光出版社，1983年10月）。

第二章 〈憶江南〉調名的來源及其意義

　　詞是結合音樂而興起的文體，從「曲子詞」的名稱，便可發現它是由「曲子」和「詞」二部份所構成〔註1〕。在隋唐時，西域龜茲、安國、康國……等的各民族的音樂漸漸融入中原的音樂，也有琵琶、箜篌、羯鼓等西域樂器加入演奏的行列，玄宗時期也將外來的樂曲易名為漢名〔註2〕。隨著隋唐時期各種音樂的興起，便將「這些新興的曲子配上歌詞，於是便產生了詞」〔註3〕，由於各種新式音樂的出現，促成樂曲的勃發與流傳，從民間興起的樂調受到士人的青睞，於是乎文人填詞的風氣大開，漸漸建構出新的文學體製——詞體〔註4〕。不同的音樂有不同的曲調，文人便開始依聲來填詞。於是「詞調」開始出現〔註5〕。什麼是「詞調」？

〔註1〕唐圭璋：《唐宋詞鑑賞辭典》（台北：新地文學出版社，1991年4月）稱：「詞的全名是「曲子詞。『曲子』是她的燕樂曲調，『詞』則是與這些曲調相協合的唱辭。」（頁1）
〔註2〕詳見劉揚忠：《唐宋詞流變史》（福州：福建人民出版社，1999年2月），頁48～49。
〔註3〕黃文吉：《黃文吉詞學論集》（台北：台灣學生書局，2003年11月），頁23。
〔註4〕楊海明：《唐宋詞史》（天津：天津古籍出版社，1998年12月）稱：「有樂、有曲、始有其『詞』。」（頁54）
〔註5〕陳弘治：《詞學今論》（台北：文津出版社，1991年7月）稱：「詞初無調也，唐初樂府，五七言律絕而已。中葉以還，漸變長短句，而

本指填詞所依據的曲調名稱。〔註6〕

填詞所用的曲調名稱。〔註7〕

「詞調」是曲調的名稱，但是兩者間仍有不同點：

曲調與詞調並不完全一致。曲調是樂曲的音樂形式，詞調是曲調的文字形式。一個曲必須經過人們「由樂以定詞」即按譜填詞，才能轉化爲「調有定句，句有定字，字有定聲」的詞調。〔註8〕

曲調是指音樂性質而言，詞調則是偏重在文學的性質；相同詞調，其曲調不一定相同，以〈憶江南〉爲例，在宋・王灼《碧雞漫志》云：

〈望江南〉，《樂府雜錄》云：「李衛公爲亡妓謝秋娘撰」。……此曲自唐至今皆南宮。〔註9〕

而《全宋詞》中，周邦彥兩闋〈望江南〉，皆標明爲大石調〔註10〕。在《御定詞譜》卷一〈憶江南〉的詞牌下亦註云：

宋・王灼《碧雞漫志》此曲自唐王今皆南呂宮，……《太平樂府》名〈歸塞北〉注大石調。〔註11〕

詞調生焉。」（頁73）

〔註6〕華東大學中文系編：《中國古代詩詞曲詞典》（南昌：江西教育出版社，1987年7月），頁456。

〔註7〕王洪主編：《唐宋詞百科大詞典》（北京：學苑出版社，1990年9月），頁1154。

〔註8〕沈勤松：《唐宋詞社會文化學研究》（杭州：浙江大學出版社，2000年1月），頁20。

〔註9〕宋・王灼：《碧雞漫志》，《文淵閣四庫全書電子版》（上海：上海人民出版社；香港：迪志文化出版社，1999年11月）。

〔註10〕唐圭璋編：《全宋詞》（台北：文光出版社，1983年10月）載：「望江南　大石　詠妓　歌席上，無賴是橫波。寶髻玲瓏敧玉燕，繡巾柔膩掩香羅。人好自宜多。　　無箇事，因甚斂雙蛾。淺淡梳妝疑見畫，惺鬆言語勝聞歌。何況會婆娑。」（頁600）又「望江南　大石　遊妓散，獨自遶回堤。芳草懷煙迷水曲，密雲銜雨暗城西。九陌未霑泥。　　桃李下，春晚未成蹊。牆外見花尋路轉，柳陰行馬過鶯啼。無處不悽悽。」（頁615）

〔註11〕清聖祖：《御定詞譜》，《文淵閣四庫全書電子版》（上海：上海人民出版社；香港：迪志文化出版社，1999年11月）。

曲調是指音樂的性質，不同的曲調便有不同的旋律。詞調則是在依聲填詞時的體製，每一種詞調都有其格律，從字數到句數，從每字平上去入的聲調到押韻的方式都有一定的要求，可說是在填詞時必須遵守的格律，但在填詞時仍須注意到聲情的配合。由此可知詞調與曲調間，並不是完全相同。

〈憶江南〉詞調的起源，有源自隋煬帝所創的說法。明・胡正亨撰《唐音癸籤》卷十三，〈望江南〉註云：

> 《海山記》隋煬帝爲西苑鑿池，汎龍鳳舸，製〈望江南〉八闋，後唐李德裕用其句拍改爲〈謝秋娘〉，劉、白亦有作，詳後。

> 李德裕鎮江日，悼亡妓謝秋娘，用隋煬帝所作〈望江南〉調，撰謝秋娘曲。〔註12〕

又明・馮惟訥撰《古詩紀・隋第一》卷一百三十，〈望江南〉下亦云：

> 八闋　襍言　〈海山記〉曰：「煬帝闢地，周二百里爲西苑，內爲十六院，……帝多汎東湖，因製湖上曲〈望江南〉八闋云。」

並列出此八闋詞，其第一闋爲：

> 湖上月，偏照列仙家。水浸寒光鋪枕簟，浪攪晴影走金蛇。偏稱泛靈槎。　光景好，輕衫望中斜。清露冷侵銀兔影，西風吹落桂枝花。開宴思無涯。〔註13〕

隋朝雖由北方入主中國，但在隋煬被立爲太子前，即任揚州總管，鎮守江都，其時間相當長，直到開皇二十三年冊立爲皇太子後才離開江南。對於江南的山光水色，春花秋月十分欣賞，也留下不少詠嘆揚州的詩文〔註14〕。如〈春江花月夜〉兩首中寫道：

〔註12〕明・胡震亨：《唐音癸籤》，《文淵閣四庫全書電子版》（上海：上海人民出版社；香港：迪志文化出版社，1999年11月）。

〔註13〕明・馮惟訥：《古紀詩》，《文淵閣四庫全書電子版》（上海：上海人民出版社；香港：迪志文化出版社，1999年11月）。

〔註14〕詳見潘鏞：《隋唐時期的運河和漕運》（西安：三秦出版社，未標示

> 暮江平不動，春花滿正開。流波將月去，潮水帶星來。夜
> 露含花氣，春潭養月暉。漢水逢遊女，湘江值兩妃。〔註15〕

江南的花團錦簇，泠泠流水，星月掩映，露水生香，風景人物，無一
不美；在烟雨濛濛中流傳著許多神仙眷屬的故事，此等風光不僅僅是
騷人墨客的最愛，也是帝王將相沉醉流連其中。因此隋代從文帝到煬
帝一直不斷地開鑿河，除了軍事與經濟的因素外，江南秀麗的山水美
景，也是誘發煬帝想借開通運河，以便更快捷地到江南一遊，可見江
南的美深印在隋煬帝心中。雖然隋煬帝曾數度乘龍船由運河直下江
南，但是〈憶江南〉來自隋煬帝的說法並不正確。宋・王灼《碧雞漫
志》云：

> 此曲（〈憶江南〉）先唐至今皆南呂，字句亦同，止是今曲
> 兩段，蓋今世曲子無單遍者。〔註16〕

王灼認爲〈憶江南〉，從唐到宋最大的差別是在單片與雙片之分，宋
代之前是單片，之後則爲雙片。但詞之有上下片，並不是宋代才有，
在敦煌曲子詞中已有雙片〈憶江南〉出現：

> 龍沙塞，路遠隔烟波。每恨諸蕃生留滯，只緣當路寇讎多。
> 抱屈爭奈何。　　皇恩薄，聖澤遍天涯。大朝宣差中外史，
> 今因絕塞暫經過。路遠合通和。
>
> 邊塞苦，聖上合聞聲。背蕃歸漢經數歲，常聞大國作長城。
> 金榜有嘉名。　　太傅化，永保更延齡。每抱沈機扶社稷，
> 一人有慶萬家榮。早願拜龍旌。〔註17〕

敦煌的古書典籍是在 1900 年 6 月 22 日，被位於鳴沙山東崖的王道士
在無意中挖掘出土的〔註18〕；在敦煌《雲瑤集》未被發現之前，詞有

出版日期），頁 24～25。
〔註15〕明・胡震亨：《唐音癸籤》，《文淵閣四庫全書電子版》（上海：上海
　　　 人民出版社；香港：迪志文化出版社，1999 年 11 月）。
〔註16〕宋・王灼：《碧雞漫志》，《文淵閣四庫全書電子版》（上海：上海人
　　　 民出版社；香港：迪志文化出版社，1999 年 11 月）。
〔註17〕唐圭璋編：《全宋詞》（台北：文光出版社，1983 年 10 月），頁 877
　　　 ～878。
〔註18〕榮新江：《敦煌學十八講》（北京：北京大學出版社，2001 年 8 月），

雙片的形式一直被認爲是宋代才開始。但在敦煌文獻出土後，證明詞從晚唐開始便有了兩片的形式。敦煌曲子詞出現的年代約在唐五代時期〔註19〕，因此將詞有雙片的形式向前推至唐五代絕對是信而有徵的。再就此二闋詞的內容來看，是當時敦煌駐守的將軍想要背蕃歸順漢人統治〔註20〕，時間約是後唐後晉時期。因爲唐代歷經安史之亂，國勢大衰，到了貞元二年（786），敦煌駐軍已投向吐蕃；唐宣宗二年（848），張議潮推翻吐蕃統治，並向唐朝輸誠，敦煌進入了歸義軍時期，一直到大中祥符七年（1014），西夏佔領敦煌，結束了歸義軍時期〔註21〕。因此在中唐之時，敦煌這個地區一直是唐朝的版圖，直到中唐之後，才脫離唐代的統治，由此可知，中唐之前，詞體尚無雙片的形式出現。一直到晚唐五代才有雙片形式的詞調〔註22〕。《御選歷代詩餘》卷一，〈望江南〉下亦註云：

> 《海山記》載隋開西苑，鑿湖泛舟，作〈望江南〉詞皆雙
> 調。按白居易及晚唐詞皆單調二十七字，至宋後方加後疊，
> 則知隋詞乃贋作矣。〔註23〕

在隋代詞仍處於萌發的階段，詞體並未完全成熟，而且在中唐之前也未見有雙片形式的詞體出現。而傳說中由隋煬帝所作的八闋〈望江南〉皆分爲上下片，從詞的發展歷史來看是不可能的，由此可知〈憶江南〉源自隋煬帝一說並不正確。

另有一說是源自梁武帝，在宋·郭茂倩《樂府詩集》卷五十載：

> 武帝改西曲製〈江南上雲樂〉十四曲，〈江南弄〉七曲，一

頁55～56。

〔註19〕同註18，頁290～291。

〔註20〕張夢機：《詞律探原》（台北：文史哲出版社，1981年11月），頁218。

〔註21〕同註18，頁8～31。

〔註22〕同註20。

〔註23〕清聖祖：《御選歷代詩餘》，《文淵閣四庫全書電子版》（上海：上海人民出版社；香港：迪志文化出版社，1999年11月）。

日〈江南弄〉、二日〈龍笛曲〉，……《古今樂錄》曰：「〈江南弄〉《三洲韻和》云『陽春路，娉婷出綺羅。』」〔註24〕

「陽春路，娉婷出綺羅」與〈憶江南〉的起首句法完全相同，於是有人認爲此乃〈憶江南〉一詞的起源〔註25〕，但是只憑二句並不能下定論，所以〈憶江南〉一詞的起源推至梁武帝的〈江南弄〉，也並不十分正確。

〈憶江南〉詞牌在盛唐就已出現，根據唐·崔令欽《教坊記》所列曲目查之，就有同調異名的〈望江南〉出現〔註26〕。宋·王灼《碧雞漫志》載：

〈望江南〉，……然衛公爲秋娘作此曲，已出兩名。

是知，在中唐李德裕作〈謝秋娘〉詞之前，此調已然存在，所以在盛唐時期出現〈憶江南〉詞調是可能得的。傳盛唐·崔懷寶塡有〈憶江南〉，據考證是在開元天寶十三年爲贈歌妓薛瓊瓊而作〔註27〕。詞曰：

平生願，願作樂中箏。得近玉人纖手指，砑羅裙上放嬌聲，便死也爲榮。〔註28〕

此說有待商榷，因在唐人史傳及野史筆說中其未見此人，此闋詞是引至宋·張君房《麗情集》，因此崔懷寶可能張君房虛構的小說人物，此闋詞亦是其依托之作〔註29〕。因此盛唐雖在教坊即載有此調，但眞

〔註24〕 宋·郭茂倩：《樂府詩集》，《文淵閣四庫全書電子版》（上海：上海人民出版社；香港：迪志文化出版社，1999年11月）。

〔註25〕 清·舒夢蘭輯，陳栩、陳小蝶考正：《考正白香詞譜》（台北：學海出版社，1982年6月），頁2。張夢機：《詞律探原》（台北：文史哲出版社，1981年11月），頁218。

〔註26〕 唐·崔令欽：《教坊記》，《文淵閣四庫全書電子版》（上海：上海人民出版社；香港：迪志文化出版社，1999年11月）。

〔註27〕 張夢機：《詞律探原》（台北：文史哲出版社，1981年11月），頁218。

〔註28〕 張璋、黃畬編：《全唐五代詞》（台北：文史哲出版，1186年10月），頁26。

〔註29〕 曾昭岷、曹濟平、王兆鵬、劉尊明編：《全唐五代詞》（北京：中華書局，1999年12月），頁1280。

正有文人塡寫此調當在中唐劉、白之後。故此調出現於盛唐之時，但在詞史中的發展應爲中唐之後。

第一節　以內容爲詞調名稱

　　詞調的名稱在唐代多與內容相符合，到了宋代，詞調與其內容便不一定有所關連〔註 30〕。〈憶江南〉詞調從唐至五代，有許多不同的異名，皆是依內容而稱之。到了兩宋，雖仍沿用〈望江南〉之名，但內容已與詞調無關。查《全宋詞》，共收有〈憶江南〉217 闋，其中名爲〈望江南〉者共有 123 闋，佔了 57%，其內容有與詞調不盡相同，如張繼先是寫觀棋（楸枰靜）〔註 31〕、王安石寫皈依三寶讚（歸依眾，梵行四威儀）〔註 32〕、楊无咎寫壽詞（鍾陵好）〔註 33〕、淨圓寫佛教輪迴的娑婆苦（娑婆苦）〔註 34〕、陳朴寫道家內丹詞（中黃寶）〔註 35〕。也有與詞調相符，專寫江南風物的作品，如王琪（江南柳，煙穗拂人輕）〔註 36〕、歐陽修（江南柳，花柳兩相柔）〔註 37〕。針對宋代〈望江南〉的詞調與其內容進行分析，就可發現詞調與內容不一定相同。但〈憶江南〉的同調異名，在宋時仍是以其內容名之。

　　〈憶江南〉在唐宋時出現不同的名稱，據《御定詞譜》載有：

〔註 30〕陳弘治：《詞學今論》（台北：文津出版社，1991 年 11 月），頁 102。黃文吉：《黃文吉詞學論集》（台北：台北：台灣學生書局，2003 年 11 月），頁 13。楊海明：《唐宋詞史》（高雄：復文圖書出版社，1996 年 2 月），頁 54。王洪主編：《唐宋詞百科大詞典》（北京：學苑出版社，1990 年 9 月），頁 1154。華東大學中文系編：《中國古代詩詞曲詞典》（南昌：江西教育出版社，1987 年 7 月），頁 456。
〔註 31〕唐圭璋編：《全宋詞》（台北：文光出版社，1983 年 10 月），頁 761。
〔註 32〕同註 31，頁 207。
〔註 33〕同註 31，頁 1181。
〔註 34〕同註 31，頁 2431～2432。
〔註 35〕同註 31，頁 189～190。
〔註 36〕同註 31，頁 166～167。
〔註 37〕同註 31，頁 158。

〈憶江南〉三體，又名〈謝秋娘〉、〈江南好〉、〈春去也〉、
〈望江南〉、〈夢江南〉、〈夢江口〉、〈望江梅〉、〈安陽好〉、
〈夢仙遊〉、〈步虛聲〉、〈壺山好〉、〈望蓬萊〉、〈歸塞北〉。
〔註38〕

計數當時所見〈憶江南〉之同調異名，共有十三種。今人聞汝賢《詞
牌彙釋》則列有有十四種名稱，多一種〈江南憶〉〔註39〕。王洪主編
《唐宋詞百科大詞典》則有十三種，無〈壺山好〉，增加〈思晴好〉
〔註40〕。陳栩暨陳小蝶《考正白香詞譜》共有九種，除了〈江南弄〉
一名之外，其餘皆與《御定詞譜》同〔註41〕，但在潘慎主編的《詞律
詞典》中，則列有二十一種之多，其中爲唐宋的有十八種，除了與《御
定詞譜》相同的十三種之外，尚有〈南徐好〉、〈思晴好〉、〈江南柳〉、
〈雙調望江南〉，以及范成大的〈步虛詞〉〔註42〕。總計在唐宋時期，
〈憶江南〉調名共有〈謝秋娘〉、〈江南好〉、〈春去也〉、〈望江南〉、〈夢
江南〉、〈夢江口〉、〈望江梅〉、〈安陽好〉、〈夢仙遊〉、〈步虛聲〉、〈壺
山好〉、〈望蓬萊〉、〈歸塞北〉、〈思晴好〉、〈南徐好〉、〈江南柳〉、〈雙
調望江南〉等十七種；而這十七種名稱有一共同點，都是以詞的內容
做爲詞調的名稱。

一、以首句爲詞調名

以詞的內容來做爲調名的方式有二種方式：一是取首句三字爲
調名，一是依詞的內容爲調名。在〈憶江南〉的同調異名中大部分是
以首句爲詞調名。明‧胡震亨《唐音癸籤》卷十三載：

〔註38〕清聖祖：《御定詞譜‧卷一目錄》，《文淵閣四庫全書電子版》（上海：
人民出版社，香港：迪志文化出版社，1999 年 11 月）。

〔註39〕聞汝賢：《詞牌彙釋》（1963 年 5 月），頁 679。

〔註40〕王洪主編：《唐宋詞百科大詞典》（北京：學苑出版社，1990 年 9 月），
頁 1154。

〔註41〕清‧舒夢蘭輯，陳栩、陳小蝶考證：《考正白香詞譜》（台北：學海
出版社，1982 年 6 月），頁 1～2。

〔註42〕潘慎主編：《詞律詞典》（太原：山西人民出版社，1991 年 9 月），頁
1396～1397。

後人又因樂天首句以〈江南好〉名之，劉禹錫亦有作。凡曲名遞收換多如此。〔註43〕

此外，還有〈江南好〉、〈春去也〉、〈安陽好〉、〈壺山好〉、〈思晴好〉、〈南徐好〉等七種，也以首句為調名：

白居易〈憶江南〉：江南好，風景舊曾諳。日出江花紅勝火，春來江水綠如藍。能不憶江南。

白居易〈憶江南〉：江南憶，最憶是杭州。山寺月中尋桂子，郡亭枕上看潮頭。何日更重游。

白居易〈憶江南〉：江南憶，其次憶吳宮。吳酒一杯春竹葉，吳娃雙舞醉芙蓉。早晚復相逢。〔註44〕

劉禹錫〈春去也〉：春去也，多謝洛城人。弱柳從風疑舉袂，叢蘭裛露似霑巾。獨坐亦含嚬。

春去也，共惜豔陽年。猶有桃花流水上，無辭竹葉醉尊前。惟待見青天。〔註45〕

王安中〈安陽好〉：安陽好，形勝魏西州。曼衍山河環故國，昇平歌鼓沸高樓。和氣鎮飛浮。　　籠畫陌，喬木幾春秋。花外軒窗排遠岫，竹間門巷帶長流。風物更清幽。（共九闋）〔註46〕

黃公紹〈思晴好〉：思晴好，去上竹山窠。自古常言光霽好，如今卻恨雨聲多。奈此坐愁何。（共九闋）〔註47〕

仲殊〈南徐好〉：南徐好，鼓角亂雲中。金地浮山星兩點，鐵城橫鎖甕三重。開國舊誇雄。　　春過後，佳氣蕩晴空。漾水畫橋沽酒市，清江晚渡落花風。千古夕陽紅。（共十闋）

〔註43〕明・胡震亨：《唐音癸籤》，《文淵閣四庫全書電子版》（上海：上海人民出版社；香港：迪志文化出版社，1999年11月）。

〔註44〕張璋、黃畬編：《全唐五代詞》（台北：文史哲出版，1186年10月），頁121～122。

〔註45〕同註44，頁97～98。

〔註46〕唐圭璋編：《全宋詞》（台北：文光出版社，1983年10月），頁751～752。

〔註47〕同註46，頁3368。

另，宋自遜有〈壺山好〉詞，宋・戴復古〈壺山好〉（壺山好，博古又通今）詞題即指出：

> 壺山宋謙父寄新刊雅詞，內有〈壺山好〉三十闋，自說平生。僕謂猶有說未盡處，爲續四曲。〔註48〕

這些詞調都是取首句爲名，爲何如此呢？查現存的詞調，以三字爲最多〔註49〕。而唐五代至宋的詞調不勝枚舉，以正名統計，唐五代所使用的詞調共有240調，宋代有881調，如果再加入同調異名，則唐五代共有265調，宋代有1407調，合計有1672調〔註50〕。如此繁多的詞調，如何便於記憶，是很重要的課題。從字數多寡分析，如果用一字爲調名，則無法充分說明詞調名的意義，也無法有深刻的印像。以二字爲名，也無法完全成句，在說明詞調的意義仍有不足之處；另一方面二字的組合缺少變化，過於呆板，要賦於上千的不同曲調，製定不同的調名是十分困難的。如以三字爲調名，則能成句，更能解釋詞調之意涵，使人一目了然。另外三字的組合變化多，可一二或二一的形式，雖有變化，但不致於過分的複雜，也足以賦予上千不同的詞調。四字以上則是過於冗長，所以用三字組合成詞調是十分適當。而〈憶江南〉詞調的首句正好是三字句，自然容易轉變爲調名。

再從內容來看，首句在全詞中有點題的效果，白居易〈江南好〉首句「江南好」，即說明在回憶江南的美好風景，〈憶江南〉也是如此。劉禹錫〈春去也〉首句「春去也」，即點出春天流逝引發心中的傷惑。〈安陽好〉也以「安陽好」起首，一看便明瞭是在敘說安陽此地的美好景色。〈思晴好〉以「思晴好」爲首句，說明晴天時的種種悠閒情趣。首句破題，有提綱契領的作用，讓全詞主旨更加明確。另一方面，在詩文傳統中，也有常有以首句爲題的形式，因此〈憶江南〉以首句

〔註48〕唐圭璋編：《全宋詞》（台北：文光出版社，1983年10月），頁2308～2309。

〔註49〕劉尊明：《唐宋詞綜論》（北京：中國社會科學出版社，2004年12月），頁3。

〔註50〕同註49，頁74。

爲調名是十分自然的。

二、以句意內容爲詞調名

　　詞是依聲塡詞，相同的詞調，由不同的作者來塡詞。爲了對同一詞調、不同詞作能有所區別，便會列舉其詞中的佳句來強調此爲何人所作，相傳一段時日，便成爲該詞調的異名〔註51〕。〈憶江南〉也有此情形。《御定詞譜》卷一云：

　　　　溫庭筠詞有「梳洗罷，獨倚望江樓。」句，名〈望江南〉。
　　　　皇甫松詞有「閒夢江南梅熟日」句，名〈夢江南〉又名〈夢
　　　　江口〉。李煜詞名〈望江梅〉。……張鎡詞有「飛夢去，閒
　　　　到玉京遊」句，名夢仙遊。蔡眞人詞有「鏗鐵板閒引步虛
　　　　聲」句，名〈步虛聲〉。丘長春詞名〈望蓬萊〉，《太平樂府》
　　　　名〈歸塞北〉注大石調。〔註52〕

溫庭筠、皇甫松、李煜等三人所寫的都是江南風光，但溫庭筠詞中有「望江樓」因而成〈望江南〉，皇甫松有「閒夢江南」而成〈夢江南〉一名。又李煜〈望江梅〉詞曰：

　　　　閒夢遠，南國正芳春。船上管絃江面綠，滿城飛絮輥輕塵，
　　　　忙殺看花人。〔註53〕

從「船上管絃江面綠，滿城飛絮輥輕塵」便成〈望江梅〉之名。張鎡、蔡眞人、丘長春等人也都是因其詞中之句，而成不同的調名。相同的詞調有不同的創作者，爲了使這些同詞調不同人的作品有所分別，便形成同調異名。

　　〈江南柳〉，是由張先詞而來，潘愼主編《詞律詞典》云：

　　　　張先詞名〈江南柳〉。〔註54〕

〔註51〕陳弘治：《詞學今論》（台北：文津出版社，1991年11月），頁99。

〔註52〕清聖祖：《御定詞譜》,《文淵閣四庫全書電子版》（上海：上海人民
　　　　出版社；香港：迪志文化出版社，1999年11月）。

〔註53〕張璋、黃畬編：《全唐五代詞》（台北：文史哲出版，1986年10月），
　　　　頁459。

〔註54〕潘愼主編：《詞律詞典》（太原：山西人民出版社，1991年9月），頁
　　　　1397。又吳藕汀、吳小汀《詞調名詞典》（上海：上海書店出版社，

詞云：

> 隋堤遠，波急路塵輕。今古柳橋多送別，見人分袂亦愁生。
> 何況自關情。　　斜照後，新月上西城。城上樓高重倚望，
> 願身能似月亭亭。千里伴君行。〔註55〕

「今古柳橋多送別，見人分袂亦愁生」此詞遂名〈江南柳〉。其後歐陽修曾以〈望江南〉來詠江南柳，其詞云：

> 江南柳，花柳兩相柔。花片落時黏酒盞，柳條低處拂人頭。
> 各自是風流。　　江南月，如鏡復如鉤。似鏡不侵紅粉面，
> 似鉤不掛畫簾頭。長是照離愁。
>
> 江南柳，葉小未成陰。人爲絲輕那忍拆，鶯嫌枝嫩不勝吟。
> 留著待春深。　　十四五，閒抱琵琶尋。階上簸錢階下走，
> 恁時相見早留心。何況到如今。〔註56〕

二人的詞調相同，同是以詠柳爲主，又同爲雙片的形式，二人的年代亦相近，卻有不同的調名。正可說明爲了對相同的詞調，不同的作品加以區隔，因此以詞中的句意來稱呼，到最後形成同調異名。〈夢江南〉、〈夢江口〉、〈望江梅〉、〈江南柳〉都是如此。

　　〈雙調望江南〉則是因爲雙片形式而有此名稱，在《全宋詞》中唯有劉辰翁一人的作品名爲〈雙調望江南〉，其詞爲上下片的形式，除了一闋爲抒所見之外，其餘五闋皆爲壽詞，其詞云：

> 「賦所見」長欲語，欲語又蹉跎。已是厭聽夷甫頌，不堪
> 重省越人歌。孤負水雲多。　　羞拂拂，懊惱自摩挲。殘
> 燭不教人徑去，斷雲時有淚相和。恨恨欲如何。
>
> 「壽謝壽朋」前之夕，織女渡河邊。天上一朝元五日，人
> 間小住亦千年。相合降神仙。　　當富貴，掩鼻正高眠。
> 欲語會稽仍小待，不知文舉更堪憐。蔗境在頑堅。〔註57〕

其名稱乃因其形式而來，故名之爲〈雙調望江南〉。

　　2005年9月），亦云：「〈憶江南〉又名〈江南柳〉。」（頁915）
〔註55〕唐圭璋編：《全宋詞》（台北：文光出版社，1983年10月），頁60。
〔註56〕同註55，頁158。
〔註57〕同註55，頁3187。

　　〈憶江南〉的調名並不固定，隨著不同的時間、作者而有不同的
稱呼。但其命名的方式都跟詞義有關。或以句首為名，或以句意為名，
少部分則是依其形式名之。

　　另明·陳耀文《正楊》卷四載：

　　　　〈望江南〉即唐〈法曲獻仙音〉也。〔註58〕

認為〈望江南〉就是從唐〈法曲獻仙音〉而來，但前者最多為二疊，
後者是為三疊的形式；前者在唐五代為仙呂宮，宋有大石調，後者為
清商部。從體製、句數、字數、曲調皆不盡相同〔註59〕，因此是為不
同的詞調。而不是同調之異名。

第二節　詞調名稱的意義

　　〈憶江南〉有十幾種不同的異名，各種名稱，大都是由詞意而來，
因此也可藉由各種異名，探看出唐宋的詞史發展。

一、進入南方文學的〈望江南〉

　　〈憶江南〉最早出現的詞調為〈望江南〉，見於唐·崔令欽所著
的《教坊記》中。唐五代文士填詞時，大都是自創詞調，也都與其所
詠的內容有關。例如〈臨江仙〉是描寫神仙之事，〈女冠子〉是描述
道情，〈更漏子〉是寫更漏，〈玉蝴蝶〉則是在詠蝴蝶〔註60〕。〈望江
南〉所詠的內容也是跟江南風物有關。綜觀詞的發展受到南方文學極
大的影響，詞史發展中的開山之作，張志和〈漁歌子〉（西塞山前白鷺
飛，桃花流水鱖魚肥），也與江南風物有關〔註61〕。在早期的詞調中，

〔註58〕明·陳耀文：《正楊》，《文淵閣四庫全書電子版》（上海：上海人民
　　　　出版社；香港：迪志文化出版社，1999 年 11 月）。

〔註59〕清聖祖：《御定詞譜》卷二十二，《文淵閣四庫全書電子版》（上海：
　　　　上海人民出版社；香港：迪志文化出版社，1999 年 11 月）。

〔註60〕詳見陳弘治：《詞學今論》（台北：文津出版社，1991 年 11 月），頁
　　　　102。劉尊明：《唐宋詞綜論》（北京：中國社會科學出版社，2004 年
　　　　12 月），頁 3。

〔註61〕劉揚忠：《唐宋詞流變史》（福州：福建人民出版社，1999 年 2 月），

其音律、景物大都是跟南方有關，因此詞體富有南方的文學特色。

　　詞所以不同於詩，主要就在於其本身獨有的特色，所謂「詩莊詞媚」便能看出詩、詞間的最大不同點。詞會發展成為「艷科」與其地域性有著極大的關係，不同的地域會形成不同的文學特色；如質樸的北方詩歌《詩經》，與充滿浪漫情懷的南方詩歌《楚辭》，就因地域不同，形成不同的文學風貌。也就因為各地區的山川景物、風土民情不同，才會造就出不同的文學特性。唐‧李延壽《北史‧文苑傳》載：

> 江左宮商發越，貴于清綺；河朔詞義貞剛，重乎氣質。氣
> 質則理勝其辭，清綺則文過其意。理深者便於時用，文華
> 者宜於詠嘆。〔註62〕

南朝的文學發展是承繼《楚辭》的遺風。南朝時期，是形式主義盛行的年代，沈約的「聲律說」，強調音律之美；「駢體文」注重到形式之美，「宮體詩」又將詩風轉化為「艷詩」，從句形的排列到音律的調和都是注重美的感受，因此南朝的文學，自然走向詠嘆心中所感的抒情風格，與北方重辭義宜於論說的文學有所不同。南朝的文學發展造就「吳歌」、「西曲」，而「吳歌」、「西曲」正為詞走向「艷科」一途做準備。從詞體出現的時間來看，有人主張是從南朝就有詞的出現。五代‧歐陽炯〈花間集序〉云：

> 自南朝之宮體，扇北里之倡風。〔註63〕

又明‧胡應麟《少室山房筆叢正集》卷二十五云：

> 世所盛行宋元調曲，咸以昉於唐末，然實陳、隋始之。蓋
> 齊、梁月露之體，矜華角麗，固已兆端。至陳隋二主竝富
> 才情，俱涵聲色，所為長短歌行，率宋人詞中語也。〔註64〕

頁24。

〔註62〕唐‧李延壽：《北史》卷八十三，《文淵閣四庫全書電子版》（上海：上海人民出版社；香港：迪志文化出版社，1999年11月）。

〔註63〕後蜀‧歐陽炯：《花間集‧原序》，《文淵閣四庫全書電子版》（上海：上海人民出版社；香港：迪志文化出版社，1999年11月）。

〔註64〕明‧胡應麟：《少室山房筆叢正集》，《文淵閣四庫全書電子版》（上海：上海人民出版社；香港：迪志文化出版社，1999年11月）。

詞的出現是不斷累積變化而成，不是一時一地就可造就而成。在南朝時期有詞形式的文句出現，但並沒有完全成熟的詞作出現，只能說是詞的醞釀期。

　　不同的地域會形成不同的文學風格，從「《詩經》、《楚辭》可謂最早之對比，爾後各代之文學，亦受南北地理的影響」〔註65〕。詞的發展亦是如此，是以南方文學系統為主體，形成詞體獨有的特色，與詩體分道揚鑣而成為新的文體。隋唐雖然是北方民族的統治，但在文學的發展上依然深受南方文學的影響，《新唐書‧文藝傳》載：

> 高祖、太宗，大難始夷，沿江左餘風，締句繪章，揣合低昂。〔註66〕

唐滅隋平定天下，雖然是北方的民族卻喜愛南方文學。初唐時的「上官體」，便是承南朝遺風。而詞的發展更是受到南方文學的影響，不論在內容景物的描寫，或是在抒發情感的運用，在在可看出是走南方文學的路線。從白居易的〈憶江南〉、劉禹錫的〈春去也〉便可證明：

〈憶江南〉

江南好，風景舊曾諳。日出江花紅勝火，春來江水綠如藍。能不憶江南。

江南憶，最憶是杭州。山寺月中尋桂子，郡亭枕上看潮頭。何日更重游。

江南憶，其次憶吳宮。吳酒一杯春竹葉，吳娃雙舞醉芙蓉，早晚復相逢。〔註67〕

〈春去也〉

春去也，多謝洛城人。弱柳從風疑舉袂，叢蘭裛露似霑巾。

〔註65〕王偉勇：《南宋詞研究》（台北：文史哲出版社，1987 年 9 月），頁48。

〔註66〕宋‧宋祁：《新唐書》卷二百一，《文淵閣四庫全書電子版》（上海：上海人民出版社；香港：迪志文化出版社，1999 年 11 月）。

〔註67〕張璋、黃畬編：《全唐五代詞》（台北：文史哲出版，1986 年 10 月），頁 121～122。

獨坐亦含嚬。

春去也，共惜豔陽年。猶有桃花流水上，無辭竹葉醉尊前。

惟待見青天。〔註68〕

這五闋詞都是劉、白二人在東都洛陽，回想起在江南的時光，心中有所感發而寫成的，雖然已離開江南山水，但在心中仍對景色雅麗的南國風光難以忘懷；紅花綠水、醇酒美人，江南的一花一草、一亭一寺無不令白居易念念不忘。劉禹錫對江南風物也情有獨鍾，江南的柳、蘭、桃、竹，都深印在劉禹錫心中。此外，中唐還有許多詞的內容是與江南有關，如張志和〈漁歌子〉，即是一例。因此從詞的內容來看，南方山水景物便是詞的好題材。

另從外在的因素探討，隋唐開始，南方的人、地、物，都有漸漸趕上北方的趨勢。以人才分佈來說，安史之亂前，全唐的人才分佈集中在關中、中原地區；安史之亂後，南方的文化人口已漸漸上升。從隋到安史之亂前，南方的人才數占全國的 16%，之後則上升到39%；到了晚唐，南北方的人才數則變成伯仲之間。又從《隋書》及《舊唐書》有傳者做統計，除了帝王宗室之外，有籍貫者共 1466人，科舉出身共 231 人。此中隋至唐前期共 65 人，南方僅有 11 人，佔 17%；後期共 166 人，南方人有 42 人，佔 25%。再從《新唐書》的〈文藝〉及〈儒學〉傳統計，有籍貫可查者共 123 人，在唐前期共有 81 人，南方 27 人，佔 33%；後期共 72 人，南方有 23 人，佔 55%〔註69〕。安史之亂以後南方的人才已向上提升，南北的人才已不分軒輊。南方人才的提升，自然有助於詞的推展。再從物方面來看，南方的經濟發展，在隋唐時期已凌駕北方。在古時北方黃河流域的農業是勝過南方，到了南北朝，北方農耕技術的南傳，再加上南方有豐富的水系，在江淮及太湖一帶便成爲全國的糧倉。南朝建都建康，建

〔註68〕張璋、黃畲編：《全唐五代詞》（台北：文史哲出版，1986 年 10 月），頁 97～98。

〔註69〕詳見趙文潤：《隋唐文化史》（西安：陝西大學出版社，1992 年 9 月），頁 361～363。

康成為政治與經濟的重心。江南從三國時期到南朝的陳亡為止，已成為全國經濟最發達的地區之一。到了隋唐時期，江南更成富饒之地，躍升成為全國的經濟中心〔註70〕。安史之亂人才南遷，會聚集於江南東西二道，尤其是在江東吳越一帶最密集。此時的江南不僅是政治經濟的重心，也是文學的重心。文人薈萃於此，便有詩會的出現，士人之間在宴遊時，雜有歌妓助興，所見是南方的風物，所聽是南方的樂歌，自然將南方文學融入著作之中。在大曆八到十二年，浙西出現以顏真卿為首的詩會，張志和的〈漁歌子〉便是在此時出現。又以白居易、劉禹錫二人來看，劉、白二人年輕時都曾宦遊在蘇杭一帶，對於南方的民歌形式是十分欣賞。白居易江南所作的〈聽彈湘妃怨〉詩云：

> 玉軫朱弦瑟瑟徽，吳娃徵調奏湘妃。分明曲裡愁雲雨，似
> 道蕭蕭郎不歸。〔註71〕

在此詩下注有「江南新詞有云『暮雨蕭蕭郎不歸』」。江南歌妓所歌之詞，頗受白居易的激賞，便將其句化為自己的詩句；又「分明曲裡愁雲雨」一句，便帶有南方文學陰柔婉約的特色。次如其〈對酒自勉〉詩云：

> 夜舞吳娘袖，春歌蠻子詞。猶堪三五歲，相伴醉花時。
> 〔註72〕

南方歌妓的歌舞令白居易十分陶醉，在這風景秀麗的江南山水，詞曲動人的南方民歌，激發出白居易的創作動機，自然在作品中帶有南方文學的影子。〈憶江南〉三闋詞，其景是江南山水，其情是溫柔婉約，表現出江南多水與富麗的景色，充滿南方文學陰柔之美。與白居易齊

〔註70〕詳見潘鏞：《隋唐時期的運河和漕運》（西安：三秦出版社，未標示出版日），頁19〜23。

〔註71〕唐・白居易：《白氏長慶集》卷十九，《文淵閣四庫全書電子版》（上海：上海人民出版社；香港：迪志文化出版社，1999年11月）。

〔註72〕唐・白居易：《白氏長慶集》卷二十，《文淵閣四庫全書電子版》（上海：上海人民出版社；香港：迪志文化出版社，1999年11月）。

名的劉禹錫,同樣受到南方民歌的影響,不僅是欣賞,並能歌之。其
〈堤上行〉云:

> 江南江北望煙波,入夜行人相應歌。桃葉傳情竹枝怨,水
> 流無限月明多。〔註73〕

入夜後一片寂靜,傳來以〈桃葉〉與〈竹枝〉兩歌的應和之聲,增添
夜行的情趣。劉禹錫能辨別〈桃葉〉、〈竹枝〉二曲,更可證明他對南
方民歌是十分瞭解的。又白居易在〈憶夢得〉「幾時紅燭下,聞唱竹
枝歌」詩句後有註云:「夢得能唱竹枝,聽者愁絕」〔註74〕,劉禹錫
懂音律,能填詞,更能歌新曲,尤能吸收南方民歌的特點,創作出富
有南方文學特色的詞作。劉禹錫以〈春去也〉與白居易〈憶江南〉彼
此唱和的五闋詞,從景物的描寫到情感抒發的方式,都深受南方文學
的影響。雖然劉白二人的作品中,還不能看出詞爲「艷體」的特色,
但已有南方文學的餘韻。

到了晚唐,詞受到南方文學的影響更大,敦煌曲子詞中的〈望江
南〉詞云:

> 莫攀我,攀我太心偏。我是曲江臨池柳,這人折了那人攀。
> 恩愛一時間。

> 天上月,遙望似一團銀。夜久更闌風漸緊,爲奴吹散月邊
> 雲。照見負心人。〔註75〕

敦煌是沙漠中的綠洲,向四周遠眺應是一片大漠風光。在這一片黃沙
滾滾的土地上,南方的民歌仍舊受到歡迎,即不排拒南方的詞調,也
能以「曲江臨池柳」等江南的風光來描寫內心的悲苦。南方的民歌不
再限於南方的土地,開始向四周擴散。晚唐時,南方還是全國的政經
中心,士人對南國的風情仍念念不忘,皇甫松的〈夢江南〉云:

〔註73〕唐·劉禹錫:《劉賓客文集》卷二十六,《文淵閣四庫全書電子版》(上
　　　海:上海人民出版社;香港:迪志文化出版社,1999 年 11 月)。

〔註74〕唐·白居易:《白氏長慶集》卷二十,《文淵閣四庫全書電子版》(上
　　　海:上海人民出版社;香港:迪志文化出版社,1999 年 11 月)。

〔註75〕張璋、黃畬編:《全唐五代詞》(台北:文史哲出版,1986 年 10 月),
　　　頁 879。

蘭爐落，屏上暗紅蕉。閑夢江南梅熟月，夜船吹笛雨蕭蕭。
人語驛邊橋。

樓上寢，殘月下簾旌。夢見秣陵惆悵事，桃花柳絮滿江城。
雙髻坐吹笙。〔註76〕

夢中重見江南綺麗的景物，在水月間輕訴與歌女細柔的情絲，充分呈現出南國的風味。此外，皇甫松的詞作中，有相當多的作品是與江南風物以及歌妓間的情事有關〔註77〕。詞從隋唐以來，一直受到南方文學的影響，從外在的政治經濟因素，到內在獨有的南方民歌的特色，讓詞能自成其體製，脫離詩體而逐漸成熟。在南方文學的土壤中滋養了詞體，也導引出其成「艷體」的風格；而詞便以獨特的形式風格，開拓自己的道路。這種新的文學形式不再受到地域的限制，不僅是南方士人填詞，就像白居易與劉禹錫這一類的北方文人也開始填詞，南方的民歌藉由士人的推波助瀾，開始向外擴散。可見隋唐詞體的發展，是承繼南方的文學系統。

五代詞更是如此，一部《花間集》都是南國士人的創作，此時也是詞體的成熟期，並定下詞為「艷科」的形式，其中最主要的人物就是溫庭筠。後晉・劉昫《舊唐書・文苑》載：

溫庭筠者，太原人，本名岐，字飛卿。……士行塵雜，不
脩邊幅，能逐弦歌之音，為側艷之詞。〔註78〕

溫庭筠雖是北方人，卻在屬於南方文學的詞史上佔有重要的地位；他本身懂音律，並且大量的填詞，內容多描寫內心之情感，將詞走向艷情一路，也奠下詞為「艷科」的特色，使詞的發展朝陰柔之美再邁進一步。溫庭筠的〈夢江南〉（閨怨）云：

千萬恨，恨極在天涯。山月不知心裡事，水風空落眼前花。

〔註76〕同註75，頁180。
〔註77〕賈晉華：〈唐五代江南風物詞探微〉，《詞學》第十三輯（上海：華東大學出版社，2001年11月），頁24～25。
〔註78〕後晉・劉昫：《舊唐書》卷一百九十下，《文淵閣四庫全書電子版》（上海：上海人民出版社；香港：迪志文化出版社，1999年11月）。

搖曳碧雲斜。

梳洗罷，獨倚望江樓。過盡千帆皆不是，斜暉脈脈水悠悠。
腸斷白蘋洲。〔註79〕

從題目「閨怨」，就知是代寫女子心中之愁，用婉轉的方式，呈現出內心的愁緒萬千，此恨到天邊，就連遠在天涯的山月都無法瞭解滿腔的愁思。而美人梳洗只爲等待心愛之人歸來，看盡千帆還是看不到心繫之人。從日出等待到日落，心中的失望就像是水中染紅的餘暉，悠悠的水就是悠悠的愁，一直延伸到伊人的那頭，而等待的結果則是令人腸斷而已。此詞寫佳人思歸客，愁情綿密而不露，呈現出「艷科」的特色。五代是詞體的成熟期，而這一切都是受到南方文學的薰陶，更可證明唐五代時期的詞體發展，與南方文學有密切的關係。

在宋代，地域性也影響到詞的發展，北宋初年，太祖不喜歡南方士人。宋・王暐《道山清話》載：

> 太祖嘗有言不用南人爲相，實錄、國史皆載。陶穀《開基萬年錄》、《開寶史譜》言之甚詳，皆言太祖親寫「南人不得坐可此堂」，刻可政事堂上。〔註80〕

宋太祖在統一全國之後，是對南方的政權有所顧忌，政治上自然不用南方之人，因此南方的士人受到政治上的壓迫，仕途不順，也使得富有南方特色的詞，無法蓬勃地發展。在《全宋詞》中可考的八百餘位詞人，在宋初的五十年中只有十六位而已，而這十六位全是江南人士，如晏殊、張先、歐陽修、柳永等人，可見北宋初年詞體的延續還是依靠南方士人的承繼〔註81〕，才能開啓宋詞的發展。《全宋詞》八百餘位詞人中，籍貫可考者，南方士人佔82.6%，以浙江、江西、福

〔註79〕張璋、黃畲編：《全唐五代詞》（台北：文史哲出版，1986 年 10 月），頁 234。

〔註80〕宋・王暐：《道山清話》，《文淵閣四庫全書電子版》（上海：上海人民出版社；香港：迪志文化出版社，1999 年 11 月）。

〔註81〕劉尊明：《唐宋詞綜論》（北京：中國社會科學出版社，2004 年 12 月），頁 246～247。

建、江蘇四省爲最多〔註82〕。可見當時文壇上仍由南方士人主導，自
然會以本身熟悉的景物爲創作的題材，因此北宋雖是以北方的汴京爲
都，但歌詠江南風光的詞作也確乎不少，歐陽修就塡有〈望江南〉三
闋，其詞云：

> 江南蝶，斜日一雙雙。身似何郎全傅粉，心如韓壽愛偸香。
> 天賦與輕狂。　　微雨後，薄翅膩煙光。纏伴遊蜂來小院，
> 又隨飛絮過東牆。長是爲花忙。
>
> 江南柳，花柳兩相柔。花片落時黏酒盞，柳條低處拂人頭。
> 各自是風流。　　江南月，如鏡復如鉤。似鏡不侵紅粉面，
> 似鉤不掛畫簾頭。長是照離愁
>
> 江南柳，葉小未成陰。人爲絲輕那忍拆，鶯嫌枝嫩不勝吟。
> 留著待春深。　　十四五，閒抱琵琶尋。階上簸錢階下走，
> 恁時相見早留心。何況到如今。〔註83〕

在第一闋中，首句中已指出是在詠江南之景，蝶在花中舞，一直爲採
花忙碌，說蝶輕薄又愛偸香，不也是士人遊宴於歌妓之中的景像。第
二闋中，江南柳隨風飛散，花瓣亦隨風飄落，花落席上，柳拂人首，
各有一番情致。月如勾不照紅顏，不照簾幕，只照出無限的愁。綿綿
情意無限傷感。第三闋柳小惹人愛憐，等待長成的一天，將內心等待
之情婉轉說出。此三闋詠江南之物，抒心中委婉之情，也可看出北宋
詞體仍帶有南方文學的風格。

　　到了南宋，南北兩地詞的發展亦有所不同。清·況周頤《蕙風詞
話》卷三云：

> 自六朝已還，文章有南北之分，乃至書法亦然。姑以詞論，
> 金源自於南宋，時代政同，疆域之不同，人事爲之耳，風
> 會曷與焉。如辛幼安在北，何嘗不可南。如吳彥高先在南，

〔註82〕楊海明：《唐宋詞史》（高雄：復文圖書出版社，1996 年 2 月），頁
　　　　14。
〔註83〕唐圭璋編：《全宋詞》（台北：文光出版社，1983 年 10 月），頁 124
　　　　～158。

何嘗不可北。顧細審其詞，南與北確乎有辨，其故何
在？……南宋佳詞能渾，至於金源佳詞近剛方。宋詞深緻
能入骨，……金詞清勁能入骨。……南人得江山之秀，北
人以冰雪爲清。南或失之綺麗，近於雕文刻鏤之技。北或
失之荒率，無解深裘大馬之譏。……然而宋金之詞不同，
固顯而易見者也。〔註84〕

文中明白指出，南宋之詞風是承六朝以來的南方文學風格，是寫南
方秀麗的山水，重在聲律之美。至於北方的金詞，則是描寫冰雪的
壯闊景象，重在字義，是延續北方剛正質樸的文學風格。此段除了
指出南宋與金的文學風格不同之外，也點出南宋文學仍是在南方文
學系統的基礎上發展而成的。南宋偏安江左，其地理環境對南宋詞已
有影響〔註85〕。詞「到了南宋，宋詞基本上就『縮小』爲『江南』之
詞」。〔註86〕

　　北宋之初，詞的承繼還是以南方的文士爲主，在內容與形式上
仍是唐五代詞的延伸，到了南宋偏安江南，從地理與文學的發展上
論之，也是以南方文學爲基礎。因此兩宋之詞也都是南方文學的遺
風。

　　從〈望江南〉詞調的發展便可看出，詞體是走向南方的文學特
色，從環境來看，江南是水鄉，水多形成煙雨濛濛的迷離景色，
水、月、花、柳構成一幅幅秀雅細緻的山水美景，這種柔細的景色配
合婉轉溫柔的情感，情景交融之下，造就成詞境的柔媚風格，因此
詩與詞的差別更加顯著，使得詞得以獨立成體。另一方面詞爲「艷
科」，則是與艷情有關，爲何有此發展？那就與江南「滿樓紅袖招」
有關了。

〔註84〕唐圭璋編：《詞話叢編》（台北：新文豐出版社，1988 年 2 月），頁
　　　　4456。
〔註85〕詳見王偉勇：《南宋詞研究》（台北：文史哲出版社，1987 年 9 月），
　　　　頁 49～51。
〔註86〕楊海明：《唐宋詞史》（高雄：復文圖書出版社，1996 年 2 月），頁
　　　　13。

二、出自歌妓宴樂的〈杜秋娘〉

　　〈杜秋娘〉是〈望江南〉首次出現的異名。宋・王灼《碧雞漫志》
載：

　　〈望江南〉,《樂府雜錄》云：「李衛公爲亡妓謝秋娘撰。」

　　〔註87〕

李德裕爲其亡妾而作〈杜秋娘〉,二人情感必定深厚。歌妓與詞體的
發展有著密切的關係。詞能在隋唐脫離詩的形式而獨自發展,到最後
形成一種新的文體,是因爲隋唐燕樂的興盛與歌妓的社會化,促成結
合語言文字和音樂曲律藝術的詞體出現。爲何能有如此的情況出現
呢？就要從其思想文化的背景來探究。

　　隋唐的思想形態主要是儒家思想及外來文化〔註88〕。因此對外
來文化接受度極高,形成文化的多元發展,不再以儒學爲主而已。
從達官貴族到平民百姓,從學術思想到社會風氣,都因受到外來文
化的激盪,變得較以往自由,社會文化也具有強大的包容力,不僅
僅是原來的漢文化,更能接受西域地區的外族文化,甚至可以接受
大中華以外地區的文化；西邊可經由絲路與歐亞文化交流,東邊可
經由海路與日本等國接觸。唐代,在以中國傳統文化的基礎上,蛻
變出更豐富更多樣的大唐文化,尤其是胡化影響日深,從生活習慣
到飲食娛樂都有胡化的痕跡。天寶、開元年間,不分官庶都流行穿
胡服,在飲食方面除了米食外更加入了北方的麵食,形成「貴人御
饌,盡供胡食」的風尚。交通方面,則是騎馬的盛行,不管男女皆騎
馬,甚至婚禮上的新嫁婦也有騎馬不坐轎。音樂方面西域的音樂已
然納入中國音樂之中,形成新的宴樂出現。宋・沈括《夢溪筆談》卷
五載：

　　自唐天寶十三載,始詔法曲與胡部合奏。自此樂奏全失古

〔註87〕宋・王灼：《碧雞漫志》,《文淵閣四庫全書電子版》（上海：上海人
　　　　民出版社；香港：迪志文化出版社,1999 年 11 月）。

〔註88〕張燕瑾、呂薇芬主編、杜曉勤撰：《隋唐五代文學研究》（北京：北
　　　　京出版社,2001 年 12 月）,頁 65。

> 法，以先王之樂爲雅樂，前世新聲爲清樂，合胡部者爲宴
> 樂。……外又有和聲則所謂曲也。……唐人乃以詞塡入曲
> 中，不復用和聲。〔註89〕

所謂「宴樂」即爲「燕樂」〔註90〕。是合胡樂演奏的新曲，與傳統的
中國音樂已有不同，這種西域音樂不同於祭祀上的雅樂，它是一種俗
樂，是一種重娛樂性質的樂曲。此種可以合歌舞的新式樂曲，成爲唐
代十分流行的音樂，士人也開始被此種樂曲所吸引，於是依曲塡詞，
漸漸拓展出跟詩體不同的詞體，也由此展開詞的體製〔註91〕。「宋代
的音樂也依然屬於燕樂的系統」〔註92〕。此種在宴會上合樂舞形式的
曲樂如何能廣爲流傳？則與歌妓的傳唱有相當大的關係。

　　隋唐的婚姻習俗上，除了傳統的儀式外，更吸收域外婚俗，如坐
鞍、撒帳等。在婚嫁的觀念上，更有入贅女家及收繼婚等的西域民族
的習俗，從太宗殺弟並收弟媳爲妻；武后本爲太宗之妻，太宗死後又
成爲高宗之妻；到玄宗納自己兒媳玉環爲妻，這些在傳統儒家文化中
不可能存在的制度，在唐代的廟堂上已被接納。上位者既如此，上行
下效，社會風氣當然隨之轉變；兩性關係變得放縱，貞節觀念也較淡
薄〔註93〕，因此宴遊狎妓便不足爲奇。後晉·劉昫《舊唐書·穆宗記》
載：

> 前代名士，良辰宴聚，或清談賦詩，投壺雅歌，以杯酌獻
> 酬，不至於亂。國家至天寶以後，風俗奢靡，宴席以諠譁
> 沉湎爲樂，而居重位，秉大權者，優雜侶肆於公吏之間，

〔註89〕宋·沈括：《夢溪筆談》，《文淵閣四庫全書電子版》（上海：上海人
　　　　民出版社；香港：迪志文化出版社，1999 年 11 月）。

〔註90〕楊海明：《唐宋詞史》（高雄：復文圖書出版社，1996 年 2 月）稱：「燕
　　　　樂，又稱爲『宴樂』。」（頁 40）

〔註91〕楊雨：〈略論歌妓文化與詞的興起各傳播〉，《詞學》第十三輯（上海：
　　　　華東大學出版社，2001 年 11 月），頁 31～33。

〔註92〕劉尊明：《唐宋詞綜論》（北京：中國社會科學出版社，2004 年 12
　　　　月），頁 19。

〔註93〕此節有關隋唐文化，參詳趙文潤：《隋唐文化史》（西安：陝西大學
　　　　出版社，1992 年 9 月），頁 65～125。

　　曾無愧恥，公私相效，漸以成俗。〔註94〕

名士間清談賦詩、投壺雅歌已不見，代之以狎妓為樂，整個士林狎妓之風盛行，士人之間也不以交遊歌妓為恥。所以李德裕為其亡妓填作〈杜秋娘〉，不致令人感到意外。雖然李德裕的〈杜秋娘〉已無法窺探，但唐‧崔懷寶的贈歌妓薛瓊瓊的〈憶江南〉，也可看出士人與歌妓間的深厚情感。其詞云：

　　平生願，願作樂中箏。得近玉人纖手指，砑羅裙上放嬌聲。

　　便死也為榮。〔註95〕

歌妓彈箏以唱詞，將自己喻為歌妓手撥之箏，希望能與其常伴，這竟是士人平生的一大願事，只要能一親芳澤，就算死也無憾，由此看出盛唐士人與歌妓間的親密關係。此種直接毫無忌諱的表達，只有在詞中才能出現，在詩中很少有如此直接的描寫，這也是詩詞間，兩種完全不同的表達方式。從〈杜秋娘〉的出現，正可以說明，宴樂歌妓在詞的演進過程中，佔有十分重要的地位。

　　從唐之後一直到宋，士人與歌妓之間的密切關係仍持續者。後蜀‧歐陽炯《花間集序》云：

　　綺筵公子，繡幌佳人，遞葉葉之花箋，文抽麗錦；舉纖纖
　　之玉指，拍按香檀，不無清絕之詞，用助嬌嬈之態。自南
　　朝之宮體，扇北里之倡風。何止言之不文，所謂秀而不實。
　　有唐以降，率土之濱，家家之香徑春風，寧尋越艷；處處
　　之紅樓夜月，自鎖嫦娥。〔註96〕

到了五代，士人與歌妓間的交往更加熱絡，宴席上歌妓的演唱增添席間的歡樂氣氛，而歌妓也演唱文人所填之詞來助長嬌嬈之姿。文人填詞，歌妓唱詞，二者間有相輔相成的作用，士人養妓之風更勝於唐，

〔註94〕後晉‧劉昫：《舊唐書》卷十六，《文淵閣四庫全書電子版》（上海：上海人民出版社；香港：迪志文化出版社，1999年11月）。

〔註95〕張璋、黃畬編：《全唐五代詞》（台北：文史哲出版，1986年10月），頁26。

〔註96〕後蜀‧歐陽炯：《花間集‧原序》，《文淵閣四庫全書電子版》（上海：上海人民出版社；香港：迪志文化出版社，1999年11月）。

家家香徑春風，處處紅樓夜月。在席間士人的唱和，除了是娛樂也是一種競爭的表現，歌妓也以演唱文人之詞爲榮，於是士人開始大量的塡詞。士人的塡詞，提高詞的文化層次，使詞更具有文學性；而詞既由歌妓所唱，在這種氛圍下，必走向柔媚的風格。

到了宋代娼妓事業並不亞於五代。宋・孟元老《東京夢華錄》卷二載：

> 東去大街麥秸巷、狀元樓，餘皆妓館，至保康門街。其御街東朱雀門外，西通西門瓦子以南殺猪巷，亦妓館。

> 下橋、南斜街、北斜街，内有泰山廟，兩街有妓館。橋頭人煙市井，不下州南。以東牛行街，下馬家藥鋪，看牛樓酒店，亦有妓館，一直抵新城。〔註97〕

整個街市有不少的妓館，可看出狎妓之風在宋仍盛。張先〈望江南〉（與龍靚）云：

> 青樓宴，靚女薦瑤杯。一曲白雲江月滿，際天拖練夜潮來。人物誤瑤臺。　　醺醺酒，拂拂上雙腮。媚臉已非朱淡粉，香紅全勝雪籠梅。標格外塵埃。〔註98〕

描寫青樓中飲酒作樂，席間歌妓唱詞助興，整個氣氛和樂融融，美人臉上因飲酒更顯出其嬌媚之容貌。又周邦彥〈望江南〉（詠妓）云：

> 歌席上，無賴是橫波。寶髻玲瓏敲玉燕，繡巾柔膩掩香羅。人好自宜多。　　無箇事，因甚斂雙蛾。淺淡梳妝疑見畫，惺鬆言語勝聞歌。何況會婆娑。〔註99〕

也是在描寫筵席上狎妓之樂，可知在北宋歌妓唱詞助興之風仍盛。

到了南宋，雖然國破南遷，但是上從朝廷下至百姓，還是過著奢侈的宴樂生活，在筵席上還是伴以歌妓。士人到處遊歷，吟詠風月，唱和酬酢，也是以歌妓來增添情趣；而且無論官妓或私妓，士人常題

〔註97〕宋・孟元老：《東京夢華錄》，《文淵閣四庫全書電子版》（上海：上海人民出版社；香港：迪志文化出版社，1999 年 11 月）。

〔註98〕唐圭璋編：《全宋詞》（台北：文光出版社，1983 年 10 月），頁 79。

〔註99〕同註98，頁 615。

詞贈之，以增添佳話〔註100〕。張鎡〈夢遊仙〉「小姬病起，幡然有入
道之志，因書贈之」云：

> 鶼鶼侶，嬌小怯雲期。柳戲花遊能幾日，頓拋塵幻學希夷。
> 清夢到瑤池。　　霞袂穩，那顧縷金衣。自與長生分姓譜，
> 恰逢長老鑄丹時。此意有誰知。〔註101〕

張鎡與歌妓間的濃情密意表露無遺。在「兩宋詞中，直接標明歌妓唱
新詞或文人賦新詞的有四百二十一首」〔註102〕數量不算少，就連屬
於豪放詞派的蘇軾與辛棄疾也有不少是與歌妓有關的作品。在蘇軾的
三百多闋詞中也有近半的篇幅是在表現「謝娘心曲」；而辛棄疾五個
時期的作品中，描寫憶妓內容的，共有七十三闋之多。可見到了兩宋，
士人與歌妓間的關係還是十分密切。

　　唐宋士人與歌妓之間的交往十分熱絡，在筵席上常以唱詞助興，
所以詞在當時並不只是案頭的文學，只供欣賞而已，更有勸酒的實用
性〔註103〕。在唐宋詞中酒詞約有四千八多闋〔註104〕，這與小令出於
酒令有關〔註105〕；士人間的宴樂，也促進了詞的盛行。

　　詞體能夠大量傳播，主要的媒介就是歌妓〔註106〕，士人在宴樂

〔註100〕王偉勇：《南宋詞研究》（台北：文史哲出版社，1987 年 9 月），頁
　　　　62～65。
〔註101〕唐圭璋編：《全宋詞》（台北：文光出版社，1983 年 10 月），頁 615、
　　　　2127。
〔註102〕沈勤松：《唐宋詞社會文化學研究》（杭州：浙江大學出版社，2000
　　　　年 1 月），頁 109。
〔註103〕李劍亮：《唐宋詞與唐宋歌妓制度》（杭州：浙江大學出版社，1999
　　　　年 5 月），頁 139。
〔註104〕同註 102，頁 218。
〔註105〕詳見沈勤松：《唐宋詞社會文化學研究》（杭州：浙江大學出版社，
　　　　2000 年 1 月），頁 76～98。劉尊明：《唐宋詞綜論》（北京：中國社
　　　　會科學出版社，2004 年 12 月），頁 7。
〔註106〕李劍亮：《唐宋詞與唐宋歌妓制度》（杭州：浙江大學出版社，1999
　　　　年 5 月），頁 167～175。楊雨：〈略論歌妓文化與詞的興起和傳播〉，
　　　　《詞學》第十三輯（上海：華東大學出版社，2001 年 11 月），頁
　　　　38～41。

時以歌妓之歌舞來娛樂助興，二者間的關係自唐至宋都是十分密切。青樓歌妓尋求文人填詞，以增加本身的身價，而文人也開始主動尋求與歌妓合作，彼此相輔相成，詞作於是大量出現，奠定了詞本身的形式特色，漸能將詞脫離詩體而獨立成另一種的文學形式。歌妓的傳播的力量，將詞推展成一股社會風氣，士人開始注重到詞的特色，將詞本身的民間性轉換成具有文學的性質，讓詞能登入文學的殿堂之上。

文學上所謂詩莊詞媚，標示出詩與詞在內容形式上的不同點。詞成為「艷科」也是跟歌妓有關，因為詞的傳播大都是以歌妓為主，因此在內容題材的表現上自然是以女性柔媚為主，其情思必定以幽怨細柔傷感為主，其功用又是在宴樂之用，首重娛樂性，自然不像詩文重載道緣事而發。再則詞的演唱者是以歌妓為主，是以女性為主要的表演者，自然有溫柔婉約的風格，不像詩是言士人之志、士人之情。

從〈杜秋娘〉之意義，正說明士人與歌妓間關係之密切。從唐到宋士人在宴遊時離不開青樓歌妓，兩者間相輔的關係，形成歌妓在詞的發展史中佔有重要的地位。另一方面，歌妓為主要的傳播媒介，大開士人填詞之風，由此詞漸漸離開民間的俗文化之列，經由文人的雅正，詞於是進入文學的範疇中，在形式上脫離詩的形式，發展出詞特有的體製，在內容上走上婉約的風格，形式與風格與詩截然不同，使得詞獨立於詩之外，並有自己的發展方向，這一切都與宴樂歌妓有極大的關係。

三、文人酬唱填詞的〈憶江南〉

詞所以能進入文學的殿堂，最重要就是文人將其格律化與雅化，使詞自有其體製，以便後人能有所依據而開始創作。從民間詞在經過士人的雅化，使其形式、聲律更加優美，便能吸引更多文士投入填詞的行列。文人填詞，大大提高詞的文學性。另一方面，唐宋士人間彼此間的酬唱，在互相激發之下，自然將詞向前推進，開展詞

多元化的功用，因此文人的填詞與酬唱，是詞體能走向文學之路的重要關鍵。

詞能發展成體，歷經二個階段。最早是文人從詩歌的基礎中轉變爲有意識的創作詞，如王維的〈送元二使安西〉：

> 渭城朝雨裛輕塵，客色青青柳色新。勸君更進一杯酒，西
> 出陽關無故人。〔註107〕

「聲詩」本就是可做爲歌唱之用，在詩中加入襯字，或是在歌唱時利用和聲，都可以在演唱時更富有變化。王維的〈送元二使安西〉，摘取歌行中的一斷，加上虛聲及配合參差的曲調，在演唱時便有了變化〔註108〕，於是有「陽關三疊」的演唱形式出現。唐時樂工常採詩以爲歌。宋・王灼《碧雞漫志》云：

> 唐時，古意亦未全喪，《竹枝》、《浪淘沙》、《抛球樂》、《楊
> 柳枝》乃詩中絕句而定爲歌曲。故李太白《清平調》詞，
> 三章皆絕句，元、白諸詩亦爲知音律者，協律作歌。〔註109〕

唐人早期歌曲，是利用現有詩句，再合以音律而歌，但在此時還是詩的形式，還不完全具備詞的形式，到了文人詞的階段，詞體成熟，成爲與詩不同的文體。士人大量填詞，是從中唐開始的。宋・胡仔《苕溪漁隱叢話後集》卷三十九載：

> 唐初歌辭，多是五言或七言詩，初無長短句。自中葉以後
> 至五代，漸變成長短句。〔註110〕

中唐之後詞從詩體的整齊形式中，開始解脫，不受詩體的限制，配合曲樂的節拍，於是詞有了參差不同的變化。在中唐最早的詞作是張志

〔註107〕 清：《御定全唐詩錄》卷十三，《文淵閣四庫全書電子版》（上海：上海人民出版社；香港：迪志文化出版社，1999 年 11 月）。

〔註108〕 龍沐勛：《倚聲學──詞學十講》（台北：里仁書局，1996 年 1 月），頁 3。

〔註109〕 宋・王灼：《碧雞漫志》，《文淵閣四庫全書電子版》（上海：上海人民出版社；香港：迪志文化出版社，1999 年 11 月）。

〔註110〕 宋・胡仔：《苕溪漁隱叢話後集》，《文淵閣四庫全書電子版》上海：上海人民出版社；香港：迪志文化出版社，1999 年 11 月）。

和的〈漁歌子〉，但進入文人詞時期，最重要的兩位人物就是白居易
與劉禹錫〔註 111〕。他們二位在貶居蘇、杭時便開始接觸到南方的民
歌，對於這種南方民歌並不排斥，並開始吸收其特色，劉禹錫不僅是
欣賞而已，更能歌〈竹枝詞〉。白居易在五十歲時北歸洛陽，到文宗
開成三年（838）六十七歲時，寫出三闋〈憶江南〉詞。此時的劉禹
錫也同在洛陽為官，彼此唱和，也寫出二闋〈春去也〉〔註 112〕，其
中最值得注意是劉禹錫在〈春去也〉下註云：

　　　和樂天春詞，依〈憶江南〉曲拍為句。〔註 113〕

此言可點出二項重點：一是詞脫離詩的範疇，變成倚聲之學，詞的創
作是重在要合乎音樂的節拍，將音樂與文學合而為一，創造出一種
新的文體，與詩體的格律完全不同。也就是正式宣告詞有其本身的
獨特形式，不再是詩體的一種，而是依其詞調來填詞，要以「曲拍為
句」。從中唐起文人填詞大增，除了劉、白之外，還有在其前後的劉
長卿〈謫仙怨〉、竇弦餘、康駢的〈廣謫仙怨〉、張志和〈漁歌子〉、
王建〈宮中調笑〉、韓翃〈章台柳〉等，與中唐之前相較，此時文人
填詞數量增多，證明在中唐詞已被士人所接受，也開始有意義的填
詞，此舉將原本源於民間的詞加入士人的心力，大大提升詞的文學
價值。另外從創作的數量分析，劉、白二人的作品是中唐時期最多的
〔註 114〕，可證劉、白二人在詞的文人化過程中，佔有相當重要的地

〔註 111〕龍沐勛：《倚聲學——詞學十講》（台北：里仁書局，1996 年 1 月），
　　　　　頁 211。劉揚忠：《唐宋詞流變史》（福州：福建人民出版社，1999
　　　　　年 2 月），頁 25。沈勤松：《唐宋詞社會文化學研究》（杭州：浙江
　　　　　大學出版社，2000 年 1 月），頁 97。楊海明：《唐宋詞史》（高雄：
　　　　　復文圖書出版社，1996 年 2 月），頁 84～95。

〔註 112〕唐圭璋主編：《唐宋詞鑑賞辭典》（台北：新地文學出版社，1991 年
　　　　　4 月），頁 25～27。

〔註 113〕張璋、黃畬編：《全唐五代詞》（台北：文史哲出版，1986 年 10 月），
　　　　　頁 97～98。

〔註 114〕劉尊明《唐宋詞綜論》（北京：中國社會科學出版社，2004 年 12 月）
　　　　　稱：「以劉禹錫、白居易的數量為最多（二人所作性質比較明確的
　　　　　詞作各有二十多首和三十多首）。」（頁 222）

位。尤其在〈望江南〉調名的變化中，自白居易的〈憶江南〉出現便取代原先〈望江南〉、〈杜秋娘〉之名，可見他在詞史發展歷史上是佔有一席之地。

　　另一項指出文人間以詞酬唱，提高詞的質與量，更擴大其功用。文人之間以詞來彼此唱和，促成了詞的興盛。唐五代士人被新興的樂曲所感動，有了一股與其唱和的想法，於是依其詞調來填詞，形成同一詞調不同內容的詞作出現〔註115〕，從白居易與劉禹錫二人以〈憶江南〉唱和便可證明。唐代文士間，彼此就很喜歡用詩文來唱和與贈答，在《全唐詩》中，文士之間的酬唱作品爲數不少，士人間以文會友的情形是十分普遍的。其中在白居易與元稹間的酬唱之詩就有 130 首，與劉禹錫唱和將近 200 首〔註116〕。在詞體出現之後，也以詞來酬唱，除了宴樂時會以詞相互酬唱之外，也會以詞來做爲彼此間互通訊息的媒介。劉、白二人於文宗開成三年，便以〈憶江南〉唱和。

　　唐之後，爲了「應社」、「應歌」，詞的酬唱也大量出現，在《花間集》與《全宋詞》中共收錄超過二萬二千闋的詞作，其中用以彼此酬唱或贈答的詞作有 2966 闋，其中純爲唱和的有 1849 闋〔註117〕，可見五代至宋以詞相唱和的情形是十分常見的。詞在初現之時，文士作詞大都是酒邊歌謠，主要是在供歌妓娛樂賓客之用，自然會有酬酢的功用，其後進入文人化的階段，詞的功用也隨之擴大；在北宋時其功用擴大至應制頌功、題贈友朋、即席賦詞助興、餞送迎接；或用以代書、或以用嘲戲，或用以弔唁。到了南宋，詞的酬酢功用又更加擴大，除了北宋時期所有用途之外，又擴大到邀約、喜慶、勸勉、題贈

〔註115〕詳見黃文吉：《黃文吉詞學論集》（台北：台灣學生書局，2003 年 11 月），頁 12～39。

〔註116〕趙文潤：《隋唐文化史》（西安：陝西大學出版社，1992 年 9 月），頁 162。

〔註117〕沈勤松：《唐宋詞社會文化學研究》（杭州：浙江大學出版社，2000 年 1 月），頁 207。

落成、題跋著作等，而填詞的方式也有分題、和題、和韻等形式的出現〔註118〕。詞的運用可以說是無所不包，並與日常生活息息相關。由於詞的創作技巧日益增多，因此兩宋是詞最興盛的時期，詞也成爲宋代的文學代表。南宋·戴復古〈望江南〉（壺山好，博古又通今）之詞題云：

> 壺山宋謙父寄新刊雅詞，內有〈壺山好〉三十闋，自說平生。僕謂猶有說未盡處，爲續四曲。

宋謙父以〈憶江南〉創作三十闋詞，因此〈憶江南〉又稱作〈壺山好〉，其內容也不在限於風花雪月，是在敘述自己的生平，並將其酬贈好友戴復古，戴復古亦和題四闋，其詞云：

> 壺山好，博古又通今。結屋三間藏萬卷，揮毫一字直千金。四海有知音。　　門外路，咫尺是湖陰。萬柳堤邊行處樂，百花洲上醉時吟。不負一生心。

> 壺山好，膽氣不妨麤。手奮空拳成活計，眼穿故紙下功夫。處世未全疏。　　生涯事，近日果何如。背錦奚奴能檢典，畫眉老婦出交租。且喜有贏餘。

> 壺山好，文字滿胸中。詩律變成長慶體，歌詞漸有稼軒風。最會說窮通。　　中年後，雖老未成翁。兒大相傳書種在，客來不放酒尊空。相對醉顏紅。

> 壺山好，也解憶狂夫。轉首便成千里別，經年不寄一行書。渾似不相疏。　　催歸曲，一唱一愁予。有劍賣來酤酒喫，無錢歸去買山居。安處即吾廬。〔註119〕

此四闋是在讚頌宋謙父，從其學識、心志、家居，以及兩人之間的情誼，利用詞的形式描寫出來，其後戴復古又有三闋自嘲之詞，其題云：

> 僕既爲宋壺山說其自說未盡處，壺山必有答語。僕自嘲三解。

〔註118〕王偉勇：《南宋詞研究》（台北：文史哲出版社，1987 年 9 月），頁202。

〔註119〕唐圭璋編：《全宋詞》（台北：文光出版社，1983 年 10 月），頁2308～2309。

兩人利用詞體魚雁往返，一想到宋謙父必有所回應，因此戴復古又作三闋〈憶江南〉，詞曰：

> 石屏老，家住海東雲。本是尋常田舍子，如何呼喚作詩人。
> 無益費精神。　　千首富，不救一生貧。賈島形模元自瘦，
> 杜陵言語不妨村。誰解學西崑。
>
> 石屏老，長憶少年游。自謂虎頭須食肉，誰知猿臂不封侯。
> 身世一虛舟。　　平生事，說著也堪羞。四海九州雙腳底，
> 千愁萬恨兩眉頭。白髮早歸休。
>
> 石屏老，悔不住山林。注定一生佑有命，老來萬事付無心。
> 巧語不如瘖。　　貧亦樂，莫負好光陰。但願有頭生白髮，
> 何憂無地覓黃金。遇酒且須斟。〔註120〕

自嘲自己已是「石屏老」，努力一生到頭來仍是不救貧，一生之不得志只好白髮歸臥山林，期望能在老年時能過著閒適自得的生活。仕宦不順，復歸山林是士人常有的感嘆，在宋時除了運用詩體抒發外，更擴大到詞體。兩宋時期經過士人不斷創作，促進了詞的寫作技巧；擴大了詞的運用範圍，詞的功用已與詩不相上下。

　　詞的文人化，是將詞向前推進的一大動力，從劉、白〈憶江南〉的酬唱，真正宣告文人詞的來臨，詞的文學性增加了；文人的創作增多了，並確定詞是一種合樂的新文學形式，是要倚聲填詞，自此脫離詩的傳統，有自己的生命力，以自己的風格開始演進。另一方面劉、白此種酬唱的形式，從唐至宋，不斷擴大詞的功用，詞的運用能與詩並駕齊驅，詞也由此走向興盛之路，進而登上文學之門。劉、白兩人之〈憶江南〉與〈春去也〉，代表詞的文人化，引導詞往文學的方向發展。

四、道教神仙世界的〈步虛聲〉

　　〈憶江南〉又名〈步虛聲〉。宋・阮閱《詩話總龜後集》卷四十

〔註120〕同註119，頁2309。

載：

> 陳東，靖康間嘗飲於京師酒樓，有倡打坐而歌者，東不顧
> 乃去。倚樓獨立歌〈望江南〉詞，音調清越，東不覺傾聽，
> 視其衣綬皆故弊，時以手揭衣爬搔，肌膚綽約如雪，乃復
> 呼使前在歌之，其詞曰：「闌干曲，紅颺繡簾旌。花嫩不禁
> 纖手捻，被風吹去意還驚。眉黛蹙山青。　　鏗鐵板，閒
> 引步虛聲。塵世無人知此曲，卻騎黃鶴上瑤京。風冷月華
> 清」，東問何人製？曰：「上清蔡眞人詞也」，歌罷得數錢下
> 樓，亟遣僕追之，已失矣。〔註121〕

陳東在酒樓之中，所遇者爲一仙人，正用〈望江南〉唱著蔡眞人所填
之詞，因詞中有「閒引步虛聲」一句，因而〈憶江南〉又稱爲〈步虛
聲〉。但〈步虛聲〉最早並不是專指詞調。宋・劉敬叔《異苑》卷五
載：

> 陳思王曹植，字子建。嘗登魚山，臨東阿，忽聞巖岫裏有
> 誦經聲，清通深亮，遠谷流響，肅然有靈氣，不覺斂衿祗
> 敬，便有終焉之志，即効而則之，今之梵唱皆植依擬所造。
> 一云陳思王遊山，忽聞空裏誦經聲，清遠遒亮，解音者則
> 而寫之爲神仙聲，道士効之作步虛聲。〔註122〕

神仙之事雖不可考，但明白指出〈步虛聲〉是道教誦經之聲，其內容
是在歌頌神仙之事。又宋・曾慥《類說》卷五十云：

> 步虛詞，道觀所唱，備言眾仙縹緲輕舉之美。〔註123〕

〈步虛詞〉與〈步虛聲〉兩者的意義是相近的。元・楊士弘《唐音》
卷十四〈步虛詞〉下註云：

> 又《異苑》曰：「陳思王游魚山，忽聞巖裏有誦經聲，清遠
> 寥亮，使解音者寫之爲神仙之聲，道士効之作步虛聲，此

〔註121〕宋・阮閱：《詩話總龜・後集》，《文淵閣四庫全書電子版》（上海：
　　　　上海人民出版社；香港：迪志文化出版社，1999年11月）。

〔註122〕宋・劉敬叔：《異苑》，《文淵閣四庫全書電子版》（上海：上海人民
　　　　出版社；香港：迪志文化出版社，1999年11月）。

〔註123〕宋・曾慥：《類說》，《文淵閣四庫全書電子版》（上海：上海人民出
　　　　版社；香港：迪志文化出版社，1999年11月）。

其始也。」〔註124〕

〈步虛詞〉源自〈步虛聲〉，二者是相同之意，內容同是在說明有關道教神仙之事。而唐代儒釋道三家並存，道教亦頗為盛行。宋·王欽若《冊府元龜》卷五十四載：

> （玄宗天寶年間）帝於內道場，親教道士步虛聲韻。〔註125〕

君王有所好，其下之人必起而效之。唐時，言神仙之事的〈步虛詞〉頗多，從盛唐起便有〈步虛聲〉出現，意指道教傳統的音樂曲調而言，並不專指〈憶江南〉而言，所以〈步虛詞〉只是一泛稱，專指敘說神仙之事的各類作品。劉禹錫有〈步虛詞〉二首：

> 阿母種桃雲海際，花落子城二千歲。海風吹折最繁枝，跪捧瓊漿獻玉帝。

> 華表千年一鶴歸，凝丹為頂雪為衣。星星仙語人聽盡，卻各五雲翻翅飛。〔註126〕

在形式上是七言絕句，內容是在說西王母之事，並非是詞體的形式，雖名為〈步虛詞〉，實際上是詩的體製。查《全唐詩》寫〈步虛詞〉、〈步虛引〉、〈步虛〉的作品共約有四十四首，形式上有五言律詩、五言古詩、七言古詩、七言律詩等形式，內容大都是在說西王母與漢武帝的故事〔註127〕。明·胡震亨《唐音癸籤》卷十三〈道家步虛詞〉註云：

> 唐以前多為五言，其破為長短句，自李德裕始。〔註128〕

〔註124〕元·楊士弘撰·張震註：《唐音》，《文淵閣四庫全書電子版》（上海：上海人民出版社；香港：迪志文化出版社，1999 年 11 月）。

〔註125〕宋·王欽若等撰：《冊府元龜》，《文淵閣四庫全書電子版》（上海：上海人民出版社；香港：迪志文化出版社，1999 年 11 月）。

〔註126〕唐·劉禹錫：《劉賓客文集》卷二十六，《文淵閣四庫全書電子版》（上海：上海人民出版社；香港：迪志文化出版社，1999 年 11 月）。

〔註127〕劉尊明：《唐宋詞綜論》（北京：中國社會科學出版社，2004 年 12 月），頁 107。

〔註128〕明·胡震亨：《唐音癸籤》，《文淵閣四庫全書電子版》（上海：上海人民出版社；香港：迪志文化出版社，1999 年 11 月）。

又宋・郭茂倩《樂府詩集》卷七十八庾信〈步虛詞十首〉註云：

> 《樂府題解》曰：「步虛詞，道家詞也，備言眾仙縹緲輕舉
> 之美。」〔註129〕

再從前所舉《異苑》之說，證明宋時〈步虛詞〉也是泛稱，只要是言神之事皆可用「步虛」一詞。

《全宋詞》有同爲〈步虛詞〉卻是不同體製的詞作，也可說明此點。在范成大〈白玉樓步虛詞六首〉，其題序云：

> 趙從善示余玉樓圖，其前玉階一道，橫跨綠霄中。琪樹垂
> 珠網，夾階兩旁。綠霄之外，周以玉闌，闌外方是碧落。
> 階所接亦玉池，中間湧起玉樓三重，千門萬戶，無非連璐
> 重璧。屋覆金瓦，屋山綴紅牙垂璫。四簷黃簾皆捲，樓中
> 帝座，依約可望。紅雲自東來，雲中虛皇乘玉輅，駕兩金
> 龍。侍衛可見者：靈官法服騎而夾侍二人，力士黃麾前導
> 二人，儀劍四人，金圍子四人，夾輅黃幡二人，五色戟帶
> 二人，珠幢二人，金龍旗四人，負納陛而後從二人。雲頭
> 下垂，將至玉階，樓前仙官冠帔出迎，方下階，雙舞鶴行
> 前。雲駕之旁，又有紅雲二：其一，仙官立幢節間，其二，
> 女樂並奏，玉樓之後，又有小玉樓六，其制如前，寶光祥
> 雲，前後蔽虧，或隱或現。小案之前，獨爲金地，亦有仙
> 官白金地下迎。傍小樓最高處，有飛橋直瑤臺，仙人度橋
> 登臺以望。名數可紀者，大略如此。若其景趣高妙、碧落
> 浮黎、青冥風露之境，則覽者可以神會，不能述於筆端。
> 此畫運思超絕。必夢遊帝所者彷彿得之，非世間俗史意匠
> 可到。明窗淨几，盡卷展玩，恍然便覺身在九霄三景之上。
> 奇事不可以不識。簡齋有水府法駕導引歌詞，乃倚其體，
> 作步虛六章，以遺從善。羽人有不俗者，使歌之於清風明
> 月之下，雖未得仙，亦足以豪矣。〔註130〕

〔註129〕宋・郭茂倩：《樂府詩集》，《文淵閣四庫全書電子版》（上海：上海
　　　　人民出版社；香港：迪志文化出版社，1999 年 11 月）。

〔註130〕唐圭璋編：《全宋詞》（台北：文光出版社，1983 年 10 月），頁
　　　　1621。

此詞為觀看趙崇善所示玉樓圖而作，圖中所繪的全是神仙的世界，其六闋詞都是用〈憶江南〉調，茲舉第一闋為例：

　　珠宵境，卻似化人宮。梵氣彌羅融萬象，玉樓十二倚清空。
　　一片寶光中。〔註131〕

以〈憶江南〉描寫圖中的神仙世界。另有程珌的〈步虛詞〉「壽張門司」，詞云：

　　休怪頻年司鑰，仙官長守仙宮。東風未肯到凡紅。先舞雲
　　韶彩鳳。　　都是一團和氣，故教上苑春濃。群仙拍手過
　　江東。高唱紫芝新頌。〔註132〕

此詞係以神仙祝賀壽誕。二闋詞的體製不同，卻同名之為〈步虛詞〉，主要是因為內容同是在寫神仙之事。由此可證明〈步虛詞〉是泛稱所有道家神仙之事，而非專指〈憶江南〉此調。

　　根據《詩話總龜》記載，有仙人以〈望江南〉歌蔡真人之詞，遂使〈步虛聲〉與〈憶江南〉有了連繫。但從唐至宋，都可看出〈步虛聲〉並不是專指〈憶江南〉，而是泛言道教所有神仙之事，因此〈步虛聲〉之意義，是將神仙世界的故事寫入詞中，擴大了詞的題材。

　　〈憶江南〉詞調，隨著詞的發展而有不同的異名，每個異名都可以說明詞在唐宋時期的發展現象。詞之所以能與詩並立，是因其本身有自己的形式，自己的風格，而這些都是必須經過時間的孕育而成。最早的〈望江南〉，指出詞是承南方文學的系統而來，有著南方文學溫柔婉約的特色，立下其文體特色，與詩有不一樣的文學形式，使得詞漸漸能成為新興的文體。〈杜秋娘〉一名，足以說明詞之所以能在唐宋造成一股風潮，是由於歌妓的因素，士人在宴遊時有歌妓唱詞以娛賓客，士人也填詞以贈歌妓為樂，歌妓則以演唱士人創作之詞為榮，二者相互激盪，形成一股風氣。以歌妓為媒介，造成詞的散播快速，也使它走向陰柔的風格，因此歌妓對詞的風格與傳播有一定的影

〔註131〕同註130，頁1621～1622。
〔註132〕同註130，頁2292。

響力。而中唐的白居易與劉禹錫，在詞史的發展中佔有重要的地位，白居易的〈憶江南〉說明詞在中唐時期開始進入文人化的階段；當時文人塡詞大量出現，提高詞的文學性，也使它走入文學的殿堂。劉禹錫的〈春去也〉，附註云「和樂天春詞，依〈憶江南〉曲拍爲句」，正式宣告詞的形式是「倚聲塡詞」，與詩體完全不同。經過士人的雅化與格律化，詞體創作量增多，詞也開始脫離詩，朝自己的方向前進。又從劉、白二人間的酬唱起，詞便不斷擴大其實用性，詞的早期是爲宴會間娛樂性的產物，到了兩宋，詞的運用層面已與詩不相上下，詞在文學中的地位已不亞於詩。至於〈步虛聲〉一名，是泛指有關道教神仙故事的作品，並不是專指〈憶江南〉而言，但從此名稱的出現，也可看出不管是釋道二家，都已利用詞體來做爲傳播宗教的工具。總之從〈憶江南〉的同調異名，便可發現詞在唐宋時期的發展情形，因此〈憶江南〉詞調便可說是詞在唐宋時期發展的縮影。

第三章 〈憶江南〉的體製

　　文學隨著時代不斷向前演化，當文體發展到成熟時期，易成僵化形式，於是開始求新求變；又隨文明進展，思想文化日趨細密，舊文體無法充分表達內心所感，新文體便孕育而生，它的出現不是憑空而降，而是由傳統蛻變而出。但要獨立而成爲一種文體，須具獨特形式，有別於舊有的體製，方能自成一體，韻文的發展亦然。詞雖由詩自然演變而來〔註 1〕，卻自有其形式，自有其發展路徑，不再受詩體的支配〔註 2〕，自成一體。詩詞最大的不同點在於是否諧音律。宋·沈義父《樂府指迷》云：

　　　音律欲其協，不協，則成長短之詩。〔註 3〕

合律爲詞，不合則爲詩，以音律區別詩詞。詩詞二者，無論在形式或內容上，有所雷同，也各具特色。詩有押韻，自有聲律之美；字分平仄，自成節奏之感，自古便可吟唱，所謂「誦詩三百」。到唐「聲詩」，更是合樂可歌，所以詩詞皆可歌，都可披於管弦之音。詞異於詩的關鍵，還是在於創作的方式。詞爲倚聲填詞，以此形成特有的體製。所

〔註 1〕繆鉞：〈論詞〉稱：「茲所謂別創新體（詞）者，非一二人有意爲之，乃出於自然試驗演變之結果。」趙爲民、程郁綴選：《詞學論薈》（台北：五南圖書出版公司，1989 年 7 月，頁 254）。

〔註 2〕林大椿：〈詞之矩律〉，趙爲民、程郁綴選：《詞學論薈》（台北：五南圖書出版公司，1989 年 7 月），頁 373。

〔註 3〕宋·沈義父：《樂府指迷》，《文淵閣四庫全書電子版》（上海：上海人民出版社；香港：迪志文化出版社，1999 年 11 月）。

以「音律欲其協」應不只限於是否協音律而言，須從詩詞創作過程加以分析，便可得知詩詞不同之處。宋・胡仔《苕溪漁隱叢話》前集卷二十一云：

> 大抵唐人歌曲，本不隨聲爲長短句，多是五言，或七言詩，歌者取其辭，與合聲相疊成音耳。〔註4〕

唐代詞體未出現前，樂工採詩合樂以歌，因形式整齊，無法與曲律切合，便雜以合聲，以協宮調變化，方能合音律而歌。創作過程是先有詩句，再合宮調，以音律配合詩句變化，以樂工爲主要創作者。詞卻不然，詞體是先有音樂，再倚聲塡詞，是以音樂爲主導的文學創作。因此「音律欲其協」，應不只限於合樂律而已，更強調詞的創作過程，是先由音律著手，詞意是配合宮調曲律。宋・楊守齋〈作詞五要〉載：

> 第一要擇腔。第二要擇律。第三要塡詞按譜。第四要隨律押韻。第五要立新意。〔註5〕

塡詞之法，須以詞意配合曲調。從擇腔起，再擇律定宮調，文字隨宮調而發，詞情須合詞調聲情，音律主導文字的形式，無論在平仄、押韻、分片都是以音律爲主〔註6〕，所以不同詞調便有不同體製。由此可知詞的文字最富音樂性，須依詞調塡詞，方可稱爲詞，否則雖有長短句式，仍是詩體而不能名爲詞。塡詞協其音律，非單指音樂的弦律而言，而是詞情須合調情。

第一節　〈憶江南〉最初的體製

　　劉禹錫於〈春去也〉下註「依〈憶江南〉曲拍爲句」，明白指出

〔註4〕宋・胡仔：《苕溪漁隱叢話前集》，《文淵閣四庫全書電子版》（上海：上海人民出版社；香港：迪志文化出版社，1999 年 11 月）。

〔註5〕唐圭璋：《詞話叢編》（台北：新文豐出版公司，1988 年 2 月），頁267～269。

〔註6〕俞感音：〈塡詞與選調〉，趙爲民、程郁綴選：《詞學論薈》（台北：五南圖書出版公司，1989 年 7 月），頁432。

詞爲倚聲之作，形成以音樂爲主的特有體製，故塡詞必先立調。清・
張德瀛《詞徵》卷一載：

> 小徐曰：「詞之虛立，與實相符，物之受名，依詞取義，此
> 蓋謂語之助也」。推此而言，則詞必立調，而後可以審其節
> 哉。〔註7〕

音樂的勃發，促進詞的演化，詞體的形式，是隨不同的詞調，而有不
同的體製。每一詞調，各有其音節，句數、字數、韻腳，是充滿音樂
性的文體，而非純爲欣賞文字的案頭文學。詞初爲「胡夷里巷之曲」，
後經文人雅化，遂成文體，便有定格，但仍離不開音樂。詞能流傳於
唐，大盛於宋，與士人間宴樂有極大關係，因此在唐宋時詞能演變成
爲文體，有三項要素：塡詞者、制樂者及唱詞者，三者相互配合，詞
體才能大盛，蔚爲風尚。而詞能成體，主要關鍵在於文人塡詞，將詞
由俗而雅，制定格律，漸成體製，方可步入文學之林。但塡詞必先擇
宮調，但所有塡詞者並非皆懂工尺。宋・沈義父《樂府指迷》云：

> 古曲譜多有異同，至一腔有兩三字多少者，或句法長短不
> 等者。蓋被教師改換，亦有嘌唱一家，多添了字。〔註8〕

文字與音樂分屬不同專業領域，士人塡詞雖依宮調而作，但側重詞
意；在與音樂結合時，不一定能全部協律，便藉由樂工及歌者協助，
依音樂的性質，自行增減文字以合律，因此造成同宮調，句法卻長短
不一。能懂宮調莫過於樂工，當詞有犯律之處，或須轉換之處，經由
精於音律的樂工，按曲調稍加調整，便能補救士人塡詞犯律之處。又
歌者在演唱時，爲求合律，不被詞意的句讀所限，依所歌之調，自行
斟酌文句的長短，以配合音律高低變化。清・江順詒《詞學集成》卷
二載：

> 楊守齋作詞五要：「第三，要塡詞按譜。自古作詞能依句者
> 少，依譜用字百無一二，若歌韻不協，奚取哉。或謂善歌

〔註7〕同註5，頁4086。
〔註8〕宋・沈義父：《樂府指迷》，《文淵閣四庫全書電子版》（上海：上海
　　　人民出版社；香港：迪志文化出版社，1999年11月）。

> 者，能融化其字，則無疵。殊不知製作轉折或不當，則失
> 律。正旁偏側，凌犯他宮，非復本調矣。」〔註9〕

填詞者能懂音律百無一二，只照前人之法填詞，不一定能協律而歌，
便由善歌者，依其本身音律素養，在唱詞時稍作調整潤飾，便能修正
不合律之處。在詞的創作方面，爲了文詞與音樂密切結合，樂工與歌
者扮演校對潤飾的角色，讓詞完全合於曲度，演唱時更加優美動人，
吸引更多人投入填詞行列。因此士人、樂工、歌者三者，是唐宋詞發
展過程中不可或缺的主體。

各家填詞，雖同一宮調，句度各有參差，只要不影響音律，都可
被接受。清‧江順詒《詞學集成》卷二云：

> 故一調而同時之人共填，體各小異，實增字任人增減，無
> 戾於音，又何害於詞。〔註10〕

詞重音律，對於字句不過分拘泥形式，各家填詞，只要能協音律，增
減字數並無不可。因此同一宮調，句有參差，體有小異。又卷一云：

> 詞有定名，即有定格，其字數多寡，平仄韻腳較然。中有
> 參差不同者，一曰襯字，文義偶有不聯暢，用一二字襯
> 之。……一曰宮調，……詞有同名而所入之宮調異，字數
> 多寡亦因之異。〔註11〕

是知形成同調異體之原因，一爲襯字，一爲不同宮調。詞有無襯字，
自古便爭論不休〔註12〕。從詞的特性看，是以音樂爲主體，填詞首重
協律可歌，文句的長短取決於樂譜的節拍而定，故詞爲長短句形式，
便爲合樂所致。音樂與文字性質不同：文字聲調只有平上去入之分，
基本上爲一字一音，曲調則由不同音階的組合，有不同的節拍，組成
多樣的節奏。古時歌唱理論中，爲使文字配合音律，便有融字法、道

〔註 9〕唐圭璋：《詞話叢編》（台北：新文豐出版公司，1988 年 2 月），頁
　　　3232。
〔註10〕同註9，頁 3232。
〔註11〕同註9，頁 3225。
〔註12〕見林玫儀：〈論詞之襯字〉，《詞學考詮》（台北：聯經出版事業公司，
　　　1987 年 12 月），頁 169～173。

字法、帶字法、就字法等，主要是改變字音的聲調，以配合曲子的旋律〔註13〕，而非改曲調以合文句形式。因此在唱詞時爲求文詞與音律合協，便修改文詞以合宮調。故從音律的角度觀之，襯字是爲唱腔的運用，詞中出現襯字是十分自然〔註14〕。又縱觀唐宋詞，襯字的運用所在多有，不限於早期唐詞及敦煌曲子詞，到了北宋‧柳永、周邦彥，南宋‧吳文英等，其詞也出現襯字，因此襯字不僅在唐五代有之，在宋代亦然。所以在唐宋詞體中運用襯字以協音律，是存在的〔註15〕。襯字主要是爲協音律，在填詞時靈活運用，未成固定格式，因此雖爲同詞調，句式並不一定完全相同，因爲詞體是隨旋律而發，所以句式字數並非一成不變。

　　詞調與曲調不同。相同的詞調，其宮調未必相同，〈憶江南〉在唐宋，大都爲南呂宮，宋周邦彥〈憶江南〉注爲大石調〔註16〕，正說明同詞調未必同宮調。宮調是以音樂來區分，每種宮調的聲情並不相同，音律節奏亦不同，因此相異之宮調，其句式必也有所不同。而詞是以詞調分體製，不常標名宮調，故相同的詞調，因其宮調不同，也會造成句式、字數上的不同。〔註17〕因此不同的詞體是以音樂爲區分標準。

第二節　敦煌曲中的〈憶江南〉

　　詞的體製，是以詞調區分，不同詞調，形成不同體製，但同一詞調並不只有一體而已，主要是因爲詞中襯字及同詞調不同宮調所致〔註18〕。〈憶江南〉體製，在《御定詞譜》、《詞律》皆載有三體：單

〔註13〕同註12，頁174～175。
〔註14〕周玉魁：〈詞的襯字問題〉云：「詞與音樂相合是歌辭，故有襯字」，《詞學》第十輯（上海：華東大學出版社，1992年12月），頁144。
〔註15〕同註12，頁192～199。
〔註16〕唐圭璋編：《全宋詞》（台北：文光出版社，1983年10月），頁600。
〔註17〕同註12，頁182～186。
〔註18〕龍沐勛：〈詞體的演進〉，趙爲民、程郁綴選：《詞學論薈》（台北：

調二十七字、雙調五十四字及雙調五十九字〔註19〕。而潘慎主編《詞律辭典》載〈憶江南〉共八體，其中〈曳腳望江南〉三十五字體爲清詞外〔註20〕，在唐宋有七體，除了與《御定詞譜》相同的三體外，另計有：單調二十八字、單調二十九字、雙調五十四字（計有二體，一體與《御定詞譜》同）、雙調五十五字，不同四體皆爲敦煌詞。其詞曰：

> 天上月，遙望似一團銀。夜久更闌風漸緊，爲奴吹散月邊雲。照見負心人。

> 五梁臺上月，一片玉無瑕。迤邐看歸西□去，橫雲出來不敢遮。靉靆繞天涯。

> 娘子麵，磑了再重磨。昨來忙暮行里小，蓋緣傍伴迸夫多。所以不來過。　　莫攀我，攀我太心偏。我是曲江臨池柳，（者）這人折了那人攀。恩愛一時間。

> 曹公德，爲國托西關。六戎盡來作百姓，壓壇河隴定羌渾。雄名遠近聞。　　盡忠孝，向主立殊勳。靖難論兵扶社稷，恆將籌略定妖氛。願萬載作人君。〔註21〕

單調二十八字體（天上月）與單調二十九字體（五梁臺上月），在形式上與二十七字體相同，都爲五句三平韻，因有襯字，而列爲別體。在單調二十八字體之第二句「遙望似一團銀」多一襯字「似」，因而成又一體〔註22〕。單調二十九字體，首句多兩襯字「五梁」因而又成一體。任二北《敦煌曲校錄》載：

五南圖書出版公司，1989 年 7 月），頁 158。

〔註19〕清聖祖：《御定詞譜》卷一，《文淵閣四庫全書電子版》。清：《詞律》卷一，《文淵閣四庫全書電子版》（上海：上海人民出版社；香港：迪志文化出版社，1999 年 11 月）。

〔註20〕潘慎主編：《詞律詞典》（太原：山西人民出版社，1991 年 9 月），頁1397～1399。

〔註21〕潘慎主編：《詞律詞典》（太原：山西人民出版社，1991 年 9 月），頁1397～1399。

〔註22〕同註21，頁 1397。

五梁

臺上月，一片玉無瑕。迤邐看歸西海去，橫雲出來不敢遮。
靉靆繞天涯。

「五梁」二字，原冠首句之上；此調首句作五字或加襯字
者少。揣此二字，或非曲辭。猶之〈鳳歸雲〉，誤以題目「怨」
字入辭也。姑亦改作題目，俟考。〔註23〕

首句「五梁」二字爲襯字，或爲題目尚不可考，但因首句爲五字異句，
而成又一體。敦煌詞中單調〈憶江南〉，僅此二闋有襯字，餘皆爲二
十七字體。

雙調五十四字體（娘子麵），爲上、下兩片，各二十七字，五句
三平韻，因下片有換韻，故成又一體。潘愼主編《詞律詞典》云：

此選詞家常取下片爲單調詞，但敦煌詞伯希和劫走卷 3911
及 2809，俱作雙調，豈兩種寫本爲一人所抄錄，遂有此相
同之舛誤？如無此巧合，則唐詞〈望江南〉雙調用兩韻之
可能，豈可排除。〔註24〕

敦煌寫卷中，另有四闋雙調〈憶江南〉，並沒有上下片換韻的情形出
現，在唐宋詞雙調五十四體中，也少有換韻的形式出現，只有此闋有
此形式，不足以說明有雙調〈憶江南〉五十四字體，上、下片可換
韻。因此多數學者主張此闋（娘子麵）非雙調，而是二闋單調詞，在
《敦煌曲校錄》〔註25〕、《全唐五代詞》〔註26〕都載爲單調。在（曹
公德）一闋的上片第二句失一韻，下片末句添一襯字「願」〔註27〕，
因此成雙調五十五字體。此體形式僅有此一闋，未見其它相同詞牌有

〔註23〕任二北：《敦煌曲校錄》（台北：盤庚出版社，1978 年 10 月），頁
　　　 59。
〔註24〕同註 23，頁 1397。
〔註25〕同註 23，頁 58。
〔註26〕張璋、黃畬編：《全唐五代詞》（台北：文史哲出版，1986 年 10 月），
　　　 頁 879〜880。
〔註27〕潘愼主編：《詞律詞典》（太原：山西人民出版社，1991 年 9 月），頁
　　　 1397〜1399。

此形式。

《詞律詞典》載唐宋詞〈憶江南〉共有七體，與《御定詞譜》不同的四體，皆爲敦煌詞，除了五十四字，上、下片換韻一體，有待商討之外，餘三體都因襯字形成又一體。觀唐宋詞〈憶江南〉，除敦煌詞外，其餘體製皆同，在單調以二十七字，五句三平韻爲主。雙調五十四字，以上、下片各五句三平韻爲主。爲何敦煌〈憶江南〉八闋詞中會出現多種詞體？究其因有二：一是敦煌詞爲早期詞作。二是敦煌詞屬於民間性質的文學。詞是由胡夷里巷之曲而來，經文士之手而成體。〈憶江南〉在唐代文人創作並不多，盛唐崔懷寶所作，其形式爲首句五字。宋・曾慥《類說》卷二十九載：

> 令崔（懷寶）作詞，方得見瓊瓊。崔曰：「平生無所願，願作樂中箏。近得佳人纖手子，研羅裙上放嬌聲，便死也爲榮。」〔註28〕

在首句多「無所」襯字外，餘與〈憶江南〉同〔註29〕，到了中唐劉、白二人之作，便爲單調二十七字之體，晚唐皇甫松二闋〈夢江南〉也是如此，五代以後，單調都以此體爲主，由此可知，單調〈憶江南〉到中、晚唐才逐漸定形。詞的發展在中唐爲雛形期，晚唐爲成熟期〔註30〕。敦煌詞中單調〈憶江南〉應爲晚唐之前的作品，因爲單調（天上月）作於唐懿宗咸通之前〔註31〕，雙調〈憶江南〉爲晚唐詞作，單調應早於雙調，證明敦煌單調〈憶江南〉在晚唐之前即出現。又從詞數量看，唐文人塡〈憶江南〉只有四人，共計八闋而已〔註32〕，作品不多。因此敦煌〈憶江南〉可能爲早期之作〔註33〕，故

〔註28〕 宋・曾慥：《類說》，《文淵閣四庫全書電子版》（上海：上海人民出版社；香港：迪志文化出版社，1999 年 11 月）。

〔註29〕 張夢機：《詞律探原》（台北：文史哲出版社，1981 年 11 月），頁 218。

〔註30〕 楊海明：《唐宋詞史》（高雄：復文圖書出版社，1996 年 2 月），頁 46。

〔註31〕 任二北：《敦煌曲校錄》（台北：盤庚出版社，1978 年 10 月），頁 59。

〔註32〕 計有崔懷寶（平生願）一闋。白居易（江南好）、（江南憶，最憶是

其詞是在雛形階段，體製尚未定形，因而其八闋〈憶江南〉中，有五種不同的形式出現。

　　另一方面，唐文人所作〈憶江南〉只有八闋而已，但充滿民間實用性的〈憶江南〉作品卻為數不少：除敦煌詞外，《兵要望江南》共五百闋。托呂巖之名屬於道家內丹詞有十二闋，可看出〈憶江南〉在唐實用性大於文學性，流傳於市井之中，偏重於民間性文學。於敦煌出土的文學作品有兩類：一類為傳世文人的抄本，一類為俗文學作品，包含變文、話本、曲子詞等〔註34〕。俗文學並非文學的主流，主要是流傳於市井百姓中，重在實用，而非文學創作，專供文人欣賞而已。在敦煌所發現唐五代詞，是屬民間性曲子詞〔註35〕，內容以通俗為主，不重文字修辭，在〈憶江南〉中有兩闋描寫男女相思情愛之作，毫無掩飾地道出內心的悲苦與無奈。其詞云：

　　　　娘子麵，磑了再重磨。昨來忙暮行里小，蓋緣傍伴迸夫多。
　　　　所以不來過。

　　　　莫攀我，攀我太心偏。我是曲江臨池柳，這人折了那人攀。
　　　　恩愛一時間。〔註36〕

用俚俗之語，直寫女子心中的無奈，在（莫攀我）一闋，即使不一定為棄婦或妓女之作〔註37〕，但女子怨憤之情，藉由淺白的詞語，完全表露無遺。以富有濃厚的生活氣息，呈現民歌清新坦率風格。除了通

　　　　杭州）、（江南憶，其次憶吳宮）三闋。劉禹錫（春去也，多謝洛城
　　　　人）、（春去也，共惜豔陽年）二闋。皇甫松（蘭燼落）、（樓上寢）
　　　　二闋。
〔註33〕高國潘：《敦煌曲子詞欣賞》（南京：南京大學出版社，2001 年 8 月）
　　　　云：「教坊曲是盛唐之音，敦煌〈望江南〉為該詞最古。」（頁 166）
〔註34〕榮新江：《敦煌學十八講》（北京：北京大學出版社，2001 年 8 月），
　　　　頁 282。
〔註35〕同註 34，頁 290。
〔註36〕張璋、黃畬編：《全唐五代詞》（台北：文史哲出版，1186 年 10 月），
　　　　頁 878～879。任二北：《敦煌曲校錄》（台北：盤庚出版社，1978 年
　　　　10 月），頁 58。
〔註37〕高國潘：《敦煌曲子詞欣賞》（南京：南京大學出版社，2001 年 8 月）
　　　　云：「像這樣（莫攀我）的棄婦和妓女的怨憤詞。」（頁 166）

俗之外，名爲「曲子詞」，強調可歌，而市井歌曲，不同文人依聲塡詞，常因聲度辭，歌辭不僅依曲拍，並取決於演唱當時聲情的需要，所以雖爲同調，但句有參差〔註38〕。故敦煌詞中多襯字也不足以爲奇了。

　　早期出現的詞作，體製尙未成熟，平仄格律不甚嚴格，因此同一詞調，句子互有參差。或是懂音律之人，爲求聲詞和諧，有移宮轉調，也會造同調但句有參差的情形〔註39〕。敦煌詞中〈憶江南〉因其年代及屬於民間性質的因素，形成一調多體，但不同體只出現在敦煌詞，未見於其它詞作，因此不列於〈憶江南〉體製中討論。故唐宋詞中〈憶江南〉，以單調二十七字、雙調五十四二體爲主，其中雙調五十九字體只見於馮延巳一家，未有他家塡寫此體，其形式與〈憶江南〉完全不同，應爲同調異體。除此三體外，尙有詞調雖爲名〈憶江南〉，但其形式異於此調，也將其列爲異體。本章以此三體來說明〈憶江南〉體製。

第三節　單調二十七字體

　　〈憶江南〉以單調二十七字，五句三平韻爲本調〔註40〕。《御定詞譜》卷一載：

江南好句風景舊曾諳韻日出江花紅勝火句春來江水綠如藍韻
能不憶江南韻〔註41〕

共分五句，字數爲三、五、七、七、五。第二、四、五句押平聲韻，

〔註38〕丁放、余恕誠：《唐宋詞概說》（合肥：安徽教育出版社，2002年12月），頁28。

〔註39〕龍沐勛：〈詞體之演進〉，趙爲民、程郁綴選：《詞學論薈》（台北：五南圖書出版公司，1989年7月），頁171。

〔註40〕聞汝賢：《詞牌彙釋》（1963年5月），頁679。張夢機：《詞律探原》（台北：文史哲出版社，1981年11月），頁220。龍榆生編：《唐宋詞定律》（台北：華正書局，1988年9月），頁3。

〔註41〕清聖祖：《御定詞譜》，《文淵閣四庫全書電子版》（上海：上海人民出版社；香港：迪志文化出版社，1999年11月）。

不可轉韻。平仄格律爲：

－＋｜（句）＋｜｜－－（韻）＋｜＋－－｜｜（句）＋
－＋｜｜－－（韻）＋｜｜－－（韻）〔註42〕

詞的格律嚴於詩。賦詩常曰一、三、五不論，對奇數字的平仄要求不嚴，但在塡詞時，其平仄須依體而行。清・杜文瀾《憩園詞話》卷一云：

> 詞調中宜平宜仄，及可仄可平，詞譜、詞律均已旁註明，
> 自可遵守。〔註43〕

詞體平仄皆有定律，不可任意更改〔註44〕。何處平仄可互用，也須照詞體要求。另一方面，詞與詩不同，賦詩只須依格律即可，但塡詞除了要合詞調格律外，更注重音律。清・江順詒《詞學集成》載：

> 足見協律在宮商，而不在平仄。非詞律之精嚴，皆塡詞不
> 知律耳。〔註45〕

詞的格律不限於文字的聲律，更重要爲音律。唐宋詞大都爲歌而作，故以曲調爲主軸，文字配合音律之變化，其協律是在宮商而非重平仄而已。宋以後，曲調漸失，喪失詞的音樂性，塡詞便以詞牌之平仄格律爲依據。宋人塡詞時，仍重音律。宋・胡仔《苕溪漁隱叢話》後集卷三十三載：

> 李易安云：「……蓋詩文分平、側，而歌詞分五音；又分五
> 聲；又分六律；又分清、濁、輕、重。」〔註46〕

〔註42〕龍榆生編：《唐宋詞定律》（台北：華正書局，1988年9月），頁3。潘慎主編：《詞律詞典》（太原：山西人民出版社，1991年9月），頁1397。狄兆俊：《塡詞指要》（南昌：百花州文藝出版社，1990年，12月），頁2。王洪主編：《唐宋詞百科大詞典》（北京：學苑出版社，1990年9月），頁1157。王力：《詩詞格律》（香港：中華書局，2002年1月），頁72。
〔註43〕唐圭璋編：《詞話叢編》（台北：新文豐出版社，1988年2月），頁2854。
〔註44〕王力：《詩詞格律》（香港：中華書局，2002年1月），頁84。
〔註45〕同註43，頁3295。
〔註46〕宋・胡仔：《苕溪漁隱叢話後集》，《文淵閣四庫全書電子版》上海：上海人民出版社；香港：迪志文化出版社，1999年11月）。

李清照〈論詞〉指出，塡詞要分辨脣、齒、喉、舌、鼻五音，又要合於音律的宮、商、角、徵、羽五音及十二律呂，對字聲的陰陽也須考究〔註47〕，塡詞須聲律與音律的和諧，不像詩文只重聲律之平仄即可。唐宋詞要合管弦之音，又要能賦於歌，對聲律的要求便嚴於詩，也特別注重聲律變化，因此將仄聲又分上、去、入。塡詞時聲律須依體而行，方能使聲情能合於調情。

　　詞體中，可平可仄之處，並非任意而爲之。清・劉熙載《詞概》云：

> 詞中平仄，體有一定，古人或有平作仄，仄作平者，必合
> 句上、句下、句內之字，權其律之所宜，互爲更換。〔註48〕

詞體中雖有平仄通用之處，但平仄的選擇，並非毫無法度，須斟酌上、下句及句內之聲律變化，以能協律者爲佳，並非只重詞意流暢而已，須先考慮整闋詞聲律及音律，才選擇用平或用仄。〈憶江南〉亦是如此。清・舒夢蘭輯，《考正白香詞譜》卷一云：

> 按此詞（〈憶江南〉）首句爲三字句。第二字雖註可平，但
> 與第三句之第一字有互關係，若首句第二字用平，則次句
> 第一當以用仄爲稱，反之亦然。唯以音節論，則首句第二
> 字以仄聲爲佳。……唯首句第二字已用仄，則次句自當用
> 平爲宜。〔註49〕

是知〈憶江南〉平仄聲之選用，是依上下句聲律的變化，互爲關係。從音節論，首句第二字以仄聲爲佳，足見在平仄通用處，要考量聲律和諧，選定適合的平仄，而非隨意塡作。此塡詞法，以協聲律爲主，完全沒有談及音律，宋後詞的音樂漸失，塡詞往往按詞調格律，忘記詞的音樂性，無怪乎《詞學集成》云：「非詞律之精嚴，皆塡詞不知

〔註47〕劉尊明：《唐宋詞綜論》（北京：中國社會科學出版社，2004 年 12月），頁 21。

〔註48〕唐圭璋編：《詞話叢編》（台北：新文豐出版社，1988 年 2 月），頁3700。

〔註49〕清・舒夢蘭輯，陳栩、陳小蝶考正：《考正白香詞譜》（台北：學海出版社，1982 年 6 月），頁 2。

律耳」。

　　唐宋塡詞重在可歌，詞體不僅要合詞調之律，更要合宮調之法。因此詞體平仄通用之處，須「權其律之所宜」，其「律」除了要協上下句聲律變化之外，更要合宮商之音。後人塡詞，轉以詞調爲主，而忽略律呂變化。

第四節　雙調五十四字體

　　雙調〈憶江南〉在晚唐已出現。敦煌詞編號：伯3128有四闋雙調〈望江南〉，詞曰：

　　　　曹公德，爲國托西關。六戎盡來作百姓，壓壇河隴定羌渾。
　　　　雄名遠近聞。　　盡忠孝，向主立殊勳。靖難論兵扶社稷，
　　　　恆將籌略定妖氛。願萬載作人君。

　　　　敦煌郡，四面六蕃圍。生靈若屈青天見，數年路隔失朝儀。
　　　　目斷望隴墀。　　新恩降，草木總光輝。若不遠仗天威力，
　　　　河湟必恐陷戎夷。早晚聖人知。

　　　　龍沙塞，路遠隔烟波。每恨諸蕃生留滯，只緣當路寇讎多。
　　　　抱屈爭奈何。　　皇恩薄，聖澤遍天涯。大朝宣差中外史，
　　　　今因絕塞暫經過。路遠合通和。

　　　　邊塞苦，聖上合聞聲。背蕃歸漢經數歲，常聞大國作長城。
　　　　金榜有嘉名。　　太傅化，永保更延齡。每抱沈機扶社稷，
　　　　一人有慶萬家榮。早願拜龍旌。〔註50〕

其寫作時間約在後唐、後晉間〔註51〕，證明〈憶江南〉最晚於晚唐時已有雙調的形式。形式上只是將單調重疊爲雙調，成爲上、下片都爲五句三平韻。《御定詞譜》卷一載：

　　　　江南蝶句斜日一雙雙韻身似何郎全傅粉句心如韓壽愛偷香韻

〔註50〕任二北：《敦煌曲校錄》（台北：盤庚出版社，1978年10月），頁56
　　　　～58。
〔註51〕同註50。

天賦與輕狂韻　　微雨過句薄翅膩煙光韻纏伴遊蜂來小苑句
又隨飛絮過東牆韻長是爲花忙韻〔註52〕

雙調〈憶江南〉多爲此體。詞體雙調以換頭爲多，上下片句數、字數
不同，音律富有變化。但雙調〈憶江南〉則爲重頭曲，前後段皆爲五
句三平韻，體製與單調無異，平仄通用之處也與單調同〔註53〕，整闋
爲疊唱形式，將一曲重唱兩次，曲調變化不大。〈憶江南〉從唐起體
製變化不大。比較中唐出現的詞調，現有詞傳世者，共有八人〔註
54〕，張松齡、張志和、顧況的〈漁歌子〉，戴叔倫〈轉應詞〉即〈調
笑〉、韋應物〈調笑〉、王建〈三臺〉、劉禹錫、白居易〈憶江南〉。其
中〈漁歌子〉在宋·張炎《山中白雲詞》卷八，題云：

張志和與余同姓，而意趣亦不相遠。庚戌春，自陽羨牧溪
放舟過苕畫溪，作〈漁歌子〉十解，述古調也。〔註55〕

因宋〈漁歌子〉有新調出現，與中唐不同宮調至爲明顯，因此將張志
和所塡〈漁歌子〉稱爲「古調」，可見〈漁歌子〉至宋已移宮換調，
與中唐詞調不同。唐五代〈轉應曲〉與〈三臺〉、〈調笑〉爲同調異名。
《御定詞譜》卷二，〈古調笑〉下註云：

戴叔倫詞名〈轉應曲〉，馮延巳詞名〈三臺令〉與宋詞〈調
笑令〉不同。〔註56〕

唐五代〈調笑〉只有一體，無雙調的形式，到宋詞有同調名，但不同
體製，因此唐五代〈調笑〉到宋時也已移宮換調。同爲中唐出現的詞
調中，除了〈憶江南〉仍保有原來的形式，並發展成重頭雙調，餘二

〔註52〕清聖祖：《御定詞譜》，《文淵閣四庫全書電子版》（上海：上海人民
　　　　出版社；香港：迪志文化出版社，1999年11月）。
〔註53〕同註52。
〔註54〕劉輯熙：〈詞的演變和派別〉，趙爲民、程郁綴選：《詞學論薈》（台
　　　　北：五南圖書出版公司，1989年7月），頁216。
〔註55〕宋·張炎：《山中白雲詞·附錄樂府指迷》，《文淵閣四庫全書電子
　　　　版》（上海：上海人民出版社；香港：迪志文化出版社，1999年11
　　　　月）。
〔註56〕清聖祖：《御定詞譜》，《文淵閣四庫全書電子版》（上海：上海人民
　　　　出版社；香港：迪志文化出版社，1999年11月）。

者體製皆已改換。

　　再從同爲詞中鼻祖〈菩薩蠻〉、〈憶秦娥〉、〈長相思〉〔註57〕等雙調形式來比較，其詞：

　　平林漠漠煙如織。寒山一帶傷心碧。暝色入高樓。有人樓上愁。　　玉階空佇立。宿鳥歸飛急。何處是歸程。長亭更短亭。（李白〈菩薩蠻〉）〔註58〕

　　簫聲咽。秦娥夢斷秦樓月。秦樓月。年年柳色。灞橋傷別。樂游原上清秋節。咸陽古道音塵絕。音塵絕。西風殘照，漢家陵闕。（李白〈憶秦娥〉）〔註59〕

　　汴水流。泗水流。流到瓜洲古渡頭。吳山點點愁。　　思悠悠。恨悠悠。恨到歸時方始休。月明人倚樓。（白居易〈長相思〉）〔註60〕

〈菩薩蠻〉、〈憶秦娥〉上、下片，都爲換頭的形式，文句優雅，極富文學性。白居易〈長相思〉，爲重頭的雙調形式，情眞意簡，文句淺白。白居易留心民間樂曲，並依其調塡詞〔註61〕，故其詞帶有地方民歌色彩。民歌除了詞意簡約淺白外，在歌唱時，常運用疊唱的方式，曲調簡單，易於流傳。〈長相思〉便帶此種民歌的性質。同爲白氏所塡〈憶江南〉，本爲民間曲調〔註62〕，白居易塡此調仍保有民歌特色，

〔註57〕　清聖祖：《御定詞譜・發凡》，《文淵閣四庫全書電子版》（上海：上海人民出版社；香港：迪志文化出版社，1999 年 11 月）云：「如〈菩薩蠻〉、〈憶秦娥〉、〈憶江南〉、〈長相思〉等，……故以此四闋，爲詞之鼻祖。」

〔註58〕　清聖祖：《御定詞譜》卷五，《文淵閣四庫全書電子版》（上海：上海人民出版社；香港：迪志文化出版社，1999 年 11 月）。

〔註59〕　清聖祖：《御定詞譜》卷五，《文淵閣四庫全書電子版》（上海：上海人民出版社；香港：迪志文化出版社，1999 年 11 月）。

〔註60〕　清聖祖：《御定詞譜》卷二，《文淵閣四庫全書電子版》（上海：上海人民出版社；香港：迪志文化出版社，1999 年 11 月）。

〔註61〕　龍沐勛：《倚聲學——詞學十講》（台北：里仁書局，1996 年 1 月），頁 4。

〔註62〕　龍沐勛：《倚聲學——詞學十講》（台北：里仁書局，1996 年 1 月）稱：「按：民間曲拍塡寫長短句歌詞，除上舉〈憶江南〉，還有〈瀟

後經文人塡詞，躋於士大夫歌舞筵席之列，但在市井流傳並未間斷，從敦煌詞，呂巖詞及《兵要望江南》，可知〈憶江南〉仍傳唱於市井大眾間，不曾退去實用性。又〈憶江南〉在盛唐時，便收入教坊曲目中，在街市中便已流傳，不僅士人塡此調，就連民間乞食亦唱此調。《太平廣記》卷五十五載：

> 有伊用昌者，不知何許人也，其妻甚少，有殊色，音律女工之事，皆曲盡其妙，夫雖幾寒乞食，終無愧意。……愛作〈望江南〉詞，夫妻唱和，或宿於古寺廢廟間，遇物即有所詠，其詞皆有旨，爲只記得詠鼓詞，詞云：「江南鼓，梭肚兩頭欒。釘著不知侵骨髓，打來只是沒人肝，空腹被人謾。」，餘多不記。〔註63〕

伊用昌夫妻，唱〈望江南〉乞食，其形式與〈憶江南〉同，爲同一詞調，名爲詠鼓，實則抒發內心之苦。由此可知，唐〈憶江南〉在市井傳唱不亞於士人塡詞，實用性大於文學性，故能一直被保留民歌性質。唐士人並未塡雙調〈憶江南〉，但從敦煌詞已有雙調出現，說明雙調〈憶江南〉也是起於市井中，故雙調形式爲重頭曲，維持原來的體製，宮調以南呂宮爲主，少有轉換〔註64〕，此與其民歌性質有關。疊唱是民歌常用的形式。最早的北方民歌總集──《詩經》，在「國風」的作品中，常有此形式。宋·朱熹《詩經集傳》卷三載：

> 青青子衿，悠悠我心，縱我不往，子寧不嗣音。
> 青青子佩，悠悠我思，縱我不往，子寧不來。
> 挑兮達兮，在城闕兮，一日不見，如三月兮。（〈青青子衿〉）
> 碩鼠碩鼠，無食我黍。三歲貫女，莫我肯顧。逝將去女，

湘神〉。」（頁5）鄭振鐸：《插圖本中國文學史》（台北：莊嚴出版社，1991年1月）稱：「劉、白二人擬作民間的〈竹枝詞〉、〈楊柳枝〉、〈憶江南〉諸詞不少。」（頁419）

〔註63〕宋：《太平廣記》，《文淵閣四庫全書電子版》（上海：上海人民出版社；香港：迪志文化出版社，1999年11月）。

〔註64〕龍沐勛：〈詞體之演進〉，趙爲民、程郁綴選：《詞學論薈》（台北：五南圖書出版公司，1989年7月），頁158。

適彼樂土。樂土樂土，爰得我所。

碩鼠碩鼠，無食我麥。三歲貫女，莫我肯德。逝將去女，
適彼樂國。樂國樂國，爰得我直。

碩鼠碩鼠，無食我苗。三歲貫女，莫我肯勞。逝將去女，
適彼樂郊。樂郊樂郊，誰之永號。(〈碩鼠〉)〔註65〕

〈鄭風〉中情詩為多，別有一種媚態與美趣〔註66〕。〈青青子衿〉，直
接描寫男女相思之情，從思念之人的青青衣衿到繫玉青絲帶，勾起無
限思慕之情，表面雖是抱怨，內心卻是急切等待，用字淺白易懂，一、
二段的形式及內容重複，正表現出民歌的特色。〈碩鼠〉也是如此。
又北朝民歌〈木蘭詩〉，全詩亦為疊唱的形式。宋・李昉編《文苑英
華》卷三百三十三卷載：

東市買駿馬，西市買鞍韉，南市買轡頭，北市買長鞭。朝
辭爺孃去，暮宿黃河邊。不聞爺孃喚女聲，但聞黃河流水
鳴濺濺。朝辭黃河去，暮至黑山頭，不聞爺孃喚女聲，但
聞燕山朝騎聲啾啾。〔註67〕

運用重複相同四句的形式，表現備馬應戰的忙碌情形。出發後，又利
用重複句形，呈現行動快速，再利用疊句形式，將木蘭思親之苦直接
道出。質樸自然，情意真摯，流露自然的民歌特色。南方的民歌，同
樣富有疊唱之特色。梁・沈約《宋書》卷二十一〈江南・古辭〉載：

江南可採蓮，蓮葉何田田。魚戲蓮葉東，魚戲蓮葉西，魚
戲蓮葉南，魚戲蓮葉北。〔註68〕

用語自然，句式重複，無隱文，無曲說，直接寫出魚游於蓮葉之
趣，富有民歌之餘味。流傳於社會大眾的民歌，在形式上以淺白為

〔註65〕宋・朱熹：《詩經集傳》，《文淵閣四庫全書電子版》(上海：上海人
民出版社；香港：迪志文化出版社，1999 年 11 月)。

〔註66〕鄭振鐸：《插圖本中國文學史》(台北：莊嚴出版社，1991 年 1 月)，
頁 49。

〔註67〕宋・李昉等編：《文苑英華》，《文淵閣四庫全書電子版》(上海：上
海人民出版社；香港：迪志文化出版社，1999 年 11 月)。

〔註68〕梁・沈約：《宋書》，《文淵閣四庫全書電子版》(上海：上海人民出
版社；香港：迪志文化出版社，1999 年 11 月)。

主，在歌唱時，複沓疊唱，形成固定的節奏，曲調簡單，反複演唱，便於琅琅上口，口耳相傳。雙調〈憶江南〉也是出於市井，因而帶有民歌性質，將一曲重頭爲雙調。到了宋詞，〈憶江南〉仍未被士人所棄，繼續朝向文學性發展，在填詞者及作品數量已較唐五代多。但在市井中，也一直傳唱此調。宋·胡仔《苕溪漁隱叢話》前集卷五十八載：

> 《夷堅志》云：「陳東，靖康間，嘗飲於京師酒樓，有娼打坐而歌者，東不顧乃去。倚闌獨立歌〈望江南〉詞，音調清越，東不覺傾聽。……其詞曰：『闌干曲，紅颭繡簾旌。花嫩不禁纖手捻，被風吹去意還驚。眉黛蹙山青。　　鏗鐵板，閒引步虛聲。塵世無人知此曲，卻騎黃鶴上瑤京。風冷月華清。』東問何人製？曰：『上清·蔡眞人詞也』。」
>
> 〔註69〕

靖康間，酒肆娼優唱〈望江南〉，其體同單調〈憶江南〉，可見〈憶江南〉在宋仍用於市井中。並隨著宋詞的發展，擴大功用，有用於賀詞、宗教修行等，並未隨著時空有所改變或消失。

　　〈憶江南〉無論是單調或雙調，都出於市井之中，雖經文人填詞，但從唐至宋，都能保有初期民歌形式的體製，少有變化。或因居易填三闋〈憶江南〉起，三闋都保有通俗、明快、眞摯、音韻悠揚的濃濃民歌風味〔註70〕，因而奠定基型，再加上市井中從未停止流傳此調，故無論在單調或雙調上，體製一直未有重大變化。

第五節　同名異體的作品

　　〈憶江南〉除單調二十七字體與雙調五十四字體外，尚有與〈憶江南〉同名，但體製完全不相同的異體，主要有馮延巳五十九字

〔註69〕宋·胡仔：《苕溪漁隱叢話前集》，《文淵閣四庫全書電子版》（上海：上海人民出版社；香港：迪志文化出版社，1999 年 11 月）。

〔註70〕唐圭璋：《唐宋詞鑑賞辭典》（台北：新地文學出版社，1991 年 4 月），頁 41。

體、相同調名不同宮調，另有依詞意而與〈憶江南〉同名等三種異體出現。

一、馮延巳五十九字體

唐宋詞中，此體唯南唐・馮延巳所塡，未見他家塡此體。《御定詞譜》卷一載：

> 去歲迎春樓上月反韻，正是西牕句，夜涼時節韻。玉人貪睡墜釵雲平韻，粉消香薄見天眞韻。　　人非風月長依舊換反韻，破鏡塵箏句，一夢經年瘦韻。今宵簾幕颺花陰換平韻，空餘枕淚獨傷心句。
>
> （註）按《陽春集》馮詞二首，前後段俱兩平兩反四換韻。實與唐宋〈憶江南〉本調不同，因調名同，故爲類列。
> 〔註71〕

註中明白指出，此調與〈憶江南〉完全不同體，只因同調名，而列爲別體。詞調雖同，但所入宮調不同，或是用舊名別翻新曲，其字數、句數亦不同〔註72〕。馮延巳兩闋〈憶江南〉，實與〈憶江南〉無關。

總之詞調與詞情，二者不可分，塡詞時，先擇調再塡詞，詞情必應曲調之情〔註73〕。不同宮調，有不同調情。宋詞婉約派常用〈解連環〉、〈倦尋芳〉、〈掃花街〉等，因其調情纏綿呑吐，含蓄蘊藉。而豪放派常用〈滿江紅〉、〈賀新郎〉、〈沁園春〉等，因其調騰踔頓挫，大開大闔〔註74〕。故各調皆有不同聲情。清・杜文瀾《憩園詞話》卷一云：

> 如《雍熙樂府》云：「十六調，黃鍾宮宜富貴纏綿，正宮宜

〔註71〕清聖祖：《御定詞譜》，《文淵閣四庫全書電子版》（上海：上海人民出版社；香港：迪志文化出版社，1999 年 11 月）。

〔註72〕龍沐勛：〈詞體之演進〉，趙爲民、程郁綴選：《詞學論薈》（台北：五南圖書出版公司，1989 年 7 月），頁 158。

〔註73〕懷玖：〈論詞的特性和詩詞分界〉，趙爲民、程郁綴選：《詞學論薈》（台北：五南圖書出版公司，1989 年 7 月），頁 300。

〔註74〕同註 73，頁 303。

惆悵雄壯，大石調宜風流蘊藉，小石調宜旖旎嫵媚，仙呂宮宜清新綿邈，中呂宮宜高下閃賺，南呂宮宜感嘆傷惋，雙調宜健捷激裊，越調宜陶寫冷笑，商調宜悽愴怨慕，林鍾商宜悲傷宛轉，般涉羽宜拾掇坑塹，歇指調宜急併虛歇，高平調宜滌蕩滉漾，道宮宜飄逸清幽，角調宜典雅沈重。」此雖曲之元聲，亦可爲詞之取調。〔註75〕

十六宮調各有其情，詞在選調須參考調情，以便詞情與調情一致。〈憶江南〉在唐爲南呂宮，其調情爲「感嘆傷惋」，觀唐詞〈憶江南〉計有崔懷寶一闋（平生願，願作樂中箏），嘆自己如能爲箏，便能一親芳澤，如願所償，一死也無憾。白居易三闋（江南好，風照舊曾諳）（江南憶，最憶是杭州）、（江南憶，其次憶吳宮），回憶宦遊江南景致，抒發心中不捨之情。劉禹錫二闋（春去也，多謝洛城人）、（春去也，共惜豔陽年），和樂天詞，借洛陽春景，感嘆歲月流逝，期能再回到美好時光。皇甫松二闋（蘭燼落，屏上暗紅蕉）、（樓上寢、殘月下簾旌），夜闌人靜，面對如詩如畫的江南景色，引發心中惆悵之情。敦煌詞共八闋，雙調（曹公德）讚頌曹公之德。（敦煌郡）、（龍沙塞）、（邊塞苦）等三闋，嘆敦煌路遙，不能受到天子恩澤庇護，期能早日歸順天朝。（娘子麵）、（莫攀我）、（天上月），則寫女子遇人不淑，嘆心中之悽苦。（臺上月）則爲詠物傷懷。除托名呂巖之作十二闋爲道家內丹詞與《兵要望江南》外，詞意皆與「感嘆傷惋」之調情相去不遠。五代詞中，〈憶江南〉也帶有「感嘆傷惋」，但範圍擴大。溫庭筠（千萬恨）、（梳洗罷），詞題「閨怨」。牛嶠（衘泥燕）、（紅繡被），借物抒情，期有美好姻緣。李煜（多少恨）、（多少淚）、（閒夢遠，南國正芳春）、（閒夢遠，南國正清秋），用兒女之情寫亡國之痛。五代詞走向艷科一途，此時〈憶江南〉雖不離「感嘆傷惋」之疇，但唐爲直書心中之嘆，而五代則偏向相思情愛之感，詞情稍有不同，如沿用

〔註75〕唐圭璋編：《詞話叢編》（台北：新文豐出版社，1988 年 2 月），頁2861。

南呂，詞情調情亦相合，但轉換宮調也未嘗不可。

馮延巳〈憶江南〉皆為描寫相思情愛之作，可能沿用舊名，另翻新曲，形成同調不同體。唐宋詞中，此體唯見此二闋，未見它詞用此體，故列為同調異體。

二、調名同宮調不同

除此之外，唐宋詞中尚有九闋與〈憶江南〉同調不同體製，究其因有二：一是因詞意之故而與〈憶江南〉同調名。一是同詞調不同宮調。

〈步虛詞〉即〈步虛聲〉，原為道教神仙之事皆可稱之，非專指〈憶江南〉而言（參見第二章第二節）。南宋・范成大有〈白玉樓步虛詞六首〉其題序云：

趙從善示余玉樓圖，其前玉階一道，橫跨綠霄中。琪樹垂珠網，夾階兩旁。綠霄之外，周以玉闌，闌外方是碧落。階所接亦玉池，中間湧起玉樓三重，千門萬戶，無非連璐重璧。屋覆金瓦，屋山綴紅牙垂璫。四簷黃簾皆捲，樓中帝座，依約可望。紅雲自東來，雲中虛皇乘玉輅，駕兩金龍。侍衛可見者：靈官法服騎而夾侍二人，力士黃麾前導二人，儀劍四人，金圍子四人，夾輅黃幡二人，五色戟帶二人，珠幢二人，金龍旗四人，負納陛而後從二人。雲頭下垂，將至玉階，樓前仙官冠帔出迎，方下階，雙舞鶴行前。雲駕之旁，又有紅雲二：其一，仙官立幢節間，其二，女樂並奏，玉樓之後，又有小玉樓六，其制如前，寶光祥雲，前後蔽虧，或隱或現。小案之前，獨為金地，亦有仙官白金地下迎。傍小樓最高處，有飛橋直瑤臺，仙人度橋登臺以望。名數可紀者，大略如此。若其景趣高妙、碧落浮黎、青冥風露之境，則覽者可以神會，不能述於筆端。此畫運思超絕。必夢遊帝所者彷彿得之，非世間俗史意匠可到。明窗淨几，盡卷展玩，恍然便覺身在九霄三景之上。奇事不可以不識。簡齊有水府法駕導引歌詞，乃倚其體，

> 作步虛六章，以遺從善。羽人有不俗者，使歌之於清風明
> 月之下，雖未得仙，亦足以豪矣。〔註76〕

觀白玉樓圖，所繪神仙世界：凌霄寶殿，仙人俊姿，龍鳳飛舞，寶光祥雲，五彩紛呈，一幅極樂仙境。觀圖有感，遂倚聲塡詞，詞云：

> 珠霄境，卻似化人宮，梵氣彌羅融萬象，玉樓十二倚清空，
> 一片寶光中。〔註77〕

共有六闋，因所寫神仙事，故稱〈白玉樓步虛詞六首〉。其體與〈憶江南〉同。但唐·劉禹錫有二闋〈步虛詞〉（阿母種桃雲海際）、（華表千年一鶴歸），爲四句七言體，與〈憶江南〉迥異，因所寫爲王母種桃之事，因而名爲〈步虛詞〉。又南宋·程珌〈步虛詞〉，詞云：

> 休怪頻年司鑰，仙官長守仙宮。東風未肯到凡紅。先舞雲
> 韶彩鳳。　　都是一團和氣，故教上苑春濃。群仙拍手過
> 江東。高唱紫芝新頌。〔註78〕

上下片各爲五言四句，其體異於雙調〈憶江南〉，詞題云：壽張門司因借神仙賀壽，故名〈步虛詞〉。劉禹錫、程珌二人之作，非〈憶江南〉體，因內容之故，名爲〈步虛詞〉，而〈步虛詞〉又爲〈憶江南〉別稱，因而有同爲〈步虛詞〉，但有同於〈憶江南〉體及異於〈憶江南〉體的情形出現。

三、因詞意而與〈憶江南〉同調名

北宋·賀鑄〈夢江南〉，也因詞意而取名〈夢江南〉，與〈憶江南〉同調異名，但其體不同於〈憶江南〉。其詞云：

> 九曲池頭三月三。柳毿毿。香塵撲馬噴金銜。涴春衫。　　苦
> 筍鰣魚鄉味美，夢江南。闔門煙水晚風恬。落歸帆。〔註79〕

此詞內容爲遊子思鄉之作，句數與字數完全異於雙調〈憶江南〉，以

〔註76〕唐圭璋編：《全宋詞》（台北：文光出版社，1983年10月），頁1621～1622。

〔註77〕同註76，頁1621～1622。

〔註78〕同註76，頁2292。

〔註79〕同註76，頁505。

其下片有「夢江南」一句，遂以此句爲調名，實爲二種不同的體製。詞重音律，同調異名，其體相同，但異調同名，其體各異，因此〈步虛詞〉、〈夢江南〉雖爲〈憶江南〉別稱，其體不一定相同。

　　不同宮調有不同句式。在宋詞共有四闋〈江南好〉，曾布（江南客），趙師俠（天共水），其體皆與〈憶江南〉同。北宋・葉清臣（丞相有才裨造化）與南宋・吳文英（圍密籠香晻靄）之作，則不同於〈憶江南〉之體。葉清臣詞云：

　　　　丞相有才裨造化，聖皇寬詔養疏頑。贏取十年閒。〔註80〕

全詞旨在讚賞皇恩，與南呂「感嘆傷惋」之調情不同，應與〈憶江南〉不同宮調。曾布與葉清臣同爲北宋人，但所填〈江南好〉，卻不同體，當時可能已有同名不同調的情形出現。南宋・吳文英有〈望江南〉與〈江南好〉二闋，其體完全不同，其詞云：

　　　　衣白苧，雪面墮愁鬢。不識朝雲行雨處，空隨春夢到人間。
　　　　留向畫圖看。　　慵臨鏡，流水洗花顏。自織蒼煙湘淚冷，
　　　　誰撈明月海波寒。天澹霧漫漫。（〈望江南〉）〔註81〕

　　　　圍密籠香晻靄，煩纖手，親點團龍。溫柔處，垂楊彈髻，
　　　　□暗豆花紅。　　行藏，多是客，鶯邊話別，橘下相逢。
　　　　算江湖幽夢，頻繞殘鐘。好結梅兄瑟弟，莫輕侶、西燕南
　　　　鴻。偏宜醉，寒欺酒力，簾外凍雲重。（〈江南好〉）〔註82〕

二闋詞調同爲〈憶江南〉異名，但〈江南好〉一體完全不同於〈憶江南〉，可見當時〈江南好〉並不同於〈憶江南〉。其〈江南好〉詞題云：

　　　　友人還中吳，密圍坐客，杯深情泱，不覺沾醉。越翼日，
　　　　吾儕載酒問奇字，時齋示江南好詞，紀前夕之事，輒次
　　　　韻。〔註83〕

〔註80〕唐圭璋編：《全宋詞》（台北：文光出版社，1983 年 10 月），頁 119。
〔註81〕同註 80，頁 2897。
〔註82〕同註 80，頁 2903。
〔註83〕同註 80，頁 2903。

　　吳文英是南宋塡詞大家，此闋爲次韻所作，可見當時〈江南好〉與〈憶江南〉不同體，由此可證明，宋時〈江南好〉有與〈憶江南〉不同體製出現。

　　在北宋〈望江南〉出現不同的體製。董又二闋、邵伯溫一闋，其詞云：

> 縹緲煙中漁父槳，坡陀山上使君衙。
>
> 六月涼窗涼襟袖，二蘇辭翰照青冥。（董又）〔註84〕
>
> 百尺長藤垂到地，千株喬木密參天。只在郡城邊。（邵伯溫）
>
> 〔註85〕

宋詞有多闋〈望江南〉，無論單調或雙調，皆與〈憶江南〉同體，只有此三闋不同，到南宋〈望江南〉未有異體出現。

　　詞體以首作之人爲正體〔註86〕，因詞有襯字，所以句有差參，而成別體，但與正體相近。另因調有單雙之別，或因同名不同調，遂以別體列之〔註87〕。唐宋〈憶江南〉共分單調、雙調二體爲主。敦煌詞襯字雖多，體稍有異，但不離單、雙調之體，又未見其它詞作用此體，故不列爲別體。另有九闋異體詞，有因詞意之故，與〈憶江南〉別名同，或因同名不同宮調，遂成同調異體，其爲少數特例，又非名作，故無法如馮詞一樣列爲又一體。

〔註84〕唐圭璋編：《全宋詞》（台北：文光出版社，1983年10月），頁371。

〔註85〕同註84，頁636。

〔註86〕清聖祖：《御定詞譜・凡例》，《文淵閣四庫全書電子版》（上海：上海人民出版社；香港：迪志文化出版社，1999年11月）云：「必以創始之人，所作本詞爲正體。」

〔註87〕同註86云：「同一調名，則長短彙列，以又體別之。」

第四章　〈憶江南〉結構分析

詞體萌發於唐，而盛行於宋。宋・沈括《碧雞漫志》云：

> 蓋隋唐以來，今之所謂「曲子」者漸興，至唐稍盛，今則
> 繁聲淫奏，殆不可數。〔註1〕

唐之前，詞體尚未成熟，處於醞釀時期。至唐士人塡詞之風漸盛，詞
體遂成，而有別於詩。入宋後，詞體大興，與詩分庭抗禮，而爲宋代
文學代表。詞體的發展過程中，唐爲關鍵時期。宋・胡仔《苕溪漁隱
叢話》後集卷三十九云：

> 唐初歌辭，多是五言詩，或七言詩，初無長短句。自中葉
> 以後，至五代，漸成長短句。及本朝，則盡爲詞體。〔註2〕

初唐時，採詩合樂以爲歌，大多以五、七言爲主，句式整齊。自中唐
漸有長短句，於是詩詞分道而行，詞體由此而發，至五代奠定「艷科」
特色，宋則爲詞的發揚年代。中唐是詞史重要發展階段，由詩而詞，
將原爲詩句或整齊的歌辭改長短句式的詞體，以詩爲基礎，提供詞演
進的養分，二者關係密切。〈憶江南〉亦是由詩而爲詞，從結構觀，
與詩有許多相似之點，而成其結構特色。

〔註1〕宋・王灼：《碧雞漫志》，《文淵閣四庫全書電子版》（上海：上海人
民出版社；香港：迪志文化出版社，1999 年 11 月）。

〔註2〕宋・胡仔：《苕溪漁隱叢話後集》，《文淵閣四庫全書電子版》上海：
上海人民出版社；香港：迪志文化出版社，1999 年 11 月）。

第一節　首句點題

　　詞雖然以音律爲主，但塡詞也講究方法。清·馮金伯《詞苑萃編》
卷二云：

> 詞有三法：章法、句法、字法，有此三長，方可稱詞。
> 〔註3〕

詞之優劣除須協律外，更重章法，而用字、組句、成章三者，尤其息
息相關。詞用字嚴於詩。清·謝元淮《塡詞淺說》云：

> 其用字法宜平不得用仄，宜仄不得用平，宜上不得用去，
> 宜去不得用上，一調中有數句連用仄聲住腳者，宜一上一
> 去間用。韻腳不得用入聲代平上去。〔註4〕

詞協律可歌，特別注重聲律變化。詩用字只分平仄，詞用字則分平上
去入，四聲不可互用；爲合節拍，韻腳用字更須留意，聲律不可呆滯，
更不可任意轉換；入聲雖可入平上去，當爲韻腳時不可更代，一切依
體製爲規準。一切按律不可隨意變換，足見用字之嚴。詞的形式爲長
短句，與詩整齊句式相較下，句法更有變化，因此塡詞，須留意句法
安排。宋·張炎《詞源》卷下云：

> 詞中句法，須要平妥精粹。一曲之中，安能句句高妙，只
> 要相搭襯付得去，於好發揮筆力處極要用工，不輕放過，
> 讀之使人擊節，所以時多警句。〔註5〕

是知句法的運用有兩項要點：一是要「平妥精粹」，句式首求正確，
須合體又合意。又不似爲文，可以長篇大論，句法當求精粹，在易於
表現處，就要盡力揮灑，不可有冗字贅詞。而且整闋詞不可能句句高
妙，只要句與句配搭合宜，自見其美。二是要「讀之使人擊節」，強
調詞婉轉流暢的節奏，又回歸到詞的「音律」性。唐宋詞皆可歌，對
聲律節拍要求嚴格，如果讀之可擊節，歌之必更動人。此說法可說是

〔註3〕唐圭璋編：《詞話叢編》（台北：新文豐出版社，1988 年 2 月），頁
　　　1797。
〔註4〕同註3，頁2514。
〔註5〕同註3，頁258。

宋人對詞中句法的總結〔註6〕。填詞能運用章法之巧，就能發揮詞作之妙；而以「起結最難」〔註7〕。宋・沈義父《樂府指迷》云：

> 大柢起句便是所詠之意，不可泛入閑事，方入主意。詠物
> 尤不可泛。〔註8〕

宋人論詞，強調首句宜點題，直書詞意。筆者分析唐宋詞〈憶江南〉，半數以上都為首句點題：唐宋〈憶江南〉共有 265 闋（唐・《兵要望江南》不列入），首句點題有 164 闋，佔 61.5%。其中唐詞有 32 闋，除了四闋首句未點題外〔註9〕，餘皆為首句點題。其中劉禹錫兩闋〈步虛詞〉為異體詞，不與〈憶江南〉同體，故不列入統計。唐〈憶江南〉首句點題佔 93.3%，說明〈憶江南〉在初創之時，便多首句點題。形成此結構特色有兩個原因：一是起於地方民歌，二是符合文學傳統。〈憶江南〉本是民歌，後被士人所採用，依調填詞；與其性質相似，時間相近的詞調，也都有此形式：

> 河漢。河漢。曉掛秋城漫漫。愁人起望相思。江南塞北別
> 離。離別。離別。河漢雖同路絕。（韋應物〈調笑〉）〔註10〕

> 蝴蝶。蝴蝶。飛上金枝玉葉。君前對舞春風，百葉桃花樹
> 紅。紅樹。紅樹。燕語鶯啼日暮。（王建〈調笑〉）〔註11〕

> 深畫眉。淺畫眉。蟬鬢鬅鬙雲滿衣。陽臺行雨回。巫山
> 高，巫山低。暮雨瀟瀟郎不歸。空房獨守時。（白居易〈長
> 相思〉）〔註12〕

〔註6〕劉尊明：《唐宋詞綜論》（北京：中國社會科學出版社，2004 年 12 月），頁 17。

〔註7〕同註3，頁 1797。

〔註8〕宋・沈義父：《樂府指迷》，《文淵閣四庫全書電子版》（上海：上海人民出版社；香港：迪志文化出版社，1999 年 11 月）。

〔註9〕皇甫松兩闋，溫庭筠一闋（梳洗罷），劉禹錫二闋〈步虛詞〉。

〔註10〕清：《御選歷代詩餘》卷一百十二，《文淵閣四庫全書電子版》（上海：上海人民出版社；香港：迪志文化出版社，1999 年 11 月）。

〔註11〕清：《御選歷代詩餘》卷二，《文淵閣四庫全書電子版》（上海：上海人民出版社；香港：迪志文化出版社，1999 年 11 月）。

〔註12〕清：《御選歷代詩餘》卷三，《文淵閣四庫全書電子版》（上海：上海

巫峽蒼蒼煙雨時。清猿啼在最高枝。個裏愁人腸自斷，由來不是此聲悲。

城西門外灩澦堆，年年波浪不能摧。懊惱人心不如石，少時東去復西來。

楊柳青青江水平。聞郎江上唱歌聲。東邊日出西邊雨，道是無晴還有晴。（此三闋爲劉禹錫〈竹枝〉）〔註13〕

江畔誰家唱竹枝。前聲斷咽後聲遲。怪來調苦緣詞苦，多是通州司馬詩。

巴東船舫上巴西。波面風生雨腳齊。水蓼冷花紅簇簇，江蘺濕葉碧淒淒。（此二闋爲白居易〈竹枝〉）〔註14〕

南陌東城春草時，相逢何處不依依。桃紅李白皆誇好，須得垂楊相發揮。

錦池江上柳垂橋。風引蟬聲送寂寥。不必如絲千萬縷，只禁離恨兩三條。（此二闋爲劉禹錫〈柳枝〉）〔註15〕

蘇家小女舊知名。楊柳風前別有情。剝條盤作銀環樣，卷葉吹爲玉笛聲。

人言柳葉似愁眉。更有愁腸似柳絲。柳絲挽斷腸牽斷，彼此應無續得時。（此二闋爲白居易〈柳枝〉）〔註16〕

中唐〈調笑〉有韋應物兩闋，王建四闋，一開始便直接點出所詠之物，形式上都是首句便點題。再看劉、白兩人之〈竹枝〉、〈柳枝〉也大都如此。回溯民歌作品，大都如此寫法。《詩經》〈秦風·黃鳥〉詩云：

　　人民出版社；香港：迪志文化出版社，1999 年 11 月）。

〔註13〕唐·劉禹錫：《劉賓客文集》卷二十七，《文淵閣四庫全書電子版》（上海：上海人民出版社；香港：迪志文化出版社，1999 年 11 月）。

〔註14〕唐·白居易：《白氏長慶集》卷十八，《文淵閣四庫全書電子版》（上海：上海人民出版社；香港：迪志文化出版社，1999 年 11 月）。

〔註15〕唐·劉禹錫：《劉賓客文集》卷二十七，《文淵閣四庫全書電子版》（上海：上海人民出版社；香港：迪志文化出版社，1999 年 11 月）。

〔註16〕唐·白居易：《白氏長慶集》卷三十一，《文淵閣四庫全書電子版》（上海：上海人民出版社；香港：迪志文化出版社，1999 年 11 月）。

交交黃鳥，止于棘。誰從穆公，子車奄息。維此奄息，百
夫之特。臨其穴，惴惴其慄。彼蒼者天，殲我良人。如可
贖兮，人百其身。

交交黃鳥，止于桑。誰從穆公，子車仲行。維此仲行，百
夫之防。臨其穴，惴惴其慄。彼蒼者天，殲我良人。如可
贖兮，人百其身。

交交黃鳥，止于楚。誰從穆公，子車鍼虎。維此鍼虎，百
夫之禦。臨其穴，惴惴其慄。彼蒼者天，殲我良人。如可
贖兮，人百其身。〔註17〕

首句說出所詠之黃鳥，再以比興手法，抒發心中所感，直敘寫法，使
人一目瞭然。十五國風中，此種作法，比比皆是，不勝枚舉。到東漢
〈古詩十九首〉也是如此，〈庭中有奇樹〉詩云：

庭中有奇樹，綠葉發華滋。攀條折其榮，將以遺所思。馨
香盈懷袖，路遠莫致之。此物何物貢，但感別經時。〔註18〕

首句直指因庭中之樹，引發心中思念之情。而綜觀《文選・古詩十九
首》皆以開頭兩句，直接道出題旨。由此可知，民歌在形式上大都
首句點題，一開始藉由破題，形成焦點，引人注意。另一方面也使
聽者易於瞭解所唱意旨。王、韋、劉、白四人本身皆懂音律，採用
〈調笑〉、〈竹枝〉、〈柳枝〉等地方民歌為詞調，在填詞時便保留民歌
的特點。再就性質上分析：唐〈憶江南〉中有敦煌詞八闋及十二闋托
名呂巖之道家內丹詞，《兵要望江南》〔註19〕共有五百闋，也都是以
首句點出題旨。可看出唐〈憶江南〉首句點題，與民歌性質極有關係，
首句三字句不押韻，字數不多，又不被韻律所限制，做為點題，效果

〔註17〕宋・朱熹：《詩經集傳》卷六，《文淵閣四庫全書電子版》（上海：上
海人民出版社；香港：迪志文化出版社，1999 年 11 月）。

〔註18〕梁・蕭統撰・唐李善註：《文選》卷二十九，《文淵閣四庫全書電子
版》（上海：上海人民出版社；香港：迪志文化出版社，1999 年 11
月）。

〔註19〕張璋、黃畬編：《全唐五代詞》（台北：文史哲出版，1186 年 10 月），
頁 277～999。

頗佳。

　　唐人塡詞之風，肇因「體裁近雅，士人多習爲之」〔註 20〕，雅俗是詞體流傳的關鍵。許多詞調，再經文人雅化後，體製稍有改變。但〈憶江南〉民歌性質強，一經文人化，爲何還能保留首句點題的民歌特色？這是因爲它的形式符合文學傳統。在「詩」、「文」傳統上，都習慣取首句爲篇名，〈憶江南〉就如同文學傳統中以首句爲題的形式，如將首句視爲題目，扣除首句，其體爲五、七、七、五，體近似於詩，士人早已習慣此形式，因此唐〈憶江南〉常爲首句點題形式。唐宋時期首句三字甚至成爲〈憶江南〉的同調異名，如〈江南好〉、〈春去也〉、〈安陽好〉、〈思晴好〉便是如此。

　　總之，唐宋〈憶江南〉有半數以上爲首句點題形式，形成此項特點，主要是因爲其本爲民歌，又符合文學傳統習慣以首句爲篇名，因此便一直保留此特色。

第二節　聯章形式

　　隋唐五代曲子詞，常常運用聯章的體裁〔註 21〕。有關聯章詞的定義，王洪主編《唐宋詞百科大詞典》云：

　　　　指同一詞調，同一主題，作於同時的多首詞作及其體裁。
　　〔註 22〕

涂宗濤《詩詞曲格律綱要》云：

　　　　將兩首以上同調或不同調的詞按一定方式聯結起來，組成
　　　　一個套曲，歌詠一事或某個故事，這就是聯章詞。〔註 23〕

〔註 20〕清：《御選歷代詩餘・總目》，《文淵閣四庫全書電子版》（上海：上海人民出版社；香港：迪志文化出版社，1999 年 11 月）。

〔註 21〕王洪主編：《唐宋詞百科大詞典》（北京：學苑出版社，1990 年 9 月），頁 990。

〔註 22〕同註 21。

〔註 23〕涂宗濤：《詩詞曲格律綱要》（天津：天津人民出版社，2000 年 9 月），頁 73。又華東大學中文系編：《中國古代詩詞曲詞典》（南昌：江西教育出版社，1987 年 7 月）稱：「將兩首以上同調或不同調的詞按一

此兩種定義的共同點，都強調必有兩闋以上的詞，所詠爲同類事物。最大不同點在於同不同調。《詩詞曲格律綱要》之聯章定義較寬鬆，聯章不一定是同調，但須是同類的事物，並且須依「一定方式聯結起來」，使詞與詞間產生關係。因此聯章詞之判斷標準不在詞調，而在內容。對於不同調的聯章詞該如何判斷有待考量。《唐宋詞百科大詞典》之聯章詞定義較爲明確，指出聯章詞要有三同：同調、同題、同時，三者皆符方可稱爲聯章詞；此中「作於同時」殊難斷定，除非詞作中有明確記載時間，否則要考訂詞作寫作的年、月、日是十分困難。又「同時」之「時」是指年或是月或是日，都有待說明，另一方面如何斷定同調同題，一定是在同時所作嗎？如同調同題但不同時所作，就不能稱爲聯章詞嗎？此定義雖較明確但也有值得商榷之處。此兩者在定義上，並未指出作者是否要爲同一人。唐宋詞中常有士人彼此酬唱之作，可能是在同一宴遊場所，有以同調或不同調，但所詠爲同事物，符合同調、同題、同時之要求，此類作品可否定爲聯章詞呢？又不同作者，用同調同題是否爲聯章詞？例如在唐宋詞〈憶江南〉中，有許多以柳爲題的詞作，歐陽修及王琪兩人同以雙調〈憶江南〉詠柳，首句三字完全相同，詞云：

> 江南柳，花柳兩相柔。花片落時黏酒盞，柳條低處拂人頭。
> 各自是風流。　　江南月，如鏡復如鉤。似鏡不侵紅粉面，
> 似鉤不掛畫簾頭。長是照離愁。

> 江南柳，葉小未成陰。人爲絲輕那忍拆，鶯嫌枝嫩不勝吟。
> 留著待春深。　　十四五，閒抱琵琶尋。階上簸錢階下走，
> 恁時相見早留心。何況到如今。（歐陽修）〔註24〕

> 江南柳，煙穗拂人輕。愁黛空長描不似，舞腰雖瘦學難成。
> 天意與風情。　　攀折處，離恨幾時平。已縱柔條縈客棹，

定方式，組合成一個套曲，用以歌謠同一或同類的題材，稱爲聯章。」（頁458）
〔註24〕唐圭璋編：《全宋詞》（台北：文光出版社，1983年10月），頁166。

更飛狂絮撲旗亭。三月亂鶯聲。（王琪）〔註25〕

前二闋詞爲歐陽修之作，後一闋爲王琪之作，起首都爲「江南柳」，詞調同，所詠都爲柳，如不論作者爲誰，三闋詞極像聯章詞，因此本節對聯章詞定義爲：同一作者，同一詞調，同一主題，按一定方式聯結起來的多首詞作。

聯章詞富有地方民歌的性質〔註26〕，在唐敦煌曲子詞中，就有許多聯章詞。任二北《敦煌歌辭總編》〔註27〕收有一千三百餘闋的詞作，其中聯章詞佔78%〔註28〕，敦煌詞本就偏向地方民歌性質，可見民歌常用聯章形式，爲何如此？從聯章詞構成的條件觀，有外在音律及內在內容兩項條件，利用同詞調，歌唱兩首以上相關之作品，可依序串連其意，前後呼應，整體環環相連〔註29〕，反複疊唱，內容簡單，易形成焦點集中，自然易被市井大眾接納，故民歌多有聯章體裁。唐聯章詞出現，除了受到民歌影響外，「酒令」也是因素之一〔註30〕。唐酒令的創作有兩種方式：一是「令征前事爲」，在同組寫作的酒令辭，在內容或形式上有令格的規定。二是依曲拍擬定令格，不同的令格有不同體製。因酒令須符「令征前事爲」的原則，自然會形成聯章，因此中唐常用的酒令：〈三台令〉、〈拋繡球〉、〈調笑令〉、〈上行杯〉、〈楊柳枝〉、〈天仙子〉等，常有聯章結構。所以「以『曲拍擬定令格，以令格寫作詞作』，並按曲而唱的酒令聯章，促進或孕育了『依曲拍

〔註25〕唐圭璋編：《全宋詞》（台北：文光出版社，1983年10月），頁166。

〔註26〕王洪主編：《唐宋詞百科大辭典》（北京：學苑出版社，1990年9月）稱：「所以那些產自民歌的曲調，……在唐代總是聯繫於聯章的。」（頁990）

〔註27〕此書收錄於舒蘭：《中國地方歌謠集成》（台北：渤海堂文化公司，1989年7月），冊六十一至六十五。

〔註28〕謝素眞：《《漁家傲》詞牌研究》（彰化：國立彰化師範大學國文研究所碩士論文，2006年7月）。

〔註29〕見洪華穗：〈試從文類的觀點看溫庭筠詞的連章性〉，《中華學苑》第五十一期（台北：1998年2月），頁131～140。

〔註30〕詳見沈勤松：《唐宋詞社會文化學研究》（杭州：浙江大學出版社，2000年1月），頁87～97。

爲句』的聯章詞」〔註31〕。唐宋時詞體能興盛，與青樓歌妓有密切關係，酒令不一定孕育出聯章詞，但對促進流傳有一定的助力，因爲飲酒常見於日常生活中，不管是士大夫或市井小民都十分流行創作酒令，酒令的繁榮也促進聯章詞的流行。

聯章詞的分類，有依內容分爲：一題聯章、分題聯章、演故事者等三類〔註32〕，但此分類忽略聯章詞形式上的特色。王洪《唐宋詞百科大詞典》依《敦煌歌辭總編》，將聯章詞分爲四類，共分：

一、普通聯章：聯章作品之間沒有固定的文字關係。

二、定格聯章：以時序作爲重複形式來聯結各篇唱辭。

三、重句聯章：以固定位置上相同的辭句作爲重複形式聯結各篇唱辭。

四、和聲聯章：以固定位置上的相同和聲辭爲重複形式聯結各篇唱辭。〔註33〕

此四類能兼顧形式與內容，又符合唐宋詞背景，故本節依其分類，將〈憶江南〉聯章詞分成四類：普通聯章64闋；重句聯章96闋；定格聯章12闋。扣除重複12闋，共148闋，佔55.8%。由此可見唐宋〈憶江南〉在內容及形式上以聯章句式居多，只是未見和聲聯章，究其原因，在於《敦煌歌辭總編》大都以民歌性質的曲子詞居多，故有和聲聯章；而〈憶江南〉在唐宋已成體，士人倚聲塡詞，體製固定，故無和聲。又敦煌詞中有三闋雙調〈憶江南〉（敦煌郡，四面六蕃圍）、（龍沙塞，路遠隔烟波）、（邊塞苦，聖上合聞聲），從內容觀之，有聯章的可能性，但其作者不可考，年代也難確定，因而不列爲聯章詞。

唐宋〈憶江南〉利用聯章形式，在內容上可以得到加深長度，增

〔註31〕沈勤松：《唐宋詞社會文化學研究》（杭州：浙江大學出版社，2000年1月），頁97。

〔註32〕陳弘治：《詞學今論》（台北：文津出版社，1991年7月），頁62。

〔註33〕王洪主編：《唐宋詞百科大詞典》（北京：學苑出版社，1990年9月），頁990。

廣寬度的效果。如唐・白居易〈憶江南〉：

　　江南好，風景舊曾諳。日出江花紅勝火，春來江水綠如藍。
　　能不憶江南。

　　江南憶，最憶是杭州。山寺月中尋桂子，郡亭枕上看潮頭。
　　何日更重游。

　　江南憶，其次憶吳宮。吳酒一杯春竹葉，吳娃雙舞醉芙蓉。
　　早晚復相逢。

第一闋詞已點出江南風景好，因此常憶江南好，之後二闋緊扣「憶」
字而發，從第二闋「最憶是」，到第三闋「其次憶」，運用聯章將回憶
的時間加長，更有一種懷念不已的愁緒。在時間方面，最常運用定格
聯章，依序描寫四時變化。如宋・李綱〈望江南〉：

　　雲棹遠，南浦綠波春。日暖風和初解凍，餌香竿褭好垂綸。
　　一釣得金鱗。　　風乍起，吹皺碧淵淪。紅膾斫來龍更美，
　　白醪酤得旨兼醇。一醉武陵人。

　　清晝永，幽致夏來多。遠岸參差風颭柳，平湖清淺露翻荷。
　　荷移棹釣煙波。　　涼一霎，飛雨灑輕簑。滿眼生涯千頃
　　浪，放懷樂事一聲歌。不醉欲如何。

　　煙艇穩，浦溆正清秋。風細波平宜進楫，月明江靜好沈鉤。
　　棋笛起汀洲。　　鱸鰻美，新釀蟻醅浮。休問六朝興廢事，
　　白蘋紅蓼正凝愁。千古一漁舟。

　　江上雪，獨立釣漁翁。箬笠但聞冰散響，簑衣時振玉花空。
　　圖畫若爲工。　　雲水暮，歸去遠煙中。茅舍竹籬依小嶼，
　　縮鯿圓鯽入輕籠。歡笑有兒童。〔註34〕

詞題曰：「今蒙恩北歸，當踐斯言，因作漁父四時詞以道意，調寄〈望
江南〉，以四時聯章，更能表示時間漫漫，心中等待無盡之意。

　　在空間運用上，聯章詞更爲廣泛，可以寫景、寫物、寫所思。如
宋・仲殊〈南徐好〉：

〔註34〕唐圭璋編：《全宋詞》（台北：文光出版社，1983年10月），頁907。

南徐好，鼓角亂雲中。金地浮山星兩點，鐵城橫鎖寶三重。
開國舊誇雄。　　春過後，佳氣蕩晴空。淥水畫橋沽酒市，
清江晚渡落花風。千古夕陽紅。

南徐好，城裏小花山。淡薄融香松滴露，蕭疏籠翠竹生煙。
風月共閑閑。　　金罍暗，燈火小紅蓮。太尉昔年行樂地，
都人今日散花天。桃李但無言。

南徐好，橋下淥波平。畫柱千年嘗有鶴，垂楊三月未聞鶯。
行樂過清明。　　南北岸，花市管絃聲。邀客上樓雙榼酒，
艤舟清夜兩街燈。直上月亭亭。

南徐好，溪上百花堆。宴罷歌聲隨水去，夢回春色入門來。
芳草遍池臺。　　文彩動，奎璧爛昭回。玉殿儀刑推舊德，
金鑾詞賦少高才。丹詔起風雷。

南徐好，春塢鎖池亭。山送雲來長入夢，水浮花去不知名。
煙草上東城。　　歌榭外，楊柳晚青青。收拾年華藏不住，
暗傳消息漏新聲。無計奈流鶯。

南徐好，多景在樓前。京口萬家寒食日，淮南千里夕陽天。
天際幾重山。　　鶯啼處，人倚畫闌干。西塞煙深晴後色，
東風春減夜來寒。花滿過江船。

南徐好，浮玉舊花宮。琢破琉璃閒世界，化城樓閣在虛空。
香霧鎖重重。　　天共水，高下混相通。雲外月輪波底見，
倚闌人在一光中。此景與誰同。

南徐好，樽酒上西樓。調鼎勳庸還世事，鎮江旄節從仙遊。
樓下水空流。　　桃李在，花月更悠悠。侍燕歌終無舊夢，
畫眉燈暗至今愁。香冷舞衣秋。

南徐好，橋下綠楊村。兩謝風流稱郡守，二蘇家世作州民。
文彩動星辰。　　書萬卷，今日富兒孫。三徑客來消永晝，
百壺酒盡過芳春。江月伴開尊。

南徐好，直下控淮津。山放凝雲低鳳翅，潮生輕浪卷龍鱗。
清洗古今愁。　　天盡處，風水接西濱。錦里不傳溪上信，

楊花猶見渡頭春。愁殺渡江人。〔註35〕

運用十闋聯章依序分寫南徐（今江蘇省鎮江市）監城、花山李衛公亭、綠水橋、沈內翰宅百花堆、刁學士宅春塢、多景樓、金山寺化成閣、陳丞相宅西樓、蘇學士宅綠楊村、京口等景，將空間向四周延伸，含蓋各處美景，充分表現南徐之美。至於寫物的聯章詞，則有宋·王琪〈望江南〉：

> 江南柳，煙穗拂人輕。愁黛空長描不似，舞腰雖瘦學難成。天意與風情。　攀折處，離恨幾時平。已縱柔條縈客棹，更飛狂絮撲旗亭。三月亂鶯聲。

> 江南酒，何處味偏濃。醉臥春風深巷裏，曉尋香旆小橋東。竹葉滿金鍾。　檀板醉，人面粉生紅。青杏黃梅朱閣上，鰣魚苦筍玉盤中。酩酊任愁攻。

> 江南燕，輕颺繡簾風。二月池塘新社過，六朝宮殿舊巢空。頡頏恣西東。　王謝宅，曾入綺堂中。煙徑掠花飛遠遠，曉窗驚夢語匆匆。偏占杏園紅。

> 江南竹，清潤絕纖埃。深徑欲留雙鳳宿，後庭偏映小桃開。風月影徘徊。　寒玉瘦，霜霰信相催。粉淚空流妝點在，羊車曾傍翠枝來。龍笛莫輕裁。

> 江南草，如種復如描。深映落花鶯舌亂，綠迷南浦客魂銷。日日鬥青袍。　風欲轉，柔態不勝嬌。遠翠天涯經夜雨，冷痕沙上帶昏潮。誰夢與蘭苕。

> 江南雨，風送滿長川。碧瓦煙昏沈柳岸，紅綃香潤入梅天。飄洒正瀟然。　朝與暮，長在楚峰前。寒夜愁敧金帶枕，暮江深閉木蘭船。煙浪遠相連。

> 江南水，江路轉平沙。雨霽高煙收素練，風晴細浪吐寒花。迢遞送星槎。　名利客，飄泊未還家。西塞山前漁唱遠，洞庭波上雁行斜。征棹宿天涯。

〔註35〕唐圭璋編：《全宋詞》（台北：文光出版社，1983 年 10 月），頁 546～547。

江南岸，雲樹半晴陰。帆去帆來天亦老，潮生潮落日還沈。
南北別離心。　　興廢事，千古一沾襟。山下孤煙漁市曉，
柳邊疏雨酒家深。行客莫登臨。

江南月，清夜滿西樓。雲落開時冰吐鑑，浪花深處玉沈鉤。
圓缺幾時休。　　星漢迥，風露入新秋。丹桂不知搖落恨，
素娥應信別離愁。天上共悠悠。

江南雪，輕素剪雲端。瓊樹忽驚春意早，梅花偏覺曉香寒。
冷影襯清歡。　　蟾玉迥，清夜好重看。謝女聯詩衾翠幕，
子猷乘興泛平瀾。空惜舞英殘。〔註36〕

江南美景，令人嚮往，運用聯章詠物，具體而生動描寫江南無一物不
美；沿河一望，由上而下，由晝至夜，由晴到雨，不管是動物或植物，
都是美不勝收。所見雖是尋常之物，利用聯章構成江南美景立體圖
案，在手法上不流於空洞，更能引發讀者共鳴。在寫所思方面，可舉
宋・黃公紹〈望江南〉為例：

思晴好，去上竹山窠。自古常言光霽好，如今卻恨雨聲多。
奈此坐愁何。

思晴好，試卜那朝晴。古木荒村雲淰淰，孤燈敗壁夜冥冥。
不寐聽檐聲。

思晴好，小駐豈無因。花上半旬春社雨，松間三宿暮山雲。
轉住是愁人。

思晴好，春透海棠枝。刻惜許多過時了，可憐生是我來遲。
不見軟紅時。

思晴好，天運幾乘除。祗為晴多還又雨，誰知雨過是晴初。
那得綠陰乎。

思晴好，路滑少人行。早信雨能留得住，儘教盡日自舟橫。
直等到清明。

思晴好，我欲問花神。剛道社公曬舊水，一回舊也一回新。

〔註36〕唐圭璋編：《全宋詞》（台北：文光出版社，1983 年 10 月），頁 166
　　　～167。

不是兩般春。

思晴好，松路翠光寒。夜夜竹窠常夢到，天天后土幾時乾。
極目霧漫漫。

思晴好，日影漏些兒。油菜花間蝴蝶舞，刺桐枝上鵓鳩啼。
閒坐看春犁。

思晴好，晨起望蘺東。畢竟陰晴排日子，大都行止聽天公。
且住此山中。〔註37〕

運用聯章描寫思晴之切，隨著空間不斷地向外擴展，一點一點呈現心中殷切的盼望，以空間之大表思念之甚。一闋詞所能敘寫的空間有限，如用聯章則將空間朝橫向不斷擴大，更能充分寫出眼觀及心思之物，因此聯章詞有助於於寫景、寫物、寫所思。

　　〈憶江南〉聯章詞，不僅在寫時間及空間方面，也有將時空合寫，如宋・張繼先十二闋聯章〈望江南〉中，全都爲寫景之作，但在其中四闋亦寫四時：

西源好，春日日初長。不看人間三月景，常思天上萬花香。
幽賞一時狂。　　歌笑也，空洞大歌章。千景淨來風谷秀，
三雲歸後月林光。沈麝似蘭香。

西源好，迎夏洒炎風。紅錦石邊憐一派，老張巖上戀群峰。
時得化龍笻。　　琴振玉，曉色倚梧桐。黼黻文章朝內盛，
山川林木野亭空。朱火煥明中。

西源好，秋景道人憐。時至自然天氣肅，夜涼猶喜月華圓。
長嘯碧崖巔。　　須信酒，難別詠歌邊。是處伐薪爲炭後，
此時嘗稻慶豐年。童子舞胎仙。

西源好，冬日雪中松。攜手石壇承愛景，靜觀天地入清宮。
恰似大茅峰。　　襟袂冷，琴裏意濃濃。吹月洞簫含碧玉，
動人佳趣轉黃鍾。情緒發於中。〔註38〕

此爲張繼先觀西源壁（今浙江省溫嶺縣西），山勢險峻，雜以松竹之

〔註37〕唐圭璋編：《全宋詞》（台北：文光出版社，1983年10月），頁3368。
〔註38〕同註37，頁761～762。

姿，又高近連天，於是以聯章從不同角度寫出西源宏偉之勢，又在此四闋詞中分述四季之化，使時空一起延伸；除了襯托西源壁雄偉之姿，也點出它挺立於時間洪流中而屹立不搖，更顯出西源雄渾的氣象。

　　單調〈憶江南〉只二十七字，雙調也只五十四字，用此簡短的文字來抒發所見所感，十分困難；運用聯章則可將時空完全納入詞中。另一方面，聯章詞以同一調反複疊唱，相對「只曲」〔註39〕而言，更能加深印象，因而造成許多首句成為〈憶江南〉的別名，如〈春去也〉、〈安陽好〉、〈壺山好〉、〈思晴好〉、〈南徐好〉。

第三節　平聲押韻

　　詞與詩最大不同點，在於協律而歌，無論是外在形式及內在意函都以曲律為主，因此句子的長度、韻位的疏密，皆須與詞調節拍相應。詞情也須合於曲調的聲情，使內在的情感與外在的形式緊密結合，方能動人心扉。宋・沈括《夢溪筆談》卷五云：

> 唐人填詞，多詠其曲名，所以哀樂與聲，尚相諧會，今人則不復知有聲矣！哀聲而歌樂詞，樂聲而歌怨詞，故語雖切而不能感動人情，由聲與意不相協故也。〔註40〕

詞初現於唐，此時詞調多與所詠內容有關，如〈怨黃沙〉、〈破陣子〉、〈嘆疆場〉等，多為邊塞題材；〈牧羊怨〉、〈拔棹子〉、〈拾麥子〉等，多為農村題材；〈春光好〉、〈長相思〉、〈巫山女〉等，多為男女戀情〔註41〕。〈憶江南〉與其同調異名，也是如此。到了宋代，詞調存而

〔註39〕王洪主編：《唐宋詞百科大詞典》（北京：學苑出版社，1990 年 9 月）稱：「指一調一首，單獨流行的詞作及其體裁」（頁 990），此中「只」字亦可寫作「隻」。

〔註40〕宋・沈括：《夢溪筆談》，《文淵閣四庫全書電子版》（上海：上海人民出版社；香港：迪志文化出版社，1999 年 11 月）。

〔註41〕楊海明：《唐宋詞史》（天津：天津古籍出版社，1998 年 12 月），頁 56～57。

音律失，填詞雖合詞體，卻不合聲情，如〈千秋歲〉一詞，在北宋·
秦少游填作追悼之詞；南宋·辛稼軒等人則填作壽詞，二者聲情迥然
不同，一為憂，一為喜，同一調會有如此大的差別，就在於填詞者不
知聲情。因此詞情與聲情相協，則能收相輔相成之效，不協則無法動
人心弦。

　　詞之聲情是依其曲調，不同曲調自有不同聲情。元·周德清《中
原音韻》卷下云：

> 仙呂宮清新綿逸，南呂宮感嘆傷惋，中呂宮高下閃賺，黃
> 鍾宮富貴纏綿，正宮惆悵雄壯，道宮飄逸清幽，大石調風
> 流蘊藉，小石調旖旎嫵媚，高平滌蕩滉漾，般涉拾掇坑
> 塹，歇指急併虛歇，商角悲傷宛轉，雙調健捷激裊，商調
> 淒愴怨慕，角調嗚咽悠揚，宮調典雅沉重。越調陶寫冷笑。
> 〔註42〕

此為北曲六宮十二調聲情，因元距宋不遠，故宋各宮調應與此相近。
再與《雍熙樂府》相較，兩者相差不多，故由宋至清，各宮調聲情應
與此相近。填詞時，詞意不必與詞調有關，但須合各調聲情。宋·楊
守齋〈作詞五要〉曾指出填詞首要擇腔、擇律，再按譜填詞；先定曲
調，再依體填詞，曲調考量先於詞意，詞意以合曲調聲情為貴〔註43〕。
清·謝元淮《填詞法就·詞禁》云：

> 詞有聲調，歌有腔調，必填詞之聲調字字精切，然後歌詞
> 之腔調聲聲清圓。〔註44〕

聲調、曲調，實為因果關係，兩者相協方能成就動人之詞。楊守齋〈作
詞五要〉的第四要強調「隨律押韻」，因為詞的押韻與詩不同，是由
詞調決定押韻的方式，依據詞腔的音樂曲度，音樂段落而定，在不同

〔註42〕元·周德清：《中原音韻》，《文淵閣四庫全書電子版》（上海：上海
　　　　人民出版社；香港：迪志文化出版社，1999 年 11 月）。
〔註43〕唐圭璋：《詞話叢編》（台北：新文豐出版公司，1988 年 2 月），頁
　　　　267～269。
〔註44〕同註43，頁 2515。

的詞調有不同的韻位及韻數〔註45〕。而詞韻與詞情關係至切，陳弘治《詞學今論》云：

> 用平聲韻者：聲情常寬舒，宜於平合宛轉之作；用上聲韻者：聲情多高亢，宜於慷慨豪放之作；用去聲韻者，聲情多沈著，宜於鬱幽怨之作；用入聲韻者，聲情多逋峭，宜於清勁激越之作。又用韻均匀者，聲情較寬舒；用韻過疏過密者，聲情非弛慢即促數。一韻到底者，聲情較單純；一調換數部韻者，聲情較曲折。多用三五七字相間者，聲情較和諧；多用四六字句受排偶者，聲情較重墜。字句平仄相間均匀者，聲情多安詳；多作拗句澀體者，聲情偏雄勁。〔註46〕

是知「平上去入」四種聲韻各有不同聲情，又押韻的方式不同，聲情也隨之不同，就連字數也會影響到聲情；這說明字本身的聲律組合方式，也會營造出不同的情意。而不同的宮調也表現不同的情感，兩者如不相合，必定詞曲不協，所以須依律填詞。故詞在字的韻律要求嚴格，主要是為求與曲調聲情相應。填詞最後則是立新意，不落俗套，始能成絕妙好詞。從填詞五步驟觀之，各宮調的聲情實為詞的骨幹，在詞情及用韻上都須與曲調聲情相協。

〈憶江南〉宮調，從唐至宋皆以南呂宮為主，敦煌詞注為平調，周邦彥、張孝祥〈憶江南〉則入大石調，《御定詞譜》引太平樂府亦注大石調。宮調為南呂、平調、大石調三種。南呂聲情感嘆傷悲；大石聲情風流蘊藉；平調即高平調〔註47〕，聲情條暢混漾。三調聲情雖不盡相同，但曲調節拍都有平順流暢、低迴不已的特色，而非激昂慷慨，高低變動。但在聲情上，南呂趨於為悲音，大石與平調接近

〔註45〕劉尊明：《唐宋詞綜論》（北京：中國社會科學出版社，2004 年 12 月），頁 22。

〔註46〕陳弘治：《詞學今論》（台北：文津出版社，1991 年 7 月），頁 105。

〔註47〕宋・王灼：《碧雞漫志》，《文淵閣四庫全書電子版》（上海：上海人民出版社；香港：迪志文化出版社，1999 年 11 月）稱：「林鐘羽時號平調，今俗呼高平調也」。

喜聲，三調聲情並非一致。再觀其體爲單調五句三平韻，雙調爲重頭曲，格律不變（馮延巳體與同調不同體，因體不同，不予列入），字數爲三、五、七、七、五。第二、四、五句押平聲韻，不可轉韻。平仄格律爲：

－＋｜（句）＋｜｜－－（韻）＋｜＋－－｜｜（句）＋－＋｜｜－－（韻）＋｜｜－－（韻）〔註48〕

究其體製：爲平聲韻，聲情寬舒，宜於平合宛轉之作；一韻到底，則聲情單純；字數除首句爲三字外，餘爲五七字相間，聲情和諧。句式爲平仄相間，聲情多安詳。又因韻腳爲平聲韻，聲情寬舒，故可用於不同的聲情。龍沐勛：《倚聲學──詞學十講》第三講云：

> 短調小令，那些聲韻安排大致接近近體律、絕詩而利用平韻的，有如〈憶江南〉、〈浣溪紗〉、〈鷓鴣天〉、〈臨江仙〉、〈浪淘沙〉之類，音節都是相當諧婉的，可以用來表達各種憂樂不同的思想情感，差別只在韻部的適當選用。〔註49〕

平聲韻音調平緩，沒有高低變化，聲情和暢，因此適合各種的聲情。〈憶江南〉三句都叶平聲韻，因此不管入何種宮調皆能詞情調情相協。但憂樂之情畢竟不同，以選用適當韻部解決此問題，不同韻部，聲情亦不同。王易《詞曲史》云：

> 韻與文情，關係至切，……東董寬宏，江講爽朗，支紙縝密，魚語幽咽，佳蟹開展，眞軫凝重，元阮清新，蕭篠飄灑，歌哿端莊，麻馬放縱，庚梗振屬，尤有盤旋，侵寢沈靜，覃感蕭瑟，屋沃突兀，覺藥活潑，質術急驟，勿月跳脫，合盍頓落，此韻部之別也。此雖未必切定，然音近者

〔註48〕龍榆生編：《唐宋詞定律》（台北：華正書局，1988年9月），頁3。潘慎主編：《詞律詞典》（太原：山西人民出版社，1991年9月），頁1397。狄兆俊：《填詞指要》（南昌：百花洲文藝出版社，1990年，12月），頁2。王洪主編：《唐宋詞百科大詞典》（北京：學苑出版社，1990年9月），頁1157。王力：《詩詞格律》（香港：中華書局，2002年1月），頁72。

〔註49〕龍沐勛：《倚聲學──詞學十講》（台北：里仁書局，1996年1月），頁29。

情亦近，其大較可審辨得知。〔註50〕

相同韻部聲情相近，東爲平聲韻，董爲上聲韻，聲調雖不同，但同爲東一韻〔註51〕，是開口洪音，故其聲情同爲寬宏。不同韻部，發音部位不同，形成聲情不同，因此根據曲調聲情，挑選平聲韻中不同韻部，便可合於不同聲情，如此便可解決〈憶江南〉所入不同宮調的問題。

　　中唐士人所填詞調大多爲平聲韻：〈竹枝〉〔註52〕兩平韻（只有皇甫松一闋（山頭桃花）爲仄韻）；〈柳枝〉〔註53〕、〈紇那曲〉〔註54〕、〈清平調〉〔註55〕、〈長相思〉〔註56〕三平韻；〈調笑〉〔註57〕雖有四仄韻，但仍有兩平韻兩疊韻；〈菩薩蠻〉〔註58〕則爲兩仄韻、兩平韻交用。此種現象與其詞調來源有關。因爲當時詞調有從民歌而來，民歌自然質樸，矢口成韻，平聲韻最和緩，又能用於不同聲情，自然被廣泛運用在民歌中。再加上士人填詞之初，多爲律、絕之體，如〈清平調〉、〈紇那曲〉等，近體詩亦以平聲韻爲常見，自然習慣運用平聲韻。因此唐人填詞之初大多爲平聲韻。

　　〈憶江南〉爲五句三平韻，平聲韻適用於各種聲情，因此〈憶江南〉雖入不同宮調，但都都能與曲調聲情相協。

〔註50〕王易：《詞曲史》，收錄於《民國叢書》第一編六十二冊（上海：上海書局，1987 年 10 月），頁 283。

〔註51〕竺家寧：《古音之旅》（台北：國文天地雜誌社，1987 年 10 月），頁93。

〔註52〕清聖祖：《御定詞譜》卷一，《文淵閣四庫全書電子版》（上海：上海人民出版社；香港：迪志文化出版社，1999 年 11 月）。

〔註53〕同註 52。

〔註54〕同註 52。

〔註55〕清聖祖：《御定詞譜》卷十四，《文淵閣四庫全書電子版》（上海：上海人民出版社；香港：迪志文化出版社，1999 年 11 月）。

〔註56〕清聖祖：《御定詞譜》卷二，《文淵閣四庫全書電子版》（上海：上海人民出版社；香港：迪志文化出版社，1999 年 11 月）。

〔註57〕同註 56。

〔註58〕清聖祖：《御定詞譜》卷五，《文淵閣四庫全書電子版》（上海：上海人民出版社；香港：迪志文化出版社，1999 年 11 月）。

第四節　句式與詩體相近

　　〈憶江南〉本爲五、五、五、五之詩體，後演爲三、五、七、七、五的小令詞調〔註 59〕，因此其形式或體製與詩有許多相近之處。論詞的起源，蓋有兩派說法：一是詞由詩變來，一是詞與詩相並而行〔註 60〕。詞由詩而來的主張，認爲詞起於整齊的詩句中雜以和聲，遂成長短句。宋·李之儀《姑溪居士前集·跋吳思道小詞》卷四十云：

> 唐人但以詩句而用和聲抑揚以就之，若今之歌〈陽關詞〉
> 是也。至唐宋，遂因其聲之長短，合而以意填之，始一變
> 成律音。〔註 61〕

初唐有「聲詩」，以詩爲歌。但曲調變化靈活，而詩句爲整齊形式，無法協音律變化，便雜以和聲以合音律，如「陽關三疊」即爲此類作品。其後將和聲填入實字，而成爲長短句式，詞體始成。又宋·沈括《夢溪筆談》卷五云：

> 唐人乃以詞填入曲中，不復用和聲。此格雖云自王涯始，
> 然貞元、元和之間，爲之者已多，亦有在涯之前。〔註 62〕

「以詞填入曲中」，說明唐人填詞之法，爲倚調定詞，歌詞不再利用詩加和聲，道出填詞與寫詩已有不同作法，二者已不相屬，各自爲體。到中唐貞元間，填詞之風漸開，作詞漸增，從中唐起，詞已獨立發展。宋·朱熹《朱子語類》卷一百四十云：

> 古樂府只是詩中間卻添了許多泛聲，後來人怕失了那泛
> 聲，逐一添個實字，遂成長短句，今曲子便是。〔註 63〕

〔註 59〕劉輯熙：〈詞的演變和派別〉，趙爲民、程郁綴選：《詞學論薈》（台北：五南圖書出版公司，1989 年 7 月），頁 213。

〔註 60〕姜亮夫：〈「詞」的原始與形成〉，趙爲民、程郁綴選：《詞學論薈》（台北：五南圖書出版公司，1989 年 7 月），頁 39。

〔註 61〕宋·李之儀：《姑溪居士前集》，《文淵閣四庫全書電子版》（上海：上海人民出版社；香港：迪志文化出版社，1999 年 11 月）。

〔註 62〕宋·沈括：《夢溪筆談》卷五，《文淵閣四庫全書電子版》（上海：上海人民出版社；香港：迪志文化出版社，1999 年 11 月）。

〔註 63〕宋·朱熹：《朱子語類》，《文淵閣四庫全書電子版》（上海：上海人民出版社；香港：迪志文化出版社，1999 年 11 月）。

指出詩、古樂府、詞，三者相異點。古樂府採詩合歌，爲協音律，便在詩句間加入泛聲，泛聲即爲和聲〔註64〕，後將泛聲填實字，即爲詞。古樂府是先有詩，再用泛聲合樂，與倚聲填詞方式不同，不能稱爲詞。以上皆認爲，詞是承詩而來，詩因句式整齊，難以合樂，便用和聲，其後將和聲改以實字，遂成今日長短句之詞。明・胡震亨即清楚指出古樂府到詞的演變過程，其《唐音癸籤》卷十五云：

> 古樂府詩，四言五言，有一定之句，難以入歌。中間必添和聲，然後可歌。如妃、呼、豨、伊、何、那之類是也。唐初歌曲，多用五七言絕句，律詩亦間有采者，想亦有賸字賸句於其間，方成腔調。其後即以所賸者作實字，填入曲中歌之，不復用和聲，則其法愈密，而其體不能不入柔靡矣。此填詞所由興也。宋・沈括考究所始，以爲始於王涯，又謂貞元、元和間，爲之者已多矣。〔註65〕

胡氏認爲詞由詩中泛聲填實而成，此論點並不十分正確，因爲將詩中和聲填入實字即成詞，那詞體應成固定形式，但觀詞體中，有因襯字而成又一體，也有在詞中加入一些有聲無義的虛字，如晚唐皇甫松〈竹枝〉：

> 檳榔花發竹枝鷓鴣啼兒女。雄飛煙瘴竹枝雌亦飛兒女。
> 木棉花盡竹枝荔枝垂兒女。千花萬花竹枝待郎歸兒女。
> 芙蓉並蒂竹枝一心連兒女。花侵隔子竹枝眼應穿兒女。
> 筵中蠟燭竹枝淚珠紅兒女。合歡桃核竹枝兩人同兒女。
> 斜江風起竹枝動橫波兒女。劈開蓮子竹枝苦心多兒女。
> 山頭桃花竹枝穀底杏兒女。兩花窈窕竹枝遙相映兒女。〔註66〕

在每首中加入「竹枝」、「兒女」，此兩辭與全詞文意無法連貫，可能

〔註64〕 胡適：〈詞的起源〉稱：「所謂『和聲』也就是朱熹所説的『泛聲』」，趙爲民、程郁綴選：《詞學論薈》（台北：五南圖書出版公司，1989年7月），頁82。

〔註65〕 明・胡震亨：《唐音癸籤》，《文淵閣四庫全書電子版》（上海：上海人民出版社；香港：迪志文化出版社，1999年11月）。

〔註66〕 清：《御定全唐詩》卷八百九十一，《文淵閣四庫全書電子版》（上海：上海人民出版社；香港：迪志文化出版社，1999年11月）。

爲「泛聲」〔註67〕。又五代・顧敻〈荷葉杯〉，詞云：

> 春盡小庭花落。寂寞。憑檻斂雙眉。忍教成病憶佳期。知
> 摩知。知摩知。

> 歌發誰家筵上。寥亮。別恨正悠悠。蘭釭背帳月當樓。愁
> 摩愁。愁摩愁。

> 弱柳好花盡拆。晴陌。陌上少年郎。滿身蘭麝撲人香。狂
> 摩狂。狂摩狂。

> 記得那時相見。膽顫。鬢亂四肢柔。泥人無語不抬頭。羞
> 摩羞。羞摩羞。

> 夜久歌聲怨咽。殘月。菊冷露微微。看看濕透縷金衣。歸
> 摩歸。歸摩歸。

> 我憶君詩最苦。知否。字字盡關心。紅箋寫寄表情深。吟
> 摩吟。吟摩吟。

> 金鴨香濃駕被。枕膩。小髻簇花鈿。腰如細柳臉如蓮。憐
> 摩憐。憐摩憐。

> 曲砌蝶飛煙暖。春半。花發柳垂條。花如雙臉柳如腰。嬌
> 摩驕。嬌摩驕。

> 一去又乖期信。春盡。滿院長莓苔。手撚裙帶獨徘徊。來
> 摩來。來摩來。〔註68〕

每句都以疊句作結，其「摩」字，就像是和聲之類〔註69〕。如果詞是怕失泛聲，填以實字，而成長短句，那每種詞體應皆相同。但從唐至宋，詞中仍見運用襯字；於晚唐五代詞中，仍可找到虛字，故詞承詩而來的說法並不十分正確。

另有認爲詩詞並行發展，宋・王應麟認爲詞從古樂府而來，與詩

〔註67〕 胡適：〈詞的起源〉，趙爲民、程郁綴選：《詞學論薈》（台北：五南圖書出版公司，1989 年 7 月，頁 83）。

〔註68〕 後蜀・趙崇祚：《花間集》卷七，《文淵閣四庫全書電子版》（上海：上海人民出版社；香港：迪志文化出版社，1999 年 11 月）。

〔註69〕 胡適：〈詞的起源〉，趙爲民、程郁綴選：《詞學論薈》（台北：五南圖書出版公司，1989 年 7 月），頁 83。

並行，其《困學紀聞》卷十八云：

　　古樂府者，詩之旁行也。詞曲者，古樂府之末造也。〔註70〕

又《御選歷代詩餘》卷一百十一云：

　　今又分詩與樂府作兩科，曰古詩。曰樂府，謂詩之可歌者
　　也，而古樂府以為詩之流而詞，皆就音節以為名。〔註71〕

將詩分古詩與樂府兩類，兩者不同點，便在於樂府強調可合樂而歌，是詞的先驅。主張詩詞相並而行，是從詩的形式及音樂性來說。自《詩經》起並非所有詩體，皆為整齊句式，也有雜言體，在周頌中即有長短句〔註72〕，故長短句韻文自古就有。再就音樂性來看，整部《詩經》就是一部詩歌總集，〈國風〉蓋「出於里巷歌謠之所作，所謂男女相與詠歌，各言其情者也」〔註73〕。到漢「興樂府協律之事」〔註74〕，樂府詩強調與音律相合而歌，又非整齊句式，詞便由此演化而成。府樂與古詩為兩條不同的發展路線，古詩演為近體詩，樂府演為詞，因此詩詞並行，非詞承詩而來。此種論點亦有不足之處，尋根究柢，詞的興起實有多種因素，究其主因是在於音律，並非《詩經》及樂府詩，如就長短句式及其音樂性質，而將詞推至《詩經》、樂府一路，並不十分適當。〔註75〕

　　主張詞由詩變來，是從詞的性質上探討。主張詩詞並行，是從詞的形式上探究，此兩種主張，皆無法充分說明詞的起源問題〔註76〕。

〔註70〕宋・王應麟：《困學紀聞》，《文淵閣四庫全書電子版》（上海：上海人民出版社；香港：迪志文化出版社，1999年11月）。

〔註71〕清：《御選歷代詩餘》，《文淵閣四庫全書電子版》（上海：上海人民出版社；香港：迪志文化出版社，1999年11月）。

〔註72〕宋・朱熹：《詩經集傳》卷八，《文淵閣四庫全書電子版》（上海：上海人民出版社；香港：迪志文化出版社，1999年11月）。

〔註73〕宋・朱熹：《詩經集傳》原序，《文淵閣四庫全書電子版》（上海：上海人民出版社；香港：迪志文化出版社，1999年11月）。

〔註74〕梁・蕭統撰・唐李善註：《文選》卷一，《文淵閣四庫全書電子版》（上海：上海人民出版社；香港：迪志文化出版社，1999年11月）。

〔註75〕林大椿：〈詞之矩律〉，趙為民、程郁綴選：《詞學論薈》（台北：五南圖書出版公司，1989年7月），頁373。

〔註76〕姜亮夫：〈「詞」的原始與形成〉，趙為民、程郁綴選：《詞學論薈》（台

論詞的起源,清・張惠言之說最爲簡當〔註77〕,其《詞選序》云:

> 詞者,蓋出於唐之詩人,採樂府之言,以製新律,因繫其
> 詞,故名曰詞。〔註78〕

「以製新律,因繫其詞」,道出詞出現的主因,也指出詞與詩不同之處。詞體出現主因在於音樂,唐各種音樂興起,詩無法配合曲律,於是「採樂府之言」,以長短句式協曲律變化。並指出詞體的做法爲「因繫其詞」,依曲調填入文辭,因而稱爲「詞」。詞可能導源於詩,但經演化,形成新的體製,有其獨特的本性與立場〔註79〕,與詩體完全不同,不再受到詩的影響與支配。唐詞未成熟前,樂工常選詩配樂,宋・王灼《碧雞漫志》就有一段記載:

> 帝置酒樓上,命作樂,有進〈水調歌〉者,曰:「山川滿目
> 淚沾衣,富貴榮華能幾時?不見只今汾水上・惟有年年秋
> 雁飛。」上問:「誰爲此曲?」曰:「李嶠。」上曰:「眞才
> 子!」不終飲而罷。〔註80〕

〈水調歌〉是取自李嶠七言長篇古詩〈汾陰行〉(君不見昔日西京)〔註81〕,將後四句入樂而成。在中唐詞未成熟前,無論是近體詩、古詩皆可入樂,是由樂工主導,樂工以將名人詩句入樂爲榮,一時蔚爲風尙,競相採詩入樂。宋・宋祁《新唐書》卷二百三十云:

> 李益……於詩尤所長,貞元末,名與宗人賀相埒,每一篇
> 成,樂工爭以賂求取之,被歌聲,供奉天子。〔註82〕

北:五南圖書出版公司,1989 年 7 月),頁 41。
〔註77〕繆鉞:〈論詞〉,趙爲民、程郁綴選:《詞學論薈》(台北:五南圖書出版公司,1989 年 7 月),頁 252。
〔註78〕張惠言:《詞選・序言》(台北:廣文書局,1979 年 6 月),頁 6。
〔註79〕林大椿:〈詞之矩律〉,趙爲民、程郁綴選:《詞學論薈》(台北:五南圖書出版公司,1989 年 7 月),頁 373。
〔註80〕宋・王灼:《碧雞漫志》,《文淵閣四庫全書電子版》(上海:上海人民出版社;香港:迪志文化出版社,1999 年 11 月)。
〔註81〕清:《御定全唐詩》卷五十八,《文淵閣四庫全書電子版》(上海:上海人民出版社;香港:迪志文化出版社,1999 年 11 月)。
〔註82〕宋・宋祁:《新唐書》,《文淵閣四庫全書電子版》(上海:上海人民出版社;香港:迪志文化出版社,1999 年 11 月)。

士人寫詩的目的，非專為合歌，因此創作自由，不被宮調所限制，樂
工競相採詩以為歌，尤以名家之作為榮。詩、樂本為分途，後為使詩
樂合一，於是利用和聲、泛聲以協音律。後因懂音律之士人，如劉禹
錫、白居易、王建等注意到曲律變化，便開始依曲填詞〔註83〕，因而
填詞「出於唐之詩人」。

詞體初現，詩人填詞尚在學習階段，便由詩入手，利用詩的形式
入詞，「加減絕句的調兒成為小令為詞的雛兒」〔註84〕，因而詩詞極
為相似。《御定詞譜》發凡云：

〈清平調〉、〈竹枝〉、〈柳枝〉等，竟無異于七言絕句，與
〈菩薩蠻〉等不同，如專論詞體，自當捨而弗錄，故諸家
詞集不載此等調。……後人則以此等調為詞嚆矢，遂取入
譜，今已盛傳，不便裁去。〔註85〕

〈清平調〉、〈竹枝〉、〈柳枝〉等形式上與七言絕句同，本不列為詞，
但因其格律與詩不同，後人因其為詞體的發端，遂收入詞集中。宋·
王灼《碧雞漫志》云：

故李太白《清平調》三章皆絕句。

而樂天所作《楊柳枝》者，稱其別創詞也。今黃鍾、商有
《楊柳枝》曲，仍是七言四句詩，與劉、白及軒代諸子所
製並同，但每句下各增三字一句，此乃唐時和聲，如《竹
枝》、《漁父》今皆有和聲。〔註86〕

李白、白居易之詞，皆近於詩〔註87〕。〈清平調〉、〈竹枝〉、〈柳枝〉

〔註83〕溫盦：〈詞的起源與音樂之關係〉，趙為民、程郁綴選：《詞學論薈》
（台北：五南圖書出版公司，1989年7月），頁105。

〔註84〕姜亮夫：〈「詞」的原始與形成〉，趙為民、程郁綴選：《詞學論薈》（台
北：五南圖書出版公司，1989年7月），頁59。

〔註85〕清聖祖：《御定詞譜》，《文淵閣四庫全書電子版》（上海：上海人民
出版社；香港：迪志文化出版社，1999年11月）。

〔註86〕宋·王灼：《碧雞漫志》，《文淵閣四庫全書電子版》（上海：上海人
民出版社；香港：迪志文化出版社，1999年11月）。

〔註87〕林大椿：〈詞之矩律〉，趙為民、程郁綴選：《詞學論薈》（台北：五
南圖書出版公司，1989年7月），頁373。

本爲絕句，後依曲律變化，漸漸發展爲長短句。唐新曲出，詩人塡詞非一蹴可幾，自然以其最熟悉的詩體爲基礎，一步步模仿，從整齊的近體詩句式，到破詩句而成長短句。《御選歷代詩餘》總目云：

> 詩降而詞，實始於唐。若〈菩薩蠻〉、〈憶秦娥〉、〈憶江南〉、〈長相思〉之屬，本是唐人之詩，而句有長短，遂爲詞家權輿，故謂之詩餘。爲其上承於詩，下沿爲曲，而體裁近雅，士人多習爲之。〔註88〕

唐代詞體的出現，大致有兩種情形：一是以詩的基礎發展而成，因爲詞未出現時，就有採詩爲歌，後依曲律變化塡詞，形成長短句；唐人初塡詞，率以熟悉的詩著手，再演爲詞，唐五代詞體萌發之時，士人寫詩亦塡詞，詩詞不分〔註89〕，其後士人塡詞之風漸開，詞於是有了自己獨特的形式，已有別於詩。二是將民間的俗樂雅化，士人選用民間詞調，經士人修飾而成體，因「體裁近雅」而開唐人塡詞之風。一種新文體，必定吸收舊文體各項要素，再經時間的孕育，繼而成熟獨立。不論詞是否源於詩，從質與形分析，都可明顯看出是受到詩的影響。

詞至宋已成熟爲體，詩詞分道而行，但塡詞之人亦爲詩人，因而常將詩句化入詞中〔註90〕。如晏殊〈浣溪沙〉詞云：

> 一曲新詞酒一盃。去年天氣舊亭臺。夕陽西下幾時迴。
> 無可奈何花落去，似曾相識燕歸來。小園香徑獨徘徊。
> 〔註91〕

〔註88〕 清：《御選歷代詩餘》，《文淵閣四庫全書電子版》（上海：上海人民出版社；香港：迪志文化出版社，1999年11月）。

〔註89〕 懷玖：〈論詞的特性和詩詞分界〉稱：「我們都知道詞起初的時候，……如果可以叫做詞的話——眞也是詩的一種變格」，趙爲民、程郁綴選：《詞學論薈》（台北：五南圖書出版公司，1989年7月，頁289）。

〔註90〕 懷玖：〈論詞的特性和詩詞分界〉，趙爲民、程郁綴選：《詞學論薈》（台北：五南圖書出版公司，1989年7月），頁286。

〔註91〕 宋・晏殊：《珠玉詞》，《文淵閣四庫全書電子版》（上海：上海人民出版社；香港：迪志文化出版社，1999年11月）。

此詞與其〈假中示張寺丞王校勘〉一詩，即有相同的字句，詩云：

> 元巳清明假未開，小園幽徑獨徘徊。春寒不定斑斑雨，宿
> 醉難禁灩灩杯。無可奈何花落去，似曾相識燕歸來。游梁
> 賦客多風味，莫惜金錢萬選才。〔註92〕

「小園香徑獨徘徊」與「小園幽徑獨徘徊」雖有一字之差，但意思並
無差別。「無可奈何花落去，似曾相識燕歸來」二句，一字不變同時
出現在詩與詞中，後人便以此來說明詩詞在風格上的不同處〔註93〕。
此外，也證明宋詞確有化詩為詞的情形，晏殊更是宋詞借鑒唐詩的先
驅者〔註94〕。清·況周頤《蕙風詞話》卷一云：

> 兩宋人填詞，往往用唐人詩句。〔註95〕

詩詞至宋已為不同文體，但宋人填詞常利用唐人詩句。王偉勇《宋詞
與唐詩之對應研究》上篇云：

> 就兩宋詞壇借鑒唐詩之現像，作一全面整理，歸納其技巧
> 凡九，並分四類以賅之：一曰字面之借鑒。……二曰句意
> 之鑒借。……三曰詩篇之鑒借。……四曰其他類。〔註96〕

宋詞中借鑒唐詩為數不少，在《宋詞與唐詩之對應研究》上篇，清
楚分析宋詞無論在兩宋，無論派別，都常借鑒唐詩〔註97〕。可見詞
至兩宋，仍有詩的影子。詩詞淵源深厚，詞體萌發於唐，初時與詩
無異，至宋大盛；但宋詞中多有借鑒唐時，因此唐宋詞與詩有密切
關係。

〈憶江南〉為早期詞調。《御定詞譜》發凡云：

> 詞上承于詩，下沿為曲，雖源流相紹，而界域判然。如〈菩

〔註92〕清：《御選宋詩》卷四十五，《文淵閣四庫全書電子版》（上海：上海
　　　　人民出版社；香港：迪志文化出版社，1999年11月）。
〔註93〕同註90稱：「詞家卻不忌把詩句融化入詞」（頁290～293）。
〔註94〕王偉勇：《宋詞與唐詩之對應研究》（台北：文史哲出版社，2004年
　　　　3月），頁71。
〔註95〕唐圭璋編：《詞話叢編》（台北：新文豐出版社，1988年2月），頁
　　　　4419。
〔註96〕同註94，頁21。
〔註97〕同註94，頁21～213。

薩蠻〉、〈憶秦娥〉、〈憶江南〉、〈長相思〉等，本是唐人之
詩，而風氣一開，遂有長短句之別。故以此數闋爲詞之鼻
祖。〔註98〕

早期詞調並非只有此四闋，但大多爲與詩相似。清・李佳《左庵詞話》卷下云：

詞律中〈紇那曲〉、〈羅嗊曲〉、〈生查子〉，皆五言絕句。〈塞姑〉、〈回波〉、〈舞馬〉、〈三臺〉，皆六言絕句。〈竹枝〉、〈小秦王〉、〈採蓮子〉、〈楊柳枝〉、〈阿那曲〉、〈欸乃曲〉、〈清平調〉、〈瑞鷓鴣〉，皆七言絕句。與詩無異。乃古樂府可歌者，腔板與詩異，要自不同。〔註99〕

詞初創時，常以詩爲詞，句式整齊，但曲調爲不同的腔板，以此區分詩詞的異同。雖然〈菩薩蠻〉、〈憶秦娥〉、〈憶江南〉、〈長相思〉不是最早之詞調，但因形式是長短句，已脫離詩詞不分階段，遂以此四闋爲詞的鼻祖。此外唐・王建〈烏夜啼〉〔註100〕、崔液〈蹋歌詞〉〔註101〕、皇甫松〈回紇曲〉〔註102〕，唐玄宗〈好時光〉〔註103〕等詞調，分析

〔註98〕清聖祖：《御定詞譜》，《文淵閣四庫全書電子版》（上海：上海人民出版社；香港：迪志文化出版社，1999 年 11 月）。

〔註99〕唐圭璋編：《詞話叢編》（台北：新文豐出版社，1988 年 2 月），頁3169。

〔註100〕清：《御選歷代詩餘》卷一百十一詞云：「章華宮人夜上樓，君王望月西山頭。夜深宮殿門不鎖，白露滿山山葉墮。」《文淵閣四庫全書電子版》（上海：上海人民出版社；香港：迪志文化出版社，1999年 11 月）。

〔註101〕清：《御選歷代詩餘》卷二詞云：「彩女迎金屋，仙姬出畫堂。鴛鴦裁錦袖，翡翠帖花黃。歌響舞行分，豔色動流光。」《文淵閣四庫全書電子版》（上海：上海人民出版社；香港：迪志文化出版社，1999 年 11 月）。

〔註102〕清聖祖：《御定詞譜》卷三詞云：「白首南朝女，愁聽異域歌。收兵頡利國，飲馬胡盧河。毳布腥膻久，穹廬歲月多。雕窠城上宿，吹笛淚滂沱。」《文淵閣四庫全書電子版》（上海：上海人民出版社；香港：迪志文化出版社，1999 年 11 月）。

〔註103〕清聖祖：《御定詞譜》卷五詞云：「寶髻偏宜宮樣。蓮臉嫩，體紅香。眉黛不須張敞畫，天教入鬢長。莫倚傾國貌，嫁娶個，有情郎。彼此當年少，莫負好時光。」《文淵閣四庫全書電子版》（上海：上海

其句法，都為襲取律絕的聲態，改其聲韻，增減句數或字數而為詞〔註104〕。〈憶江南〉初亦為詩，在唐・李德裕撰《李衛公別集》卷四，有〈錦城春事憶江南〉五言三首，題存詩亡，名為五言三首，應為詩而非詞〔註105〕。因此〈憶江南〉到了劉白兩人，以「曲拍為句」，將本為詩體的形式，演為三、五、七、七、五的小令詞調。〔註106〕

　　詞打破律絕形式，轉為小令曲調，最初只在原有句式增減字數，以合小令節拍〔註107〕。到了劉、白二人之〈憶江南〉已衍變無方〔註108〕，詞體宣告成熟，所以稱〈憶江南〉為詞之鼻祖，究其體，是由詩演變而成，故從〈憶江南〉結構分析，便發現有許多與詩體相近的特色。

第五節　七字句與律詩頷聯相同

　　〈憶江南〉已為長短句式，但三、四兩句句法與平起式七言律詩頷聯相似，因而常出現對句形式〔註109〕。但詞中對句形式並不完全同於詩。清・沈祥龍《論詞隨筆》即云：

　　　　詞中對句，貴整鍊工巧，流動脫化，而不類於詩賦。〔註110〕

　　　　　人民出版社；香港：迪志文化出版社，1999 年 11 月）。

〔註104〕姜亮夫：〈「詞」的原始與形成〉，趙為民、程郁綴選：《詞學論薈》（台北：五南圖書出版公司，1989 年 7 月），頁 58～64。

〔註105〕同註 104，頁 60。

〔註106〕劉輯熙：〈詞的演變和派別〉，趙為民、程郁綴選：《詞學論薈》（台北：五南圖書出版公司，1989 年 7 月），頁 213。

〔註107〕龍沐勛：《倚聲學──詞學十講》（台北：里仁書局，1996 年 1 月），頁 16。

〔註108〕見註 104，頁 63。

〔註109〕狄兆俊：《填詞指要》（南昌：百花洲文藝出版社，1990 年，12 月），頁 3。涂宗濤：《詩詞曲格律綱要》（天津：天津人民出版社，2000 年 9 月），頁 3。龍榆生編：《唐宋詞定律》（台北：華正書局，1988 年 9 月），頁 3。張夢機：《詞律探原》（台北：文史哲出版社，1981 年 11 月），頁 220。

〔註110〕唐圭璋編：《詞話叢編》（台北：新文豐出版社，1988 年 2 月），頁 4051。

對詩賦而言，對句須要字數相同，詞性相似，平仄相反。詞中對句，平仄無嚴格拘束，也不限制韻腳不可相對〔註111〕，因此較詩「流動脫化」，不致過於僵化。清‧沈雄《古今詞話‧詞品》上卷云：

> 對句要非死句也。牛嶠之〈望江南〉，「不是鳥中偏愛爾，爲緣交頸睡南塘」，其下可直接「全勝薄情郎」，此即救尾對也。〔註112〕

沈雄指出詞中對句是比詩寬鬆許多，因此「對句要非死句也」。但他引牛嶠〈望江南〉爲例，說明「救尾對」則有待商榷，其言云：

> 周德清曰：「作詞十法，始即對偶，有扇面對，重疊對，救尾對。」趙元鎮〈滿江紅〉云：「欲往鄉關是何處，正江雲浩蕩連南北。」又「欲待忘憂須是酒，奈酒行欲盡愁無極」，此即扇面對也。

> 俞彥曰：「詞中對句，須是難處，莫認爲襯句。正惟五言對句，七言對句，使讀者不作對疑尤妙，此即重疊對也。」

> 沈雄曰：「對句易於言景，難於言情。且開放中多迂濫，收整則結無意緒，對句要非死句也。牛嶠之〈望江南〉，「不是鳥中偏愛爾，爲緣交頸睡南塘」，其下可直接「全勝薄情郎」，此即救尾對也。」〔註113〕

此段主要是解釋元，周德清《中原音韻》所言對句之法。《中原音韻》卷下云：

> 扇面對
> 調笑令　第四句對第六句，第五句對第七句。
> 駐馬聽　起四句是也。

〔註111〕陳弘治：《詞學今論》（台北：文津出版社，1991 年 7 月）稱：「律詩對仗，原則上必以平對仄；詞則無嚴格拘束。」（頁 213）「律詩韻腳不能與韻腳相對；詞則無此限制。」（頁 214）

〔註112〕唐圭璋編：《詞話叢編》（台北：新文豐出版社，1988 年 2 月），頁 840。

〔註113〕同註 112，頁 840～841。

重疊對

鬼三臺　第一句對第二句，第四句對第五句，第一第二第三卻對第四
　　　　第五第六。

救尾對

紅繡鞋　第四句第五句第六句爲三對。〔註114〕

《中原音韻》所舉三種對句法非一般對句，於形式上較爲特殊。「扇面對」是相連二組隔句對，像是折扇折疊之狀，而《古今詞話》舉宋・趙鼎〈滿江紅〉爲例，其「正江雲浩蕩連南北」一句，以《花草粹編》〔註115〕、《御定詞譜》〔註116〕校之，應爲「江雲浩蕩連南北」。前二句在上片，後二句在下片，中間相隔九句，是否爲扇面對實有疑問。《古今詞話》在「重疊對」的解釋更是語意不清，引用明・俞彥之言，但所言在強調對句的重要性，而非在說明「重疊對」。《中原音韻》指出「重疊對」是對中又有對，而非如《古今詞話》所言。《古今詞話》對「救尾對」的定義是二句相對又能直接下句之意，但《中原音韻》指出「救尾對」是連三對形式，並以〈紅繡鞋〉爲例：

　　　歎孔子嘗聞俎豆，羨嚴陵不事王侯，百尺雲帆洞庭秋，醉
　　呼元亮酒，懶上仲宣樓，功名不掛口。〔註117〕

後三句工整相對，與沈雄的說明完全不同。又《御定曲譜》卷首也引《中原音韻》之說，可見對三種對句的看法是同《中原音韻》之說。因此筆者對沈雄《古今詞話》之說頗存疑問。

　　唐宋〈憶江南〉採三、四句相對的形式，有 131 闋，佔 50.7%。但民間詞作則少有對句出現，在敦煌詞〈憶江南〉全部沒有對句，而

〔註114〕元・周德清：《中原音韻》，《文淵閣四庫全書電子版》（上海：上海人民出版社；香港：迪志文化出版社，1999 年 11 月）。

〔註115〕明・陳耀文：《花草粹編》卷十七，《文淵閣四庫全書電子版》（上海：上海人民出版社；香港：迪志文化出版社，1999 年 11 月）。

〔註116〕清聖祖：《御定詞譜》卷二十二，《文淵閣四庫全書電子版》（上海：上海人民出版社；香港：迪志文化出版社，1999 年 11 月）。

〔註117〕元・周德清：《中原音韻》，《文淵閣四庫全書電子版》（上海：上海人民出版社；香港：迪志文化出版社，1999 年 11 月）。

屬於宗教修行的 51 闋詞，有 13 闋爲對句形式，佔 25.5%。由此得知，〈憶江南〉文學性的作品，士人在填詞時，仍習慣沿用頷聯對句模式，將三、四句寫成對句。而實用性的作品，因本身的目的，或是填詞者並非文人，在三、四句出現對句形式不多。如《兵要望江南》五百闋詞中，少有對句，即是一例。

　　詞的對句寬鬆，不若詩之嚴格。〈憶江南〉體製並未規定三、四兩句須對仗，但因其格律與平起式七言律詩頷聯相同，因此文士常將其寫成對句形式。市井之作，則重在實用，較無對句形式。另在分析〈憶江南〉對句時，發現沈雄《古今詞話》對於「扇面對」、「重疊對」、「救尾對」與周德清《中原音韻》之說不盡相同，也列在此節一併討論。

　　總之，唐宋詞特別講究「章法」〔註 118〕。分析唐宋〈憶江南〉，可知它本是地方民歌，再經文人雅化，因此在結構中可看出含有文人化與地方民歌的性質。句式多爲五、七言，韻腳爲平聲韻，多聯章詞，更有與平起七言律詩頷聯格律相同等特色，體製與詩極爲接近，又與民歌有關，遂組合成音節流暢的節奏〔註 119〕。也就因爲此種結構的特色，使唐宋時期的〈憶江南〉朝向兩個方向發展：一走向文學性，一走向實用性，本文將分參章分別析論之。

〔註118〕 劉尊明：《唐宋詞綜論》（北京：中國社會科學出版社，2004 年 12月），頁 11。

〔註119〕 龍沐勛：《倚聲學——詞學十講》（台北：里仁書局，1996 年 1 月）稱：「以三、五、七言句式構成而又使用平韻的詞調牌，音節最流美的。」（頁 47）

第五章　富有實用性質的〈憶江南〉
（上）

　　詞的產生有民間詞與早期文人詞兩個源頭。文人初填詞，便仿效
地方民歌，以其動人聲律，填入優美詞藻，因此詞體乍現時，是以民
間詞為主，文人詞為屬〔註1〕；發展途徑由俗入雅，因而唐宋詞雅俗
之辨便成詞學中一個重要的論題。當詞經士人雅化，步入文學之流後
便以文人詞為主流，忽略民間詞作。從敦煌曲子詞的出土，證明唐民
間詞作不被士大夫所重視，因此在文學的典籍中未選錄此類作品，一
直到民國才得以重新呈現在世人眼前。敦煌曲子詞的出土彌補《花間
集》之前的一段空白詞史，也說明詞由民間進文人填製的演進過程，
足見民間詞有其重要的意義。但在士人眼中，民間詞無法歸結到文學
的行列，因而被遺留在不為人知的敦煌石窟之中。兩宋雅俗之爭尤
烈，詞壇復雅之風興起，雅、俗之辨更是爭論不斷〔註2〕。宋・沈義
父《府樂指迷》云：

　　　吾輩只當以古雅為主，如有嘌唱之腔，不必作，且必以清
　　　真及目前諸家好腔為先，可也。

〔註1〕木齋：《唐宋詞流變》（北京：京華出版社，1997年11月），頁20。
〔註2〕劉揚忠：《唐宋詞流變史》（福州：福建人民出版社，1999年2月）
　　　　稱：「后至南宋詞壇『復雅』思潮的興起，『雅』、『俗』之爭不絕如
　　　　縷。」（頁169）

前輩好詞甚多，往往不協律腔，所以無人唱。如秦樓楚館
所歌之詞，多是教坊樂工及閭井做賺人所作，只緣音律不
差，故多唱之。求其下語用字，全不可讀，甚至詠月卻說
雨，詠春卻說涼。……如此甚多，乃大病也。〔註3〕

這兩段話，清楚指出填詞當以古雅之風爲正，屬於民間嫖唱之腔則不
值一顧。另一方面說明詞以音律爲主，不協律則不易被人傳唱，文人
並不完全精於音律所以無法掌握音律變化之妙，其詞自然比不上在青
樓酒館由教坊樂工所作之曲詞；但民間歌謠，又因用詞不佳，難登文
學殿堂。可見沈義父雖知詞爲倚聲之作，當以音律爲主，但在判定詞
之優劣時，仍以填詞用語之雅俗爲主；用字遣辭俗者，雖合聲律之美，
仍不可讀。並指出填詞者當以清眞詞爲學習的標的，推崇其詞是爲好
腔。但在周邦彦之前的柳永也能製新曲，並將詞由小令推展至慢詞，
在宋詞的發展中具有一定的影響力，但當時詞壇對於柳永的評價並不
高。宋‧胡仔《苕溪漁隱叢話後集》卷三十三引李清照論詞云：

逮至本朝，禮樂文武大備，又涵養百餘年，始有柳屯田者
永，變舊聲作新聲，出《樂章集》，大得聲稱於世。雖協音
律而詞語塵下。〔註4〕

胡仔引用李清照看法，雖認爲柳永是詞壇百年難得的人才，知音律之
妙，又能製新曲、創新聲，並以此著稱於當時，在北宋詞壇應佔有一
席之地，卻因「詞語塵下」而被文人所鄙視，從早期晏殊經蘇軾到李
清照都反對學柳七作詞〔註5〕。柳永雖爲振興北宋詞壇之人，卻因用
辭塵下，而被阻絕以雅詞爲主的文人詞壇之外。「雅」、「俗」是相對
性而非絕對性。以文人的本位觀點爲基準，定出雅俗之別，如屬雅

〔註3〕宋‧沈義父：《樂府指迷》，《文淵閣四庫全書電子版》（上海：上海
　　　　人民出版社；香港：迪志文化出版社，1999 年 11 月）。
〔註4〕宋‧胡仔：《苕溪漁隱叢話後集》，《文淵閣四庫全書電子版》（上海：
　　　　上海人民出版社；香港：迪志文化出版社，1999 年 11 月）。
〔註5〕劉揚忠：《唐宋詞流變史》（福州：福建人民出版社，1999 年 2 月）
　　　　稱：「於是自晏殊批評柳永始，中經蘇軾反對門人『學柳七作詞』和
　　　　李清照譏彈柳永『詞語塵下』。」（頁 169）

詞則爲佳作，如爲俗詞則被摒除於文學之外，因此北宋文學文化可分爲「正統文學」和「市民文學」兩大層次，到南宋便提出了「雅俗之辨」﹝註6﹞。但何謂雅？何謂俗？則是見仁見智的問題，因此唐宋詞雅俗之辨便一直爭論不休。縱觀唐宋詞不僅有雅俗之別，從其目的來看，各自朝向兩條不同的發展路線，一爲走向文學性的發展，一爲實用性的發展。文學性可提升詞體價值，使其步入文學殿堂。實用性則延續詞體生命，使其得以連綿不輟，流傳不已。因此在探求唐宋詞發展時，絕不能忽略其實用性。

　　無論是民間詞抑或文人詞，能否得以發展，其流行是重要的關鍵。詞的興起，肇因音樂的勃發，初始的目的便在於娛賓遣性，而非爲文學欣賞，以實用爲目的，重娛樂性及消遣性。其後雖被士人雅化以入文學之林，但實用性並未因此消退，反而不斷擴大範圍，在民間及士人間持續流傳，才能從唐一直流傳至今。兩宋時期，雖未留下像敦煌曲子詞一樣的民間實用詞作，但上自帝王將相，下至販夫走卒，無論僧尼到俗眾，都喜歡塡詞唱詞﹝註7﹞。宋・孟元老《東京夢華錄》序云：

　　　　新聲巧笑於柳陌花衢，按管調弦於茶坊酒肆。﹝註8﹞

北宋除了文人塡詞之風盛行外，茶坊酒肆中用於娛樂的實用詞作仍未間斷。又宋・吳自牧《夢粱錄》卷二十云：

　　　　街市有樂人三五爲隊，擎一二女童舞旋，唱小詞，專沿街
　　　　趁趁。更有小唱、唱叫、執板、慢曲曲破、大率輕起重殺，
　　　　正謂之「淺酌低唱」。﹝註9﹞

﹝註6﹞　楊海明：《唐宋詞史》（天津：天津古籍出版社，1998 年 12 月），頁189。

﹝註7﹞　楊海明：《唐宋詞史》（天津：天津古籍出版社，1998 年 12 月），頁71。

﹝註8﹞　宋・孟元老：《東京夢華錄》，《文淵閣四庫全書電子版》（上海：上海人民出版社；香港：迪志文化出版社，1999 年 11 月）。

﹝註9﹞　宋・吳自牧：《夢粱錄》，《文淵閣四庫全書電子版》（上海：上海人民出版社；香港：迪志文化出版社，1999 年 11 月）。

南宋街市有人沿街賣唱，傳唱之聲依然興旺，可見兩宋除了文人詞不斷演進外，民間以娛樂性爲主的實用詞作也從不間斷，唱詞之風也擴大至各種不同的階層，除茶坊酒肆外，就連出家眾也能唱詞。宋・張邦基《墨莊漫錄》卷四云：

> 蘇陰和尚作〈穆護歌〉，又地里風水家亦有〈穆護歌〉，皆以六言爲句而用側韻。〔註10〕

除了僧侶作〈穆護歌〉外，連地理風水家也有此調，可見詞除了青樓歌妓用以娛樂賓客，文人雅士用以抒懷逞才外，也擴及到宗教及特定階層。因此，詞除了基本的娛樂及消遣功用外，還繼續向外延伸擴充至各個層面，增強其實用性。

兩宋除了民間創作實用性的詞作外，因風氣所及，連士人也不斷填寫此種詞作，或寫有關佛道等宗教修行之詞，或寫用於祝賀的壽詞，因此也提高了實用性詞作的價值。在實用性與文學性兩相結合下，促進成詞體邁向更高的發展。宋詞興盛的原因之一，就在於擴大詞的範疇，讓詞廣泛運用在生活中，形成獨特的體製，並融入社會文化之中，成爲宋代文化的一環，因而能與詩分庭抗禮，而爲宋代文學的代表。足見唐宋詞的勃發原因，不僅是文人投入填詞的行列，建構出詞體的形式，另一方面詞體實用性質的不斷擴大，更貼近百姓生活而與社會大眾緊密結合，形成貴族、士人、僧道，以及市井大眾無不受到詞體的影響，匯聚成一股潮流，所以在探討唐宋詞時不能忽略詞的實用價值。

〈憶江南〉在唐宋詞史中的發展亦然，除了朝向文學性發展外，其實用性也隨著社會的風氣不斷擴大，運用到日常生活的其它層面。唐五代有伊用昌將〈憶江南〉做爲乞食之用（參見第三章第二節）。在神異傳奇中也看到得道仙人高唱〈望江南〉。元・陶宗儀《說郛》卷一百十八上云：

〔註10〕宋・張邦基：《墨莊漫錄》，《文淵閣四庫全書電子版》（上海：上海人民出版社；香港：迪志文化出版社，1999 年 11 月）。

《錄異記》唐·杜光庭

蘇校書者，好酒唱〈望江南〉，善製毬杖，外混於眾，內潛
修眞，每有所闕，即以毬杖干於人，得所得之金以易酒，
一旦於郡中，白日升天。〔註11〕

蘇校書隱於市井中，其性好酒並喜唱〈望江南〉調，最後修鍊得
道，羽化成仙。宋時亦有蔡眞人化身爲倡，於酒樓中引唱〈望江南〉
（參見第二章第二節），可知〈望江南〉爲唐宋市井中相當流行的詞
調。

　　因〈憶江南〉爲民間流行的詞調，故廣泛運用於不同的用途上。
它最奇特的用法莫過於唐·李衛公《兵要望江南》，將〈憶江南〉做
爲兵法占卜的歌訣〔註12〕，不僅用法特殊，數量也相當可觀，約有五
百闋以上〔註13〕。而唐五代〈憶江南〉文人詞的總數也不過四十三闋
而已，就連唐宋〈憶江南〉詞也只有二百六十九闋，遠遠不及《兵要
望江南》之數量，因此無論從內容及或數量上都不能忽略《兵要望江
南》的重要性。到了宋代，詞體不斷的發展，開始將詞做爲賀壽之用，
〈憶江南〉也跟隨潮流進入壽詞的行列中，這是因爲它本身具有高度
的實用性，一直流布於市井大眾間。

　　唐·《教坊記》便載有〈憶江南〉，而詞的最基本的功用便是娛樂
及消遣之用，因此不將娛樂遣興之詞列入本章討論的範圍；而從兵法
占候、祝壽賀詞、佛教修行、道家修練、等四方面，分兩章探討〈憶
江南〉的實用性及其價值。

〔註11〕元·陶宗儀：《說郛》，《文淵閣四庫全書電子版》（上海：上海人民
　　　　出版社；香港：迪志文化出版社，1999 年 11 月）。
〔註12〕張璋、黃畬編：《全唐五代詞·卷三》（台北：文史哲出版，1186 年
　　　　10 月），頁 277～999。
〔註13〕張璋、黃畬編：《全唐五代詞·卷三》（台北：文史哲出版，1186 年
　　　　10 月）收錄 499 闋。曾昭岷、曹濟平、王兆鵬、劉尊明編：《全唐五
　　　　代詞》（北京：中華書局，1999 年 12 月）收錄 720 闋。饒宗頤編：
　　　　《李衛公望江南》（台北：新文豐出版社，1990 年 4 月）收錄 698
　　　　闋。

第一節　兵法占候

　　以〈憶江南〉做爲占卜兵法歌訣，自宋以來，即有傳本，但傳本不多，且少被討論，因而一直被忽略。直到張璋、黃畬編《全唐五代詞》，其卷三收錄李衛公《兵要望江南》，始被學者注意到此問題〔註14〕。其主要內容是以風角占候之術，觀四周之象，以卜征戰行軍吉凶之兆。饒宗頤編《李衛公望江南》原序云：

> 軍未舉，揚穹窿先兆，賢者觀象預爲隄防。
>
> 至於接刃，其成敗始終俱有兆應，上則形於日、月、星斗、風、雲、雷電、虹霞、氣霧。下則形於山、川、草木、土地、震崩百鳥、呈怪、六畜見祥，至於敵人建謀巧詐，隱設奇伏，俾我軍中自生變亂，每有一事起一象兆。
>
> 天垂象兆，預使人知勝負成敗，斷由主客，惟有賢者能詳情度事，逐景興思，應物隨形，而爲攻守。
>
> 選纂數聚，作爲誦歌，計七百首，目之曰〈望江南〉。〔註15〕

又宋‧晁公武《郡齋讀書後志》卷二云：

> 黃石公以授張良者，按其書雜占行軍吉凶，寓聲於〈望江南〉。〔註16〕

蓋凡事必有兆，行軍時爲將者須眼觀四方，詳知物象變化之理，明其吉凶之兆，方能防患未然；也可於事發之前訂定方針，以求趨吉避凶，期能一戰成功，凱旋回朝。此書便將各種占卜之辭，以〈望江南〉詞調編成歌訣，形成將詞體運用在兵法占候的一大特色。

一、《兵要望江南》的題名

　　《兵要望江南》由宋至清，主要流傳的題名有：《神機武略兵要

〔註14〕王兆鵬：《唐宋詞史論》（北京：人民文學出版社，2000 年 1 月），頁216。

〔註15〕饒宗頤編：《李衛公望江南》（台北：新文豐出版社，1990 年 4 月），頁 7～10。

〔註16〕宋‧晁公武：《郡齋讀書志》，《文淵閣四庫全書電子版》（上海：上海人民出版社；香港：迪志文化出版社，1999 年 11 月）。

望江南詞》、《兵要望江南》、《李衛公望江南》、《白猿奇書兵法雜占象詞》〔註17〕等四種。

（一）《神機武略兵要望江南詞》

此為最早出現的題名，在宋、元時期大都以此為題名。宋‧王堯臣《崇文總目》卷六載：

> 《神機武略兵要望江南》詞一卷。〔註18〕

但將此書歸入兵家類。宋‧鄭樵《通志》卷六十八載：

> 《神機武略兵要望江南》詞一卷易靜撰。〔註19〕

也歸為兵家類。元‧托克托《宋史》卷二百零七卷亦載：

> 易靜《神機武略歌》一卷。〔註20〕

但將此書歸為藝文志右曆數類。又元‧陶宗儀《說郛》卷十下載：

> 《神機武略》。〔註21〕

仍歸為兵書類。是知從宋初至元代，大都以《神機武略兵要望江南詞》為題名；且除宋史歸為藝文志曆數類外，餘皆歸為兵家類，足見此書主要的目的用於行軍作戰，而不只是卜筮之書。其作者為易靜，又以〈望江南〉為調，因此其性質應同於《兵要望江南》；宋以後流傳的《兵要望江南》皆依據《崇文總目》之說，故此二者應為一也。以此為題名的傳本至清初即斷絕，今已不可見。〔註22〕

〔註17〕王兆鵬：《唐宋詞史論》（北京：人民文學出版社，2000年1月），頁217～225。曾昭岷、曹濟平、王兆鵬、劉尊明：《全唐五代詞》（北京：中華書局，1999年12月），頁186～187。

〔註18〕宋‧王堯臣等撰：《崇文總目》，《文淵閣四庫全書電子版》（上海：上海人民出版社；香港：迪志文化出版社，1999年11月）。

〔註19〕宋‧鄭樵：《通史》，《文淵閣四庫全書電子版》（上海：上海人民出版社；香港：迪志文化出版社，1999年11月）。

〔註20〕元‧托克托等編修：《宋史》，《文淵閣四庫全書電子版》（上海：上海人民出版社；香港：迪志文化出版社，1999年11月）。

〔註21〕元‧陶宗儀：《說郛》，《文淵閣四庫全書電子版》（上海：上海人民出版社；香港：迪志文化出版社，1999年11月）。

〔註22〕王兆鵬：《唐宋詞史論》（北京：人民文學出版社，2000年1月），頁218。

（二）《兵要望江南》

此題名宋已出現，明、清時也都以此爲題名。宋·晁公武《郡齋讀書》后志卷二載：

> 《兵要望江南》一卷……《總目》云：「武安軍左押衙易靜撰，蓋唐人也。」〔註23〕

題名爲「兵要」，便知其主要用途在於指揮用兵之要，因此歸爲兵類。又元·馬端臨《文獻通考》卷二百二十一載：

> 《兵要望江南》一卷，……《總目》云：「武安軍左押衙易靜撰，蓋唐人也。」〔註24〕

也是根據《崇文總目》而來，將它歸爲子部兵書類。明·楊士奇《文淵閣書目》卷十四載：

> 《兵要望江南》一部一冊。〔註25〕

仍將它歸爲兵法類。清·《四庫全書總目》卷一百載：

> 《兵要望江南歌》一卷，是書詳述兵家占候，凡三十二門，各以〈望江南〉詞括之，《崇文總目》題武安軍左押衙易靜撰，蓋唐人也。〔註26〕

清楚指出其題名爲「兵要」，因其主要目的爲兵家占候之書；名爲「望江南歌」，則因全書皆用〈望江南〉詞調，將占辭編爲歌訣之故。《兵要望江南》的鈔本今藏京師圖書館，此即張璋，黃畬編《全唐五代詞》卷三《兵要望江南》之本。另有曾昭民、曹濟平、王兆鵬、劉尊明編《全唐五代詞》，其卷二錄〈易靜詞〉亦名《兵要望江南》，但其作品是以現有各種流傳版本彼此相校，收錄所有傳本詞作，實爲百衲本。

〔註23〕宋·晁公武：《郡齋讀書志》，《文淵閣四庫全書電子版》（上海：上海人民出版社；香港：迪志文化出版社，1999 年 11 月）。

〔註24〕清·馬端臨：《文獻通考》，《文淵閣四庫全書電子版》（上海：上海人民出版社；香港：迪志文化出版社，1999 年 11 月）。

〔註25〕明·楊士奇等撰：《文淵閣書目》，《文淵閣四庫全書電子版》（上海：上海人民出版社；香港：迪志文化出版社，1999 年 11 月）。

〔註26〕清·《四庫全書總目》，《文淵閣四庫全書電子版》（上海：上海人民出版社；香港：迪志文化出版社，1999 年 11 月）。

（三）《李衛公望江南》

此題名最早見於明代。明・楊士奇《文淵閣書目》卷三載：

> 《李衛公望江南》一部一冊。〔註27〕

並將它歸爲兵書類，只存書目，未有傳本。但《文淵閣書目》所存書目，皆有《兵要望江南》及《李衛公望江南》兩種題名，因未見其傳本，故無法斷定是否爲兩部不同的書籍，或同爲一部書，但可推知明代應有兩種不同的題名流傳。而《四庫全書總目》對《李衛公望江南》傳本有兩種不同的注解：一是此書即《黃石公行營妙法》之別稱；另一說則認爲《李衛公望江南》一名，是因訛傳所致。《四庫全書總目》卷一百十卷《黃石公行營妙法》卷三注云：

> 稱黃石公以授張子房者，……首有〈望江南〉詞百餘首，
> 即世所稱《李衛公望江南》。〔註28〕

《提要》將它歸爲術數類，故應與占卜有關；題名爲「行營」，應與行軍用兵有關；而內容又同寄調〈望江南〉，故與《兵要望江南》極爲相似。《黃石公行營妙法》即《李衛公望江南》，此說可能根據《郡齋讀書》后志卷二所言（見此節前），因兩者同爲黃石公授於張良，又皆以〈望江南〉爲調，故認爲《李衛公望江南》即爲《黃石公行營妙法》的別稱。另有人認爲《李衛公望江南》一名實爲訛傳的結果，《四庫全書總目》卷一百・《兵要望江南歌》卷下注云：

> 晁公武《讀書志》，……此本又題李靖撰，案段安節《樂府
> 雜錄》〈望江南〉詞，本李德裕爲亡妓謝秋娘作，則其調起
> 於中唐，……靖在唐初，安得預製是詞，推厥所出，蓋以
> 〈望江南〉調始德裕，德裕實封衛國公，言兵者多稱靖，
> 靖亦封衛國公，此書以〈望江南〉談兵，遂合兩衛而一之
> 耳。〔註29〕

將《兵要望江南》誤爲《李衛公望江南》，始於宋・晁公武《郡齋讀

〔註27〕同註25。
〔註28〕清：《四庫全書總目》，《文淵閣四庫全書電子版》（上海：上海人民
　　　　出版社；香港：迪志文化出版社，1999年11月）。
〔註29〕同註28。

書志》。其言作者爲唐・李靖，而〈望江南〉一調是唐・李德裕所作，兩者同爲唐代人，同姓李，又都被冊封爲衛國公，因而將兩者誤認爲同一人。《李衛公望江南》題名並不正確，注中清楚指出初唐李靖時尚未有〈望江南〉，至中唐劉、白二人始見此調流傳，因此《兵要望江南》爲李靖所作並不正確，將《兵要望江南》視爲《李衛公望江南》，純屬訛誤所致；但也點出《兵要望江南》與《李衛公望江南》實爲一書。雖然《四庫全書總目》對《李衛公望江南》傳本有兩種不同的注解，但不管將此書認爲是《黃石公行營妙法》的別稱，或爲《兵要望江南》訛傳所致的另一題名，此兩種說法都認爲《李衛公望江南》與《兵要望江南》實爲一書，只是題名不同而已。

今傳《李衛公望江南》最早的刻本見於明萬曆十年壬午（1582）保定府辛自修所刻印一卷。清乾隆四十六年辛丑（1781）有王垂綱手抄本，分上、下二卷〔註30〕。另台北中央圖書館藏有舊鈔本，此本即爲饒宗頤編：《李衛公望江南》。張璋，黃畬編《全唐五代詞》中之《兵要望江南》與饒宗頤編《李衛公望江南》雖爲兩種不同傳本，前者共收錄499闋〔註31〕，後者收錄698闋〔註32〕，但兩者在內容上有許多相同之處，實可作爲彼此互補互校之用〔註33〕。故從內容上分析，《李衛公望江南》與《兵要望江南》實爲一書，只是題名不同。

（四）《白猿奇書兵法雜占象詞》

此題名未見於明代以前，至明・天啓二年於蘇茂相校本方有《白猿奇書兵法雜占象詞》題名出現〔註34〕。既名爲「兵法雜占」，可知

〔註30〕王兆鵬：《唐宋詞史論》（北京：人民文學出版社，2000年1月），頁218～211。

〔註31〕饒宗頤編：《李衛公望江南》（台北：新文豐出版社，1990年4月），頁1。

〔註32〕同註30，頁221。

〔註33〕詳見註31，頁243～311。

〔註34〕註30稱：「北京圖書館藏書鈔本跋：『此從明浙江都御史晉江蘇茂相

內容應與行軍占卜一類有關，故與《兵要望江南》性質相似。又饒宗頤所編《李衛公望江南》，劉郲跋注云：

> 考《白猿奇書》補入。〔註35〕

> 占六壬第二十八　　舊載二十四首，今考《白猿奇書》補入二十首，
> 　　　　　　　　　　共四十五首。〔註36〕

從劉郲中清楚指出以《白猿奇書》補入《李衛公望江南》遺缺之處，可證此二書內容應極相近，方可互補為用，故《白猿奇書兵法雜占象詞》實為《兵要望江南》的別稱。

二、《兵要望江南》的作者

《兵要望江南》的作者，主要有兩種說法：一為唐・李靖著；一為唐・易靜著。李靖一說始於明代，因《李衛公望江南》題名在明之前並未出現，《文淵閣書目》始有此題名，並指出作者為唐・李靖，但此說不可信〔註37〕；《四庫全書》中即指出生於盛唐的李靖，不可能填製中唐始出現的〈望江南〉調，會有此說，蓋因李靖與李德裕都可稱作「李衛公」所致（見此節前述）。再從內容上分析，饒宗頤編《李衛公望江南》後附有〈五音姓氏〉，其載云：

> 角音姓屬水
> 　趙、周、宋、……〔註38〕

將趙姓歸為角音屬水，唐《宅經》已指出此分類並不正確。宋・司馬光《資治通鑑・唐記十二》卷一百九十六云：

> 命太常博士呂才諸術士，刊定可行者凡四十七卷，……《宅經》以為近世巫覡，妄分五姓，……至於以柳為宮，以趙

　　校本錄出，題作《白猿奇書兵法雜家占詞》，唐開府儀同三司衛公三原李靖』。」（頁2）及詳見頁221～225。

〔註35〕同註31，頁12。

〔註36〕同註31，頁18。

〔註37〕王兆鵬：《唐宋詞史論》（北京：人民文學出版社，2000年1月），頁230。

〔註38〕饒宗頤編：《李衛公望江南》（台北：新文豐出版社，1990年4月），頁202～213。

　　爲角，又復不類。〔註39〕

此記清楚指出巫覡將趙姓歸屬角音是爲不類，如果《李衛公望江南》爲唐・李靖所作，是不可能出現此種分類。另一方面以趙姓爲首，可能與宋帝姓趙有關，故將趙姓列爲第一。因此饒宗頤認爲「其書之編成，必在宋時，非出於李唐術數家之手」〔註40〕。從李靖的出生年代及其內容分析，《兵要望江南》出於李靖之手並不可信。

　　主張易靜一說出現甚早。從宋元起即有唐・易靜著《兵要望江南》之記載，如《郡齋讀書志》、《通志》、《文獻通考》皆持此主張，主要是根據《崇文總目》所言（見此節前所引），可見在北宋便有此說。從時間上看，宋距唐不遠，故此說較爲可靠。明、清雖出現李靖的說法，但《四庫全書》就否定此說，並認爲是易靜所著，可知李靖一說並不可信，因此《兵要望江南》作者應爲易靜。

　　易靜生平不見於史冊，僅《崇文總目》指爲「武安軍左押衙易靜」，考武安軍始於唐僖宗光啓元年（885）〔註41〕，因此易靜爲武安軍當在光啓元年之後，故易靜應爲晚唐人。從〈憶江南〉詞調的發展來看，〈憶江南〉從中唐劉、白二人始興起，晚唐已有溫庭筠、皇甫松等多人填製此調。敦煌曲子詞中更有晚唐時期的雙調〈憶江南〉出現，可見晚唐時此調已然成熟，並開始流傳在士人及市井大眾間。因〈望江南〉於晚唐爲成熟普遍流傳的詞調，故利用此調做爲行軍占卜歌訣是十分合理的。因此晚唐・易靜著《兵要望江南》一說，實較爲可信。

　　《兵要望江南》雖出於易靜，但以一人之力能否以同一詞調創作

〔註39〕宋・司馬光：《資治通鑑》，《文淵閣四庫全書電子版》（上海：上海人民出版社；香港：迪志文化出版社，1999 年 11 月）。

〔註40〕宗頤編：《李衛公望江南》（台北：新文豐出版社，1990 年 4 月），頁6。

〔註41〕王兆鵬：《唐宋詞史論》（北京：人民文學出版社，2000 年 1 月）云：「而據《新唐書・方鎮表》，唐宗光啓元年（885）武安軍始由欽化軍改名。」（頁 232）

出數量如此龐大的作品？從同一門的聯章詞排列順序分析，其排列方式並不統一。有將同樣性質的占辭以相連聯章的形式出現，如〈占風〉第三載：

> 納音土，欲得角來風。土是客軍木是主，風從巳亥發來衝，
> 客敗主收功。

> 納音土，風向羽來吹。水被土凌能克服，定知主敗古來追，
> 莫要展旌旗。〔註42〕

同樣的兆象，因風起的不同，對主客有截然不同的結果，利用連續兩闋聯章的形式來說明，乃為此書最常見的編排方式。此外，在同一門中也有將性質相同的聯章詞，不以相連形式編排的，如〈占風〉第三載：

> 軍營內，卯酉羽風吹。折倒槍旗并倒屋。奸謀惡黨欲來摧，
> 暗有賊兵來。

> 泥人子，手執木桃弓。披髮仰頭風上指，張弓搭箭射來蹤，
> 禳厭禍消鎔。

> ……

> 軍營內，風猛突然來。若在歲刑憂歲內，月刑之內必相摧，
> 准備莫遲回。〔註43〕

兩闋詞同樣是在說明軍營內因風勢的不同，出現不同的兆象，用聯章的形式卻不相連，而在中間雜入另一闋毫不相干的詞作，不若之前運用聯章的形式。又如〈占日〉第六載：

> 相聞敵，兩日見分明。必有拔營離寨去，正當日月看拋垮，
> 大戰血交兵。

> 相聞敵，日鬭對城營。交戰血流看主客，必應主敗客軍贏，
> 日度算還生。〔註44〕

〔註42〕張璋、黃畬編：《全唐五代詞》（台北：文史哲出版，1186 年 10 月），
　　　　頁 280。
〔註43〕同註 42，頁 280～281。
〔註44〕同註 42，頁 286。

也是在同一門中，內容相近的占辭用連續聯章的形式出現。此外，在
同一門中另有十八闋聯章詞，卻分爲三部分出現，茲移錄如次：

太陽畔，八字氣分明。下若鹿獐形勢走，將亡兵潰禍災生，
固守保官營。

……

日邊氣，皆應在蚩尤。中西且須看獬豸，喪門申未午時求，
見處便堪憂。

太陽畔，青氣散如飛。變作雁行分勢列，外邦小國賊臣欺，
諍反禍相隨。

日之外，有耳兩邊生。必有和同通好喜，兩軍不戰結歡情，
四海得安寧。

青天象，日月氣來衝。北面氣衝北面旺，南衝南旺任西東，
取此以爲蹤。

日色異，黃赤病之源。色若白時多死兆，更兼兵起禍相連，
疾疫湊來纏。

太陽畔，若對斗牛間。更有一虹迎面現，三公流國戰無邊，
遷改莫遲難。

日五色，或有氣稜稜。其分國王權政失，耽迷酒色損生靈，
修德減奢矜。

日色紫，名曰疾萎蕤。其分起兵多喪敗，且宜修德厭天機，
忽即禍當時。

日有耳，兩耳戰均平，厚處必贏軍占取，一邊有耳一邊贏，
無戰喜交兵。

日色青，其分國堪傷。或是火光兼火影，皆爲災難殄忠良，
防備賊臨疆。〔註45〕

從第一闋（太陽畔）起，即以觀太陽所見各種不同的兆象以定吉凶，
但一連十六闋聯章詞之後，又雜入一闋（日邊氣），與前後的詞意不

〔註45〕張璋、黃畬編：《全唐五代詞》（台北：文史哲出版，1186 年 10 月），
頁 287～289。

連貫；而後再接回（太陽畔），又雜入（日之外）、（青天象）、（日色異）三闋，再接回（太陽畔）。在連續相同的聯章詞中一再插入其它詞作，中斷連續聯章的形式，而（日色異）、（日五色）、（日色紫）、（日色青）等闋同樣是爲觀日色變化之兆象以判吉凶，卻未排列在一起，顯示出排列的雜亂無章。如此書爲一人所作，在形式應統一，不會出現同一門的聯章詞有相連出現與間隔出現的情形。又未將同類事物並列在一起。再則今所見各種不同的傳本，其詞作數量並不一致，應是在流傳時有所增減所致。由此觀之，現今所見《兵要望江南》並非成於一人之手，而是經過歷代增補而成。〔註46〕

再以現存有關卜筮的書目分析，宋時以〈望江南〉做爲占卜歌訣的並不限於《兵要望江南》，宋・王堯臣《崇文總目》卷八即載：

　　《周易斷卦夢江南》一卷　　闕。〔註47〕

此書歸爲卜筮類，《通志》卷六十八亦見此書，卻歸爲五行類。卜筮與五行之說同與占卜關係密切，兩書性質相近並以〈憶江南〉爲調，在內容與形式上都近似《兵要望江南》。又元・托克托《宋史・藝文志》卷二百六載有：

　　《望江南風角集》二卷。〔註48〕

歸爲天文類書。天文與占卜皆屬數術類，又以〈望江南〉爲歌訣，故此書性質亦同於《兵要望江南》。故宋以〈憶江南〉做爲占卜歌訣者，所在多有。因此種性質相近的書籍，有可能雜入《兵要望江南》中。《兵要望江南》共分二十六門〔註49〕，499闋，而《李衛公望江南》

〔註46〕饒宗頤編：《李衛公望江南》（台北：新文豐出版社，1990年4月）云：「《兵要》有十四首爲衛公本之所無。其中不少可能雜入宋代作品，如《風角集之類》。」（頁5）

〔註47〕宋・王堯臣等撰：《崇文總目》，《文淵閣四庫全書電子版》（上海：上海人民出版社；香港：迪志文化出版社，1999年11月）。

〔註48〕元・托克托等編修：《宋史》，《文淵閣四庫全書電子版》（上海：上海人民出版社；香港：迪志文化出版社，1999年11月）。

〔註49〕依序計有占委任、占雨、占風、占斗、占星、占日、占月、占霧、占虹、占鼠、占蜂、占水族、占夢、占怪象、占地、占樹、占六壬、

卻分爲三十門〔註50〕，698 闋〔註51〕，其中多出之〈風角〉第二、〈周易占候〉第二十六，恰與《周易斷卦夢江南》及《望江南風角集》性質相同，可能是由此補入而成此書之數〔註52〕。又其〈五音姓氏〉是到宋代才有的分類方式（見此節前），可見此書至宋已有增補等情形出現，今所見之書可能是經過多人增補編纂而成的。

　　從作者創作能力、內容排列方式，以及各種版本的詞作數量也不相同，可做爲互補之用，都可說明此書並非憑一人之力所能完成，而是經過不斷增補而成的。故《兵要望江南》係出於晚唐易靜，再經歷代編纂，始成今日之面貌。

三、《兵要望江南》的內容

　　《兵要望江南》主要的目的在於明瞭大自然變化所呈現的各種吉凶之兆，以做爲將領在軍伍征戰中防患於未然的參考，期能趨吉避凶，凱旋以歸。從其內容與形式分析，皆以實用爲出發點。內容主要是以象占卜吉凶，將各種占辭填入普遍流行的〈憶江南〉，形成一闋闋的歌訣，此種形式易唱、易記有利於傳播之用，故無論其形式與內容都是偏重於實用價值。內容中雖有許多荒誕不合常理之處，但並非全部如此，也有些卜辭是合乎大自然界變化之理，足可做爲行軍時的參考。

　　歷來《兵要望江南》大都歸爲兵家類，但在思想上是以陰陽家爲主，重在占卜術數，因此有些內容不合自然之理，純爲陰陽五行無稽

　　　　占牛馬、占厭禳、占飛禽、占蛇、占獸、占氣、占雲、占雷、占霞。

〔註50〕依序計有委任、風角、占雲、占氣、占霧、占霞、占虹霓、占雨、占雷、占天、占日、占月、占星、占北斗、占地、占樹、占蜂、占鼠、占蛇、占獸、占水族、占鳥、占怪、禳壓、占夢、周易占候、太乙、占六壬、醫方、馬藥方。

〔註51〕二書類次及詞序不同之處，請參見饒宗頤編：《李衛公望江南‧附錄》（台北：新文豐出版社，1990 年 4 月），頁 215～243。

〔註52〕饒宗頤編：《李衛公望江南‧附錄》（台北：新文豐出版社，1990 年 4 月），頁 4。

之說。如〈占雨〉第二云：

> 天數日，半雨半兼晴。營內有奸謀結判，先晴後雨叛難擒，
> 先雨後晴兵。〔註53〕

天雨是自然的現象，卻認此象爲奸謀結叛之兆，毫無根據可言。另由
雨晴之先後論擒奸興兵之兆，也不可信，如〈占斗〉第四云：

> 占北斗，第一是妖星。都要分明君始吉，忽然不現眾星明，
> 主將落奸情。

> 占北斗，夜夜白霞遮。不過七旬兵大起，橫死千里臥如麻，
> 忌戰日西斜。〔註54〕

此正是陰陽五行家災異之說，以觀天象而知人禍患，天象眞能反映人
事變化嗎？自古起便有極大的存疑。又如〈占牛馬〉第十八云：

> 城營內，驢馬作人言。聽取語吝爲作准，更看馬後殺軍年，
> 方始報仇冤。〔註55〕

驢馬能言人語，完全是不可能發生之事，根本不值得一談。又〈占怪
象〉第十四云：

> 城營內，獨鼓自能鳴。此兆敵人來劫我，隨鳴火急整精兵，
> 遠探向前征。〔註56〕

鼓豈會自鳴，此兆也完全不合常理。書中多涉陰陽五行，其辭自然荒
誕無稽。

　　《兵要望江南》雖以卜占爲主，又附有陰陽五行之說，卻能流傳
至今，自有其存在的意義。從其分類觀之，宋以來便歸爲兵書類而不
列入五行類，足見此書以談領軍之要爲主，非純爲卜筮之書，故不能
視爲陰陽家者流，因此書中所記，仍可做爲行軍之參考。縱觀全書，
旨在說明爲將之道，起首便敘述領兵做戰之要，〈占委任〉第一云：

> 兵之道，切忌起無名。不正少功虛效力，逡巡反復禍危傾，

〔註53〕張璋、黃畬編：《全唐五代詞》（台北：文史哲出版，1186年10月），
　　　　頁279。
〔註54〕同註53，頁281。
〔註55〕同註53，頁301。
〔註56〕同註53，頁296。

容易勿言兵。

當權將，其責重如山。社稷存亡全在爾，安危君父一時間，
須要立功還。

攻敵策，謀乃勝之源。勿袛迎軍交血刃，休憑勇力靠兵官，
勇是禍之端。

戰危事，上將戒貪行。國計豈令圖小利，師行自古有常經，
紀律要精明。

吾勢銳，人馬總精雄，財貨滿盈軍吠用，更詳天象審蒼穹，
災禍那軍中。〔註57〕

又〈占霞〉第二十六云：

量強弱，彼我熟優長。敵若勢雄兵將廣，吾軍何弱力難當，
奇計可施張。

將權柄，職務長春秋。須是先施仁與惠，後行刑獄擇其尤，
威愛自然收。

賞與罰，須是要均平。不可徇私行喜怒，私偏親舊失親情，
否則災禍生。〔註58〕

兵隨將轉，主帥優劣關係戰爭成敗。〈占委任〉便在說明將帥之道。
興兵為國之大事，不可事出無名，名不正則言不順，言不順則事不成，
師出必有名，方能凝聚眾人之力，便可攻無不克、戰無不勝。而身為
將帥責任重大，負有戰爭成敗之責，因此一定要有強烈求勝的企圖
心，為達到此目的，本身學識便極為重要；作戰非憑蠻力可成，須智
勇兼備，單憑勇是無法取得最後勝利，須與兵道謀略相配才是致勝的
要件。除了運籌帷幄之外，如何有效管理部伍，發揮最大戰力，端賴
軍法為紀綱，有鐵的紀律，方成仁義之師，而非烏合之眾。再則領軍
作戰非紙上談兵，與敵軍交戰於山林野外間，如不知山、川、雷、電
大自然變化之道則軍行必有危險，知其變化則可順天應地，避危轉

〔註57〕張璋、黃畬編：《全唐五代詞》（台北：文史哲出版，1186年10月），
頁 277～278。
〔註58〕同註57，頁 317。

安，因此瞭解自然變化之理至為重要。此書便著眼於此，要讓為將者
能觀象而知吉凶之兆，以為軍行之資。

　　〈占霞〉後三闋是在說明為將者領兵之道，與「占霞」不符，應
為誤入所致。其言兵在謀不在強，弱兵不一定必敗，有奇計便可補我
軍之不足，達到奇襲的效果，進而轉危為安。再言領導統御是將帥首
要之務，除了本身智勇雙全外，更要能鞏固軍心，團結軍力，因此要
以仁、惠為優先，再以刑法為後盾，恩威並重，方能藉此一收軍心。
後言賞罰須公正，法為紀綱，施法時首要公正，不可偏私；用法一傾，
怨聲便起，軍心動搖，災禍必然接踵而至，此乃呼應〈占委任〉所言
為將之道。篇名雖名為「占」但所言正是領軍作戰之要，完全切合《孫
子兵法》，而非一般巫覡占卜之辭。

　　興兵戎關乎國家盛衰，而兵家勝敗非靠一人之力，須合天、地、
人之勢，方可穩操勝券。《孫子兵法・始計》云：

> 兵者，國之大事，死生之地，存亡之道，不可不察也。故
> 經之以五，校之以計，而索其情，一曰道，二曰天，三曰
> 地，四曰將，五曰法。〔註59〕

〈始計〉在言用兵之要，兵者事關國家安危，故須度量道、天、地、
將、法五者，五者皆備則兵事可成。道是言師出有道，則民心歸一；
師出無道，則民心向背，正所謂「兵之道，切忌起無名。不正少功虛
效力」，師出必有名，名正則言順，言順則事可成，故用兵以道為
先。又為將者本質學能的優劣也關係戰爭的成敗，故須有高超的智
慧，方能洞察機先，克敵制勝，故須具「智、信、仁、勇、嚴」五德
〔註60〕。因「當權將，其責重如山」，想負此大任，必屬大智、大勇
者能之；此外，領導統御者須以仁為主、嚴為輔，「須是先施仁與惠，
後行刑獄擇其尤」，恩威並濟，「威愛自然收」，如此方能領兵作戰，

〔註59〕趙本學：《孫子書校解引類》（台北：台灣中華書局，1970年4月），
　　　　頁2。

〔註60〕趙本學：《孫子書校解引類》云：「將者智、信、仁、勇、嚴也」（台
　　　　北：台灣中華書局，1970年4月），頁5。

以求「立功還」。執法之人須不徇私，不貪念，賞罰分明，嚴守軍法綱紀，便能約束軍心，正所謂「賞與罰，須是要均平。不可徇私行喜怒，私偏親舊失親情」，執法不嚴，怨聲必起，軍心必定動搖，「則災禍生」。法是維持軍紀的綱常，故「師行自古有常經，紀律要精明」，軍隊如果無嚴明紀律，則與綠林好漢何異？天、地二者，悠關行軍之利，故須「更詳天象審蒼穹，災禍那軍中」。天地變化之理實爲戰爭成敗的關鍵，行軍作戰須合天候地形，《兵要望江南》即在於觀自然之象以指導行軍作戰。〈占委任〉中所談爲將領兵之道，皆合於《孫子兵法》所言兵者須經以「道、天、地、將、法」五者，雖名爲占辭，實爲用兵之要。

兵爲詭道，不能以常理視之。《孫子兵法・始計》云：

> 兵者，詭道也。故能而示之不能，用而示之不用，近而示之遠，遠而示之近，利而誘之，亂而取之，實而備之，強而避之，怒而撓之，卑而驕之，佚而勞之，親而離之，攻其無備，出其不意，此兵家之勝，不可先傳也。〔註61〕

自古有云：「兵不厭詐」，用兵重在謀不在勇，若能反其道而行，便可蔽敵人耳目，使敵人無法掌控我軍戰況；出其不意，攻其不備，化險爲安，則可收奇襲之效，所謂「攻敵策，謀乃勝之源」。而當「敵若勢雄兵將廣，吾軍何弱力難當」，處於敵長我消情勢危殆之際，唯賴「奇計可施張」，以圖救危突險，反敗爲勝，〈占霞〉所言皆合於《孫子兵法》「兵者，詭道也」之說。〈占委任〉及〈占霞〉所言之事，皆能符合《孫子之法》之要，正可說明《兵要望江南》並非只是荒誕無稽陰陽家之言，而是以兵家思想爲根據的實用領兵之要。

行軍於外，對於自然界的各種地形、天候須知其情勢，凡有利於我軍則善加運用，不利於我軍則迴避其害。《孫子兵法・軍爭》云：

> 不知山林、險阻、沮澤之形者，不能行軍。〔註62〕

〔註61〕趙本學：《孫子書校解引類》（台北：台灣中華書局，1970 年 4 月），頁 28。

〔註62〕同註61，頁 115。

自然界瞬息萬變，大自然的力量銳不可擋，只憑人的力量無法改變山、川、水、火之勢，因此行軍作戰須衡度其勢，擇有利之勢以爲之。《兵要望江南》也談審事度勢，可做爲軍事行動的參考。如〈占水族〉，旨在言行軍遇水族之兆象：

> 兵行次，水族忌行之。但是魚龍蛟唇類，悉皆不吉兆災危，抽退卻相宜。〔註63〕

〈占水族〉共有六闋，皆爲凶兆，詞中明言行軍如遇水族，則當速離，不然便會折兵損將，形成不利我軍之勢；尤其在兩軍交戰之際，更應避戰於川流之中。《孫子兵法‧行軍》云：

> 絕水必遠水；客絕水而來，勿迎之於水內，令半濟而擊之，利；欲戰者，無附於水而迎客；視生處高，無迎水流，此處水上之軍也。絕斥澤，惟亟去勿留。〔註64〕

與敵交鋒當避戰於水中，能遠水避水是爲上策。當敵人渡河時，不可戰於水中，須等敵人剛上岸尚未整裝完成時，在陸上給予迎頭痛擊，清楚指出水戰是極爲不利之事，此乃兵家大忌。紮營休息也應避水擇高地，遇大澤應當速速離開切勿久留。可見遇水是不利行軍，故「兵行次，水族忌行之」是合兵家之要，也可說明爲何〈占水族〉之辭皆爲不吉之兆。

　　行軍作戰講求隱蔽與掩蔽，如何能有效掌握敵踪也是作戰重要的課題，因爲作戰要克敵機先，知幾微、定方針、防未然，能早一步掌控敵人的行動，便多一分打擊敵人的機會。人行必有跡，便可藉自然的徵候而覺察敵人的行動。《孫子兵法‧行軍》云：

> 眾樹動者，來也；眾草多障者，疑也；鳥起者，伏也；獸駭者，覆也。塵高而銳者，車來也；卑而廣者，徒來也。
>
> 〔註65〕

〔註63〕張璋、黃畬編：《全唐五代詞》（台北：文史哲出版，1186 年 10 月），頁 295。

〔註64〕同註 61，頁 147。

〔註65〕同註 61，頁 152～153。

軍行常以樹林爲掩蔽，潛行其中殊難發現其踪，但行走時有風，風吹葉搖，故眾樹動便可知敵已來襲。長草可爲隱蔽之物，敵人可藉此隱其跡，另一方面草長也遮蔽自己的視線，故有叢草雜生之處，須特別謹慎小心，以防敵人埋伏其中。群鳥忽動，定是被人驚嚇所致，故鳥乍飛，可能爲伏兵之兆，尤須提高警覺。野獸狂奔而來，必受驚嚇所致，遇此勢則須嚴加防備。再從塵土飛揚之狀，也可得知敵人的行動；車行時，塵土細而高，人行時，塵土低而廣。此皆細察周遭變化而知敵軍行動，故善於觀察自然現象對部隊行軍有極大助益。《兵要望江南》也載有觀象定吉凶的詞，如〈占飛禽〉云：

> 群雀噪，隊隊繞營飛。防有外兵來劫寨，早須准備設關機，稽慢致災危。
>
> 城營內，眾鳥噪鳴聲。必有暴兵來劫寨，不然有戰損戈兵，移轉最爲精。
>
> 城營內，烏鳥驀然驚。內有奸臣連外賊，隄防苦戰血成坑，謀叛害英明。
>
> 城營內，烏鵲忽圍牆。當有外兵來打寨，不然疾病火災殃，營內欲他降。
>
> 軍行次，橫陣列鳥來。防有伏兵衝陣位，搜羅前後用心猜，不信必爲災。
>
> 伯勞鳥，鬧噪在軍前。大禍降臨須早覺，不逾兩日事應然，此象理關天。
>
> 兵行次，巨鳥伏於營。必有大軍來襲我，皂旗黃干引帥行，禳厭早堪程。
>
> 城營內，夜靜有鳩鳴。此是暴兵來逼我，更須防備速移營，即得事安寧。〔註66〕

行軍紮營遇鳥飛現象皆視爲不祥之兆，城營內忽有群鳥噪動，所應之

〔註66〕張璋、黃畬編：《全唐五代詞》（台北：文史哲出版，1186年10月），頁303～307。

象爲暴兵將至，宜早做準備，方能避災危；此與「鳥起者，伏也」之
義相同，雖然將烏、鳩、伯勞視爲不祥之鳥係屬迷信之說，但鳥驚疑
有伏兵之說是符合兵書之理。

　　氣候變化影響軍行甚大，要知風、霧、雲、雨的變化，方可預防
軍隊陷於困境之中，須擇有利天候方有助於軍隊行動。《兵要望江南》
也重天候的變化，有〈占風〉、〈占雲〉、〈占霧〉、〈占霞〉、〈占虹〉、〈占
雨〉、〈占雷〉、〈占地〉等，其中大都充滿陰陽五行之說，但也有合於
常理之處，如〈占雨〉云：

　　　　軍始進，雨急立成泥。名曰淋屍當速止，別詮吉日與良時，
　　　　強進有凶危。〔註67〕

雨下地立成泥，泥濘之地不利於軍行，又雨勢盛大則衣物糧食皆溼，
道路易崩塌，河水易暴漲，山洪易暴發，人馬皆難在雨中行軍，此種
情勢自然不利軍行，如欲強行，必遇災禍；詞中稱「淋屍」雖過於誇
張，但急雨行軍十分危險，故擇它日而行是爲上策，此正是合於常理
之論。又〈占霧〉云：

　　　　兵發日，霧氣晝紛紛。欲似霧來兼似雨，此爲天泣血紛紛，
　　　　駐泊賞三軍。〔註68〕

晝霧瀰漫，日出霧未散，再加上霧濃似雨，天氣應爲潮溼之狀，此刻
發兵，人員衣物易溼，一經風寒恐生病痛；且軍馬糧草一旦受潮，保
存不易。此種天候，除非戰況緊急不得已外，還是駐軍等候天晴再行
發兵爲佳，這也合乎常理。又〈占雷〉云：

　　　　兵發日，風送逆雷聲。天意顯然兵仔細，不宜先舉恐傷危，
　　　　遇敵必遭摧。〔註69〕

霹靂環起爲驟雨之兆，大雨一下便不利於行，再加上劍戟刀箭恐遭雷
電所擊，故此時不宜行軍，此也理之當然。

　　除了觀天象外，觀地形、地物變化，也可做行軍參考。〈占怪象〉

〔註67〕同註66，頁278。
〔註68〕同註66，頁291。
〔註69〕同註66，頁316。

云：

> 軍寨內，階徑已編成。地上忽然生拆裂，不如准備速移營，
> 不信大亡傾。
>
> 營寨內，地陷忽仍坑。大陷大虧微小負，俱爲戰敗傷軍情，
> 火速去移營。
>
> 軍營內，地陷使人驚。若更作聲如戰鼓，此般凶象速移營，
> 稍緩禍成糸。〔註70〕

地表忽然塌陷，其下恐有坑洞，其塌陷範圍恐將不斷擴大，此刻宜速移營爲良策，此兆以今日看來，也是危險兆象，如不急加處理，必有人員傷亡。營內地陷而「若更作聲如戰鼓」，此現象可能因地震所引發的地鳴，大震之後恐有餘震不斷，切莫遲疑，當另擇安全之處爲營，以免災情擴大；蓋行軍作戰當求天時、地利、配以人合方爲良策。《兵要望江南》內容大部分爲術數之法，帶有陰陽五行之說，所言之事並非全然可信，但其中仍有許多可做爲行軍時的參考。此書所言，自爲將帥者必備之素養，到觀天地萬物之象，皆有與實際境況相符之處，更有合於《孫子兵法》之說，故從宋以來便不歸爲五行術數類，而視爲兵家類。

從形式上分析，《兵要望江南》也是實用性大於文學性，其形式上最大的特色，在於將〈憶江南〉做爲全部占辭的詞調，形成一組歌訣形式，其目的在便於記誦。宋·晁公武《郡齋讀書志》后志卷二云：

> 黃石公以授張良者，按其書雜占行軍吉凶，寓聲於〈望江
> 南〉詞，取其易記憶。〔註71〕

明白指出將占辭塡入〈望江南〉主要目的在便於易記。《通史》、《文獻通考》也採晁公武之說。又《李衛公望江南》原序云：

> 選纂數聚，作爲誦歌，計七百首，目之曰〈望江南〉，使後

〔註70〕張璋、黃畲編：《全唐五代詞》（台北：文史哲出版，1186 年 10 月），頁 295。

〔註71〕宋·晁公武：《郡齋讀書志》，《文淵閣四庫全書電子版》（上海：上海人民出版社；香港：迪志文化出版社，1999 年 11 月）。

　　　　之學者，習□歌之，貴乎記誦，如有事兆，勝負速明。
　　〔註72〕

序中明白指出編爲歌訣目的在於記誦，因戰況瞬息萬變，如遇事兆便應當機立斷採取必要措施，自然勝算大增，勝負速明。因此選擇歌訣的形式，不是從文學的角度而是以實用爲出發點。

　　唐教坊曲目眾多，何以〈憶江南〉最易於記憶傳誦？蓋因其本身結構使然。其句式爲三、五、七、七、五，首句三字適於點題之用，《兵要望江南》及《李衛公望江南》皆將首句三字做爲點題，一開始主旨明確，再加上字數不多令人易記難忘。又一開始便破題，讓學習者在心中對後續內容已稍有瞭解，如此一來，心理已有準備，更易將全部精神投入其中。後爲五、七句言式，爲近體詩格式常見的句法，作者易於創作，學者也不陌生，自然有利於創作及學習。首句之外，後四句字數排列爲五、七、七、五句式，前三句用在說明，由簡而繁，使人易於接受，最後再以五字作結，短而有力，此種由簡而繁再入簡的形式，是有助於學習記憶的。又整闋詞多爲五、七言疊句形式，聲情反複疊唱；而字數總共只有二十七字而已，自然有利於記憶。其次，押平聲韻，適用於各種聲情，因此無論所言何事，皆適用此調，因此〈憶江南〉的結構是十分適合用於記憶傳誦的歌訣（詳見第四章〈憶江南〉結構特色）。

　　爲何要以歌訣做爲傳播的媒介？此與唐說唱形式的盛行有關，唐代上自王公下至百姓都盛行說唱表演。元‧陶宗儀《說郛》卷一百十一下云：

　　　上元元年七月，太上皇移杖西內安置，……每日上皇與高
　　　公親看掃除庭院，芟薙草木。或講經、論議、轉變、說話，
　　　雖不近文律，終冀悅聖情。〔註73〕

〔註72〕饒宗頤編：《李衛公望江南》（台北：新文豐出版社，1990 年 4 月），
　　　　頁 11。
〔註73〕元‧陶宗儀：《說郛》，《文淵閣四庫全書電子版》（上海：上海人民
　　　　出版社；香港：迪志文化出版社，1999 年 11 月）。

安史之亂後，明皇退位爲太上皇，高力士便以講經、論議、轉變、說話等說唱方式做爲消遣娛樂，雖然說唱形式不近文律，但能忘憂取樂，說明盛唐間趨於鄙俗的說唱表演形式已被上階層接納，流行在王公大臣間作爲娛樂之用。市井中同樣流行說唱表演，《太平廣記》卷二百六十九云：

> 楊國忠爲劍南，召募使遠赴瀘南，糧少路險，常無回者。……，人知必死，郡縣無以應命，乃設詭計，詐令僧作齋，或於要路轉變，其眾中有單貧者，即縛之，置密室中，授以絮衣，連枷作隊，急遞赴役。〔註74〕

天寶年間，楊國忠徵召士卒，縣官擔心無法達到所要召幕之數，便巧設詐局，令僧人在要路旁演「轉變」，引誘百姓聚集觀看，再將單身貧窮者縛綁送往征途，可知「轉變」此種形式受到大眾喜愛，縣官才會以此爲餌，誘聚百姓於道上，而達到強行徵兵的目的。可見說唱形式也在市井大眾間廣爲流傳。從盛唐起說唱表演已十分普及，各個階層都熟悉此種形式，因而將此種已廣爲流行的形式擴大範圍，將原本屬於娛樂性擴大至富有教育的功能，因爲市井之民本屬於教育不普及的階層，運用其熟悉易接受的說唱形式，更易達成教育的目的。何況投身軍旅的兵士，如要以一般書籍形式傳授行軍之法，恐有窒礙難行之慮，於是利用說唱形式將行軍要旨編爲歌訣，不失爲最佳傳授的方式。因此將占辭改爲歌訣形式，也是基於實用性的考量。

　　《兵要望江南》從內容上看，頗合於兵書之言及自然之理，富有實用的目的。從形式上看，編爲歌訣在於記憶傳誦之用。故無論其形式與內容皆以實用爲出發點。因此在論其價值時不能僅從文學的角度，要考慮其主要的對象以軍士爲主，其目重在軍事用途，而非文學欣賞之用，故用語自然以淺顯易懂爲主，因此未必每闋詞皆合格律，自然不能以不合格律及用語鄙俗而否定其價值。

〔註74〕宋：《太平廣記》，《文淵閣四庫全書電子版》（上海：上海人民出版社；香港：迪志文化出版社，1999 年 11 月）。

從另外一個角度來看，〈憶江南〉能以原來的形式流傳至宋，與其實有性有極大的關聯。唐至五代士人填寫〈憶江南〉的數量並不多，總共只有二十三闋而已，但為何此調不會被淘汰，甚至能保有原來的形式一直流傳至宋？蓋因其在民間流傳廣普遍性強，而且已將此調用於兵要歌訣上；僅《兵要望江南》一書就收錄近五百闋詞，遠遠超過士人填寫此調的總和。在唐宋不僅《兵要望江南》用此調，也有其它卜筮的書也選用此調，可見〈憶江南〉在當時是實用性高於文學性；在市井間的流傳遠超過士人間的傳唱，因此雖然在文人詞出現數量不多，依然能流傳至今。

第二節　祝壽賀詞

以詞體賀壽是宋詞發展的一大特色，壽詞始於北宋，大興於南宋〔註75〕。宋之前壽辭類的創作並不發達，在各種典籍與文學選集中幾乎見不到專收此類的作品，至宋方有此類，因此壽詞在壽辭文學的發展中佔有極重要的地位〔註76〕。從唐圭章《全宋詞》分析：在作品數量方面，共收錄 21055 闋，可確定為壽詞的有 2554 闋，佔 12.1%。在作者方面，共有 1494 名，著有壽詞且可考其姓名者有 413 名，佔28.8%，其中大部分為南宋時期作品〔註77〕，因此壽詞在兩宋具有一定的價值，不可輕忽所代表的意義。

壽詞為應酬之作，不免落入傳統窠臼之中，如何合於祝壽慶生，但又不落俗套，便是填寫壽詞的最大難處。宋代已注意到此問題，宋·張炎《詞源》卷下云：

<hr>

〔註75〕詳見王偉勇：《南宋詞研究》（台北：文史哲出版社，1987 年 9 月），頁 208～209。黃文吉：《黃文吉詞學論集》（台北：台灣學生書局，2003 年 11 月），頁 70。劉尊明：《唐宋詞綜論》（北京：中國社會科學出版社，2004 年 12 月），頁 148。
〔註76〕劉尊明：《唐宋詞綜論》（北京：中國社會科學出版社，2004 年 12 月），頁 144。
〔註77〕同註 76，頁 136。

　　難莫難於壽詞。倘盡言富貴，則塵俗；盡言功名，則諛佞；
　　盡言神仙，則迂闊虛誕。當總此三者而爲之，無俗忌之詞，
　　不失其壽可也。〔註78〕

祝壽之辭不外從富貴、長壽、事業三方面入手，能合於此旨且能另創
新意，方爲壽詞之佳作。宋・沈義父《樂府指迷》亦云：

　　壽曲最難作。切宜戒壽酒、壽香、老人星、千春百歲之類。
　　須打破舊曲規模，只形容當人事業才能，隱然有祝壽之意
　　方好。〔註79〕

沈氏也認爲壽詞難作，須創新意不用俗辭，不被長命百歲之辭所圍，
而讚其事業才能，進而隱含賀壽之意方爲佳作。是知宋人已注意壽詞
創作重在創新，而非視爲一般應用文，從張、沈兩人的言論中，可推
知壽詞在當時文壇應占有一席之地，才會對壽詞加以評定。雖然文學
史對壽詞的評價常爲反面的認定，且多以用辭的優劣爲評斷的標
準，但其辭意常流於俗套，因而佳句罕見〔註80〕，不入文學之流。近
人對壽詞評價並未全然否定，因壽詞中也含有作者眞摯的情感與對生
命的理想〔註81〕，故仍具有文學價值。如以宏觀的角度來看，壽詞促
進宋詞體的發達〔註82〕，擴大了詞體的運用層面，將原本屬於詩的範
圍改以詞來表現，提升詞體的價值與重要性，進而能與詩分庭抗禮，
成爲宋代文學的代表，因此壽詞在詞史中也有其價值。〈憶江南〉隨
宋詞的發展而運用於賀壽，足見此調未被時間所淘汰，一直隨詞體不

〔註78〕唐圭璋編：《詞話叢編》（台北：新文豐出版社，1988 年 2 月），頁
　　　266。
〔註79〕同註78，頁4540。
〔註80〕況周頤：《蕙風詞話續編》卷一云：「宋人多壽詞，佳句卻罕覯。」
　　　見於唐圭璋編：《詞話叢編》（台北：新文豐出版社，1988 年 2 月，
　　　頁4540）。
〔註81〕詳見黃文吉：《黃文吉詞學論集》（台北：台灣學生書局，2003 年 11
　　　月），頁71～88。劉尊明：《唐宋詞綜論》（北京：中國社會科學出版
　　　社，2004 年 12 月），頁152～162。
〔註82〕詳見黃文吉：《黃文吉詞學論集》（台北：台灣學生書局，2003 年 11
　　　月），頁71。

斷發展。

　　以〈憶江南〉塡作壽詞，數量不多，但仍可從中分析宋代壽詞出現的原因及其在詞史發展中的價值。

一、始於酬酢盛行

　　壽詞的出現，有其內在心理因素。因宋朝廷的衰敗，社會彌漫一股享樂主義，想以歡樂掩蓋內心的悲哀。另一方理學發達，強調倫理道德，爲長輩賀壽是孝行的表現，因此南宋壽詞較北宋發達〔註83〕。但這兩點仍無法眞正說明壽詞興起的原因，因爲從漢武帝起，中國便以儒家爲尊，每個朝代皆以倫理孝道爲重，不獨宋代而已。又宋代積弱不振，非從南宋起，北宋國勢已漸衰，因朝廷主和派抬頭，一再退讓，形成金、宋對峙之勢，憂國之士早有孤臣無力可回天之慨，於是縱情享樂，以掩心中之痛，所以在北宋便有藉歡樂以消憂解愁的風尚。

　　因此壽詞的出現，還必須注意外在環境。「壽禮」不見於《禮記》，從唐代開始方有「壽禮」，開啓賀壽之風。宮廷中有爲祝壽專製的曲調，如〈聖壽樂〉等，依曲塡辭便有頌壽之詞，影響所及，民間也開始有祝壽形式。流傳至宋代，無論君王、百姓皆有此風尚〔註84〕。因賀壽難免有宴樂，宴樂之中常以唱詞助興，因而將唱詞與賀壽兩者結合，壽詞也就由此漸漸興。〔註85〕

　　賀壽之風促進壽詞興起，但能提升其文學價值，成爲詞體發展的一部分，則端賴士人投入塡作之列。士人塡製壽詞與當時結社之風盛行有關。從唐代起，士人便有結社之風，於是有應社酬唱之作，開啓文人塡詞之風（見第二章第二節第三項），此風至宋代日趨興盛。宋

〔註83〕詳見劉尊明：《唐宋詞綜論》（北京：中國社會科學出版社，2004 年
　　　　12 月），頁 147〜148。

〔註84〕劉尊明：《唐宋詞綜論》（北京：中國社會科學出版社，2004 年 12 月），
　　　　頁 137〜146。

〔註85〕王偉勇：《南宋詞研究》（台北：文史哲出版社，1987 年 9 月）稱：
　　　　「而民間藉詞酬酢之風又盛，因之祝壽慶生之作，乃大量出現。」
　　　　（頁 209）

初先後有歐陽修、蘇軾主盟文壇，與弟子時人結有文會、詩社。南渡之後，結社之風更盛於北宋〔註86〕，士人間常以詩詞彼此酬唱，因而促成士人塡作壽詞以爲酬酢，由此提高壽詞的素質，更擴大其範圍；不僅祝人長命百歲，更可藉以抒發內心志向，並自勉在亂世中，要能看破世俗羈絆，不求名利，早歸鄉林，以求解脫。這種發展，提升了壽詞的價值，納入文學之列，不在純爲民間一般應酬之辭。因酬酢也擴大壽詞的對象，不僅用以自壽、壽家人、壽親屬、壽友人，亦用於壽人母，賀人生子、生孫、生曾孫等；此外更有用於賀王公貴族的逢迎諂媚之詞，如賀賈似道的大量壽詞，也因此常將壽詞歸類爲「酬贈項」。〔註87〕

以〈憶江南〉做爲壽詞的，共有十四闋，依據詞題可分爲賀他人之壽及自壽兩類。賀他人之壽有：廖剛「賀毛檢討生辰」二闋〔註88〕，王梀「壽張儀眞」一闋〔註89〕，劉辰翁「壽謝壽朋」、「壽趙松廬」、「胡盤居生日」、「壽王秋水」、「壽張粹翁」五闋〔註90〕，無名氏「壽東人母」一闋〔註91〕，楊无咎「張使節生辰」四闋〔註92〕，計有十三闋。只有向子諲「八月十四日望爲壽，近有弄璋之慶」一闋爲自壽〔註93〕。足見其主要用途即在於酬酢。

壽詞雖爲應酬之作，但不能忽略它在詞史上的地位。因壽詞正代表詞體已高度發展，並成爲一強大獨立的文學體製。

〔註86〕劉尊明：《唐宋詞綜論》（北京：中國社會科學出版社，2004 年 12 月），頁 150。

〔註87〕見王偉勇：《南宋詞研究》（台北：文史哲出版社，1987 年 9 月），頁 209～210。

〔註88〕唐圭璋編：《全宋詞》（台北：文光出版社，1983 年 10 月），頁 701～702。

〔註89〕同註88，頁 2123。

〔註90〕同註88，頁 3187。

〔註91〕同註88，頁 3760。

〔註92〕同註88，頁 1181。

〔註93〕同註88，頁 974。

二、擴大詞體的功用

　　壽詞的功能除了最基本的頌壽之外，到南宋時擴大其範圍，推及到勉志抒懷、勸諭人生、敘述天倫等方面〔註94〕。更重要的是士人大量投入填製壽詞，提昇其價值，開拓詞體新的發展方向，使詞體更能貼近生活，被大眾廣爲接受，形成一股新的文學力量，進而能與詩齊頭並進。

　　祝壽仍是壽詞的最基本目的，因此賀辭中不外乎祝人長命百歲，永享富貴等詞，而佛道思想即在追求長生不老，因此壽詞中常以佛道用語、典故入詞〔註95〕。《說文》云：「仙，長生僊去也」。《釋名》云：「老而不死曰仙」，神仙最明顯的特徵便是長壽，其次是逍遙與至善的特徵〔註96〕，如能登上仙界便可超越自然與社會的束縛，擺脫一切名利的煩惱，過著至善的生活，因此神仙世界便是一心追求的理想社會。范成大〈白玉樓步虛詞〉序云：

> 趙從善示余玉樓圖，其前玉階一道，橫跨綠霄中。琪樹垂珠網，夾階兩旁。綠霄之外，周以玉闌，闌外方是碧落。階所接亦玉池，中間湧起玉樓三重，千門萬戶，無非連璐重璧。屋覆金瓦，屋山綴紅牙垂璫。四簷黃簾皆捲，樓中帝座，依約可望。紅雲自東來，雲中虛皇乘玉輅，駕兩金龍。侍衛可見者：靈官法服騎而夾侍二人，力士黃麾前導二人，儀劍四人，金圍子四人，夾輅黃幡二人，五色戟帶二人，珠幢二人，金龍旗四人，負紉陛而後從二人。雲頭下垂，將至玉階，樓前仙官冠帔出迎，方下階，雙舞鶴行前。雲駕之旁，又有紅雲二：其一，仙官立幢節間，其二，女樂並奏。玉樓之後，又有小玉樓六，其制如前，寶光祥雲，前後蔽虧，或隱或現。小案之前，獨爲金地，亦有仙

〔註94〕詳見王偉勇：《南宋詞研究》（台北：文史哲出版社，1987 年 9 月），頁 210～214。

〔註95〕同註 94，頁 116。

〔註96〕張志堅：《道教神仙與內丹學》（北京：宗教文化出版社，2003 年 11月），頁 7～9。

官自金地下迎。傍小樓最高處，有飛橋直瑤臺，仙人度橋
登臺以望。名數可紀者，大略如此。若其景趣高妙、碧落
浮黎、青冥風露之境，則覽者可以神會，不能述於筆端。
此畫運思超絕。必夢遊帝所者彷彿得之，非世間俗史意匠
可到。明窗淨几，盡卷展玩，恍然便覺身在九霄三景之上。
奇事不可以不識。簡齊有水府法駕導引歌詞，乃倚其體，
作步虛詞六章，以遺從善。羽人有不俗者，使歌之於清風
明月之下，雖未得仙，亦足以豪矣。〔註97〕

趙崇善畫筆下的神仙世界，到處瓊樓玉宇，神樂飄飄，仙人遊於五彩
祥雲中，前呼後擁，一片珠光寶氣，超脫世俗生死病死之憂，享有富
貴、長壽、尊貴般的生活。此種世界乃人人一心所欲追求的理想境界，
因此佛道中的神仙世界便成爲壽詞最佳的體裁〔註98〕。無名氏〈望江
南〉詞云：

壽東人母
階冪舞，纔半小春天。青女霜前猶避暖，素娥月裏乍羞圓。
蓬島降天仙。　　稱壽處，瓊液拍浮船。長伴瑤池金母宴，
蟠桃花下駕雲軿。結實看千年。〔註99〕

壽母之詞常以王母、蟠桃、瑤池爲典故，此闋亦然，全以佛道用語、
典故、人物爲主，離不開長生不老、與仙同壽之辭，內容毫無新意，
完全不符張炎及沈義父對壽詞的要求。此類內容壽詞最常出現，也因
此壽詞常被認爲毫無可取之處，只是堆砌文字的遊戲罷了，而將它排
除在文學之林〔註 100〕。但壽詞雖以應酬爲出發點，可是經士人填寫

〔註97〕唐圭璋編：《全宋詞》（台北：文光出版社，1983 年 10 月），頁 1621
　　　　～1622。
〔註98〕詳見王偉勇：《南宋詞研究》（台北：文史哲出版社，1987 年 9 月），
　　　　頁 117～118。
〔註99〕同註97，頁 3760。
〔註100〕懷玖：〈論詞的特性和詩詞分界〉稱：「至於檃括回文祝詞壽詞，那
　　　　只能算是文字遊戲，根本不能看作文學作品。」，趙爲民、程郁
　　　　綴選：《詞學論薈》（台北：五南圖書出版公司，1989 年 7 月，頁
　　　　293）。

之後，已提高其品質，雖然內容仍不離佛道神仙以賀人長命百歲，但用字遣辭已不若一般世俗應酬之語。南宋・劉辰翁塡作壽詞數量高居兩宋壽詞的第二位〔註101〕，其〈雙調憶江南〉詞云：

> 胡盤居生日
>
> 盤之所，春蝶舞晴暄。溪傍野梅根種玉，牆圍修竹筍生鞭。深院待回仙。　嘉熙好，四十二年前。猶記五星丁卯聚，更遲幾歲甲申連。快活共千年。〔註102〕

內容雖不離藉天上仙人爲賀詞，卻不套用陳腔濫調。上片先寫胡盤居住所，春光爛漫，彩蝶飛舞，古梅綠竹，確是人間仙境；仙境須有仙人居，於是帶出以仙稱壽的主題。下片則有對仗句式，而非僅是文字遊戲而已，雖無法脫離以神仙爲主題的內容，但在寫作技巧上不似一般常見的壽詞。又向子諲〈望江南〉自壽之詞云：

> 八月十四日望爲壽，近有弄璋之慶。
>
> 微雨過，庭院淨無塵。天上秋期明日是，人間月影十分清。眞不負佳辰。　稱壽處，香霧逐花身。玉兔已成千歲藥，桂華更與一枝新。喜氣滿重闈。〔註103〕

將中秋、自壽、弄璋三喜合於一闋，全闋以寫中秋爲基礎，再分述自壽、弄璋之喜。上片全寫中秋之景，下片前四句轉入自壽之詞，「玉兔已成千歲藥」，將中秋與賀壽合而爲一，玉兔搗藥本爲中秋典故，而搗成千歲藥便將此典轉成賀壽辭語，自然貼切不落痕跡。緊接「桂華更與一枝新」，八月中秋正是桂花飄香的季節，桂添新枝即爲弄璋之喜，又將二者結合爲一。以短短數字將中秋、自壽、弄璋三者融爲一體，正如張炎所言「無俗忌之詞」，自有一番新意。

再從形式上看，壽詞並非僅僅堆積文字而已，楊无咎四闋〈望江南〉便呈現結構上的特色，其詞云：

〔註101〕劉尊明：《唐宋詞綜論》(北京：中國社會科學出版社，2004 年 12月) 稱：「(壽詞) 尤以下列作者數量最多：魏了翁 100 首、劉克莊 89 首、劉辰翁 89 首……。」(頁 136)

〔註102〕唐圭璋編：《全宋詞》(台北：文光出版社，1983 年 10 月)，頁 3187。

〔註103〕同註 102，頁 974。

張使節生辰

鍾陵好，佳節慶元正。瑞色潛將春共到，臺星遙映月初升。
賢帥爲時生。　　人意樂，天宇亦清明。淡薄梅腮嬌倚暖，
依微柳眼喜窺晴。和氣滿江城。

鍾陵好，和氣滿江城。憶昨旌麾初至止，到今政令只寬平。
仍歲兆豐登。　　稱慶旦，遝遞一般情。共信我公躋壽考，
從來陰德被生靈。襦袴聽歡聲。

鍾陵好，襦袴聽歡聲。薰入管絃增亮響，喚教羅綺亦光榮。
引滿勸金觥。　　誰信是，元自悟長生。鈴閣纔投公事筆，
雲章惟讀道家經。家世仰仙卿。

鍾陵好，家世仰仙卿。衣帶不須藏貝葉，集賢何用化金瓶。
且欲佑中興。　　期早晚，丹詔下天庭。不許南州猶弭節，
促歸東府共和羹。膏澤徧寰瀛。〔註104〕

從形式上分析，四闋詞除了呈現重句聯章的形式外，更利用頂眞的修辭技巧，將每闋詞的最後一句做爲下一闋詞的開頭，使四闋詞結構嚴密，連成一體，形成獨有的特色。

　　從〈憶江南〉壽詞中可看出，經文人之手後，在用辭方面已從一般應酬語言提升到文學的語言，在形式與用辭方面更具文學性。又擴大其內容，除賀壽外也可用於勉志抒懷、勸諭人生、敘述天倫等方面〔註105〕不再是制式的應酬文章，藉此可一窺宋代文人情感、思想，與其生活中溫馨祥和的一面〔註106〕。因此壽詞代表詞體的高度發展，已形成一股強大的影響力，在日常生活中無論何時、何處、何地都可見其踪跡，形成與詩抗衡的文學體制，因此壽詞並非只是一堆無用的應酬文字，而是具獨特性質與實用性的文體，也代表宋詞已到蓬勃發展的新紀元。

〔註104〕唐圭璋編：《全宋詞》（台北：文光出版社，1983年10月），頁1181。
〔註105〕詳見王偉勇：《南宋詞研究》（台北：文史哲出版社，1987年9月），頁210～214。
〔註106〕黃文吉：《黃文吉詞學論集》（台北：台灣學生書局，2003年11月），頁71～72。

第六章　富有實用性質的〈憶江南〉
（下）

　　唐敦煌曲子詞中，詞除了做為娛樂及消遣的目的外，更擴大用於傳播宗教，無論佛道皆曾運用詞體宣揚教義。兩宋時期也是如此，佛道仍為社會上主要的宗教，所以也常將詞體用於宣傳教義，因此擴大了〈憶江南〉的實用性，使它更貼近百姓日常生活，進而延續其生命。

第一節　宣揚佛理

　　佛教從兩漢傳入中國，歷經各個朝代，一直存有崇佛及廢佛之爭。至唐則佛教大盛，無論士大夫或社會大眾都受到佛教的影響。尤其士大夫階層崇佛思想非常普遍，影響所及形成當時一股習佛之風〔註1〕。至宋代各種宗教仍以佛道最為盛行，對社會的影響亦深〔註2〕。唐代為佛教興盛的時期，宋代則是佛教的轉折期，佛教不再受外來經典的影響，已由外來宗教轉型為具有中國性質的本土宗教，禪宗的出現便是中國式佛教的開始發達〔註3〕。因唐宋習佛之風極

〔註1〕趙杏根：《佛教與文學的交會》（台北：台灣學生書局，2004年11月），頁1～8。
〔註2〕王偉勇：《南宋詞研究》（台北：文史哲出版社，1987年9月），頁66。
〔註3〕詳見鎌田茂雄著、鄭彭年譯《簡明中國佛教史》（台北：谷風出版社，

盛，自然對文學有一定的影響力。詞方面也是如此，敦煌詞爲詞體源流之一，其中就有大量關於佛教思想的詞作，影響到唐宋詞的形式與內容的發展。宋詞尤其受到佛道思想影響極深，在佛道思想的陰柔文化氛圍中，其體也朝向陰柔化發展。在內容上多言男女之情，可分爲「豔情」與「苦情」兩種，「豔情」是受到道教的長生欲與享樂欲的影響所致。「苦情」則是受到佛教憂患意識的影響。在形式上表現在三種形式：用佛道語、佛道典，化用佛道義理及追求禪味道情〔註4〕。因此無論在宋詞的內容及形式上都有受到佛教思想的影響。唐宋詞與佛教思想相互爲用，唐宋詞的發展受到佛教的影響，另一方面佛教也吸收詞體作爲傳教之用，在唐代敦煌詞中就有一半以上的詞作都用於傳播佛理教義。宋則有文士及僧人直接用詞體傳播佛教義理，可見唐宋時已將詞的功用擴大到宣揚佛教教義。

　　唐佛教盛行，開始利用俗曲作爲傳播佛理之用，在做爲佛曲的俗曲中卻未見〈憶江南〉，但〈憶江南〉的體製非常適合用於歌訣，而此調從初唐即見於《教坊記》曲目中。中唐劉、白兩文人便開始填製此調。晚唐此調既見於敦煌詞中，並發展成雙片形式；《兵要望江南》更大量利用此調用於行軍占卜歌訣，可證〈憶江南〉在晚唐已爲民間通俗的詞調，但未見有人將〈憶江南〉運用於傳播佛理。至宋則見士人及僧侶運用〈憶江南〉傳播佛理。因此本節從〈憶江南〉未用於唐佛曲及〈憶江南〉在宋宣揚佛理教義等兩方面做說明。主要以唐宋〈憶江南〉運用於傳播佛教的實用性爲範圍，不包括唐宋詞中含有佛教思想的文學性詞作。

一、宣揚佛理前的〈憶江南〉

　　唐普遍流傳於民間的佛教，是以禪宗及彌陀淨土宗兩派爲主

　　　1987 年 7 月），頁 273～289。
〔註 4〕史雙元：《宋詞與佛道思想》，《中國佛教學術論典》第五十七冊（高
　　　雄：佛光山文教基金會，2001 年），頁 7～93。

〔註5〕，在敦煌佛曲中也大都是以宣傳禪宗及淨土宗的作品爲主〔註6〕。其中彌陀淨土宗是透過禮佛、念佛、讚佛等修行超脫輪迴而達阿彌陀佛的極樂世界，故在敦煌佛曲中以極樂淨土類數量最多〔註7〕。也因有念佛、讚佛等形式，因此在宣揚佛法時便常常運用佛曲，而佛曲主要的功用就在於傳播教義及導引法事的進行〔註8〕，當然以實用爲主。佛曲最早出現於東漢。唐・道世《法苑珠林》卷四十九云：

> 嘗遊魚山，忽聞空中梵天之聲，清雅哀婉，其臬動心，……
> 植淵感神理，彌悟法應，乃摹其聲，節爲梵唄，纂文製音，
> 傳爲後式，梵聲顯世，始於此焉。〔註9〕

此中明言佛曲梵音源於陳思王曹植，另一方面也說明佛教本身就有專屬的樂曲，因此在傳播教義時常配以音樂而歌唱，達到宣傳教義的目的。唐代也是如此，利用佛曲進行傳教是十分普遍的情形，在敦煌詞中，常見宣揚佛教的作品，任二北《敦煌曲初探》共收有五百四十五闋詞，其中佛曲就有二百九十八闋，佔 54.7%〔註10〕。又其所著《敦煌歌詞總集》共收一千二百餘闋，有關佛教曲詞約佔四分之三〔註11〕。所以佛教曲詞爲敦煌詞的大宗，但在這些詞曲中〈憶江南〉只出現在倫敦編號 5556〈妙法蓮花經觀世音菩薩普門品第二十五〉的紙背上，內容暗黑不可辨〔註12〕，因此在眾多佛曲中未見〈憶江

〔註5〕林仁昱：《敦煌佛教歌曲之研究》，《中國佛教學術論典》第八十九冊（高雄：佛光山文教基金會，2001 年），頁 148。

〔註6〕史雙元：《宋詞與佛道思想》，《中國佛教學術論典》第五十七冊，（高雄：佛光山文教基金會，2001 年，頁 34。

〔註7〕同註5，頁 147～149。

〔註8〕同註5，頁 494～495。

〔註9〕唐・釋道世：《法苑珠林》，《文淵閣四庫全書電子版》（上海：上海人民出版社；香港：迪志文化出版社，1999 年 11 月）。

〔註10〕吳熊和：《唐宋詞通論》（杭州：浙江古籍出版社，1989 年 3 月），頁 167。

〔註11〕史雙元：《宋詞與佛道思想》，《中國佛教學術論典》第五十七冊（高雄：佛光山文教基金會，2001 年）。

〔註12〕吳蕭森：〈論敦煌佛曲與詞的起源〉，張涌泉、陳浩編：《浙江與敦煌

南〉，但〈憶江南〉在中唐已有士人填寫此調，敦煌詞也存有八闋，其中甚至出現雙片的形式；晚唐《兵要望江南》更是大量以此調做爲歌訣，所以在中唐此調形式已逐漸定形，晚唐也大量在市井間流傳，卻未被佛教吸收做爲傳播佛理的佛曲，此現象十分特殊，因此本節擬從唐佛教傳播的形式，以及〈憶江南〉的性質兩方面進行分析，以探求造成此現象的原因。

（一）制式化的傳播形式

六朝至唐代佛教盛行，在宣揚教義、傳播佛理方面，已有完備的方式，即轉讀、梵唄、唱導、俗講、變文等，都已具備一定的規模，且皆以傳唱爲主要的方式，因此訓練傳唱也成爲僧人修習佛法科目中的一種。整個傳教過程已發展出一套既定的程序，也有專爲佛教而譜的曲調，數量眾多，足可做爲傳教之用。因此從形式與音律兩方面看，唐佛教在傳教的方式上已發展爲制式化形態。

其次，佛教源自印度，六朝時仍保有印度佛教以傳唱爲傳播教義的方式。《晉書》卷九十五載：

> 天竺國俗，甚重文制，其宮商體韻，以入弦爲善，凡覲國
> 王，切有讚德。見佛之儀，以歌嘆爲貴。經中偈頌，皆其
> 爲式也。〔註13〕

印度佛教在參佛的禮儀中以歌嘆最爲重要，此種形式也隨佛教東傳流入中國，從六朝起凡宣講佛經便雜以歌唱形式。明·馮惟訥《古詩紀》卷七十六，蕭統·〈同泰寺僧講詩〉序云：

> 大正以貞俗兼解，鬱爲善歌。〔註14〕

在講經時，非只解經義而已，間雜以歌曲，以吸引大眾聽講佛理。所以從六朝起中國佛教便與天竺佛教相同，在講經時間有傳唱形式，包

學》（杭州：浙江古籍出版社，2004 年 12 月），頁 604～605。

〔註13〕唐：《晉書》，《文淵閣四庫全書電子版》（上海：上海人民出版社；香港：迪志文化出版社，1999 年 11 月）。

〔註14〕明·馮惟訥：《古詩紀》，《文淵閣四庫全書電子版》（上海：上海人民出版社；香港：迪志文化出版社，1999 年 11 月）。

括轉讀、梵唄、唱導等三種，以利市井間佛教的傳播〔註15〕。「轉讀」
與「梵唄」，都是在講經時間雜傳唱法曲。晉代便已出現「轉讀」的
方式，唐・道世《法苑珠林》卷五十云：

> 晉有支曇籥，本月支人，寓居建業，少出家，……籥特稟
> 妙聲，善於轉讀。嘗夢天神授其聲法，覺因裁製新聲。梵
> 響清靡，四飛欲轉，反折還弄。……後進傳寫，莫匪其法，
> 所製六言梵唄傳響至今。〔註16〕

轉讀的形式雖不可考，但可推知是以傳唱曲調音律的形式。曇籥以「轉
讀」聞名於當時，因為善製新曲，又加上善歌，便聲名遠揚，因此在
當時應有專門傳播佛理的歌曲。而「梵唄」與「轉讀」本源相同，在
天竺凡歌讚法言皆稱為唄，傳至中國便將詠經之曲稱為「轉讀」，歌
讚稱為「梵音」〔註17〕，兩者在功用上雖已有不同，但形式上同以傳
唱形式宣揚佛理。

　　「唱導」也是以傳唱為主的形式。梁・慧皎《高僧傳》卷十三
云：

> 唱導者，蓋以宣唱法理，開導眾心也。〔註18〕

唱導也是藉由宣唱形式宣揚佛理。所以六朝時傳播佛教的形式仍是以
傳唱為主，也有專為傳播佛理的樂曲。唐代宣揚佛教教化大眾仍承襲
六朝模式，以傳唱形式為主，因此懂得傳唱技巧，也是當時僧侶必修
的課題。《高僧傳》裡共分十科，第九科為經師，主在轉讀經文與歌

〔註15〕關德棟：〈談「變文」〉，張曼濤主編：《現代佛教學術叢刊》第十九
　　　　（台北：大乘文化出版社，1981 年 7 月），頁 193〜194。鎌田茂雄
　　　　著、鄭彭年譯：《簡明中國佛教史》（台北：谷風出版社，1987 年 7
　　　　月 1987 年 7 月），頁 209。

〔註16〕唐・釋道世：《法苑珠林》，《文淵閣四庫全書電子版》（上海：上海
　　　　人民出版社；香港：迪志文化出版社，1999 年 11 月）。

〔註17〕關德棟：〈談「變文」〉稱：「而六朝興起的『轉讀』與『梵唄』也是
　　　　出於同一源。」張曼濤主編：《現代佛教學術叢刊》第十九（台北：
　　　　大乘文化出版社，1981 年 7 月，頁 194）。

〔註18〕慧皎：《高僧傳》（《大正新修大藏經》第三十七冊，台北：新文豐出
　　　　版公司，1992 年），頁 272。

唱梵唄，第十科爲唱傳，即唱傳名家〔註19〕。可見六朝至唐，佛教以佛曲做爲主要的傳播形式，從它成爲僧侶必須學習的科目之一，即可推知此形式應已發展到一定的規模，具有固定的形式。

中唐以後，佛教走向通俗化，宣揚佛教並不限於寺廟僧人，一般俗士也可傳播佛理，因此出現「俗講」與「變文」兩種新的傳教方式。俗講就是俗人講經的活動〔註20〕，其程序不是依經典的順序，而是根據聽眾喜愛的內容爲次序，並在講經中雜有演說故事。主要是由法師與都講兩人進行，開始先唱一首七言詩，作爲講經前的引子，並藉以靜懾聽眾，再以傳導、轉讀的方式講解經文義〔註21〕，可說是將唱導與轉讀的形式再擴大，成爲更完備的傳教方式。爲了吸引聽眾的注意力，便將教義通俗化，因此不依據佛經內容爲主而是以聽眾喜愛爲準，投其所好以便更貼近市井小民，吸引更多教眾，將佛教朝向世俗化發展。宋‧司馬光《資治通鑑》卷二百四十三，胡三省注云：

> 釋氏講說，類談空有，而俗講者又不能演空有之義，徒以
> 悅俗邀布施而已。〔註22〕

俗講爲得到大眾的布施，便以悅俗爲主，不在大談高深的教義，改以通俗言語唱通俗故事以引起眾人的注目，以藉此獲得布施。此種形式具有強大的吸引力，唐‧姚合〈贈常州院僧〉詩云：

> 仍聞開講日，湖上少漁船。〔註23〕

〔註19〕關德棟：〈談「變文」〉，張曼濤主編：《現代佛教學術叢刊》第十九（台北：大乘文化出版社，1981年7月），頁194。

〔註20〕鐮田茂雄著、鄭彭年譯：《簡明中國佛教史》（台北：谷風出版社，1987年7月）稱：「中唐以後，稱俗人的講經活動爲俗講。」（頁210）

〔註21〕榮新江：《敦煌學十八講》（北京：北京大學出版社，2001年8月），頁283。

〔註22〕宋‧司馬光：《資治通鑑》，《文淵閣四庫全書電子版》（上海：上海人民出版社；香港：迪志文化出版社，1999年11月）。

〔註23〕唐‧姚合：《姚少監詩集》，《文淵閣四庫全書電子版》（上海：上海人民出版社；香港：迪志文化出版社，1999年11月）。

一到俗講日，便吸引人潮圍觀，湖上因而漁船稀少，可見當時俗講之風盛行。而俗講以吟唱爲主，其流行的曲調也有被教坊採用，成爲教坊曲目。〔註24〕

　　唐俗講已有一定的形式，實施時有一定的步驟。敦煌寫卷編號伯3849載：

> 夫爲俗講，先作梵了；次唸菩薩兩聲，說押座了；素舊《溫室經》法師唱釋經題了；念佛一聲了；便就開經了；便說十波羅蜜了；便念念佛贊了；便發願了；便又念佛一會了；便回□發願取散云云。已後便開《維摩經》。講《維摩》先作梵；次念觀世音菩薩三兩聲；便說押座了；便素唱經文；唱曰法師自說經題了；便說開贊了；便莊嚴了；便念佛一兩料，便二說其剝題名字了；便入經說緣喻了；便說念佛贊了；便施主各發願了；便回向發願取散。

整個俗講形式已有明確規定，法師主在講解，都講主在唱經，兩人各司其職；以法師爲主導，一講一唱，分工合作，所以俗講並非是胡言亂語。雖然傳教者是依據現場聽眾的喜愛來編排程序，但整個過程已有一定的常規，已成爲制式化的傳教方式。另「變文」也是唐傳播佛教另一種重要的方式。

　　「變文」與「俗講」兩者關係密切，「變文」是從俗講的基礎發展而來〔註25〕，也是以說唱形式宣揚教義，它與俗講不同之處，在於利用圖像演唱故事傳播佛理，以一邊看圖，一邊演唱故事的方式來宣揚教義。榮新江《敦煌學十八講》載：

> 有的認爲「變」字譯自梵文，變文文體來至印度；有的認

〔註24〕關德棟：〈談「變文」〉，張曼濤主編：《現代佛教學術叢刊》第十九（台北：大乘文化出版社，1981 年 7 月），頁 199。

〔註25〕孫昌武：《佛教與中國文學》（台北：東華書局，1989 年 12 月）稱：「在俗講基礎上，又汲取了古代中國說唱文學長期發展的表現藝術，形成變文。」（頁 302）。秋樂：〈變文與中國文學〉稱：「事實上，變文就是俗講之話本」，張曼濤主編：《現代佛教學術叢刊》第十九（台北：大乘文化出版社，1981 年 7 月，頁 175）。

為變文是中國本土固有的文體變化而來，……由此看來「變」的直接意思是「變易」，含有今天所說的「故事」的意思，變文就是講故事的本文，與相對應的「變相」，就是故事畫，當時一段變文的演唱，能是配合著一幅幅變相同時進行。〔註26〕

簡言之，變文就是看圖說唱故事。每一種變文都是一部完整的腳本，以圖像與傳唱結合的方式，增加演唱故事時的生動性，藉以吸引眾人目光，進而達到傳播教義的目的。因此這種傳唱方式並非臨時起義，而是本身已有一套完整的架構，利用韻散夾雜的方式來演說故事。在韻文方面，可分為長偈及短偈兩種，短偈為七言八句形式，體近七律；長偈多為七言，間用三、三、七言，都為平聲韻，沒有復句，變文之後的講唱文學多為此種形式〔註27〕。演唱變文的人依圖的順序，文案內的說白及唱詞一一演說內容即可，也可說是一種制式化的表演方式。

轉讀、梵唄、唱導、俗講、變文等皆朝制式化發展，形式上都以傳唱為主要方式，整個形式不斷演進，形成以「演藝」為主的方式，所以演唱者在宣揚佛理時的聲情表現十分重要〔註28〕，當時將經師、唱傳等列為修習佛法的科目之一，足見傳唱為宣揚佛教的主要方式；由此也可看出佛教從六朝至唐代的傳教方式已十分完備，具有制式化的形式。

在音律方面，隋唐已有專為傳播佛教的佛曲出現。「佛曲」一詞最早見於唐·長孫無忌《隋書》卷十五〈音樂志〉：

西涼者，起符氏之末，……變龜茲聲為之，號為秦漢伎。魏太武即平河西，得之，謂之西涼樂。……其歌曲有〈永

〔註26〕榮新江：《敦煌學十八講》（北京：北京大學出版社，2001年8月），頁285。

〔註27〕秋樂：〈變文與中國文學〉，張曼濤主編：《現代佛教學術叢刊》第十九（台北：大乘文化出版社，1981年7月），頁175～176。

〔註28〕林仁昱：《敦煌佛教歌曲之研究》，《中國佛教學術論典》第八十九冊（高雄：佛光山文教基金會，2001年），頁494～495。

世樂,解曲有〈萬世豐〉,舞曲有〈于寶佛曲〉。〔註29〕

西涼樂源自龜茲音樂,龜茲在西域諸國中為大國之一,因受到印度文化的影響而佛教盛行。唐‧玄奘《大唐西域記》卷一云:

> 屈支國,東西千餘里,南北六百餘里,國大都城周十七八
> 里。……文字取則印度,粗有改變。〔註30〕

屈支國即龜茲,在絲路上算是強盛並富有文化的國家,本身即有從印度文字改造而來的文字。前秦時龜茲被呂光所滅,但音樂並未隨著國家滅亡而消失,反而流入中國,成為中土音樂的一支。唐開皇年間龜茲樂大盛,在《隋書》、《唐書》、《新唐書》等〈音樂志〉中都列有龜茲樂。就《隋書》、《唐書》、《新唐書》中之龜茲樂與天竺樂相較,龜茲樂實源自天竺樂〔註31〕。唐‧長孫無忌《隋書》卷十五〈音樂志〉載:

> 天竺者,起自張重華據有涼州。……歌曲有〈沙石疆〉,舞
> 曲有〈天曲〉。〔註32〕

天竺樂中有舞曲一項,因此在西涼樂中也有屬於舞曲的「于寶佛曲」,應與印度佛曲有極大關係。故佛教從印度東傳入中國時,連同天竺的佛曲也一並傳入,因此隋唐在印度佛教的影響下已有專門的佛曲。

　　唐佛曲為數不少,除了有源自天竺、龜茲的佛曲外,也有宮廷樂工自譜的佛曲。宋‧陳暘《樂書》卷一百五十九〈胡曲調〉載:

> 李唐樂府曲調:有〈普光佛曲〉、〈彌勒佛曲〉、〈日光明佛
> 曲〉、〈大威德佛曲〉、〈如來藏佛曲〉、〈藥師琉璃光佛曲〉、

〔註29〕唐‧長孫無忌等撰:《隋書》,《文淵閣四庫全書電子版》(上海:上海人民出版社;香港:迪志文化出版社,1999年11月)。

〔註30〕唐‧釋玄奘:《大唐西域記》,《文淵閣四庫全書電子版》(上海:上海人民出版社;香港:迪志文化出版社,1999年11月)。

〔註31〕詳見向達:〈龜茲蘇祇婆琵琶考原〉,《現代佛學大系》(台北:彌勒出版社,1984年5月),頁408～415。

〔註32〕唐‧長孫無忌等撰:《隋書》,《文淵閣四庫全書電子版》(上海:上海人民出版社;香港:迪志文化出版社,1999年11月)。

　　　〈無威感德佛曲〉、〈龜茲佛曲〉並入婆陀調也；〈釋迦牟尼
　　佛曲〉、〈寶花部佛曲〉、〈觀法會佛曲〉、〈帝釋幢佛曲〉、〈妙
　　花佛曲〉、〈無光意佛曲〉、〈阿彌陀佛曲〉、〈燒香佛曲〉並
　　入乞食調也；〈大妙至極曲〉、〈解曲〉並入越調也；〈摩尼
　　佛曲〉入雙調也；〈蘇密七俱陀佛曲〉、〈日光騰佛曲〉入商
　　調也；〈邪勒佛曲〉入徵調；〈觀音佛曲〉、〈永寧佛曲〉、〈文
　　德佛曲〉、〈婆羅樹佛曲〉入羽調也；〈遷星佛曲〉入般涉調
　　也；〈提梵〉入移風調也。〔註33〕

當時共有二十九種佛曲，並一一說明各種佛曲所入的宮調，可知在當
時已有專爲佛教所製的曲調。唐佛曲眾多，其數並不止於此而已，如
再加上《羯鼓錄》、《唐會要》所錄佛曲則近七十三曲〔註34〕。唐佛曲
不僅數量多，從佛曲的名稱上分析，可看出對不同的佛像，有不同的
佛曲，不同的經文也有專屬的佛曲。〈彌勒佛曲〉、〈如來藏佛曲〉、〈藥
師琉璃光佛曲〉、〈觀音佛曲〉、〈阿彌陀佛曲〉是依不同的佛像而製不
同的佛曲；〈觀法會佛曲〉、〈燒香佛曲〉是依不同的功用所製的不同
佛曲；〈寶花部佛曲〉、〈妙花佛曲〉、〈無光意佛曲〉、〈大妙至極曲〉、
〈文德佛曲〉等則是依佛經而製的不同佛曲。可知隋唐佛曲已向本土
化發展，不再侷限於天竺佛曲，並配合講解不同的經文及不同場所而
有不同的佛曲，足見佛曲已有高度的發展，並朝制式化發展。

　　另一方面，民間也有專唱佛曲的詞調，敦煌詞曲子詞中便有〈望
月婆羅門〉、〈求因果〉、〈出家樂〉、〈悉曇頌〉、〈三歸依〉、〈十偈詞〉、
〈撥禪關〉、〈歸去來〉、〈十無常〉、〈無常取〉、〈散花樂〉、〈無厭足〉、
〈十空贊〉等，從其調名及內容便可得知全爲佛曲性質。故在市井大
眾間不僅佛曲十分發達，並有依照不同功用所填製的不同佛曲，因此
民間的佛曲也是朝制式化發展。在隋唐無論是宮廷或民間，除了有大

〔註33〕宋・陳暘：《樂書》，《文淵閣四庫全書電子版》（上海：上海人民出
　　　版社；香港：迪志文化出版社，1999 年 11 月）。
〔註34〕詳見向達：〈論唐化佛曲〉，《現代佛學大系》（台北：彌勒出版社，
　　　1984 年 5 月），頁 430～433。

量佛曲出現外，更根據不同的用途而製成不同的佛曲，可以說明隋唐佛教音樂已成制式化。

隋唐佛教發展，無論是傳教形式，或佛曲音樂，已經高度制式化，因此在宣揚佛教義理時已有特定傳唱形式，也有固定的佛曲以配合宣揚教義，顯然佛法的儀式已成固定模式，絕非隨興而發。在制式化發展之下，〈憶江南〉自然不易成為隋唐佛曲。

（二）不適用於唐佛曲

佛曲除了有專為宣教的特定曲調外，因其主要傳教對像為一般平民大眾，為吸引更多的教眾，便採用民間曲調轉化為佛曲，取其通俗普遍流利的特性以利吸收教眾。從齊梁到隋唐，已有將俗曲轉換成佛曲的現象，其中最常見的詞調有〈五更轉〉、〈十二時〉、〈百歲篇〉等〔註35〕，〈憶江南〉並不在其中，為何〈憶江南〉不被佛曲所採納？與其本身的結構有關。

將俗曲做為佛曲，主要目的是在使普羅大眾易於瞭解教義，便於

〔註35〕吳蕭森：〈論敦煌佛曲與詞的起源〉稱：「據龍晦先生經眼，『這千二百首佛曲中大多數以〈五更轉〉、〈十二時〉、〈百歲篇〉等定格聯章的體製去表現：它們都是民間流行歌辭，極易上口』」，張涌泉、陳浩編《浙江與敦煌學》（杭州：浙江古籍出版社，2004 年 12 月，頁606）。林玫儀：《詞學考詮》（台北：聯經出版事業公司，1987 年 12月）稱：「五更轉、十二時、百歲篇、十二月歌等，不是民間流行小曲，佛教徒以之宣講教義，自可收廣為流傳之效。」（頁 78）。曲金良：《敦煌佛教文學研究》（台北：文津出版社，1995 年 10 月）稱：「大多數以〈五更轉〉、〈十二時〉、〈十恩德〉等『序數聯章體』為基本形式，有人稱之為『分時聯章』，有人稱之為『定格聯章』，這些不都是中國本土民間極為流傳的曲調體式，佛教徒廣泛運用這種為民眾所喜聞樂見的通俗曲調和體式，以其易記、上口、好唱好聽，既對於宣揚佛教能夠起到效果，又對於佛教徒本身是一種自我享受。」（頁 235）。林仁昱：《敦煌佛教歌曲之研究》，《中國佛教學術論典》第八十九冊（高雄：佛光山文教基金會，2001 年）稱：「其中最引人注目的，就是『十二時』、『五更轉』等序號式聯章歌曲。加地哲定著、劉衛星譯：《中國佛教文學》（北京：今日中國出版社，1990年 12 月）稱：「『唐民間歌謠中的佛教文學』，所指稱的『民間歌謠』，就是『十二時』、『五更轉』、『百歲篇』一類。」（頁 539～540）。

宣揚佛法，因此要合於三項要點：易唱、易記，易於充分說明佛理。定格聯章詞便是最符合此種要求的詞體，〈五更轉〉、〈十二時〉、〈百歲篇〉等即爲此體。隋唐詞以小令爲主，短短數行字是無法充分宣揚佛理的，如果改以長篇大論，則內容過於冗長，配樂過於複雜，可能無法爲一般大眾所接受。於是運用聯章的形式，一方面連綴成章得以充分說明教義，一方面因聯章詞結構多爲重複形式，形成反覆疊唱，節奏強烈，易收傳播之效，所以從敦煌佛曲中，便可發現聯章詞遠比單調來的多。聯章形式中又以「定格聯章」最易達到易記、易唱的效果，〈五更轉〉、〈十二時〉、〈百歲篇〉都是利用聯章的方式，依數字的順序，用相同的曲律，依次傳唱；因爲是按照數字的順序，所以條理清晰，便於記憶，自能收事半功倍之效。音律上採用反覆詠唱的方式，更能熟記音律，達到琅琅上口的目的，此種形式自然有助於佛曲的傳唱。總之，定格聯章最符合佛曲的要求，所以被吸收做爲佛曲之用，〈憶江南〉雖爲容易傳唱的詞調，但不是定格聯章的形式，因此被摒除在佛曲之外。

　　〈五更轉〉最早出現於陳。宋・郭茂倩《樂府詩集》卷三十二〈相合歌辭〉云：

　　　　陳・伏知道又有〈從軍五更轉〉。

　　　　按伏知道已有從軍辭，則〈五更轉〉蓋陳以前曲也。〔註36〕

從陳・伏知道就已有〈從軍五更轉〉，推論此調當在陳之前即出現。敦煌佛曲〈五更轉〉有兩種套用的形式：一是首句爲三字句，並於更號後加一字遣詞，此種形式數量較多〔註37〕。任二北《敦煌曲校錄》載：

　　　　〈五更轉〉太子五更

　　　　一更初。太子欲發坐心思。奈知耶娘防守到，何時度得雪

〔註36〕宋・郭茂倩：《樂府詩集》，《文淵閣四庫全書電子版》（上海：上海人民出版社；香港：迪志文化出版社，1999 年 11 月）。

〔註37〕林仁昱：《敦煌佛教歌曲之研究》，《中國佛教學術論典》第八十九冊（高雄：佛光山文教基金會，2001 年），頁 410。

山川。

二更深。五百個力士睡昏沉。遮取黃羊及車匿，朱鬘白馬同一心。

三更滿。太子騰空無人見。宮裏傳聲悉達無，耶娘肝腸寸寸斷。

四更長。太子苦行萬裏香。一樂菩提修佛道，不藉你世上作公王。

五更曉。大地上眾行道了。忽見城頭白馬蹤，則知太子成佛了。〔註38〕

另一種方式是以更號做爲套詞。《敦煌曲校錄》載：

〈五更轉〉太子入山修道贊云：

一更夜月涼。東宮見道場。幡花傘蓋日爭光。燒寶香。

共奏天仙樂。龜茲弄宮商。美人無那手頭忙。聲繞梁。

太子無心戀，閉目不形相。將身不作轉輪王。只是怕無常。

二更夜月明。音樂堪入聽。美人纖手弄秦箏。貌輕盈。

姨母專承事，耶輸相逐行。太子無心戀色聲。豈能聽。

輪回三惡道，六趣在死生。從來改卻這般名。只是換身形

三更夜已停。嬪妃睡不醒。美人夢裏作音聲。往往迎。

出家時欲至，天王號作瓶。宮中聞喚太子聲。甚叮嚀。

我是四天王，故來遠自迎。朱鬘便躡紫雲騰。夜逾城。

四更夜已偏。乘雲到雪山。端身正坐向欲前。坐禪延。

尋思父王憶，每當姨母憐。耶輸憶我向門看。眼應穿。

便即喚車匿，分付與衣冠。將吾白馬卻歸還。傳我言。

五更夜已交。帝釋度金刀。毀形落髮紺青毫。鵲締巢。

牧牛女獻乳。長者奉香茅。誓當作佛苦海嶠。眉間放白毫。

日食一麻麥，六載受懃勞。因充果滿自逍遙。三界超。

〔註39〕

以上兩組詞都是在敘說太子一心求佛的故事。形式上都以五更爲定

〔註38〕任二北：《敦煌曲校錄》（台北：盤庚出版社，1978年10月），頁118
　　　～119。

〔註39〕同註38，頁119～120。

格，依順序從一更唱至五更，但字數、句數並未固定，每闋詞都有不同的句數與字數，這是當時尚爲民間詞的性質。

〈十二時〉是以一天十二時辰塡成曲辭，在北魏即可見此調。北魏・楊衒之《洛陽伽藍記》卷四云：

> 有沙門寶公者，不知何處人也。形貌醜陋，心機通達，過去未來，預睹三世，發言似讖，不可解，事過之後，始驗其實。……造十二時辰歌，終其言也。〔註40〕

以十二時辰歌做爲預言，此類歌曲應爲市井中常見的詞調。南朝有寶誌和尙將〈十二時〉用於佛曲，一直到宋都有以十二時辰爲曲調的記載，無論在道教或佛教，也都將〈十二時〉做爲宣教的歌曲〔註41〕。敦煌寫卷也有將此調當佛曲的例子。任二北《敦煌曲校錄》〈禪門十二時〉載：

> 夜半子。監睡還須起。端坐正觀心。濟卻無明蔽。
> 雞鳴丑。擿木看窗牖。明來暗自知。佛性心中有。
> 平旦寅。發意斷貪嗔。莫令心散亂。虛度一生身。
> 日出卯。取鏡當心照。情知內外空。更莫生煩惱。
> 食時辰。努力早出塵。莫念時時苦。早取涅槃因。
> 隅中巳。火宅難歸止。恒在敗壞身。漂流生死海。
> 正南午。四大無樑柱。誰知寡合身。萬佛皆爲主。
> 日昃未。造罪相連累。無常念念至。徒勞漫破費。
> 晡時申。修見未來因。念身不久住。終歸一微塵。
> 日入西。觀身知不久。念念不離心。數珠恒在手。
> 黃昏戌。歸依須暗室。罪垢亦未知。何時見慧日。
> 人定亥。可今早欲悔。驅驅不暫停。萬物皆失壞。〔註42〕

首句爲三言形式，依十二時辰：「夜半子」、「雞鳴丑」、「平旦寅」、

〔註40〕後魏・楊衒之：《洛陽伽藍記》，《文淵閣四庫全書電子版》（上海：上海人民出版社；香港：迪志文化出版社，1999 年 11 月）。

〔註41〕詳見鄭阿財：《敦煌文獻與文學・敦煌寫卷定格聯章「十二時」時研究》（台北：新文豐出版公司，1993 年 7 月），頁 103～111。

〔註42〕任二北：《敦煌曲校錄》（台北：盤庚出版社，1978 年 10 月），頁 130～131。

「日出卯」、「食時辰」、「隅中巳」、「日南午」、「日昃未」、「哺時申」、「日入酉」、「黃昏戌」、「人定亥」爲套句，再依序塡寫內容。但以何時爲起始，則有「夜半子」、「雞鳴丑」、「平旦寅」等三種不同的形式〔註43〕，每個時辰之後再一一宣達教義。整闋曲詞的排列是依照時間順序，使人易於瞭解辭義，此種結構特性也是有利於傳唱。

　　〈百歲篇〉是將人生以十歲爲一單元，分成十章的聯章形式，每章首句以「壹拾」、「貳拾」……「百歲」等爲首。在《禮記・曲禮》便載有以十年爲一單位，區分各階段應行之事。而〈百歲歌〉的形式從晉至唐都有文獻記載〔註44〕。敦煌卷中有〈緇門百歲篇〉、〈丈夫百歲篇〉、〈女人百歲篇〉三套相連之作。茲自《敦煌曲校錄》移錄〈緇門百歲篇〉如次：

　　一十辭親願出家。手攜經梠學煎茶。驅烏未解從師教。往
　　往拋經摘草花。

　　二十空門藝卓奇。霑恩剃髮整威儀。應法心師堪羯磨。五
　　年勤學盡毗尼。

　　三十精通法論全。四時無息復無眠。有人直擬翻龍藏。豈
　　肯恩深過百年。

　　四十幽玄總攬知。遊行天下入王畿。經論一言分擘盡。五
　　眾八藏更無疑。

　　五十恩延入帝宮。紫衣新賜意初濃。談經御殿傾雷雨。震
　　齒潛波臥窟龍。

　　六十人間置法船。廣開慈諭示因緣。三車已立門前路。念
　　念無常勸福田。

　　七十連宵坐結跏。觀空何處有榮華。匡心直樂求清淨。永
　　離沾衣染著花。

〔註43〕林仁昱：《敦煌佛教歌曲之研究》，《中國佛教學術論典》第八十九冊
　　　　（高雄：佛光山文教基金會，2001 年），頁 410。
〔註44〕詳見鄭阿財：《敦煌文獻與文學・敦煌寫本定格聯章「百歲篇」時研
　　　　究》（台北：新文豐出版公司，1993 年 7 月），頁 134～136。

> 八十雖存力已殘。夢中時復到天關。還遇道人要說法。請師端坐上金壇。
>
> 九十之身朽不堅。猶蒙聖力助軾便。殘燈未滅光輝薄。時見迎雲在目前。
>
> 百歲歸原逐晚風。松楸葉落幾春逢。平生意氣今朝盡。聚土如山總是空。〔註45〕

以十年爲間隔，按順序由小至大，說明各階段的遭遇，勉人須及時修習佛法，不然人生到頭總是空。整闋詞條理清晰，形式都爲七字句，形成疊唱的效果，可見其內容與形式也是易於傳誦的結構。

以〈五更轉〉、〈十二時〉、〈百歲篇〉等用做佛曲，除了形式爲定格聯章，合於佛曲的要求外，尚可歸納出三項共同特點：一是三調在唐以前已盛行於市井間，二是以時間變化爲主的內容，三是按順序聯章的結構。借用民間俗調爲佛曲的主要目的便在於通俗以吸引大眾，越早出現的詞調，其音律越是大眾耳熟能詳，市井流傳也越廣泛，以之爲佛曲，自能收易唱、易記之效，並可增強傳播佛理，吸收教眾的效果。觀此三調在南北朝之前就已出現，並在市井間廣爲流傳，因而隋唐時被吸收成爲佛曲，所以在敦煌佛曲中得見此三調。內容方面，此三調都是以時間爲主軸，〈五更轉〉記敘在短短的一夜五更時間裡，太子出家成佛的故事，從一更太子決心向佛，捨棄名利出家修佛，到五更就能得道成佛，一夜之中變化之大，如何不讚嘆佛祖之法力無邊。〈十二時〉則是寫一天內即能領悟佛法，超脫紅塵，可見只要一心向佛，刹那間立即成佛。〈百歲篇〉則將漫長人生濃縮在一曲之中，由生到死，雖長達百歲，但終如曇花一現，因此要把握時間，早早向佛，以免時機稍縱即逝，再回頭已百年身。以時間的快速流逝，勉勵大眾習佛要趁早，另一方面則鼓勵大眾成佛不難，只要有心，一夜即可得道成佛，利用時間爲軸線向世人宣揚佛理。再者，聯章的形式都

〔註45〕任二北：《敦煌曲校錄》（台北：盤庚出版社，1978 年 10 月），頁 165。

是順序聯章，按數字的順序運結，除能連接多章，便於宣揚教義外，因為依序而進，故條目清晰，易於瞭解辭意，更能掌握佛理要義。另一方面，因為重疊形式，富有節奏感，也易收到傳唱的效果，故此三調廣泛被民間選做為佛曲。

　　反觀〈憶江南〉，本身雖富有民歌性質及易於傳唱的特色，但從出現的時間、內容及形式都不適用於佛曲。以時間言之，〈憶江南〉雖在《教坊記》已見此調，但盛唐並未見到任何流傳下來的作品，直到中唐之後方有士人開始填製此調，晚唐填寫之人才逐漸增多。再以民間詞調來看，敦煌《雲謠集》中未見〈憶江南〉，在目前所見敦煌曲錄中，也只有八闋〈憶江南〉，其中四闋為雙片形式，應屬晚唐時期作品。此時期更有《兵要望江南》一書，可證此調至晚唐才開始流行於市井之間，形成風尚，所以隋唐之際〈憶江南〉並非通俗的詞調，自然不被用做佛曲。再從形式論之，〈憶江南〉有單詞及聯章詞兩種形式，而在聯章的形式中又以普通聯章及重句聯章為主。雖然從白居易、劉禹錫起就出現普通聯章詞，但最多只有三闋而已；以如此簡短的形式，是無法充分解說佛理，故在形式上也不適用於佛曲。至於內容方面，〈憶江南〉不是以時間為主軸，而是以抒情為主，自不符合佛曲的要求。此外，白居易之前〈憶江南〉調名為〈杜秋娘〉，為李德裕悼愛妓杜秋娘而作，此種調名也不合用於宣揚佛理。因此〈憶江南〉在形式上雖保有民歌易於傳唱的特色，但從其本質分析，完全不符合佛曲的條件。

　　〈憶江南〉雖為民歌性質的詞調，但因外在因素及其本身的性質皆不適於佛曲，故被摒除在唐佛曲之列。但到宋代，因佛教本身的轉變，〈憶江南〉始被用於宣揚佛理。

二、宣揚佛理的〈憶江南〉

　　佛教傳至宋仍然極為盛行，太祖趙匡胤雖在建隆初年曾下令「蕭

正道流」〔註46〕，汰除僧尼，但反佛的時間並不長，隨即於六月下令寺院當廢未毀者保之〔註47〕，並不得毀壞銅鑄佛像〔註48〕。乾德二年更昭沙門三百人至天竺求舍利貝多葉書〔註49〕，可見從太祖起便對佛教採取正面的態度。到了太宗，更表明「浮屠氏之教，有裨政治」〔註50〕，太宗之後的帝王也都是崇道信佛〔註51〕。宋代道佛俱盛，但佛教徒遠遠超過道家信徒幾十倍以上〔註52〕，可見佛教在當時受到帝王與百姓的支持。唐宋雖都是佛教興盛時期，但唐代〈憶江南〉未見於宣揚佛理，宋代則頻頻見之，會有此種轉變，實與其外在環境的改變及詞體本身的發展有關。

（一）本土佛教的出現

佛教傳至宋代仍在士人之間廣爲流傳，從士人名號分析，許多著名文士都以「居士」爲號，如：

歐陽修：六一居士	蘇　軾：東坡居士
秦　觀：淮海居士	陳師道：後山居士
周邦彦：清眞居士	葉夢得：石林居士

〔註46〕詳見宋・李攸：《宋朝事實》，《文淵閣四庫全書電子版》，卷七〈釋道〉（上海：上海人民出版社；香港：迪志文化出版社，1999 年 11 月）。

〔註47〕詳見宋・李燾：《續資治通鑑長編》卷一，《文淵閣四庫全書電子版》（上海：上海人民出版社；香港：迪志文化出版社，1999 年 11 月）。

〔註48〕詳見宋・李燾：《續資治通鑑長編》卷八，《文淵閣四庫全書電子版》（上海：上海人民出版社；香港：迪志文化出版社，1999 年 11 月）。

〔註49〕宋・范成大：《吳船錄》卷上，《文淵閣四庫全書電子版》（上海：上海人民出版社；香港：迪志文化出版社，1999 年 11 月）。

〔註50〕詳見宋・李燾：《續資治通鑑長編》卷二十四，《文淵閣四庫全書電子版》（上海：上海人民出版社；香港：迪志文化出版社，1999 年 11 月）。

〔註51〕詳見周紹賢《佛學概論》（台北：台灣商務印書館，1987 年 5 月），頁208～210。史雙元：《宋詞與佛道思想》，《中國佛教學術論典》第五十七冊（高雄：佛光山文教基金會，2001 年），頁 9～15。

〔註52〕史雙元：《宋詞與佛道思想》稱：「在宋代，道教徒與佛教徒的比例基本上保持在 1：10～1：20 之間」，《中國佛教學術論典》第五十七冊（高雄：佛光山文教基金會，2001 年，頁 16）。

　　李清照：易安居士　　　蔡　伸：友古居士
　　范成大：石湖居士　　　張孝祥：于湖居士
　　趙長卿：仙源居士　　　劉克莊：後村居士

可見宋士人習佛風氣盛行，於是在文學理論或文學作品中自然受到佛
學思想的影響。而此時的佛教思想已開始轉變，不若唐佛教受到天竺
的影響極大，宋佛教開始與中國文化結合，朝自體性發展〔註53〕，不
再受到從天竺而來的佛教經典所限制，發展出於屬中國式的佛教——
禪宗〔註54〕。宋代禪宗最爲盛傳，遠超過其它各派〔註55〕，因此整個
宋代佛教環境與唐代完全不同。禪宗由印度僧侶達摩所創，傳到宋六
祖慧能，便成爲佛教中最大的宗派。禪宗強調頓悟成佛，以心爲得道
之要，修行之法便在於通過種種的方法，去除障蔽本心的污染和執
著，恢復澄明的本心〔註56〕。雖然強調不重經典、不立文字、不拘形
式，但禪師仍用「參公案」、「參話頭」等方式爲後學的參考，其教學
方法自由靈活。語言方面，可以用譬喻、詩歌、謎語等方式；行動方
面，可用棒喝、揮刀、甚至斬貓等方法〔註57〕。禪宗雖不立文字，但
仍留下許多《燈錄》、《語錄》、《拈頌》等文獻，整個傳教方式已異於
唐佛教。修習佛法也是以頓悟爲主，不似淨土宗的口念成佛。如何能
達到成佛的目的，並無固定的方法，於是任何形式的文字、語言、行
爲都可做爲領悟佛理的媒介。在此氛圍下，詩詞也成禪師開悟弟子的

〔註53〕同註52，頁2。
〔註54〕鎌田茂雄著、鄭彭年譯《簡明中國佛教史》（台北：谷風出版社，1987
　　　　年7月），頁273。
〔註55〕劉克蘇：《中國佛教史話》（保定：河北大學出版社，1999年10月），
　　　　頁325。鎌田茂雄著、鄭彭年譯《簡明中國佛教史》（台北：谷風出
　　　　版社，1987年7月）稱：「禪宗成爲宋代佛教界的元雄。」（頁286）
〔註56〕屈大成：《佛學概論》（台北：文津出版社，2002年4月），頁280、
　　　　284～288。李濤《佛教與佛教藝術》（台北：水牛圖書出版事業，1992
　　　　年6月），頁122。
〔註57〕周紹賢：《佛學概論》（台北：台灣商務印書館，1987年5月），頁
　　　　236～240。楊惠南：《佛教思想發展史論》（台北：東大圖書，1993
　　　　年6月），頁354～358。屈大成：《佛學概論》（台北：文津出版社，
　　　　2002年4月），頁281～299。

方式之一,於是乎有更多的詩詞運用在宣揚佛理。

宋佛教以禪宗主要教派,影響所及,士人階層也同樣信奉禪宗。宋‧蘇轍《欒城集》卷二十三〈筠州聖壽院法堂記〉云:

> 年四十有二,而視聽衰耗,志氣消竭。夫多病則與學道者
> 矣;多難則與學佛者宜。〔註58〕

宋是一個體弱多病的王朝,社會環境動盪不安,在此局勢下便想從佛道思想中尋求解脫之法。道教在求長生不老,而佛教則重在超脫世俗,蘇轍便想由此求得身心的慰藉。處此環境下,文士便多參禪修佛,宋‧司馬光《傳家集》卷十二〈戲呈堯夫〉詩云:

> 近來朝野客,無坐不談禪。顧我合為者,獨坐獨懵然。羨
> 君詩既好,說佛眾誰先。只恐前身是,東都白樂天。〔註59〕

參禪之風盛行,無論何人皆在說佛參禪,因此禪宗不僅流傳在市井中,士人禪修之風也十分盛行。

禪宗側重以心傳心,以悟為成佛之道,這種氛圍對當時的詩論、詞論影響很大〔註60〕。宋‧嚴羽《滄浪詩話》〈詩辯〉云:

> 大禪道惟在妙悟,詩道亦在妙悟。惟悟乃為當行,乃為本
> 色。……謝靈運至盛唐諸公透徹之悟也。……盛唐諸人惟
> 在興趣,羚羊掛角,無跡可求。故其妙處透徹玲瓏,不可
> 湊泊,如空中之音,相中之色,水中之月,鏡中之花,言
> 有盡而意無窮。近化諸公乃作加特解會,遂以文字為詩,
> 以才學為詩,以議論為詩,夫豈不工,終非古人之詩也。
> 〔註61〕

由禪宗頓悟到詩的妙悟,以悟為詩的本色,認為詩的美就在於鏡花水

〔註58〕宋‧蘇轍:《欒城集》卷上,《文淵閣四庫全書電子版》(上海:上海人民出版社;香港:迪志文化出版社,1999 年 11 月)。

〔註59〕宋‧司馬光:《傳家集》卷上,《文淵閣四庫全書電子版》(上海:上海人民出版社;香港:迪志文化出版社,1999 年 11 月)。

〔註60〕方立夫:《中國佛教與傳統文化》(台北:桂冠圖書,1994 年 4 月),頁 366。

〔註61〕宋‧嚴羽:《滄浪詩話》卷上,《文淵閣四庫全書電子版》(上海:上海人民出版社;香港:迪志文化出版社,1999 年 11 月)。

月般的抽象朦朧美感，重在心領神會，而非在文字之間，因而不以文字、才學、議論等爲詩，內容充滿禪宗思想。不僅如此，更以禪喻詩，所謂：

> 論詩如論禪：漢魏晉與盛唐之詩，則第一義也。大曆以還之詩，剛小乘禪也，已落第二義矣。晚唐之詩，則聲聞闢之果也。〔註62〕

以論禪爲例，將禪宗思想運用於詩論之中。在此文學思潮下，自然也把論禪用於論詞。而以禪論詞始見於南宋〔註63〕，張炎《山中白雲詞》附錄〈樂府指迷〉云：

> 吳夢窗如七寶樓臺，眩人眼目，碎拆下來，不成片斷。
> 〔註64〕

「七寶樓臺」即爲佛家用語〔註65〕。可見宋文學發展中，佛學佔有重要的地位。受此文學風氣影響，禪理入詞便水到渠成，風氣日盛〔註66〕。北宋・王安石便有大量以詞談禪說理的詞作，在其現存詞作中有半數以上都與佛學有關〔註67〕，如〈菩薩蠻〉（數家茅屋閒臨水）、〈雨霖鈴〉（孜孜矻矻）、〈南鄉子〉（嗟見世間人）〔註68〕等即是。又

〔註62〕同註61。

〔註63〕王偉勇：《南宋詞研究》（台北：文史哲出版社，1987年9月）稱：「然以禪論詞，蓋始於南宋。」（頁120）

〔註64〕宋・張炎：《山中白雲詞・附錄樂府指迷》，《文淵閣四庫全書電子版》（上海：上海人民出版社；香港：迪志文化出版社，1999年11月）。

〔註65〕王偉勇：《南宋詞研究》（台北：文史哲出版社，1987年9月），頁120～122。

〔註66〕同註65稱：「故佛道入詞，已成勢之所驅」，「洎乎南渡，此風尤甚。」（頁112）

〔註67〕詳見史雙元：《宋詞與佛道思想》，《中國佛教學術論典》第五十七冊（高雄：佛光山文教基金會，2001年），頁42。

〔註68〕〈菩薩蠻〉：「數家茅屋閒臨水。單衫短帽垂楊裡。今日是何朝。看予度石橋。梢梢新月偃。午醉醒來晚。何物最關情。黃鸝三兩聲。」〈雨霖鈴〉：「孜孜矻矻。向無明裡、強作窠窟。浮名浮利何濟，堪留戀處，輪迴倉猝。幸有明空妙覺，可彈指超出。緣底事、拋了全潮，認一浮漚作瀛渤。本源自性天眞佛。衹些些、妄想中埋沒。貪他眼花陽艷，誰信道、本來無物。一旦茫然，終被閻羅老子相屈。便縱

北宋最重要詞家蘇軾，其作品中也有不少是受到佛學的影響，如〈西江月〉（三過平山堂下）〔註69〕、〈南歌子〉（師唱誰家曲）〔註70〕〈如夢令〉（水垢何曾受）、（自淨方能淨彼）〔註71〕等，也是談禪說理之詞。其後如黃庭堅、秦觀、周邦彥、朱敦儒、向子諲、陳與義等人都曾以禪理入詞〔註72〕，可見宋代以禪入詞是十分普遍的情形。另一方面僧侶中也有許多人在追求文人化和雅化，故其詩詞作品並不亞於士人之作，如仲殊、釋可平、釋惠洪、如晦等。此外，《全宋詞》收錄壽涯禪師、圓禪師、則禪師、淨圓等佛門僧人詞作〔註73〕。可見此時有文學禪學化，禪學文學化的趨勢存在。在此種社會文化的氛圍下，將詞體用做宣揚佛教義理，乃必然之勢，因此〈憶江南〉便有機會用於宣揚佛理。宋‧劉克莊《後村詩話》卷八云：

> 福州仁王寺，有僧喜唱〈望江南〉。〔註74〕

在唐不見僧眾唱〈憶江南〉，至宋便出現，這應與禪宗盛行有關。既有以詩詞說禪，於是便有僧人開始傳唱此調，因此〈憶江南〉便流傳

有、千種機籌，怎免伊唐突。」〈南鄉子〉：「嗟見世間人。但有纖毫即是塵。不住舊時無相貌，沈淪。祇爲從來認識神。作麼有疏親。我自降魔轉法輪。不是攝心除妄想，求眞。幻化空身即法身。」唐圭璋編：《全宋詞》（台北：文光出版社，1983年10月，頁204～207）。

〔註69〕 〈西江月〉：「三過平山堂下，半生彈指聲中。十年不見老仙翁。壁上龍蛇飛動。　欲弔文章太守，仍歌楊柳春風。休言萬事轉頭空。未轉頭時皆是夢。」見同註68（頁285）。

〔註70〕 〈南歌子〉：「師唱誰家曲，宗風嗣阿誰。借君拍板與門槌。我也逢場作戲、莫相疑。　溪女方偷眼，山僧莫皺眉。卻愁彌勒下生遲。不見老婆三五、少年時。」見同註68（頁293）。

〔註71〕 〈如夢令〉：「水垢何曾相受。細看兩俱無有。寄語揩背人，盡日勞君揮肘。輕手。輕手。居士本來無垢。」「〈如夢令〉自淨方能淨彼。我自汗流呀氣。寄語澡浴人，且共肉身遊戲。但洗。但洗。俯爲人間一切。」見同註68（頁311）。

〔註72〕 詳見史雙元：《宋詞與佛道思想》，《中國佛教學術論典》第五十七冊（高雄：佛光山文教基金會，2001年），頁45～50。

〔註73〕 同註72，頁61。

〔註74〕 宋‧劉克莊：《後村詩話》，《文淵閣四庫全書電子版》（上海：上海人民出版社；香港：迪志文化出版社，1999年11月）。

於僧眾之間。〈憶江南〉用於傳授佛理教義，除了受到禪宗盛行的因素外，其詞調本身的盛行，也是原因之一。

（二）〈憶江南〉的普遍流傳

各種詞調流傳的長久與流行性有密切的關係，因流行而能成風尚，詞調便能代代相傳，不被時間所淘汰。另一方面也因流行而成眾人喜愛的詞調，便將此調用於不同的層面，因此擴大其實用性，所以詞調的流行關係到它的發展，詞調越流行越顯其普遍性，越能被大眾所接受，故能傳得廣、傳得久。〈憶江南〉一調，從中唐文人開始填作，到了晚唐便成了市井間流傳的詞調，因此才會有《兵要望江南》一書。到宋更有《周易斷卦夢江南》及《望江南風角集》等書，可見此時〈憶江南〉除了在紅樓酒館做為娛樂性質外，其實用性更擴及文學、兵學、數術學。又從傳唱的階層來看，除了士人、歌妓外，在五代有伊用昌以此調乞食，至宋則有道士蔡眞人及蘇校書等善唱此調；僧眾方面也有仁王寺僧侶喜唱此調。因此從上階層的士大夫，下階層的酒樓歌妓，到僧眾道士都傳唱〈憶江南〉，足見此調已流行於各個不同的階層。而用做宣揚宗教教義的詞調首重通俗性，因此〈憶江南〉自然可用於宣揚佛理教義。

在宋禪宗盛行與〈憶江南〉普遍流傳兩項因素下，便開始以此調宣揚佛理。王安石〈望江南〉「歸依三寶讚」詞云：

> 歸依眾，梵行四威儀。願我遍遊諸佛土，十方賢聖不相離。永滅世間癡。
>
> 歸依法，法法不思議。願我六根常寂靜，心如寶月映琉璃。了法更無疑。
>
> 歸依佛，彈指越三祇。願我速登無上覺，還如佛坐道場時。能智又能悲。
>
> 三界裏，有取總災危。普願眾生同我願，能於空有善思惟。三寶共住持。〔註75〕

〔註75〕唐圭璋編：《全宋詞》（台北：文光出版社，1983 年 10 月），頁 207。

王安石十分信仰佛教〔註 76〕，此四闋近似發願文，前三闋希望能歸依僧、法、佛三寶：期望歸依衆能與得道高士相交遊，以其聖明的智慧來開脫對世間的痴迷；歸依法，信仰法理教義，以滌除心中疑惑，進而達到心如寶月無染塵埃的境界，摒除俗濾，以空明看俗世，進而更加領悟佛法眞諦；歸依佛，登上佛法道場，成爲佛家弟子，聽佛說法，以增智悲之心。第四闋則爲總結，願衆生也都能歸依三寶，共同信仰佛理。此四闋詞言語淺白，主要目的在宣揚佛理，重在實用的價值。而此類歸依三寶類的佛曲，早在敦煌佛曲中就已出現。敦煌寫卷（斯4508）〈三歸依〉云：

> 歸依佛。大聖釋迦化主。興慈願，救諸苦。能宣妙法甚深意，聞者如沾甘露。慈悲主。接引眾生，同到淨土。同到淨土。五色祥雲滿路。雙童引，頻伽舞。一回風動響珊珊，聞者輕樓階鼓。慈悲主。接引眾生，同到淨土。

> 歸依法。須發四弘誓願。捻經卷，頻開轉。速須結取來生因，且要頻親月面。聞身見。速須達取菩提岸。慈悲主。接引眾生，同到淨土。

> 歸依僧。手把念珠持課，焚香火，除人我。速須出離捨娑婆。且要頻親法座。消災禍，速須結取，未來因果。慈悲主。接引眾生，同到淨土。〔註 77〕

內容也在強調信仰佛、法、僧三寶，即能接迎到淨土樂地，只是次序有所不同而已。但敦煌佛曲〈三歸依〉句型不一，字有參差，詞意淺白，富有民間曲調的特色〔註 78〕，是屬於民間詞作。至於王安石則以句式整齊的〈憶江南〉宣揚歸依三寶，由此也可看出宣揚佛教的詞調在唐宋有不同的面貌，如同詞體發展一樣，皆由民間詞進展到文人詞。

〔註 76〕詳見史雙元：《宋詞與佛道思想》，《中國佛教學術論典》第五十七冊（高雄：佛光山文教基金會，2001 年），頁 42。

〔註 77〕吳肅森：〈論敦煌佛曲與詞的起源〉，張涌泉、陳浩編：《浙江與敦煌學》（杭州：浙江古籍出版社，2004 年 12 月），頁 609。

〔註 78〕同註 77。

　　除了士人以詞宣唱佛理外，僧人也有類似作品，其中更有以〈憶江南〉做爲宣揚佛理教義之用。如淨圓（白雲法師）〈望江南〉娑婆苦六首云：

　　娑婆苦，長劫受輪迴。不斷苦因離火宅，祗隨業報入胞胎。辜負這靈臺。　　朝又暮，寒暑急相催。一箇幻身能幾日，百端機巧哀塵埃。何得出頭來。

　　娑婆苦，身世一浮萍。蚊蚋睫中爭小利，蝸牛角上竊虛名。一點氣難平。　　人我盛，日夜長無明。地獄爭頭成隊入，西方無箇肯修行。空死復空生。

　　娑婆苦，情念驟如風。六賊村中無暫息，四蛇籃內更相攻。誰是主人公。　　無慧力，愛網轉關籠。一向四楞低搭地，不思兩腳卻梢空。前路更匆匆。

　　娑婆苦，生老病無常。九竅腥臊流穢污，一包膿血貯皮囊。爭弱又爭強。　　隨妄想，耽欲更荒唐。念佛看經云著相，破齋毀戒卻無妨。祗恐有閻王。

　　娑婆苦，終日走塵寰。不覺年光隨逝水，那堪白髮換朱顏。六趣任循環。　　今與古，誰肯死前閒。危脆利名纏入手，虛華財色便追攀。榮辱片時間。

　　娑婆苦，光影急如流。寵辱悲懽何日了，是非人我幾時休。生死路悠悠。　　三界裏，水面一浮漚。縱使英雄功蓋世，祗留白骨掩荒丘。何似早迴頭。〔註79〕

「娑婆」一詞由梵語而來，意爲堪忍〔註80〕。六闋詞全在說明人世中有許多無法逃避的痛苦；第一闋言輪迴之苦：人有業報，種因得果，生生世世都有此種因果，此種輪迴是無法逃脫的宿命，只要是人就會遭受此種苦難。第二闋言追求名利之苦：人生短暫，事事難料，就如水上浮萍，如果心中只存名利者，其生與死並無差異也；一生只爲爭

〔註79〕唐圭璋編：《全宋詞》（台北：文光出版社，1983 年 10 月），頁 2431。
〔註80〕高樹藩新修：《康熙大辭典》（台北：啓業書局，1987 年 3 月），頁 304。

名奪利，終了一生的結果只有下地獄，無法進入西方淨土。第三闋言情念之苦：情如驟風，被情所羈伴，便如遭受四蛇圍攻，如果無法以大智慧克服此關，終會爲情所困，難以解脫其苦。第四闋言生老病死之苦：外在的臭皮囊無法迴避生老病死，如果無法參佛以求寡欲清心，最後便只有死路一途而已。第五闋言時間流失之苦：人生苦短，榮名利祿只是曇花一現，一心追求財色，便是浪費人生大好光陰。第六闋則爲結語，勸誡世人回頭是岸。人生苦短，便是蓋世英雄，到最後也是徒留一堆白骨而已。一層層論述爲人處世都難以逃脫此種苦難，想要求得解脫，唯有看破紅塵，修習佛法，方能解脫輪迴之苦，登上西方極樂之地。於是又以〈望江南〉填製六闋以「西方好」爲起首的詞：

> 西方好，隨念即超群。一點靈光隨落日，萬端塵事付浮雲。人世自紛紛。　凝望處，決定去棲神。金地經行光裏步，玉樓宴坐定中身。方好任天眞。

> 西方好，瓊樹聳高空。彌覆七重珠寶網，莊嚴百億妙華宮。宮裏眾天童。　金地上，欄楯繞重重。華雨飄颻香散漫，樂音嘹喨鼓清風。聞者樂無窮。

> 西方好，七寶甃成池。四色好華敷菡萏，八功德水泛清漪。除渴又除飢。　池岸上，樓殿勢飛翬。碧玉雕欄塡瑪瑙，黃金危棟間玻瓈。隨處發光輝。

> 西方好，群鳥美音聲。華下和鳴歌六度，光中哀雅讚三乘。聞者悟無生。　三惡道，猶自不知名。皆是佛慈親變化，欲宣法語警迷情。心地頓圓明。

> 西方好，清旦供尤佳。縹緲仙雲隨寶仗，輕盈衣裓貯天華。十萬去非賒。　諸佛土，隨念遍河沙。蓮掌撫摩親授記，潮音清妙響頻伽。時至即還家。

> 西方好，我佛大慈悲。但具三心圓十念，即登九品越三祇。神力不思議。　臨報盡，接引定無疑。普願眾生同繫念，金臺天樂共迎時。彈指到蓮池。〔註81〕

〔註81〕唐圭璋編：《全宋詞》（台北：文光出版社，1983 年 10 月），頁 2431

此六闋全在說明西方美好淨土：首闋言明只要肯一心向佛，便能看破紅塵舊夢，視萬事如浮雲，一切煩擾不動我心，如此便能接迎到西方極樂淨土。第二闋至五闋，皆言西方淨土的美麗世界，從華屋高樓，瓊樹寶池，梵音清風，眼目所及，一片金碧輝煌、光彩耀眼，祥和瑞氣籠罩四周，此種至善的世界便是人人心中追求的西方極樂淨土。第六闋為總結，宣揚我佛慈悲，神力無邊，只要眾生同繫念，便能登此世界，解脫世俗所受的痛苦。

　　用於宣揚佛理的詞作重在實用，因此在選調遣辭都以通俗為主，如從文學的角度上看，少有被稱為佳作的。但淨圓所作十二闋〈望江南〉，利用對比的手法，六闋言娑婆苦，六闋言西方好，先說明人生之苦無窮，一層層誘發內心深處的苦楚與困惑，當悲痛疑惑達到極點，隨之峰迴路轉；再以「西方好」六闋解脫所有的痛苦和疑慮，唯有信仰佛法，就能看破紅塵，捨棄名利，擺脫世間之苦，進而接迎到西方極樂淨土，享受富貴祥和的生活。以對比寫法形成跌宕之勢，增強張力，凸顯主旨〔註82〕。此十二闋詞皆在宣揚佛理，內容安排頗具特色。

　　〈憶江南〉在唐宋佛曲的運用過程中，除了外在宗教環境的改變與詞體本身的演進外，更加證明實用性對詞調流傳具有極大的影響。因為越通俗的詞調，方能形成一股風潮，在市井間的影響也越大，運用此種普遍通俗的詞調，更能達到宣揚傳播的效果，因而增強它的實用性。從另一個角度看，實用性也幫助詞調的流傳，因為實用的範圍愈大，傳唱的人愈多，傳唱的時間愈久，因此促進詞調的流傳。〈憶江南〉從中、晚唐開始流行，經五代、兩宋其流行性並未減，除了增強實用性外，也因此吸引文士開始填寫此調。故此調雖不是士人間最盛行的詞調，卻能因其實用性強而保有原來的形式，一直流傳至今。

〜2432。
〔註82〕仇小屏：《篇章結構類型論》（台北：萬卷樓圖書公司，1990 年 2 月），頁 432〜434。

第二節　宣揚道教之用

唐代除了佛教盛行外，也是道教繁榮興盛的時期。李淵利用圖讖傳送「楊氏將滅，李氏將興」之說，又因道家始祖老子姓李之故，而將老子奉爲是唐室祖先；並利用道教爲手段，將統治者神格化而達到統治天下的目的。高宗時期，更下令王公以下都要學習《老子》，並列爲科舉科目，大大提高道教地位。武后時雖崇佛貶道，但到中宗又恢復佛道並重。玄宗則是一位崇道皇帝，於是玄宗時期已形成一股崇道風氣，所以唐代可謂道教全面發展的時期〔註83〕。此種佛道並重的情形一直延續至宋，從太祖起就接見道士，崇奉道教，太宗亦是如此。眞宗時崇道盛行，有「天書下降」的神話，並稱趙玄朗爲族祖。徽宗又是一位崇道帝王，自稱爲「教主道君皇帝」，北宋時期一直都是佛道並重。南宋、遼、金雖分居南北，但崇道思想並未滅絕；南北方各有新的道派出現，各個君主仍然崇道，甚至立道教爲「國教」〔註84〕，因此唐宋也是道教盛行的時代。在此風氣下，詞的內容自然受到道家思想的影響，此外，也有以傳教爲主的道教詞出現，甚至將詞體用於傳授道家內丹之法，此節即以此爲論述範圍。

一、道教詞的創作與流行

在崇道思想盛行下，唐宋的文學發展自然受其影響。道家嚮往神仙世界，追求長生不老，因此將遊仙思想注入文學之中，開展出玄虛幻化的境界，詩、詞、文、賦於是便有鋪敘仙術之作。詩方面有遊仙詩，文方面有神仙傳奇故事，詞方面則有步虛詞、青詞、遊仙詞等。〔註85〕

〔註83〕詳見劉精誠：《中國道教史》（台北：文津出版社，1993年7月），頁165～177。詹可窗：《道教文化十五講》（台北：五南圖書出版公司，2005年12月），頁65～75。

〔註84〕詳見劉精誠：《中國道教史》（台北：文津出版社，1993年7月），頁213～240。王偉勇：《南宋詞研究》（台北：文史哲出版社，1987年9月），頁112。

〔註85〕詳見卿希泰編：《道教與中國傳統文化》（福州：福建人民出版社，

　　從內容上分析，早在唐敦煌詞中就有〈謁金門〉(長伏氣)、(仙境美)〔註86〕等遊仙詞。〈謁金門〉原爲道士之作，後被教坊採錄，教坊曲目中即有此調，此兩闋詞的內容可能是道士自寫修煉生活與追求仙居的思想〔註87〕。另在唐五代文人詞中也有許多與道教有關的詞作，如描寫女冠生活的詞作約有二十二闋〔註88〕，反映出文人與女冠間的情感生活。唐五代詞在道家文化影響下，有因道家神仙故事，而激發詞人的想像空間；有因道家浪漫情調，而帶有濃豔綺麗的色彩；有因道家清幽文化，而增添清新空靈的美感〔註89〕。宋詞受到道教影響很大，主要在遊仙詞、豔情詞、隱逸詞及內丹詞等方面〔註90〕。蘇軾、秦觀、辛棄疾等皆有遊仙之作〔註91〕，於是神仙意象滲透在詠物、詠懷、言情的題材中。豔情詞的出現是因道教中豔情爲入道的方法，成仙的門徑，因而有「房中術」、「御女」、「采女」等論述，士人便將豔情與求仙合而爲一，成爲享樂主義，以支持本身放蕩的生活方式，於是有「騎鶴上揚州」的心理；騎鶴爲成仙，揚州爲煙花繁盛之地，二者合而爲一，便成爲士人的風尚〔註92〕。隱逸詞肇因國勢衰弱、戰火四起，社會動盪不安，便引發隱逸之心，期望脫離擾嚷不安

1992 年 6 月)，頁 225～241。

〔註86〕任二北：《敦煌曲校錄》(台北：盤庚出版社，1978 年 10 月)載：
「〈謁金門〉長伏氣。住在蓬萊山裏。綠竹桃花碧溪水。洞中常晚起。　　聞道君王詔旨。服裏琴書歡喜。得謁金門朝帝陛。不辭千萬里。」「〈謁金門〉仙境美。滿洞桃花漾水。寶殿瓊樓霞閣翠。六銖常掛體。　　悶即天宮遊戲。滿酌瓊漿任醉。誰羨浮生榮與貴。臨迴看即是。」(頁 61～62)。

〔註87〕劉尊明：《唐宋詞綜論》(北京：中國社會科學出版社，2004 年 12月)，頁 104。

〔註88〕同註87，頁 111。

〔註89〕劉尊明：《唐宋詞綜論》(北京：中國社會科學出版社，2004 年 12月)，頁 112～113。

〔註90〕史雙元：《宋詞與佛道思想》，《中國佛教學術論典》第五十七冊(高雄：佛光山文教基金會，2001 年)，頁 63。

〔註91〕詳見註90，頁 68～69。

〔註92〕詳見註90，頁 64～65。

的環境，尋求屬於自己的一塊淨土。此種悠閒自得的生活即等同於神仙般的生活，於是漁隱、山隱、水隱、樵隱、稼隱之風盛行，便以詞抒志，此類作品在宋詞中數量極多〔註93〕。從詞的內容可知唐宋詞與道教思想關係密切，尤其是南宋詞人，其中豪放派詞人更常以佛道入詞。〔註94〕

　　再從詞調分析，唐人填詞多詠其名，至宋也有此情形。唐宋詞調與道教神仙故事有關的有：〈鳳凰台上憶吹簫〉，源於秦穆公女弄玉吹簫引鳳之故事；〈解佩令〉，源於《列仙傳》汪妃二女解佩予鄭交甫之故事；〈瑤池宴〉，源於西王母宴同穆王於瑤池之故事；〈金人捧露盤〉，源於漢武帝欲成仙而設金人捧盤以承露之故事；〈望仙門〉，源於漢武帝於華山建集靈宮，而稱其門為「望仙門」；〈獻仙音〉，源於道人攜烏衣龍女歌蔡真君之故事；〈鵲仙橋〉，源於喜鵲搭橋便於牛郎織女相會之故事；〈惜分釵〉，源於道士通幽於蓬萊仙山取回楊貴妃頭釵之故事；〈臨江仙〉，源於詠水仙得名；〈華胥引〉，源於黃帝畫寢夢遊華胥國之故事；〈瀟湘神〉，源於劉禹錫詠道教女仙梳湘妃之故事；〈霓裳羽衣〉，源於月宮仙女舞蹈之故事。另有〈夢仙郎〉、〈洞仙歌〉、〈祭天神〉、〈醉思仙〉、〈石湖仙〉、〈迷神引〉、〈雲仙引〉、〈琵琶仙〉、〈長壽仙〉、〈瑞鶴仙〉、〈二郎神〉、〈玉女搖仙佩〉〈眾仙樂〉、〈太白星〉、〈五雲仙〉等與神仙有關的詞調。此外，與道教有關的詞調，尚有〈女冠子〉，多詠女道姑；〈漁歌子〉，寫張志和隱居樂道歌詠漁樵生活之故事。〈長命女〉、〈長生樂〉、〈玉京瑤〉、〈玉京秋〉、〈逍遙樂〉、〈瑤台月〉等，則與道教長生不老有關。總計唐五代有關道調道曲可見者約在百曲〔註95〕，數量不少，故道教對唐宋詞的發展實具有一定的影

〔註93〕詳見史雙元：《宋詞與佛道思想》，《中國佛教學術論典》第五十七冊（高雄：佛光山文教基金會，2001年），頁81～85。

〔註94〕王偉勇：《南宋詞研究》（台北：文史哲出版社，1987年9月）稱：「可知南宋詞人與佛道關係至為親密。然真人以佛道入詞者，泰半為豪放派詞家。」（頁114）

〔註95〕詳見卿希泰編：《道教與中國傳統文化》（福州：福建人民出版社，

響力。

　　在作者方面，除了士人以道教思想入詞外，宋時更有許多道士也
能填詞。雖然《全宋詞》中道士填詞的數量雖不能與僧人相比，但為
數依然不少，也有不少佳作。如北宋張繼先為「嗣漢三十代天師」，
崇寧四年賜號「虛靜先生」〔註96〕，共存五十六闋詞〔註97〕，其中有
十二闋〈望江南〉，詞云：

　　　西源好，仙構占仙峰。一鶴性靈清我宇，萬龍風雨亂霜空。
　　　高靜太疏慵。　　天地樂，山水靜流通。行坐臥憐塵外景，
　　　虛空寂是道家風。非細樂相從。

　　　西源好，龍首虎頭高。風雨每掀清宇宙，林巒長似湧波濤。
　　　吟詠有詩豪。　　成大樂，美稱適相遭。醮斗清筵投羽札，
　　　啟元喜會執金刀。身淨隔紛騷。

　　　西源好，巖館鑿松厓。五斗洞前斟玉斝，半酣窗外撫金杯。
　　　無累自悠哉。　　青翠色，玉竹自新栽。風到莫來搖老木，
　　　雨霖時復洗圓苔。如此惱詩才。

　　　西源好，春日日初長。不看人間三月景，常思天上萬花香。
　　　幽賞一時狂。　　歌笑也，空洞大歌章。千景淨來風谷秀，
　　　三雲歸後月林光。沈麝似蘭香。

　　　西源好，迎夏洒炎風。紅錦石邊憐一派，老張巖上戀群峰。
　　　時得化龍筇。　　琴振玉，曉色倚梧桐。黼黻文章朝內盛，
　　　山川林木野亭空。朱火煥明中。

　　　西源好，秋景道人憐。時至白然天氣肅，夜涼猶喜月華圓。

1992 年 6 月），頁 243。詹石窗：《道教文學史》（上海：上海文藝出
版社，1992 年 5 月），頁 492～495。劉尊明：《唐宋詞綜論》（北京：
中國社會科學出版社，2004 年 12 月），頁 98～99。史雙元：《宋詞
與佛道思想》，《中國佛教學術論典》第五十七冊（高雄：佛光山文
教基金會，2001 年），頁 36～37。

〔註96〕昌彼德、王德毅、程元敏、侯俊德編：《宋人傳記資料索引》（台北：
鼎文書局，1975 年 3 月），頁 2429。

〔註97〕王水照編《宋代文學通論》（高雄：復文圖書出版社，2000 年 6 月），
頁 387。

長嘯碧崖巓。　　須信酒，難別詠歌邊。是處伐薪爲炭後，此時嘗稻慶豐年。童子舞胎仙。

西源好，冬日雪中松。攜手石壇承愛景，靜觀天地入清宮。恰似大茅峰。　　襟袂冷，琴裏意濃濃。吹月洞簫含碧玉，動人佳趣轉黃鍾。情緒發於中。

西源好，幽徑不成斜。山谷隱連無改色，池塘空靜默無瑕。人釣水之涯。　　仙舫小，人欲盼君家。歸棹日回如覽鏡，放船星落似乘槎。風雨亂寒沙。

西源好，神洞自相求。傍水墾田流澗急，砍山開徑小花浮。蹤跡舊人留。　　忘萬物，爽氣白雲收。司命暫曾尋寢靜，紫陽眞是步條幽。思繼此公游。

西源好，人在水晶宮。長願玉津名濯鼎，恰如龍井到天峰。的的好遺風。　　清澈底，豈忤李唐隆。自浸巖前崖石潔，不籠天外嶺雲濃。澄徹瑩懷中。

西源好，雨霽斂紅紗。碧水靜搖招釣叟，綠苔寒迫起漁家。攜駕會春茶。　　風浩浩，錦陰石屏華。濯鼎上方敲翠竹，轆轤西去碎丹砂。休問樂津涯。

西源好，還向觀庭西。拚晚菊明方丈外，傍寒梅放六花飛。三鶴會同時。　　清淨宇，處一貴無爲。戴月夜中仍是別，銜香原上不須迷。於此振衣歸。〔註98〕

此其詞題序云：「某喜西源壁立峻峙，無一俗狀，疏松密竹，四通九達，青玉交輝。天作高山，地靈若此」〔註99〕。蓋西源峰高，山勢險峻，覆以翠竹，間以蒼松，山峰綿亙，猶如「虎蹲龍躍」，峰峰各具不俗之姿，宛如「身處眞人之墟」。鵠立山巓，放目遠眺，好似人間仙境，便以十二闋聯章詞狀摹此境：首闋點題，「西源好，仙構占仙峰」可爲全詞總綱，讚賞西源猶如神仙之境，再以時空交錯手法分寫

〔註98〕唐圭璋編：《全宋詞》（台北：文光出版社，1983 年 10 月），頁 761～762。
〔註99〕同註98，頁 761。

景物。空間描寫方面，是從高處寫起，再將視線漸漸轉至低處。第二闋寫山峰高聳之勢，「龍首虎頭高。風雨每掀清宇宙，林巒長似湧波濤」，左右山峰互爭高遠，山在雲深不知處，因而多有風雨；風吹林動，勢如洶湧浪濤，足見山勢雄狀之貌。第三闋焦點向下延伸，「巖館鑿松厓」，寫所處之地位於山巖之外，眼前所見一片蒼松翠竹，令人逍遙自在。四至七闋則寫時間變化。第八闋轉回空間的變化，下窺山谷幽徑，其勢平緩舒展，「幽徑不成斜」，令人心神隨之舒展；人立池塘垂釣，一幅閒適自得之景。第九闋將視線再向下延伸，「傍水墾田流澗急，砍山開徑小花浮」，遠離凡塵俗務，結廬山邊水畔，在此佳境中自我修煉，以求忘物得道。第十闋則寫水姿，水清而秀，自山嶺而下，以濯心懷。第十一闋轉寫雨霽之景，「雨霽斂紅紗」，黃昏雨停，又回復一片寧靜，於是「碧水靜搖招釣叟」，又起求仙之心，而有「轆轤西去碎丹砂，休問樂津涯」之句。第十二闋則為總結，「抍晚菊明方丈外，傍寒梅放六花飛。三鶴會同時」，夜晚已降，一片菊開梅放又有鶴禽相伴，在此仙境月明中不如「於此振衣歸」，不再眷念俗世，決心駕鶴上青天。空間描寫由上至下，從山峰寫至澗谷，再運用縱橫交錯的寫法，縱寫峰、巖、山谷到水一線，橫寫松、竹、山徑到田疇等方面。景物變化上；有風、雨、雨霽到四季之景，從不同季節，不同面向由上而下，又擴展至四方，層層描寫，井然有序，完整呈現西源之高峻不俗之景；再寄情於景，扣緊求道成仙之志，可說景情交融。

　　時間則包括四季轉移與日夜變化：四至七闋分寫四時，春為一年之始，「春日日初長。不看人間三月景，常思天上萬花香」，春花競艷，一片煙花美景，但總比不上仙境，道出一心企求羽化成仙之心願，由實入虛，由景入情。盛暑漸熱，「迎夏灑炎風。紅錦石邊憐一派，老張巖上戀群峰」，薰風吹來炎熱之氣，登巖消暑遠眺群山之姿，實寫夏日山景。金風無情，「秋景道人憐。時至自然天氣肅，夜涼猶喜月華圓」，西風漸涼，草枯葉黃，一片蕭瑟景物，觸引憐憫之心，涼夜

中高掛一輪明月，又將苦情轉爲秋收團圓，喜慶豐年之情；實寫秋日淒涼之景，情感則由悲轉喜。歲寒將至，「冬日雪中松。攜手石壇承愛景，靜觀天地入清宮」，白雪皚皚，更凸顯蒼松不懼冰寒的傲人之姿，因此入定而進三清之境，由實轉虛。四闋分寫四時，除了能掌握四時的特色外，首尾皆爲由實而虛，中二闋則爲實寫，首尾呼應，虛實相生，結構嚴謹。時間方面，第十一闋由白晝轉爲黃昏，最後一闋再入深夜時分：「戴月夜中仍是別，銜香原上不須迷。於此振衣歸」，一日將盡，道出心中回歸自然的心志。寫出一天及一年的變化。以流動的時間變化，擴大空間的層面，將時空延伸，推展更大的面向，並在四季推移及晝夜轉換中一抒心中之志。可說是以時間爲中心，開拓空間的變化，將敘事、寫景、抒情三者合爲一。張繼先雖爲道士，但此十二闋詞並未比文人詞遜色〔註100〕。南宋更有白玉蟾詞 134 闋，可見宋代塡詞之風不僅流傳於士人，就連道士也是如此。因此從內容、詞調、作者三方面，就可以了解道教對於唐宋詞的發展是有一定的影響。

　　張繼先十二闋〈望江南〉除了可說明道士塡詞之風外，另一方面也可說明道教中人十分喜愛〈望江南〉，如蔡眞人、蘇校書等也都喜唱此調，因此便將此調做爲宣揚道教之用。宋・王堯臣《崇文總目》卷九載：

　　　　《道術指歸望江南》一卷　闕。〔註101〕

從所存書目可知〈望江南〉已被用來解說道術。唐宋詞中還有托名呂巖的〈夢江南〉十一闋，詞云：

　　　　淮南法，秋石最堪誇。位應乾坤白露節，象移寅卯紫河車。
　　　　子午結朝霞。

〔註100〕王水照編《宋代文學通論》（高雄：復文圖書出版社，2000 年 6 月）
　　　　稱：「張（張繼先）詞雖多玄談，但其中〈望江南〉十二首，風景
　　　　幽秀，置之姜夔、張炎的詞集中亦未見遜色。」（頁387）
〔註101〕宋・王堯臣等撰：《崇文總目》，《文淵閣四庫全書電子版》（上海：
　　　　上海人民出版社；香港：迪志文化出版社，1999 年 11 月）。

　　王陽術，得祕是黃牙。萬藥初生將此類，黃鍾憑律始歸家。
十月定君誇。

　　黃帝術，玄妙美金花。玉液初凝紅粉見，乾坤覆載暗交加。
龍虎變成砂。

　　長生術，玄要補泥丸。彭祖得之年八百，世人因此轉傷殘。
誰是識陰丹。

　　陰丹訣，三五合玄圖。二八應機堪采運，玉瓊回首免榮枯。
顏貌勝凡妹。

　　長生術，初九必潛龍。慎勿從高宜作客，丹田流注氣交通。
耆老反嬰童。

　　修身客，莫誤入迷津。氣術丹金傳在世，象天象地象人身。
不用問東鄰。

　　還丹訣，九九最幽玄。三性本同一體內，要燒靈藥切尋鉛。
尋得是神仙。

　　長生藥，不用問他人。八卦九宮看掌上，五行四象在人身。
明了自通神。

　　學道客，修養莫遲遲。光景斯須如夢裏，還丹粟粒變金姿。
死去莫回歸。

　　治生客，審細察微言。百歲夢中看即過，勸君修煉保尊年。
不久是神仙。〔註102〕

此十一闋皆在說明道家煉丹之術，旨在宣揚道術之用，雖然文學性
不高，卻也證明〈憶江南〉在民間極為流行，所以被用來宣揚道
教。

　　唐宋道家最特殊之處在於煉丹以求長生不死，唐代有外丹術，宋
代則有內丹術，而宋「內丹詞」便是將詞用於傳播道教內丹修煉功法，
形成極為特殊的用法。

〔註102〕張璋、黃畬編：《全唐五代詞》（台北：文史哲出版，1186 年 10 月），
　　　　頁 997～998。

二、道家內丹的興起

　　道教內丹之學，從東漢道教成立之初即有之，如東漢・魏伯陽《周易參同契》即托易象而論煉丹修仙之術，但從魏至唐，內丹之學尚未形成，而爲外丹興盛時期。唐王公大臣常因服丹藥而死，如太宗、憲宗、穆宗、敬宗、武宗等，外丹之弊漸露，於是以調動自身功能的內丹煉養之法漸興。唐末五代爲內丹成熟期，崔希范、鍾離權、呂洞賓、施肩吾、彭曉、陳搏，劉海蟾等內丹道家紛紛著書立說，以鍾、呂二人爲代表，內丹興盛，修煉之學逐漸成熟。宋元時期主符籙的正一教和主內丹的全眞教分途，道派與內丹派合而爲一，於是內丹養生功法的傳播便成爲道教發展的標幟。北宋・張伯端《悟眞篇》正代表內丹學說已至成熟階段，南宋內丹道則已達到高峰期，民間修煉內丹已成風尚，流風所及，王公大臣莫不樂於此道。〔註 103〕

　　內丹興盛出現不同的派別，主要有鍾呂派、先天派、南宗、北宗等。鍾呂派以鍾離權、呂洞賓爲代表，傳有《鍾離道傳集》，無論南宗或北宗都奉鍾、呂爲祖師。先天派以陳搏爲代表，其《無極圖》定下「逆煉返本的模式」，成爲內丹修煉綱領。南宗又稱紫陽派，北宋張伯端爲開山祖師，著有《悟眞篇》，其法依序傳於石泰、薛道光、陳楠、白玉蟾，此五者被人譽爲「南宗五祖」。北宗以金・王重陽及全眞七子爲代表，除了強調修煉內功外，也重道德修養，並將它大眾化，有「七寶會」、「金蓮會」、「三光會」、「玉華會」等全眞教會。內丹雖分不同的派別，但都主張「性命雙修」，只是先後主次有所不同而已；南宗主張先命後性，北宗主張先性後命〔註 104〕。也就因爲宋

〔註 103〕詳見劉精誠：《中國道教史》（台北：文津出版社，1993 年 7 月），頁 177～204。陳鼓應編：《道教文化研究第一輯》（上海：上海古籍出版社，1992 年 6 月），頁 311。張廣保：《唐宋內丹道教》（上海：上海文化出版社，2001 年 1 月），頁 349～351。詹可窗：〈金丹派南宗之成立及其詩詞論要〉（陳永源編：《道教與文化學術研討會論文集》，台北：國立歷史博物館，2001 年 2 月），頁 20～21。

〔註 104〕詳見劉精誠：《中國道教史》（台北：文津出版社，1993 年 7 月），

代內丹道派的興起，所以便有以詞做爲傳授內丹功法的「內丹詞」。

三、合精氣神以求超凡成仙

　　內丹詞旨在說明修煉內丹之法，要明瞭其意義，就須對內丹術稍有瞭解。內丹是相對於外丹而言，道家利用金石燒煉成丹藥，稱爲外丹；利用通過人體內部煉養之丹，則稱爲內丹。內丹術源自古代行氣、導引、胎息等方術，其修煉以靜坐、吐納、冥想爲主要手段，將人體的上、中、下丹田爲火爐，並以人的精氣神爲藥物，由神導引眞氣，經由呼吸，沿任督二脈爲循環路線，經過一定程序的修煉，使精、氣、神在體內凝結不散而成丹藥，藉此達到健康長壽甚至長生不老。內丹學認爲人是由父母交合一點先天元氣而立命，又得先天一點元陽而有性，此時元氣爲命，元神爲性，性命不分，至出生時則元神歸於心，元氣歸於腎，由先天性命轉爲後天性命，始成長爲人。內丹學即主張由後天返回先天，經逆向修煉而成仙，主張性命雙修，強調精、氣、神人體三寶的煉化，以神爲火候，以精爲藥物，以神御氣，以神煉精，使精氣神三合一。其過程可分爲：築基、煉精化炁、煉炁化神，煉神還虛四階段；築基爲基礎，主在塡虧補虛，餘三者爲初級到高級的修煉法。

　　煉精化炁爲初關，又稱「小周天功法」，步驟爲築基、調藥、產藥、採藥、封固、煉藥、沖關、養丹、驗證等程序。在入靜之後，意守下丹田，通過一定呼吸法，至一定時間，便產生眞炁，由下丹田起，經逆任脈而上，至上丹田，再由督脈回下丹田，形成完整的回流過程。打通小周天，便覺全身經脈舒暢輕鬆，各個器官發揮功效，而眞炁能

頁 195～261。張志堅：《道教神仙與內丹學》（北京：宗教文化出版社，2003 年 11 月），頁 197～202。詹可窗：《道教文化十五講》（台北：五南圖書出版公司，2005 年 12 月），頁 69～75。張廣保：《唐宋內丹道教》（上海：上海文化出版社，2001 年 1 月），頁 116～157。林金泉：《數術學專題研討講義》（國立成功大學中文所在職專班，2004 年 9 月），頁 8。

治療各器官的病症，進而使人長命百歲。氣丹結成後有各種徵兆，如「陽光三現」，在子時到來之前，眼前出現陽光；小周天火候結束時，出現第二次陽光；第三次則於大周天出現。

煉炁化神爲中關，又稱「大周天功法」，在經過小周天階段的煅煉後，已經完成煉精化氣，將精氣煉成一炁，便可進入煉炁化神。其法主要在將小周天所煉成的炁再與心神結合，二合一達到煉炁化神的階段。當小周天陽光二現結束後，含光靜養，凝神守氣穴，當陽光三現後，便是採藥好時機；此後接行七日採藥，七日之中，呼吸之火自然內動，任其流動莫加阻攔，只須凝神入定，專用目光日夜觀照中丹田，大藥自然產出，此時體內眼、耳、鼻、舌、身、意等六根震動，尤其在下丹田與兩腎最爲明顯。大藥產生後先從中丹田起，再入下丹田，再向上流動，經背後督脈，入頭頂上丹田，再沿任脈下流入中丹田，周流不息。除任督二脈外，大藥亦會流向其它經絡，此刻三關九竅全部開通，再經一段時間的入定靜修，便可煉盡全身陰氣，使體內陽氣充沛，陽神一出，大周天之丹即告完成。達到此境界，不僅延年益壽，人體還會出現神通，如預知未來，感知他人內心想法等特異功能。大周天一般約須十個月方可煉成，故又稱爲「十月關」。

煉神還虛爲最上關功法，煉神還虛後便復歸無極，便可達到道家追求的萬象通明、與天地合一、宇宙共存的天仙世界。將大周天所產生的陽神遷入上丹田，再通過三年面壁，六年溫養的煉神還虛之術，將有之神煉到無之虛，便能使陽神從天門出，即靈魂出竅，而成不死神仙。在此階段共須煅煉九年，故又稱爲九年關。〔註105〕

〔註105〕詳見詹可窗：〈金丹派南宗之成立及其詩詞論要〉，陳永源編：《道教與文化學術研討會論文吉》（台北：國立歷史博物館，2001 年 2 月），頁 15～20。張廣保：《唐宋內丹道教》（上海：上海文化出版社，2001 年 1 月），頁 344～351。詹可窗：《道教文化十五講》（台北：五南圖書出版公司，2005 年 12 月），頁 240～257。張志堅：《道教神仙與內丹學》（北京：宗教文化出版社，2003 年 11 月），頁 191～197。劉精誠：《中國道教史》（台北：文津出版社，1993 年 7 月），

　　內丹術重性命雙修，利用四階段的修煉，通過守虛、守靜等方法，抑制後天識神，使人無思無慮，將元神與腎中元氣相互文融，修煉眞炁而成內丹，便可由人超脫爲仙。理論上，是利用自古即有的吸息吐納之術，將人體的精氣神合而爲一；但實際的修煉須配以陰陽五行之法，如煉丹火候須配以易理象數，更要懂得人體各個經絡組織，方能傳輸眞氣〔註 106〕，修煉成丹。整個過程與各種徵兆極爲抽象複雜，並非只靠文字便能領悟，因此做爲傳授內丹之法的內丹詞也極爲艱澀難懂。

四、背離日常語言的內丹詞

　　內丹詞旨在傳授內丹術，以實用爲目的，故不能以文學的角度來看待。其詞之所以令人難以理解，在於多用象徵、譬喻的手法及不同於一般日常生活的語言〔註 107〕，形成特有的意義，因此不能以一般的語法來解析。內丹詞的術語常常沿用外丹術語，但實際上又與外丹完全不同，兩者術語雖同，意義卻南轅北轍。如煉精化炁的小周天九項步驟便多爲外丹術語，其中調藥的「藥」是指精、氣、神三寶，而非眞正的藥物礦石等。而煉藥所須要的鼎爐，是指下丹田爲爐，中丹田爲小鼎，上丹田爲大鼎，而非實際的煉藥所需的鼎爐。又其煉藥的火候是指呼吸吐納，而非製丹時火力的大小。因此內丹詞中雖有屬於外丹的術語，但不能以一般日常的認知做解讀，必須對應內丹功法方能找到眞正的意義。

　　　　頁 206～207。葛兆光：《道教與中國文化》（台北：台灣東華書局，1989 年 12 月），頁 110～118。林金泉：《數術學專題研討講義》（國立成功大學中文所在職專班，2004 年 9 月），頁 1～7。

〔註 106〕詳見林金泉：《數術學專題研討講義》（國立成功大學中文所在職專班，2004 年 9 月），頁 3。

〔註 107〕王水照編《宋代文學通論》（高雄：復文圖書出版社，2000 年 6 月）稱：「內丹派以文學樣式宣傳內丹要論，基本上是沿：從棄日常語言的語言功能，用象徵、借喻的非理性語碼，建構陌生化的意指系統。」（頁 383）

因修煉過程主在煉氣，氣爲抽象之物，不易見也不易理解，便運用象徵、譬喻等方法，但在同樣事物上，各家卻有不同的用詞，造成詞意紛亂，多詞一意。如內丹詞中常用「水、坎、月、鉛、虎、玉兔、神君」等，指元精元氣，有時又統以元精來稱呼；又以「火、離、日、汞、龍、金烏、姹女」等，指元神。鼎爐則有「丹田、玄牝、谷神、玄關一竅、元竅、乾坤鼎器、神室、偃月爐、土宮」等稱呼，火候則有武火、文火、沐浴、羊車、鹿車、牛車等詞語，形成喻事時常有多種不同的說法，因而造成解析內丹詞的困擾〔註 108〕。因此在解析內丹詞時，不能但就字面辭意爲主，而須深入瞭解字後所代表的意義爲何。

在抽象的煉丹過程中，爲輔助說明煉丹的過程，便以日常事物爲喻，但其意與所指之事截然不同。因此內丹詞在語法上有時偏離一般語言的性質，甚至超乎一般的邏輯範圍，如果用一般認知的意義去解析內丹詞，勢必曲解其意，無法真正瞭解其真諦。例如常以男女之事以喻煉丹之法。北宋・紫陽道人張伯端〈西江月〉詞云：

> 相吞相陷卻相親。始覺男兒有孕。
>
> 更假丁公煅煉，夫妻始結歡情。〔註 109〕

從古至今，男兒不可能受孕懷胎，此「男」非指男性，而是代表「陽」；「孕」非指懷孕，而是代表「結丹」，意指經修煉之後已得真氣。而「夫妻始結歡情」，則爲陰陽調和之喻，非指夫妻交合之事〔註 110〕。因此內丹詞的語法不同於一般辭彙，不能按照一般日常語法解之，不然將完全扭曲其意涵。

內丹詞屬於具有特別用法的詞作，如不能回歸其原來面貌，殊難

〔註 108〕 詳見林金泉：《數術學專題研討講義》（國立成功大學中文所在職專班，2004 年 9 月），頁 1～3。

〔註 109〕 唐圭璋編：《全宋詞》（台北：文光出版社，1983 年 10 月），頁 191。

〔註 110〕 王水照編《宋代文學通論》（高雄：復文圖書出版社，2000 年 6 月），頁 382。史雙元：《宋詞與佛道思想》，《中國佛教學術論典》第五十七冊（高雄：佛光山文教基金會，2001 年），頁 67。

理解其真義。《全宋詞》中收錄南宋‧陳楠內丹詞〈望江南〉八闋，只憑此八闋詞很難理解其意。究其詞源於〈九轉金丹祕訣〉，出於《修真十書雜著捷徑》卷十七〈翠虛篇〉，詞云：

九轉金丹祕訣

一轉降丹　二轉交媾　三轉養陽　四轉養陰　五轉換骨

六轉換肉　七轉換五藏六府　八轉育火　九轉飛昇

第一轉　舌下四竅　兩竅通心　兩竅通□

一轉之功似寶珠，山河宇宙透靈軀。紅蓮葉下藏丹穴，赤水流通九候珠。

〈望江南〉　閉舌下竅，通膽氣。

黃中寶，須向膽中求。春氣令人生萬物，乾坤膝下與吾儔。百脈自通流。　施造化，左右火雙抽。浩浩騰騰光宇宙，苦煙煙上靄環樓。夫婦漸相謀。

第二轉

二轉陽成始結陰，腎光心液合丁壬。神珠奔電歸東海，時迸靈光照紫金。

〈望江南〉

玄珠降，丹窟在中宮。九候息調重九數，赤波或進太陽東。心腎遂交通。　逢六變，重六息陰功。火自海門朝帝坐，水從蓮蕚佐丁公。紫電透玲瓏。

第三轉

三轉行陽入左宮，玄珠貽色見鮮紅。神明育火分形象，天籟時催造化功。

〈望江南〉

毛髮薄，三轉運行陽。胎色漸紅陰漸縮，推移歲運助陽剛。育火養中央。　成物象，五轉辨微茫。出入尚遲形上小，晨昏時飲玉壺漿。天籟奏笙簧。

第四轉　閉陽戶之氣　鼻天竅，口地竅

四轉行陰入右關，聖胎靈運發朱顏。圓光滿室神無礙，鼓樂嬉遊去復還。

〈望江南〉

丹已返，四轉運行陰。逢六閉藏陽戶氣，三關全透合丁壬。
龜遊任浮沉。　時出入，無礙貫他心。遊戲神通常出面，
圓光周匝繞千尋。寒暑不相侵。

第五轉

五轉陰陽造化成，嬰兒盈尺弄陽精。寐遊四海癗知所，去
住無爲信步行。

〈望江南〉

珠自右，紫電入丹城。內養嬰兒成赤象，時逢五轉採陽精。
火自水中生。　燒鬼嶽，紫電起崢嶸。隨意嬉遊寰海內，
寐如砂磧臥長鯨。時序與偕行。

第六轉　日有五色三年，月有九芒一年。

六轉丹田弄月華，變胎魂魄影潛賒。陽砂換骨陰消肉，換
盡眞如玉不瑕。

〈望江南〉

日精滿，陰魄化無形。每遇月圓開地戶，神龜時飲碧瑤精。
清潔復如冰。　陽砂赤，陰粉色微青。粉換肉兮砂換骨，
凡胎換盡聖胎靈。飛舉似流星。

第七轉

七轉身飛四體輕，靈光閉息滿丹城。千朝卻粒生成火，坤
戶施張浴海鯨。

〈望江南〉

形透日，七轉任飛騰。幽靜深巖圖宴坐，息無來往氣堅凝。
卻粒著甚能。　生成火，返本氣澄清。九候浴時開地戶，
月中取火日求冰。五內換重新。

第八轉

八轉還原地帶垂，周行胎息養嬰兒。有時火發燒丹窟，深
入寒泉弄赤龜。

〈望江南〉

內外變，八轉始還元。地帶長垂主坎戶，周行胎息貫天門。

太始道方存。　　純一體，赤黑氣常噴。丹火發時燒內景，
冷泉湧處浴猴孫。神水赤龜吞。

第九轉　功行畢

九轉逍遙道果全，三千功行做神仙。金書玉簡宣皇詔，足
躡祥雲謁九天。〔註111〕

全篇首列總綱，指出此為修煉內丹九個層級，再層層分述修煉功法。
形式上先以一首七言詩，再接一闋〈望江南〉詞，另附有口訣；詩詞
之後已有註解用來解說詩詞之含義，口訣則在說明修煉的方法。第九
轉在說明丹成功就，奪胎換骨，列為仙班，長生不老，因此只有詩而
無詞，故共有九首詩八闋詞。解析時須詩詞互注，方知其義。

　　第一轉降丹。說明內丹之功起於一成於九，一為萬物之所生，
九為陽數之極，故起於一成於九。「黃中」為天生真氣，內丹術本在
求得真氣，故稱「黃中寶」，其氣藏於膽，因而有苦味。「夫婦漸相
謀」，非指夫妻交合之事，而是陰陽相合丹始克成；夫為陽、妻為
陰，漸相謀為陰陽大和，心火腎水交媾而丹成。煉丹須從築基起，先
調養飲食，使五臟不可飢不可飽，心田安靜始可入道。當一轉成，口
中覺味苦，此為陰陽調和丹降之兆，真氣一生，百脈流通，萬竅施張，
於是感覺身體漸大，精神騰騰，一轉丹降之後可消除百病，不受疾病
之苦厄。〔註112〕

　　第二轉交媾。乃指心腎交媾已成丹，如人懷胎兩月，胎初降為真
陽，須配以陰，以求陰陽和諧。「玄珠」真丹也。「重九數」為丹成之
後，遇九日須閉息，九候為一次，共須九九八十一次故為重九。「太
陽東」為腎水，煉丹之法在將心火之陽合以腎水之陰。「重六息陰功」

〔註111〕　胡道靜、陳蓮笙、陳耀庭輯：《道藏要籍選刊三・九轉金丹祕訣》（上
　　　　　海：上海古籍出版社，1989 年 6 月），頁 361～368。唐圭璋編：《全
　　　　　宋詞》（台北：文光出版社，1983 年 10 月），頁 2313～2314。

〔註112〕　此八闋的解析皆依胡道靜、陳蓮笙、陳耀庭輯：《道藏要籍選刊三・
　　　　　九轉金丹祕訣》（上海：上海古籍出版社，1989 年 6 月）解釋為主，
　　　　　以下皆同，不再另行註解。

指逢六則閉息，須六六三十六次。「海門」爲丹田，爲藏丹之處。「帝坐」指心，「蓮萼」指舌，「丁公」爲心火。丹降之後，逢九須靜坐虛室，盤足瞑目閉息，閉息吐吶九次便覺體內一次比一次熱，至九次時心中溫熱，四神和暢，心神搖動，一道熱氣注入丹田，便是二轉功成，此後便可不行九息之數。

第三轉養陽。指丹成三轉之功，便入丹田，因左陽右陰，故丹流於左肋，四體流汗，此後因陽氣足而使涕、唾皆爲粉紅色，左脅下丹光如火輪。每遇月盡，以左手摩頂入息，激動丹火，丹田漸覺有物，此時丹動，猶如與天地和而有激撼之聲，名爲天籟。三轉之後九竅聽明，晝夜常聞天籟之聲。「胎」爲內丹，「出入尙達形尙小」，指此時胎形尙小，如三、四寸小兒，陽氣雖足，但未育陰，故有魂未有魄，其形不明。聖胎成像後，坐息之間面露光彩，七竅則聞仙樂聲。

第四轉養陰。四轉之後丹入右脅，以應內陰之數，自此陰陽俱足，聖胎魂魄皆就，正坐閉息，體內神光從頂門而出，如一輪明月籠罩全身，神出遊於方外，坐於室內可見四海而知吉凶。「逢六閉藏陽戶氣」，指在三、六之夜，須閉定鼻息，使陽氣充塞五臟，因人之鼻爲天竅，鼻出之氣爲陽，人之口爲地竅，口出之氣爲陰，故閉鼻息，以陽養陰。「三關全透合丁壬。龜游任浮沉」，指心氣下降，腎氣上騰，心火腎水交合，丹在右脅，隨氣升降。「丁」爲火之陰，「壬」爲水之陽，合丁壬即謂陰陽交合。「龜」指丹，四轉之時則在體內任意流動，如龜於水中任意浮沉。「寒暑不相侵」爲四轉功成內丹光罩全身，至此寒暑不侵，並可與他人心相通而知人善惡。

第五轉換骨。五轉之後，內外陰陽之數已足，造化之功已成，養就聖胎，其身軀已長尺餘，自此每逢九之午時則採日精以養外陽，日精納入丹田結爲陽砂，丹砂內結再入於骨髓隨汗消化，稱爲陽砂換骨。五轉眞陽全魂化爲神，內丹成就，神與身合，故能無憂無慮，並離生死。「珠自右，紫電入丹城。內養嬰兒成赤象」，意爲陰陽數足，

丹自右脇如一道眞火飛入丹田中。「珠」爲內丹，「赤象」爲採日精所成之砂，因屬陽而爲赤色。「火自水中生」，是因爲丹成之後，採日月之精以養丹，以水求火，以陰求陽，水火既濟，陰陽大和，故火自水中生。「燒鬼嶽，紫電起峥嶸」，爲全身純陽之氣與丹田下的陰氣相配，眞火入丹田，其聲如鼻，其光如火。「鬼嶽」是丹田下所積之陰氣，「紫電」指眞火。「寐如砂磧臥長鯨」，指睡時眞神出身，自觀形體如長鯨臥於砂磧。「時序與偕行」爲內丹造化成功，與天地合德，日月合明，內丹造化已成，便可與時偕行。

第六轉換肉。五轉採日精，六轉則採月華，每遇月圓之夜，採其華以積其陰，將所採月華納於丹田，結爲陰粉，一年之後，陰粉內化於內，以養仙肌，其兆爲大小便時有血隨尿出，此乃陰消凡肉，仙肌自生之象。六轉眞陰全魄化爲氣，魂魄內外全，與日全陽合而爲一，仙肌生，形無影，而成鬼神不可見、陰陽不可測的神仙眞人。「陰魄化無形」爲六轉採月華，眞陰全魄化爲氣。「神龜時飲碧瑤精。清潔復如冰」，指十五月圓之時，運北方腎水交南方心火，內外水火濟而成陰粉，以育內丹，其所採月華納於神水之府，月華潔如玉冰，其龜飲之。「神龜」爲腎水中龜也，因陰粉生於北極之中，而北爲玄武，故其象爲龜，其色青。「凡胎換盡聖胎靈。飛舉似流星」，指六轉換凡形而成仙質，體可上昇九霄，如星雲之快。

第七轉換五臟六腑。六轉之後，凡體化爲仙體，內丹造就神骸，因而體輕，故能飛舉。丹成七轉，閉息千朝，使陰陽大和，千日數足，則神氣合會五臟，丹光明徹六腑，眞光燭開於五內，自此腸胃充實，不著煙火氣，不納煙火食，飢食仙果，渴飲瓊漿。當修煉閉息而遇丹火旺盛時，則於三、九之日，入於水中，運丹從坤戶出，呼吸弄水，以制其火，復運丹歸回丹穴。「息無來往氣堅凝。卻粒著甚能」，爲閉鼻息以絕呼吸之氣，沖和凝定之後便能不食塵世之物，以證逍遙之道。「生成火，返本氣澄清。九候浴時開地戶，月中取火日求冰」，指神火內發，而無食念，而達返本、還元、抱一、守靜的狀態，因返本

氣而澄清。閉氣千日之中，如遇神火五臟發熱，則逢三、九日入水中，運丹出，呼吸水以制火盛，使丹澄澈。「開地戶」指丹光明如火輪，從地戶出。「月中取火」指陽光從地戶陰穴而出，月爲陰之象，戶爲陰之竅。「日求水」指神水從舌竅陽穴而出，日爲陽之象，舌爲陽之竅。

第八轉育火。八轉之後，內煉眞火而無熱毒之患。其旨在歸返本始之道，如回嬰兒在母體之狀；嬰兒藉由臍帶行胎息之氣而無損，眞人藉由地帶行同天之氣而長生。當遇發火時即口銜地帶並閉息九日，便有眞水至丹田出，水火相合，自此以後眞火無毒，亦無丹熱之患。「地帶長垂主坎戶」，地帶爲臍下之帶，貫於口中，因其生於臍中，屬北方坎卦，故稱坎戶。「純一體」指內丹純陽毫無陰氣。「赤黑氣常噴」，爲鼻中所出之神火氣；「赤黑」神火之氣。「冷泉湧處浴猴孫」，指丹火之患，運神水以制，「猴孫」指丹。「神水赤龜吞」，指丹浮於水中，如龜吞水之狀，「赤龜」爲火神。

第九轉飛昇。內丹之法已成，成就道果，飛天列爲仙班。前八轉爲詩詞並列模式，第九轉只有詩而無詞，從結構上分析，詩的目的在於解說每一功法的意義，詞則在說明實際修煉的步驗。修煉八轉內丹之功已成，九轉只在說明丹就道成便可羽化成仙，故無修煉步驟，因此只有詩而無詞。

內丹詞因與日常生活語言不同，自成一種語系。此八闋〈望江南〉以「夫婦相謀」喻陰陽相合，心火腎水交媾。以「聖胎」喻內丹，整個修煉過程就如胎兒的成長，用詞完全異於日常之詞。又以「海門」爲腎；「帝坐」爲心；「蓮萼」爲舌；「鬼嶽」爲陰氣；「魄」爲眞陰，已跳脫一般語言的意涵，故不能從其表面字義解說其辭。另一方面因象徵或譬喻過於複雜，又常以易理象數爲象徵，如以「九、丁、日，北、火、赤」爲陽，以「六、壬、月、南、水、黑」爲陰，在解析時不以易理象數之學爲輔則無法知其義。又譬喻時常有多詞一義，八闋詞中做爲「內丹」喻詞的有「玄珠、胎、龜、嬰兒、猴

孫」，在同一篇煉丹法中，對同一件事物卻有不同的譬喻，更增加解析時的困難。

　　因內丹詞自有其特殊的語法，所以造成解讀的困難，因此內丹詞便於詞體中自成一系，少有人專注於此。但從另一個角度看，如不以探求內丹功法爲目的，而從欣賞角度爲出發點，則內丹詞另有一種意趣，因其語言的難澀，又不合於一般的邏輯，於是擴大文字的想像空間，讓思緒隨著千變萬化的詞意到處悠遊，「浩浩騰騰光宇宙，苦煙煙上靄環樓」、「火自海門朝帝坐，水從蓮葶佐丁公」、「遊戲神通常出面，圓光周匝繞千尋」、「燒鬼嶽，紫電起崢嶸」、「隨意嬉遊寰海內，寐如砂磧臥長鯨」、「每遇月圓開地戶，神龜時飲碧瑤精」、「九候浴時開地戶，月中取火日求冰」、「純一體，赤黑氣常噴」等句都充滿想像空間，悠遊其中另有一番興味，自成一種趣味。

　　〈憶江南〉運用於道家內丹詞，蓋因通俗之故。由此可知此調一直盛行於唐宋市井之中，隨著時間的變遷，其實用性也隨之不斷擴大，至宋已廣爲佛道所用，造成此現象的主因在於其本身的結構特色就有助於傳唱。另一方面也因流傳之故而能保有原來的面貌，一直延續其生命而未被時間所淘汰，從此節更可證明實用性有助於詞調生命的延續不輟。

　　唐宋詞調的流傳有兩項要素，一是實用性，一是文人化。詞體初現之時即於實用爲導向，實用性越高，流傳層面越廣，流傳時間越久，因而不被時空淘汰。所以實用性是詞體發展的基石，也是延續其生命的重要關鍵，故討論唐宋詞不能忽略其實用價值。〈憶江南〉從數量上分析，唐宋文人填寫〈憶江南〉約有 265 闋，在全部唐宋詞中並非數量最多的詞調，卻能不斷流傳甚至未受時間影響而保有原來的形貌，主要原因在於其結構適於傳唱，因此能於市井中廣爲流傳，進而不斷擴大其實用範圍。《兵要望江南》便是用於行軍占卜，約有七百闋左右，遠遠超過唐宋文人所填數量。此外，也用於宣揚佛道思想，並且隨著詞體發展轉而用於壽詞，就目的而言，實用性詞作顯然多過

文學性詞作。在傳唱方面，無論是文人、歌妓、道士、僧侶到市井小民，皆唱此調，可見此調深受大眾的喜愛，因而被廣泛運用到其它用途。同時可以證明詞調流傳與實用性有密切關係，詞若離開了實用性，將缺乏推展的原動力，探討唐宋詞史如果摒除實用性，也將無法獲得全面的認知〔註113〕。總之，〈憶江南〉能流傳於唐宋，便可看出實用性對詞體的發展具有舉足輕重的影響力。

〔註113〕沈勤松：《唐宋詞社會文化學研究》（杭州：浙江大學出版社，2000年1月）稱：「詞賴以生成和繁衍的內動力，正是這種實用功能。因此，不妨說，若離開這一點來談論唐宋詞學，則猶如無源之水、無本之木，成了無根之談，至少是不全面，不徹底的。」（頁278）

第七章　蘊含文人興味的〈憶江南〉

　　實用性爲詞體開展的動力，文人化則是詞體成形的關鍵，兩者缺一不可，同爲詞體發展的重要因素。詞源自地方民歌，本不在文學之列，後經文人格律化以成體制，經雅化而入文學範疇，因此文人化爲詞體發展的轉捩點；從此宴樂遣興之詞一躍而成吟詠風物之作，於是詞體乃朝向實用詞與文人詞兩條不同路徑發展（詳見第二章第二節）。

　　唐宋〈憶江南〉總共有 265 闋（不含《兵要望江南》），其中有49 闋屬於宗教修行，8 闋爲敦煌詞，14 闋爲壽詞，眞正屬於文人詞只有 194 闋，在唐宋詞中佔極少數，卻能歷經唐宋不改其形式，自有其存在價值。《憶江南》在各種詞選集中被選錄的詞作雖然不多，但唐五代已有以抒發內心悲愁的感人佳作。至兩宋雖塡製此調的比例更少，卻可由此瞭解詞調性質對詞體發展的影響。

第一節　唐五代作品

　　唐五代以小令爲主，齊言與雜言並存，因爲開創初期尚在萌芽階段，中唐詞家便以詩入詞，故寫詩與塡詞並無多大差別。清・況周頤《蕙風詞話》卷二云：

　　　　唐賢爲詞，往往麗而不流，與其詩不甚遠。〔註1〕

〔註1〕唐圭璋編：《詞話叢編》（台北：新文豐出版社，1988 年 2 月），頁

　　唐人初塡詞仍舊沿用寫詩的手法，故詞詩相去不遠。雖是如此，詩詞之間依然有所區別：詞由宴樂娛賓而發，主在配樂以歌，受外在因素影響，而流於抒情一途，所謂「詩言志，詞緣情」是也。詞重於情。因此有眞性情者方爲好詞。清・沈祥龍《論詞隨筆》云：

　　　　詞之言情，貴得其眞。〔註2〕

清・沈謙《塡詞雜說》云：

　　　　詞不在大小深淺，貴于移情。〔註3〕

此言旨在強調詞的主要表現在情而非文辭，尤重眞性情；有眞情方爲好詞，因此塡詞首重「意」。清・蔣兆蘭《詞說》云：

　　　　塡詞之法首在鍊意，命意既精，副以妙筆，自成佳構。……
　　　　次曰布局。……。次曰鍊句。……次曰鍊字。……情生文，
　　　　文生情，此詞之能事畢矣。〔註4〕

又清・沈祥龍《論詞隨筆》云：

　　　　詞當意餘於辭，不可辭餘於意。〔註5〕

可見塡詞時須情溢乎辭，以意爲根基，再以文辭修飾其外，故情生文於先，而文的作用在於表現內心之情意，故當意餘於辭。

　　〈杜秋娘〉爲〈憶江南〉最早出現的別稱，爲李德裕悼念其妾杜秋娘而作（詳見第二章第二節）。今雖僅存調名不見其詞，但從唐詞調多詠本題來看，因爲悼念之作，故內容應寫悲情愁緒，由此奠下唐五代〈憶江南〉皆爲悲愁之基調。

一、傷春感懷

　　〈憶江南〉雖非唐宋詞中留存數量最多的詞作，卻在詞史中佔有一席之地，因劉、白兩人以此調相互酬唱，正式宣告詞體進入文人詞

　　　　4423。
〔註2〕唐圭璋編：《詞話叢編》（台北：新文豐出版社，1988 年 2 月），頁
　　　　4053。
〔註3〕同註2，頁 629。
〔註4〕同註2，頁 4635。
〔註5〕同註2，頁 4053。

階段，又因劉禹錫注云：「和樂天春詞，依〈憶江南〉曲拍爲句」點
明詞爲依聲塡詞的性質，與寫詩手法全然不同，清楚區分詩詞不同
處。因此探討唐宋詞不能忽略此五闋詞。劉、白兩人的〈憶江南〉不
僅僅爲詞史發展的重要標記，其內容與形式也可說是詞中上選之作。
白居易〈憶江南〉詞云：

> 江南好，風景舊曾諳。日出江花紅勝火，春來江水綠如藍。
> 能不憶江南。
>
> 江南憶，最憶是杭州。山寺月中尋桂子，郡亭枕上看潮頭。
> 何日更重游。
>
> 江南憶，其次憶吳宮。吳酒一杯春竹葉，吳娃雙舞醉芙蓉。
> 早晚復相逢。〔註6〕

白居易（772～847），字樂天，太原（今山西）人，晚年居洛陽，自
號醉吟先生，又稱香山居士。貞元十四年（789）登進士，元和十年
（815）因黨爭之禍貶爲江州司馬，穆宗長慶二年（822）任杭州刺
史，敬宗寶曆元年（825）三月任蘇州刺史，次年秋因眼疾免郡事，
回洛陽，此時已五十五歲。武宗時以刑部尚書致仕。三闋〈憶江南〉
寫於開成三年（838），此時白居易已六十七歲〔註7〕，爲歷經滄桑的
老者。

　蘇、杭爲白居易難以忘懷之地，年少時就曾漫遊江南風光〔註8〕，
後因黨爭貶謫江州，再任蘇、杭刺史。但兩次江南行在心境上應是截
然不同，少時所見景色秀麗、人物風流的蘇杭水鄉，與已入暮年什途
多舛所見到的蘇杭，應有景物依舊人事全非之慨。同樣的江南水鄉卻

〔註6〕張璋、黃畬編：《全唐五代詞》（台北：文史哲出版，1186年10月），
　　　頁121～122。

〔註7〕唐圭璋主編：《唐宋詞鑑賞辭典》（台北：新地文學出版社，1991年
　　　4月），頁36。閔宗述、劉紀華、耿湘元選注：《歷代詞選注》（台北：
　　　里仁書局，1993年9月），頁9。高建中：《唐宋詞》（廣州：廣東人
　　　民出版社，2001年9月），頁28。

〔註8〕唐圭璋主編：《唐宋詞鑑賞辭典》（台北：新地文學出版社，1991年
　　　4月），頁36。

見證白居易人生不同的際遇。因對江南念念不忘,於是回到洛陽後便寫下不少懷念舊遊江南的詩作,六十七歲再寫下此三闋〈憶江南〉,足證蘇、杭爲白居易難以忘懷的地方。

首闋寫春景。起首便讚頌「江南好」,因其好故不能不憶,帶出題旨。又接「舊曾諳」點出如此的美景是以往親身的經歷,此等秀麗山水從昔至今一直烙印在心海中。「日出江花紅勝火,春來江水綠如藍」補敘前兩句,言江南美景,從暖暖春陽點亮江邊盛開的春花,一片嫣紅如火。再寫春水,一江綠波粼粼映紅花,點染江南無限春色,想不憶江南也難,故以「能不憶江南」做結,眷念中帶有幾許傷感,可說景麗情悲。所以會有此心境,實因白居易已經歷官場的失意,起浮不定的人生也將到盡頭,惆悵之情溢於言表,嘆春日雖佳,但已時不予我;既傷春景難再,也嘆自我人生。

第二闋承上而發。將回憶的焦點縮小,言最憶是江南杭州。再將焦點繼續縮小,集中於「山寺月中尋桂子,郡亭枕上看潮頭」一點上,除了點出時間爲秋季外,也掌握杭州秋景的獨特處;因杭州秋光美景莫過於天竺、隱靈二寺的桂花與中秋錢塘潮〔註9〕。仙人種桂不可得,但錢塘江潮的壯闊宏偉如何能令人遺忘呢?一想到此又引發內心悲情,因不知舊地重遊又待何時,因而有「何日更重游」之嘆:悲杭州秋景難再,也悲自身的人生際遇。

第三闋也是承上而發。將焦點轉至蘇州,回憶的內容也從風景轉爲人事。蘇州除了有綺麗山水景色外,更爲煙花繁盛之地,那紅袖招手,一解騷人墨客心中點點愁。酒肆歌樓中,士人與歌妓間的風流韻事猶如昔日吳宮中有英雄與美人的故事,昔吳王夫差爲寵美人西施而建「館娃宮」〔註10〕,今日文士爲美人而填新詞,宴樂中美人歌舞的倩影猶如西施風華再現,無論是誰都想醉臥溫柔鄉,因此急切地想要

〔註 9〕唐圭璋主編:《唐宋詞鑑賞辭典》(台北:新地文學出版社,1991 年 4 月),頁 38～39。

〔註10〕同註9,頁 40。

「早晚復相逢」，但相逢之日遙遙不可期，到頭來只是徒增愁緒罷了。三闋詞將今、昔；洛陽、蘇杭；時間、空間交錯聯寫。起首便以「憶」帶出「愁」，愁景色難再遇，也愁一生的歲月，充滿化不開的濃濃愁緒。

　　形式上為聯章詞，各闋首尾相互呼應，脈絡貫通，形成有機的聯章體，但每闋仍可單獨成詞，此種藝術形式具有高度的寫作技巧〔註11〕。另一方面除了看出詞外在形式已跳脫詩的句式，也可看出白居易填詞與寫詩已為不同路徑。樂天於中唐詩壇提出「新樂府運動」，強調「文章合為時而著，歌詩合為事而發」，言詩的功用在於諷諭論社會，反映民生疾苦，針砭時弊而作。其詩重教化作用，但其詞卻不然，除〈憶江南〉外，也有屬於閨情的〈長相思〉〔註12〕，以及抒情極濃的〈花非花〉〔註13〕，足見白居易已將寫詩與填詞視為不同的體製，詩詞已分途而進。因此從文學性與詞史的發展角度論之，此三闋詞都極具價值。

　　劉禹錫與白居易交遊甚密，文壇並稱「劉白」。兩人回到洛陽時便常以詩詞互相唱和，白居易寫下三闋〈憶江南〉，劉禹錫便和以同調兩闋詞：

> 春去也，多謝洛城人。弱柳從風疑舉袂，叢蘭裛露似霑巾。
> 獨坐亦含嚬。
>
> 春去也，共惜豔陽年。猶有桃花流水上，無辭竹葉醉尊前。
> 惟待見青天。〔註14〕

〔註11〕同註9，頁41。

〔註12〕詞云：「汴水流。泗水流。流到瓜洲古渡頭。吳山點點愁。思悠悠。恨悠悠。恨到歸時方始休。月明人倚樓。」「深畫眉。淺畫眉。蟬鬢鬅鬙雲滿衣。陽臺行雨回。巫山高，巫山低。暮雨瀟瀟郎不歸。空房獨守時。」張璋、黃畬編：《全唐五代詞》（台北：文史哲出版，1186年10月），頁134。

〔註13〕詞云：「花非花，霧非霧。夜半來，天明去。來如春夢不多時，去似朝雲無覓處。」同註12（頁119）。

〔註14〕張璋、黃畬編：《全唐五代詞》（台北：文史哲出版，1186年10月），

劉禹錫（772～842），字夢得，洛陽（今河南）人。貞元九年（793）進士。因參與政治改革，曾謫官朗州、連州、夔州、和州等地，計有二十二年之久。晚年以太子賓客分司東都。此詞於開成三年（838）爲和白氏之詞而作，此時劉禹錫年六十七，已屆暮年。〔註15〕

　　兩闋詞雖爲和白居易詞而作，但內容爲感嘆洛陽春光消逝而興惆悵之情，與白氏憶江南春光不同。首闋起句便爲春天代言，感謝洛陽惜春之人，雖言「多謝」實嘆「春去也」，一語道破內心傷春之情。三、四句承首句，以擬人手法，將弱柳與叢蘭化爲纖纖少女，正舉袂垂淚與春天道再見，將傷春之情更向前推展。末句轉爲實寫，季春時節女子含顰獨坐，深鎖的雙眉正爲春光消逝而悲嘆不已，「獨」字更見悲愁之感。整闋詞緊扣傷春的主題，將愁緒一層一層地向深處延伸，呈現纏綿深長無盡之苦。

　　第二闋言惜春之情。一、二句言春已去，唯有珍惜難得的美好時光，莫讓春光空蹉跎。三、四句追憶萬紫千紅的春光美景中，飲酒宴樂，在浪漫春光中增添無限歡樂，此情此景令人難以忘懷。但面對即將消逝的春日，如何不使人心傷，以「惟待見青天」做結，正說明內心對春天殷切的期盼。

　　兩闋詞雖言傷春，實爲對自己人生的悲嘆。劉禹錫司東都洛陽已歷經官場的失意，在長期貶居生活後，人生也將走到終點，對於年少時的理想抱負如何能忘懷，因此才對已逝春光有如此深刻的感慨，而有「共惜豔陽年」之嘆。兩闋詞除了有深深的傷春愁緒外，用辭方面也開闢出與詩不同的語言特色。清·況周頤《蕙風詞話》卷二云：

　　　　唐賢爲詞，往往麗而不流，與其詩不甚遠。劉夢得〈憶江
　　　　南〉云：「春去也，多謝洛城人。弱柳從風疑舉袂，叢蘭裛

頁97～98。

〔註15〕唐圭璋主編：《唐宋詞鑑賞辭典》（台北：新地文學出版社，1991 年4 月），頁32。閔宗述、劉紀華、耿湘元選注：《歷代詞選注》（台北：里仁書局，1993 年9 月），頁12。高建中：《唐宋詞》（廣州：廣東人民出版社，2001 年9 月），頁22。

露似霓巾。獨坐亦含嚬。」流麗之筆，下開北宋子野、少
游一派。唯其出自唐音，故能流而不靡。所謂風流高格調，
其在斯乎。〔註16〕

唐人初塡詞與寫詩無異，寫詩重意象，塡詞除了意象外，也重文意的
流暢，劉禹錫〈憶江南〉已有詞的語言形式，擺脫詩的束縛，更開啓
北宋張先一派，漸漸建立詞的語言特色，使詞得以在文學領域中獨立
發展。此兩闋詞不僅在詞史中標記詞體的特殊性質外，在文學領域上
也具有重要的引導作用，其價值實不容忽視。

　　傷春爲唐宋詞中表現人生感情的原型〔註17〕。劉、白五闋〈憶
江南〉正爲傷春之詞的前奏。《詩經》、《楚辭》中便有以「傷春」來
表現人生的悲嘆〔註18〕。主要利用映襯手法，形成一種矛盾的落差，
以寄心中無限悲痛的情傷。因春爲一年之首，又爲萬物萌發的季節，
眼目所觸一片欣欣向榮、姹紫嫣紅的春光美景卻引發內心自省，春景
有人賞，而自身卻悲苦難當，兩相對照下，更能烘托悲苦之情，所謂
「以樂景寫哀，倍增其哀」是也。此五闋詞即以傷春而嘆心中悲愁，
尤其劉禹錫首闋〈憶江南〉是從女子角度寫傷春之情，內容雖不是閨
情之作，卻已有唐宋詞中常見佳人傷春的基型。而白居易第二闋〈憶
江南〉是藉杭州秋景抒發心中感觸，也已有唐宋詞中士人傷秋的基
型。因此劉、白二人的〈憶江南〉無論在形式、用辭、情感等方面都
可說是詞體的先驅者，開啓後代文人詞的發展。

二、花間閨情

　　文人詞漸興於中唐，勃發於晚唐，無論在形式、內容與數量上均
超越中唐，故詞體眞正成熟爲晚唐五代。唐宋詞雖然有不同風格的詞

〔註16〕唐圭璋編：《詞話叢編》（台北：新文豐出版社，1988 年 2 月），頁
　　　　4423。
〔註17〕鄧喬彬：《唐宋詞美學》（濟南：齊魯書社出版，1993 年 12 月）云：
　　　　「其實，傷春傷別並非杜牧所『唯有』，而是在唐宋詞中一以貫之，
　　　　成爲唐宋詞表現人生感情的原型。」（頁 41）
〔註18〕詳見註 17，頁 42～47。

派，但宋人大都奉《花間集》爲鼻祖，塡詞以《花間》爲宗，論詞以《花間》爲準，將婉麗綺靡的詞風視爲詞體傳統風格。而《花間集》有近五百類意象，除極少數外，大都爲營造閨閣氛圍與情戀場景兩種互爲關聯的意象〔註19〕，故一部《花間集》實已奠定詞爲「艷情」的發展方向。

　　晚唐五代〈憶江南〉仍與中唐劉、白二人詞作一樣，續以悲情愁緒爲基調，但描寫方向已有變化，除皇甫松承繼樂天用此調詠本題外，也有溫庭筠以此調寫閨情。皇甫松於《花間集》中存有二十二闋詞，其內容與數量看都不及溫庭筠，但所作兩闋〈憶江南〉卻深獲王國維的高度讚賞。《人間詞話》附錄云：

　　（皇甫松）詞，黃叔暘稱其〈摘得新〉二首爲有達觀之見。

　　余謂不若〈憶江南〉二闋，情味深長，在樂天、夢得上也。

　　〔註20〕

王氏將皇甫松兩闋〈憶江南〉置於劉、白二人之上，可見此詞必有獨到處，其詞云：

　　蘭燭落，屏上暗紅蕉。閑夢江南梅熟日，夜船吹笛雨瀟瀟。

　　人語驛邊橋。

　　樓上寢，殘月下簾旌。夢見秣陵惆悵事，桃花柳絮滿江城。

　　雙鬢坐吹笙。〔註21〕

皇甫松，字子奇，自號檀欒子，睦州新安（今浙江淳安）人，生卒年不詳，爲工部侍郎皇甫湜的兒子，宰相牛僧儒的外甥〔註22〕。兩闋〈憶江南〉皆藉由夢境抒發內心愁緒：首闋分兩個層次描寫，前二句寫夜

〔註19〕沈松勤：《唐宋詞社會文化學研究》（杭州：浙江大學出版社，2000年1月），頁126～127。

〔註20〕施議對譯注：《人間詞話譯注》（台北：貫雅文化事業公司，1991年5月），頁344。

〔註21〕張璋、黃畬編：《全唐五代詞》（台北：文史哲出版社，1186年10月），頁180。

〔註22〕唐圭璋主編：《唐宋詞鑑賞辭典》（台北：新地文學出版社，1991年4月），頁44。高建中：《唐宋詞》（廣州：廣東人民出版社，2001年9月），頁29。

深人靜之景，後三句轉寫夢境。當夜闌燈殘，四周一片昏暗，獨自一人也在朦朧中進入夢鄉。「閑夢江南梅熟日」點出所寫為夢境之事，地點為江南，時間為夏初黃梅成熟時。緊接夜船、雨、驛橋三景，在幽暗的夜晚時分又遇梅雨紛飛，此刻月光應被煙雨所遮，視線所及當是一片朦朧景象。除了兩眼所見一片濛濛不明的景色外，兩耳亦聽到笛聲、雨聲、人語聲，此時雨聲籠罩大地，笛聲又隨船泊搖晃飄忽不定，驛橋邊的人聲為竊竊私語，雖有三種聲響，也應是斷斷續續模糊不清，因此在視覺及聽覺上皆營造出朦朧不明的效果；再加上又為夢境所見，更添一分朦朧之美。煙雨濛濛的夢境中，那種幽暗不明的情境更能烘托出淒迷、柔婉的情感，全詞之美就在於朦朧中那一份溫柔深情。〔註23〕

　　第二闋寫法與首闋相同，亦言夢中所見之事，但為夢醒時追憶夢中之景〔註24〕。從「夢見秣陵惆悵事」一句推斷，所夢為江南美景，何來惆悵之感呢？應為夢醒時所引發內心的感觸吧，故第二闋所寫為夢醒時〔註25〕。一、二句點出所處之境，孤獨一人寢於高樓，再加上殘月斜掛，正寫出作者孤獨淒涼的寫照，「殘」字不僅寫月也寫自己。第三句則清楚指出所夢為南京。四、五句言夢中事，前言景後言事。一片春光明媚、桃紅柳綠的江南美景中，正欣賞垂鬟女子吹笙，笙樂飄送動人心弦，此女子應貌美藝高，方能令人魂牽夢縈，念念不忘，佳景配佳人如何令人忘懷呢？但現實裡良辰美景不再，佳人也難再相逢，唯藉夢中能相遇，因此將內心的愁苦寄托於夢境中，以期能解深深思念之情。

　　兩闋詞雖為景語，但景物中寄託作者思念情意，因對昔日眷念極深，今日又無法再相見，便藉由夢境撫慰滿腔相思愁緒，雖為景語實則情語也，無怪乎王國維認為此兩闋詞凌駕劉、白兩人之詞。〈憶江

〔註23〕唐圭璋主編：《唐宋詞鑑賞辭典》（上海：上海辭書出版社，1988 年4 月），頁36。
〔註24〕同註23，頁37。
〔註25〕同註23，頁38。

南〉也因此詞而有〈夢江南〉、〈夢江口〉之別稱。

　　唐五代詞中影響詞體發展最深莫過於溫庭筠，被譽爲「花間鼻祖」，將詞朝向「自南朝之宮體，扇北里之倡風」的艷情路線，由此開拓詞體獨特的風格〔註26〕。溫庭筠擅長寫閨情，將婦女的容貌、服飾、情態描寫地栩栩如生，十五闋〈菩薩蠻〉〔註27〕爲其代表作。以溫麗纏綿、深婉不迫的作風，刻畫女子孤獨淒涼的哀怨柔情，形成「謝娘心曲」的花間範式；五代西蜀花間詞人皆循此範式〔註28〕，奠定詞爲艷情的特色。清・陳廷焯《詞壇叢話》云：

　　　飛卿詞，風流秀曼，實爲五代兩宋導其先路。後人好爲艷
　　　詞，那有飛卿風格。〔註29〕

溫庭筠開創五代兩宋的艷詞風格，其「風流秀曼」風格是後人所不及，因此飛卿詞雖言艷情，卻非靡靡之音，自有其高調風格。其詞風大多如〈菩薩蠻〉般的密麗，但兩闋〈憶江南〉卻爲疏淡，爲溫詞中所少見〔註30〕。其詞云：

　　　千萬恨，恨極在天涯。山月不知心裡事，水風空落眼前花。
　　　搖曳碧雲斜。

　　　梳洗罷，獨倚望江樓。過盡千帆皆不是，斜暉脈脈水悠悠。
　　　腸斷白蘋洲。〔註31〕

〔註26〕劉尊明：《唐宋詞綜論》（北京：中國社會科學出版社，2004 年 12月），頁 223。楊海明：《唐宋詞史》（天津：天津古籍出版社，1998年 12 月），頁 68。趙文潤：《隋唐文化史》（西安：陝西大學出版社，1992 年 9 月），頁 233。

〔註27〕詳見張璋、黃畬編：《全唐五代詞》（台北：文史哲出版，1186 年 10月），頁 194～205。

〔註28〕詳見王兆鵬：《宋南渡詞人群體研究》（台北：文津出版社，1992 年3 月），頁 161～165。沈松勤：《唐宋詞社會文化學研究》（杭州：浙江大學出版社，2000 年 1 月），頁 134～139。

〔註29〕唐圭璋編：《詞話叢編》（台北：新文豐出版社，1988 年 2 月），頁3719。

〔註30〕唐圭璋：《唐宋詞鑑賞辭典》（台北：新地文學出版社，1991 年 4月），頁 49。

〔註31〕張璋、黃畬編：《全唐五代詞》（台北：文史哲出版，1186 年 10 月），

溫庭筠（812～870？），字飛卿，太原祁（今山西祁縣）人。因恃才傲踞，生活浪漫，故爲當政者所斥，終身潦倒。詩壇上與李商隱並稱「溫李」〔註32〕。其詩詞風格全然不同，現存詞六十九闋，全無直抒自我人生體驗，表現自我人格精神，幾乎皆爲女性代言，表現出孤獨、壓抑的女性形象，以此種形式表現自己一生的遭遇〔註33〕。飛卿詞一改以往直言傷春悲秋、人生苦短的惜時感慨，而以美人遲暮秋怨，曲折委婉道出內心悲愁苦情〔註34〕。故其情大都以悲情爲主，兩闋〈憶江南〉亦是如此。

　　首闋起句便點出題旨——恨，其恨不僅多且無盡，一直延伸到天涯。後三句則寫所恨之事。三、四句將抽象恨轉爲具體描寫。「山月不知心裡事」，欲將心中千萬愁緒對山月訴分明，但山月卻不解風情，因而更添心頭之恨。另一方面，爲何只能將憂愁苦楚訴於山月知，應是無人可訴吧，方出此策；因從日出起便想一吐怨愁，但無人可訴，只好一直等待，到了月出時分仍含恨無人可說，此刻唯有明月相伴，故只能向月傾吐，將心中無限恨意推向更高一層。「水風空落眼前花」，眼前隨風飄落的落花正如自己一般，怎不令人心痛。山月、落花皆爲內心千萬恨，此恨無止盡，在心中低迴不已。不知不覺轉眼又到日暮，「搖曳碧雲斜」寫出一天之中無論日出、黃昏、夜晚現都是滿懷愁恨，呼應一、二句，將心中之恨一層層推展出來。

　　第二闋亦屬閨怨。首兩句短短八個字，生動寫出思婦的形象與動態。「罷」點出婦人爲了等待思慕之人的歸來而盡心打扮。「獨倚望江樓」則爲動態的描寫，「獨」生動刻畫出思婦孤寂之感獨，一人倚樓眺望，將孤單的身影與內心殷切期盼一並寫出，雖只有短短八字，卻

　　　　頁234。

〔註32〕同註30，頁46。

〔註33〕王兆鵬：《宋南渡詞人群體研究》（台北：文津出版社，1992年3月），頁162～163。

〔註34〕楊海明：《唐宋詞與人生》（石家莊：河北人民出版社，2002年5月），頁37。

能充分寫出思婦淒涼形象與內心愁苦。「過盡千帆皆不是」形成情感跌宕,「過盡千帆」,江中航行船隻繁多,應有思念之人的歸船,將一切希望寄托於往來舟船上,到頭來卻是「皆不是」,將原本充滿希望的心緒跌進痛苦絕望中,更顯無窮無盡的悲苦惆悵。「斜暉脈脈水悠」,以景寄情,「斜暉」寫出等待時間之久,從清晨便梳妝打扮,獨倚江樓望至夕陽殘照,一天將盡仍不得見歸人身影,此時餘暉與流水正如心中無限悲愁,希望能將此情傳送給所思之人。「腸斷白蘋洲」說出等待一日換來的結果只是「腸斷」,一天的企盼徒留悲愁罷了,望著昔日與君分手處〔註35〕,搖曳的白蘋花與離離芳草怎不令人斷腸。兩闋詞婉轉表現出思婦內心的千般無奈,雖不及〈菩薩蠻〉的濃妝艷抹,但淡掃蛾眉也別有一番滋味,故飛卿「風流秀曼」的風格爲後人所不及。

《花間集》中〈憶江南〉無論爲承劉、白兩人風格的皇甫松,或是改走閨情路線的溫庭筠,儘管描寫的角度不同,但內容皆爲抒發愁苦之情,仍不離悲愁的基調。

三、亡國悲苦

晚唐五代詞有兩個重要派別,一爲西蜀溫庭筠爲代表的藻麗風格。一爲起於韋莊;成於南唐後主李煜的清疏風格〔註36〕。西蜀與南唐成爲五代時期兩個重要創作群體。在內容方面,南唐・馮延巳雖承溫庭筠花間風格,卻將詞的內質由女性轉向士大夫,開拓南唐詞風的流派風格〔註37〕,而李煜詞則將詞朝向個體化、自我化的方向發

〔註35〕唐圭璋主編:《唐宋詞鑑賞辭典》(上海:上海辭書出版社,1988年4月)稱:「而『白蘋州』所以成爲她腸斷之處,其原因作者亦未説明,參之唐・趙徵明〈思婦〉詩『猶疑望可見,日日上高樓。惟見分手處,白蘋滿芳州』則白蘋州自是當日分攜之處。」(頁63)
〔註36〕劉輯熙:〈詞的演變和派別〉,趙爲民、程郁綴選:《詞學論薈》(台北:五南圖書出版公司,1989年7月),頁216~219。
〔註37〕詳見王兆鵬:《宋南渡詞人群體研究》(台北:文津出版社,1992年3月),頁168~169。木齋:《唐宋詞流變》(北京:京華出版社,1997

展。〔註38〕

馮延巳現存詞作 112 闋，爲唐五代詞人之冠〔註39〕。其詞風特色爲在花間基礎上加入士人自身的文化涵養，將文人詞導向士大夫階層，開展北宋詞風。王國維《人間詞話》云：

> 馮正中詞雖不失五代風格，而堂廡特大，開北宋一代風氣。
> 與中後二主皆在《花間》範圍之外，宜《花間集》中不登
> 其隻字也。〔註40〕

南唐因地處揚州，有獨特文化環境，再加上行將亡國的政治形勢，使南唐詞人有異於花間一派風格。雖然馮延巳也如西蜀群臣一般，將詞作爲娛賓遣興的工具，但在內容中已帶有憂患意識，呈現國將滅亡的徬徨與感傷，開展出新的詞風，進而影響北宋詞壇〔註41〕。他所填的兩闋〈憶江南〉雖不及〈謁金門〉（風乍起，吹縐一池春水）有名〔註42〕，但其體異於一般的〈憶江南〉，在唐宋詞中也僅見此兩闋而已，而《御定詞譜》卻將其列爲別體（見第三章第五節），足見此詞有其價值。其詞云：

> 去歲迎春樓上月，正是西窗，夜涼時節。玉人貪睡墜釵雲，
> 粉消香薄見天眞。　　　人非風月長依舊，破鏡塵箏，一夢
> 經年瘦。今宵簾幕颺花陰，空餘枕淚獨傷心。

年 11 月），頁 58～59。楊海明：《唐宋詞史》（高雄：復文圖書出版社，1996 年 2 月），頁 144～145。劉揚忠：《唐宋詞流派史》（福州：福建人民出版社 1999 年 2 月），頁 104～113。

〔註38〕王兆鵬：《宋南渡詞人群體研究》（台北：文津出版社，1992 年 3 月），頁 169。

〔註39〕劉尊明：《唐宋詞綜論》（北京：中國社會科學出版社，2004 年 12 月），頁 235。

〔註40〕施議對譯注：《人間詞詞話譯注》（台北：貫雅文化事業公司，1991 年 5 月），頁 62。

〔註41〕詳見葉嘉瑩：《唐宋詞十七講》（台北：桂冠圖書公司，1992 年 4 月），頁 143～146。鄧喬彬：《唐宋詞美學》（濟南：齊魯書社，1993 年 12 月），頁 20。

〔註42〕詳見張璋、黃畬編：《全唐五代詞》（台北：文史哲出版社，1186 年 10 月），頁 392。

> 今日相逢花未發，正是去年，別離時節。東風吹第有花開，
> 恁時須約卻重來。　　重來不怕花堪折，祇怕明年，花發
> 人離別。別離若向百花時，東風彈淚有誰知。〔註43〕

兩闋詞爲今昔對照的寫法。首闋寫過去的時間。上片憶起去年離別時節，看見枕邊卸妝貪睡的美人露出天眞容顏，那種不加裝飾的自然美貌，令人愛慕不已。下片則在抒發內心的傷感，人事難抵無情歲月的摧折，一想到與佳人分離，不禁令人「空餘枕淚獨傷心」，呈現悠悠的離別愁緒。

　　第二闋寫現在的時間。上片寫今日相逢之時正是去年離別時節，雖春已到但花未開，花開有定時，只要春風一來百花齊放，年年如此，錯過今年花開時節就要等待明春再來賞花。下片則爲抒情，擔心今日相逢，但明年花開之時又是遇離別時刻，如眞是如此，那花開美景只是更添離愁罷了，心中的愁苦有誰能知。苦待一年的重逢應是充滿歡樂，但一想到聚散無常，不禁又爲下次的離別感到憂傷。無論離別或是重逢都是悲傷的開始，詞中帶有幾許的悲苦與無奈。

　　馮延巳已不若花間詞派純爲女性代言，而是重在感情的意境，此兩闋詞雖脫離不了五代閨情的範疇，但從過去、現在、未來一份綿長摯著的深情，帶有深深的沉鬱，正是馮延巳寫詞常見的口吻〔註44〕。因身爲南唐宰相之故，自然將學問與懷抱跟國家關係結合起來〔註45〕，因此將內心強烈的恐懼與憂愁藉閨怨的形式表現出來。

　　李煜爲南唐最重要的詞家，其詞承韋莊，走清疏一路，特別是亡國之後的作品，意境上已超脫唐五代小巧柔媚的詞風。可說是結束晚唐五代的舊詞派，開啓宋代新詞派的樞紐人物；其詞氣象博大、風格

〔註43〕張璋、黃畬編：《全唐五代詞》（台北：文史哲出版社，1186年10月），頁425～426。
〔註44〕葉嘉瑩：《唐宋詞十七講》（台北：桂冠圖書公司，1992年4月）稱：「馮延巳寫詞的口吻，總是盤旋沉鬱。就是說，他對於感情的執，是拋不棄的。」（頁141）
〔註45〕同註44，頁145。

雄渾，高過《花間》諸人，也明顯高過南唐詞家，可說是唐五代最重
要的詞家〔註46〕。王國維《人間詞話》云：

> 詞至後主而眼界始大，感慨遂深，遂變伶工之詞而為士大
> 夫之詞。〔註47〕

李後主因亡國之痛，故其詞感慨遂深，一改五代柔靡閨情。其四闋〈憶
江南〉也為亡國之痛，其詞云：

> 多少恨，昨夜夢魂中。還似舊時遊上苑，車如流水馬如龍。
> 花月正春風。
> 多少淚，斷臉復橫頤。心事莫將和淚說，鳳笙休向淚時吹。
> 腸斷更無疑。〔註48〕

> 閒夢遠，南國正芳春。船上管絃江面綠，滿城飛絮輥輕塵。
> 忙殺看花人。
> 閒夢遠，南國正清秋。千里江山寒色遠，蘆花深處泊孤舟。
> 笛在月明樓。〔註49〕

李煜（937～978），字重光，初名從嘉，號鍾隱，南唐中主第六子，
徐州（今江蘇徐州）人，在位十五年，初即位時尊宋以求苟安。宋太
祖開寶八年（975），宋軍攻破金陵，後主出降被俘汴京，後被太宗賜
死〔註50〕。四闋詞皆為聯章詞，為亡國被俘入宋後所填。首闋起首二
句便直書心中之恨，恨由何來，從後三句來看應非所夢之事，因夢中
之境正是朝思暮想，魂牽夢縈的故國江南美景，何來有恨；但夢境與

〔註46〕詳見木齋：《唐宋詞流變》（北京：京華出版社，1997 年 11 月），頁
　　　60～65。劉揚忠：《唐宋詞流派史》（福州：福建人民出版社 1999 年
　　　2 月），頁 126～127。王兆鵬：《宋南渡詞人群體研究》（台北：文津
　　　出版社，1992 年 3 月），頁 169。

〔註47〕施議對注譯：《人間詞詞話譯注》（台北：三民書局，1994 年 3 月），
　　　頁 31。

〔註48〕張璋、黃畬編：《全唐五代詞》（台北：文史哲出版，1186 年 10 月），
　　　頁 456～457。

〔註49〕同註48，頁 459。

〔註50〕唐圭璋：《唐宋詞鑑賞辭典》（台北：新地文學出版社，1991 年 4
　　　月），頁 116。

今日身爲階下囚的處境，兩相對照之下，悔恨油然而生。再則夢中美景難留，當破曉時分，美夢難再續，念念不忘的故國江南風光也隨之消散無踪，重回現實世界如何令人不恨呢？因此夢醒時更添許多恨。後三句寫所夢之境，「還似」一辭連接現實世界與虛幻夢境，夢見舊時所居上苑，一片車水馬龍繁華無比。其春暖花開，花好月圓正爲最佳的江南風光。故國神遊，景色依舊在，此夢本當解憂不應增恨，只是好夢難再，故國難見，由此可見其心中悲苦萬分。以麗景寫愁，更顯其愁。

第二闋則將亡國之痛向前遞進。開頭二句直寫因心中愁恨而淚流滿面。第三句則將悲苦再向前推，落淚已見其苦，此刻再言心事不是苦上加苦，因此「心事莫將和淚說」。接著「鳳笙休向淚時吹」，再將悲苦往前推進。心中悲苦已無法解脫，再傳來管弦樂章，怎不令人悲更悲。末句則爲結語，因愁恨層層堆疊，必定腸斷，因此「腸斷更無疑」。本闋詞僅爲五句，卻有三個「淚」字，而第二句亦寫淚流之狀，卻不見呆滯，蓋因後主塡詞從心靈奔瀉湧流而來，非刻意思索安排〔註51〕，以直抒手法自寫襟抱，不以事寄託，此爲後主詞最大特色〔註52〕，足見其詞之高妙。

三、四闋又稱爲〈望江梅〉，有人認爲此兩闋應合爲一闋，但從其韻腳及其描寫手法分析，應爲兩闋聯章詞〔註53〕。內容上亦爲利用夢境抒發亡國哀思。第三闋言夢見故國春景。一、二句點出所夢的季節，緊接二句以寫春景，春來江南美景如畫，綠水輕波，點點畫舫，船上悠悠絃歌不輟，隨著畫舫欣賞一城春色，江邊紅梅吐艷，一片春意盎然，令心神也隨之盪漾，如此佳景令人留戀不已，因此「忙殺看

〔註51〕葉嘉瑩：《唐宋詞十七講》（台北：桂冠圖書，1992 年 4 月），頁211。

〔註52〕謝世涯：《南唐李後主詞研究》（上海：學林出版社，1994 年 4 月），頁77。

〔註53〕唐圭璋主編：《唐宋詞鑑賞辭典》（上海：上海辭書出版社，1988 年4 月），頁135。

花人」。詞面雖寫昔日故國美景，但與今日相較，昔日乘船遊江看盡繁華，今日淪爲階囚只能閒夢，以昔襯今，以麗襯悲，更顯內心憂苦之情。

第四闋則寫故國秋景。一、二句點出所夢季節。三、四句續寫江南秋光。雖現處之地與故國有千里之遙，卻不因此而阻斷心中的思念，「千里」寫出內心思念之深，「寒色暮」則道出內心之悲，因夢中故國正是一片蕭瑟的秋涼餘暉，如同走入人生末路一般，一見此景怎不令人心傷。「蘆花深處泊孤舟」正爲亡國之君的寫照，覆巢之下焉有完卵，只能仰人鼻息，「泊孤舟」正寫出自身孤獨無靠，幽禁汴京的恐懼不安。在此種處境下何能盡所欲言，滿腔愁怨只能深埋心底，正如孤舟泊於白茫茫蘆花深處。

兩闋詞寫江南春秋美景。春秋時節景色宜人，正是出外踏青的好季節，士人常登高賦詩，以抒心志。但唐宋詞中春秋兩季卻成爲士人傷春與悲秋的季節病，因詞人常以壓抑的心理去描寫春秋兩季，再加上詞體的長短句型十分適於抒發委婉之情，於是有「佳人傷春」、「士人悲秋」的主題出現，因此唐宋詞中春秋兩季常帶有悲傷的色澤〔註54〕。李煜非以「佳人傷春」的手法寫愁，而是直書內心的傷春與悲秋，一用春景反襯，一用秋景正襯，將亡國之君的無比愁苦用比興手法表現出來。

四闋詞都是利用今昔對照，現實與夢境並列，以襯李煜亡國之痛，因在現實環境中無法暢所欲言，只能壓抑濃濃思鄉憶國的愁緒，欲見故國，唯藉夢中方能一抒心中鬱抑之情。四闋〈憶江南〉寫出李煜亡國的無奈與悲苦，但用辭方卻是樸素自然。清·周濟《介存齋論詞雜著》云：

> 毛嫱西施，天下美婦人也。嚴妝佳；淡妝亦佳；粗服亂頭，
> 不掩國色。飛卿，嚴妝也；端己，淡妝也；后主則粗服亂

〔註54〕詳見楊海明：《唐宋詞主題探索》（高雄：麗文化事業公司，1995年10月），頁79～90。

頭。〔註55〕

李煜詞風不似溫、馮兩人刻意鋪陳，而以發自內心樸實無華的辭語，表達心靈誠摯的傷痛，以其獨抒內心，具有強烈個性的語言特色而啓人心扉，動人心弦。

〈憶江南〉從中唐劉、白兩人以江南美景寄託人生不平際遇，建立此調悲愁的基形。到晚唐五代，有皇甫松與溫庭筠以此調寫閨情。南唐馮延巳、李煜更以此調寫出憂國、亡國之痛，因此〈憶江南〉於唐五代多詠本題，也都離不開悲苦的基調。

第二節　兩宋作品

晚唐起〈憶江南〉便盛行於市井間。至宋仍是如此，無論酒樓歌妓，或是僧侶道士都高唱此調，更有將此調用做行軍占卜歌訣與道家內丹修煉法，但在兩宋文人詞〈憶江南〉卻數量不多。從數量上分析：全宋詞共其有 21055 闋〔註56〕，其中〈憶江南〉有 114 闋，只占 0.5% 而已，再從宋詞大家前十名來看〔註57〕，其中辛棄疾、姜夔、秦觀、柳永、李清照、晏幾道等六人皆未填製此調。其中佔宋詞數量最多的辛棄疾共存有 629 闋詞〔註58〕，或因一心北歸之故，因而不填此調。就算有填此調者，其數量亦是寥寥可數：蘇軾 2 闋，周邦彥 2 闋，歐陽修 3 闋，吳文英 4 闋（其中 1 闋爲異體），總共只有 11 闋而已，與

〔註55〕唐圭璋編：《詞話叢編》（台北：新文豐出版社，1988 年 2 月），頁 1633。

〔註56〕劉尊明：《唐宋詞綜論》（北京：中國社會科學出版社，2004 年 12 月），頁 234。

〔註57〕註 56 稱：「其中堪稱『大家』和『名家』的詞人排名前三十位的是：辛棄疾、蘇軾、周邦彥、姜夔、秦觀、柳永、歐陽修、吳文英、李清照、晏幾道、……。」（頁 235）。

〔註58〕鄧廣銘箋注：《稼軒詞編年箋注（增訂本）‧略論辛稼軒及其詞》（台北：華正書局，1989 年 3 月）稱：「辛稼軒一生所寫作的歌詞，爲數很多，……共還有六百二十多首，在現存兩宋詞人的作品當中，是數量最多的一家。」（頁 12）。王兆鵬：《唐宋詞史論》（北京：人民文學出版社，2000 年 1 月），頁 105。

其作品相較，可說是微不足道。再從詞調上分析，宋詞共有 881 調，存詞超過一百闋的共有 48 調，其中小令 34 調，佔 70%。雖然宋詞從柳永起長調慢詞漸興，但小令仍爲宋人慣用的詞調〔註 59〕，而兩宋〈憶江南〉卻只有 114 闋而已，顯然不是宋人使用頻繁的詞調，自然不屬宋詞的主流詞調。雖是如此，〈憶江南〉並未被兩宋詞壇遺忘，仍隨著宋詞的發展不斷演進，它的內容也可涵蓋宋詞各種題材，而以詠物詞數量最多，茲分述如下。

一、詠物詞

　　兩宋社會享樂之風盛行，因而成爲宋代社會特色之一〔註 60〕。文人置身在此風氣下，填製不少描寫歡度佳節與酒席歌舞的艷情詞作。除追求物質享受外，也追求復雅之風，尤以南宋爲盛。影響所及，兩宋詞壇於是引發「雅玩」的文化心理及生活情趣；除物質外，也重視充實精神生活，不僅遊玩於山林野外，欣賞名山大川之美，更可神馳於賞花品茗，領略花草蟲鳥之韻致，於是出現大量賞花、看柳、品茶、觀月、踏雪、尋梅的詠物詞〔註 61〕。從作者分析：兩宋詞作家共有 1347 位，填製詠物詞的有 440 位，佔 32.7%，也就是說，約三之一的詞家曾寫此題材。再從數量上分析：兩宋詠物詞共有 3157 闋〔註 62〕（含《梅苑》所錄諸詞），佔全宋詞 15%，故詠物詞在兩宋佔有極大的份量。

　　兩宋以〈憶江南〉爲詠物詞的數量也不少，共有 102 闋，佔兩宋〈憶江南〉的 89.5%（共 114 闋），形成此調多用於詠物的原因，此與其結構特色有關：因句式爲三、五、七、七、五，首句三言常用於

〔註59〕王兆鵬：《唐宋詞史論》（北京：人民文學出版社，2000 年 1 月），頁 107。

〔註60〕楊海明：《唐宋詞與人生》（石家莊市：河北人民出版社，2002 年 5 月），頁 169。

〔註61〕詳見註 60，頁 224～249。

〔註62〕詳見路成文：《宋代詠物詞史論》（北京：商務印書館，2005 年 12 月），頁 44～47。

點題，餘五、七言則爲詩體句式，二句七言更爲律詩格律，對士人而言是相當熟悉的形式（詳見第四章）。又爲民間常用的詞調，於是在應歌、應社或雅玩時，以此調詠物最爲便捷。另一方面〈憶江南〉從唐代起便用於詠物〔註63〕：托名隋煬帝楊廣八闋〈望江南〉（湖上月）、（湖上柳）、（湖上雪）、（湖上草）、（湖上花）、（湖上女）、（湖上酒）、（湖上水）便以組詞形式分題詠物（詳見第二章），故此調可說是詞體中最早出現的詠物詞。可見兩宋以此調詠物，乃是極自然之事。在內容方面，兩宋〈憶江南〉詠物詞以詠地方景物最多，共有 56 闋，其次爲詠江南風光，計有 14 闋，此兩者不僅數量多，也最具有特色，故以此爲探討重點。

（一）詠江南風光

　　兩宋以〈憶江南〉詠江南風光的作品，最早起於爲張先的〈江南柳〉，其詞云：

> 隋堤遠，波急路塵輕。今古柳橋多送別，見人分袂亦愁生。
> 何況自關情。　　斜照後，新月上西城。城上樓高重倚望，
> 願身能似月亭亭。千里伴君行。〔註64〕

張先（990～1078），字子野，烏程（今浙江吳興）人。與柳詠齊名，擅長小令，其詞含蓄工巧，情韻濃鬱，有《張子野詞》，存詞一百八十多首〔註65〕。此闋以景抒情，延用傳統意象，以「柳」爲送別象徵。因此闋之故，〈憶江南〉又稱爲〈江南柳〉（詳見第二章）。

　　歐陽修則有三闋詠江南詞，曾引發爭議。其詞云：

> 江南蝶，斜日一雙雙。身似何郎全傅粉，心如韓壽愛偷香。
> 天賦與輕狂。　　微雨後，薄翅膩煙光。纏伴遊蜂來小院，

〔註63〕路成文：《宋代詠物詞史論》（北京：商務印書館，2005 年 12 月）稱：「以組詞詠物出現得也很早，唐代無名氏托名楊廣撰〈望江南〉八首。」（頁 41）

〔註64〕唐圭璋編：《全宋詞》（台北：文光出版社，1983 年 10 月），頁 60。

〔註65〕唐圭璋：《唐宋詞鑑賞辭典》（台北：新地文學出版社，1991 年 4月），頁 243。

又隨飛絮過東牆。長是爲花忙。

江南柳，花柳兩相柔。花片落時黏酒盞，柳條低處拂人頭。
各自是風流。　　江南月，如鏡復如鈎。似鏡不侵紅粉面，
似鈎不掛畫簾頭。長是照離愁。

江南柳，葉小未成陰。人爲絲輕那忍拆，鶯嫌枝嫩不勝吟。
留著待春深。　　十四五，閒抱琵琶尋。階上簸錢階下走，
恁時相見早留心。何況到如今。〔註66〕

歐陽修（1107～1072），號醉翁，晚號六一居士，廬陵（今永豐縣沙
溪）人。其詞主要寫戀情遊宴、傷春怨別，表現出深婉而清麗的風格。
詞集有《六一詞》、《近體樂府》、《醉翁琴趣外編》等〔註67〕。（江南
蝶）上片爲狀寫蝶形，用「身似何郎全傅粉，心如韓壽愛偷香」引用
《世說》的典故，以何晏、韓壽描寫蝴蝶外形與心態。何晏面白，魏
明帝疑其敷粉，以此喻蝶美麗的外形。再以韓壽偷香之典喻蝴蝶採
蜜，用典生動貼切〔註68〕。「天賦與輕狂」，則有總結上片，開啓下片
之效，何、韓兩人天生美男子，帶有輕狂個性。下片寫蝴蝶鎭日翩翩
飛舞爲採蜜而忙，正呼應「輕狂」二字。整闋詞雖爲詠蝶，但以典喻
蝶，狀物中帶有風流才子與美麗佳人的故事，可謂詠物詞之佳作。兩
闋（江南柳）則遜色許多。（江南柳，花柳兩相柔）上片寫柳，仍於
詠物中帶有閨情。花、柳各具韻味，各能引人目光。下片轉爲詠月，
先詠其形，最後以「長是照離愁」轉爲抒情，亦爲詠物當中帶有艷情。
最後一闋（江南柳，葉小未成陰）則因其辭猥弱引發爭議。

　　三闋詞中（江南蝶）爲歐陽修詞作並無異議，但兩闋（江南柳）
則有人認爲非其所作，尤其（江南柳，葉小未成陰）一闋認爲是歐陽

〔註66〕唐圭璋編：《全宋詞》（台北：文光出版社，1983 年 10 月），頁 158。

〔註67〕唐圭璋：《唐宋詞鑑賞辭典》（台北：新地文學出版社，1991 年 4
　　　　月），頁 288。

〔註68〕唐圭璋：《唐宋詞鑑賞辭典》（台北：新地文學出版社，1991 年 4
　　　　月），頁 294。蔡茂雄：《六一詞校注》（台北：文津出版社，1978 年
　　　　11 月），頁 26。

修遭人誣陷的僞作〔註69〕。清·沈翔鳳《樂府餘論》云：

> 《詞苑》曰：「王銍默記，載歐陽〈望江南雙調〉云：『南柳，葉小未成陰。人爲絲輕那忍拆，鶯嫌枝嫩不勝吟。留著待春深。　十四五，閒抱琵琶尋。階上簸錢階下走，恁時相見早留心。何況到如今。』初奸黨誣公盜甥，公上表自白云：『喪厥夫而無託，攜孤女以來歸。張氏此時年方十歲。』錢穆父素恨公，笑曰：『此正學簸錢時也。』歐知貢舉，下第舉人，復作〈醉蓬萊〉譏之。按公此詞，出錢氏私志，蓋錢世昭因公正代史中，多毀吳越，故醜詆之。其詞之猥弱，必非公作，不足信也。」按此詞極佳，當別有寄託，蓋以嘗爲人口實，故編集去之。然緣情綺靡之作，必欲附會穢事，則凡在詞人，皆無全行，正不必爲歐公辯也。〔註70〕

因（江南柳）用辭猥弱，不似歐公之語，因而認爲此詞非其所作也。然北宋以來士人作詩塡詞皆採不同的口吻，即便同一題材也採不同的態度〔註71〕，不能以其詩衡量其詞。另一方面詠物詞常有艷情。沈義父《樂府指迷》云：

> 作詞與詩不同，縱是花卉之類，亦須略用情意，或要入閨房之意。然多流於淫艷之語，當自斟酌。如直詠花卉，而不著些艷語，又不似詞家體例，所以難爲。〔註72〕

詞緣情而作，詠物詞如不帶閨情則失去詞體特色，但如何掌握其要而不流於淫艷，則看詞家寫作技巧，因此宋詠物詞帶有閨情爲自然之事，故歐陽修詠物詞與其詩風不同亦爲必然。再從歐陽修詞風分析：歐陽修承繼南唐幽約婉雅詞風，其詞作大都爲酒筵歌席間娛賓而

〔註69〕詳見蔡茂雄：《六一詞校注》（台北：文津出版社，1978 年 11 月），頁 26。

〔註70〕唐圭璋編：《詞話叢編》（台北：新文豐出版社，1988 年 2 月），頁 2496。

〔註71〕懷玖：〈論詞的特性和詩詞分界〉，趙爲民、程郁綴選：《詞學論薈》（台北：五南圖書出版公司，1989 年 7 月），頁 289。

〔註72〕同註 70，頁 281。

作，自然不同於爲詩爲文時的莊嚴持重〔註73〕。故此三闋詞於詠物中帶有艷情，與歐陽修詩文的風格不同是十分正常的。就如沈翔鳳所言：「然緣情綺靡之作，必欲附會穢事，則凡在詞人，皆無全行，正不必爲歐公辯也。」是知兩闋詞的眞僞並非爲重點，重點在於所表現的詞體美感。

以〈憶江南〉詠江南風光最多者爲王琪，共有十闋。其詞云：

江南柳，煙穗拂人輕。愁黛空長描不似，舞腰雖瘦學難成。天意與風情。　攀折處，離恨幾時平。已縱柔條縈客棹，更飛狂絮撲旗亭。三月亂鶯聲。

江南酒，何處味偏濃。醉臥春風深巷裏，曉尋香旆小橋東。竹葉滿金鍾。　檀板醉，人面粉生紅。青杏黃梅朱閣上，鱠魚苦筍玉盤中。酩酊任愁攻。

江南燕，輕颺繡簾風。二月池塘新社過，六朝宮殿舊巢空。頡頏恣西東。　王謝宅，曾入綺堂中。煙徑掠花飛遠遠，曉窗驚夢語匆匆。偏占杏園紅。

江南竹，清潤絕纖埃。深徑欲留雙鳳宿，後庭偏映小桃開。風月影徘徊。　寒玉瘦，霜霰信相催。粉淚空流妝點在，羊車曾傍翠枝來。龍笛莫輕裁。

江南草，如種復如描。深映落花鶯舌亂，綠迷南浦客魂銷。日日鬥青袍。　風欲轉，柔態不勝嬌。遠翠天涯經夜雨，冷痕沙上帶昏潮。誰夢與蘭苕。

江南雨，風送滿長川。碧瓦煙昏沈柳岸，紅綃香潤入梅天。飄灑正瀟然。　朝與暮，長在楚峰前。寒夜愁敧金帶枕，暮江深閉木蘭船。煙浪遠相連。

江南水，江路轉平沙。雨霽高煙收素練，風晴細浪吐寒花。迢遞送星槎。　名利客，飄泊未還家。西塞山前漁唱遠，

〔註73〕詳見王兆鵬：《宋南渡詞人群體研究》（台北：文津出版社，1992年3月），頁174～177。王水照編《宋代文學通論》（高雄：復文圖書出版社，2000年6月），頁153～155。

洞庭波上雁行斜。征棹宿天涯。

江南岸，雲樹半晴陰。帆去帆來天亦老，潮生潮落日還沈。
南北別離心。　　興廢事，千古一沾襟。山下孤煙漁市曉，
柳邊疏雨酒家深。行客莫登臨。

江南月，清夜滿西樓。雲落開時冰吐鑑，浪花深處玉沈鉤。
圓缺幾時休。　　星漢迥，風露入新秋。丹桂不知搖落恨，
素娥應信別離愁。天上共悠悠。

江南雪，輕素剪雲端。瓊樹忽驚春意早，梅花偏覺曉香寒。
冷影襯清歡。　　蟾玉迥，清夜好重看。謝女聯詩衾翠幕，
子猷乘興泛平瀾。空惜舞英殘。〔註74〕

王琪，字玉君，華陽人，徙居舒州（今安徽廬江）生卒不詳。每闋詞
都為首句點題的形式，分題各詠江南風光，其形式與張先、歐陽修類
似。歐陽修頗愛其詞。清·馮金伯《詞苑萃編》卷四即載：

> 王玉君有〈望江南〉言十首，自謂謫仙。王荊公酷愛其「紅
> 綃香潤入梅天」句。

> 歐陽文忠愛王玉君燕詞云：「煙徑掠花飛遠遠，曉窗驚夢語
> 匆匆」。〔註75〕

歐陽修、王安石欣賞王琪詞作，可能與當時詠物詞風格有關，因為北
宋初期詠物詞大都於詠物中帶有艷情的成分，從上舉張、歐、王三人
的〈憶江南〉詠物詞，即可得到印證。

　　而王琪所作的十四闋詞，皆為北宋初期作品，此期尚屬詠物詞萌
發階段，因此形式與內容俱不完善。「物」、「我」之間非融為一體，
而是以旁觀角度看待所詠之物。直到北宋中期詠物詞大家蘇軾、周邦
彥，才將詠物詞進一步帶入「情感化」層次，內容逐漸有變化。南宋
則為詠物詞興盛時期，不僅有大量詞作出現，並朝向「個性化」邁進，

〔註74〕唐圭璋編：《全宋詞》（台北：文光出版社，1983 年 10 月），頁 166
　　　　～167。
〔註75〕唐圭璋編：《詞話叢編》（台北：新文豐出版社，1988 年 2 月），頁
　　　　1833。

達到詠物詞的高峰〔註76〕。故十四闋詞雖非詠物詞代表作，但也有它存在的價值。

　　南宋〈憶江南〉雖無詠江南風光的聯章詞，卻有多闋詠物詞，除了吟詠自然界的日、月、山、水、花、草、樹、木外，隨著南宋詠物詞的發達，也擴大其範圍，或用於詠畫：如范成大〈白玉樓步虛詞六首〉（珠霄境）、（浮黎路）、（罡風起）、（流鈴響）、（鈞天奏）、（樓闌外），詞題即明言觀趙崇善白玉樓圖有感而作〔註77〕。吳文英也有「賦畫靈照女」（衣白苧）一闋〔註78〕。或用於思天晴而作：如黃公紹十闋〈望江南〉（思晴好，去上竹山窠）、（思晴好，試卜那朝晴）、（思晴好，小駐豈無因）、（思晴好，春透海棠枝）、（思晴好，天運幾乘除）、（思晴好，路滑少人行）、（思晴好，我欲問花神）、（思晴好，松路翠光寒）、（思晴好，日影漏些兒）、（思晴好，晨起望籬東）〔註79〕，以十闋聯章形式，表現期待天晴的心情。由此可見南渡後詠物題材無所不包，正顯示詠物詞已達勃興期，但對〈憶江南〉此調而言，仍未被士人普徧使用。

（二）詠地方景物

　　以〈憶江南〉詠此題材的詞作為數不少，計有：韓琦（安陽好）〔註80〕二闋、（維陽好）〔註81〕一闋，仲殊（南徐好）〔註82〕十闋（成

〔註76〕詳見王兆鵬：《宋南渡詞人群體研究》（台北：文津出版社，1992 年 3 月），頁 237～253。路成文：《宋代詠物詞史論》（北京：商務印書館，2005 年 12 月），頁 52～57。路成文：〈宋代詠物詞的創作姿態〉（莫礪鋒編：《第二屆宋代文學國際研討會論文集》，南京：江蘇教育出版社，2003 年 6 月），頁 578～591。

〔註77〕詳見唐圭璋編：《全宋詞》（台北：文光出版社，1983 年 10 月），頁 1621～1622。

〔註78〕同註 77，頁 2897。

〔註79〕同註 77，頁 3368。

〔註80〕同註 77，頁 169。

〔註81〕同註 77，頁 170。

〔註82〕同註 77，頁 546～547。

都好）〔註83〕二闋，謝逸（臨川好）〔註84〕二闋，王安中（安陽好）〔註85〕九闋，張繼先（西源好）〔註86〕十二闋，戴復古（壺山好）〔註87〕四闋，吳潛（家山好）〔註88〕十四闋，合計五十六闋。此類題材多為聯章形式，分題吟詠地方景物特色。因聯章詞組成詞數並無一定，可依內容隨意調整，故此類聯章詞少則兩闋，多至十四闋，組成形式活潑又可充分介紹景物的特色。另一方面，聯章詞形式重複，宜以傳唱，又可收反覆疊唱之效（詳見第四章第三節），再加上〈憶江南〉本身形式就適於詠物，又為民間常用詞調，故在雅玩或應歌、應社時便以此調詠此類題材。

此類詞作文學價值並不高，但因其聯章形式的特色，令人印像深刻，因而出現〈南徐好〉、〈安陽好〉、〈壺山好〉等〈憶江南〉的別稱。

兩宋〈憶江南〉詠物詞雖為各類題材中數量最多者，但也只有102闋而已，與3157闋兩宋詠物詞相較，只佔3.2%，顯屬少數。這是因為〈憶江南〉的結構特色偏重於通俗民歌性質，故其實用性大於文學性。由此發現詞調性質對其發展具有重大影響：此調為詞的鼻祖之一，由唐至宋其形式從未改變，主因於其濃厚民歌性質，故於市井間廣為流傳，也不斷擴大其實用性，從宴樂娛賓到占卜兵法皆有之，並以原有形態繼續在兩宋詞壇中發展。另一方面，此調從晚唐至宋，雖盛行於社會各個階層，卻未成為兩宋主流詞調，因為在崇雅的文學風潮下，士人以雅為佳，自然少填此調。

二、其　他

詞至兩宋大盛，體製亦大備，題材也不若唐五代拘限於閨情或

〔註83〕詳見唐圭璋編：《全宋詞》（台北：文光出版社，1983年10月），頁
　　　550～551。
〔註84〕同註83，頁651。
〔註85〕同註83，頁751～752。
〔註86〕同註83，頁761～762。
〔註87〕同註83，頁2308～2309。
〔註88〕同註83，頁2741。

是抒發國仇家恨。從柳永塡作慢詞，蘇軾的詞體詩化，到周邦彥集
詞家大成，將詞不斷演化，把原屬於詩的範疇，可改用詞來表達，
使詞足以與詩分庭抗禮，成宋代文學的代表。其題材隨著時間不斷
擴大，概可分爲美人與醇酒、傷時與節序、愛國與隱逸、詠物、祝
壽賀詞等五大類〔註 89〕。兩宋〈憶江南〉也有此五類詞作，只是數
量不多，也少有佳作，但其中詠物詞所占的比例最多，許多〈憶江
南〉的別稱是從詠物詞而來，會形成此種現象，與其體製特徵有
關。

　　〈憶江南〉從中唐至宋，其體未有改變，但宋詞中多爲重頭雙片
形式。究其體製原屬民歌形式，利於傳誦，一直流傳於市井間，實用
性也遠大於文學性。因此在兩宋詞壇崇雅之風的影響下，文人詞中少
見此調，但此調仍呈現詠物以外的各種題材，茲分述如次：

（一）美人與醇酒

　　詞本用於宴樂娛賓，其盛行與酒樓歌妓有極大關係。唐宋文人與
歌妓交往密切，尤其宋代士大夫間養妓之風盛行，無論出門或在家都
可狎妓冶遊〔註 90〕，因此唐宋詞中最早出現的題材即是美人與醇酒。
以〈憶江南〉寫此題材的大家莫過於周邦彥。其詞云：

　　大石
　　遊妓散，獨自遶回堤。芳草懷煙迷水曲，密雲銜雨暗城西。
　　九陌未霑泥。　　桃李下，春晚未成蹊。牆外見花尋路轉，
　　柳陰行馬過鶯啼。無處不悽悽。〔註91〕

　　大石詠妓
　　歌席上，無賴是橫波。寶髻玲瓏敧玉燕，繡巾柔膩掩香羅。
　　人好自宜多。　　無箇事，因甚斂雙蛾。淺淡梳妝疑見畫，

〔註89〕詳見王水照編《宋代文學通論》（高雄：復文圖書出版社，2000 年 6
　　　月），頁 432～467。
〔註90〕楊海明：《唐宋詞與人生》（石家莊：河北人民出版社，2002 年 5
　　　月），頁 318。
〔註91〕唐圭璋編：《全宋詞》（台北：文光出版社，1983 年 10 月），頁 600。

惺鬆言語勝聞歌。何況會婆娑。〔註92〕

周邦彥（1056～1121），字美成，號清眞居士，錢塘（今浙江杭州市）人。少年落魄不羈，後因向神宗獻〈汴都賦〉萬餘言，因而被擢爲太學正。他精通音律，能自度曲，詞律細密，詞風渾厚和雅，富艷精工，極鋪陳之能事〔註93〕。兩闋詞題注明大石調，而〈憶江南〉由唐至宋多爲南呂宮（見第二章），周邦彥深諳音律之要，將它改爲大石調。首闋寫宴樂結束落寞之情。一、二句點出題旨，「散」與「獨」寫出歡樂時光轉眼成空，本爲眾人齊聚一堂的享樂時光霎時變成落寞一人，更顯心中無限惆悵之情。緊接三句寫春雨欲下之景：四周一片景色迷濛，展現春雨欲來之勢，以景寄情。下片仍以景寫情，桃李之下爲何無人賞花，原來已到晚春時節，花已漸凋零因而花下未成蹊。一人踽踽獨行，已到路的盡頭，四顧無人，唯有行馬鶯啼，更顯心中鬱鬱之情，因此雙目所見，「無處不悽悽」，整闋詞以景寫情，景中帶有濃濃落寞惆悵之情。

第二闋詞題明言詠妓之作。上片從髮式到衣飾，到下片特寫臉部妝扮，再接寫言語神態，極盡描寫之能事。所謂「富艷精工，極鋪陳之能事」是也。

此外，宋以〈憶江南〉寫相思情愛者，多屬宮人詞，計有：金德淑（春睡起）、連妙淑（寒料峭）、柳華淑（何處笛）、陶明淑（秋夜永）、黃靜淑（君去也）、楊慧淑（江北路）、吳昭淑（今夜永）、周容淑（春去也）、梅順淑（風漸軟）、華清淑（燕塞雪）〔註94〕等十闋，其內容皆寫對出征良人相思之情。另有張先（香閣內）、（青樓宴）〔註95〕二闋皆寫閨情，第二闋詞題「與龍靚」應爲贈妓之作；張鎡

〔註92〕唐圭璋編：《全宋詞》（台北：文光出版社，1983年10月），頁615。
〔註93〕唐圭璋：《唐宋詞鑑賞辭典》（台北：新地文學出版社，1991年4月），頁527。
〔註94〕詳見註92，頁3345～3347。
〔註95〕詳見註92，頁79、84。

（鶩鶩侶）〔註96〕一闋，詞題「小姬病起，幡然有入道之志，因書贈之」，在閨情中含有崇道思想。由此也可看出兩宋文士與歌妓交往密切，留存許多此類艷情詞作，但以〈憶江南〉寫艷情並不多，反倒是宮人以此調寄相思者為多。可見位於上階層的士人甚不重視此調，反而不在士大夫之列的宮人喜用此調，這是因為〈憶江南〉屬於通俗性的詞調，而有此現象。

（二）傷時與節序

　　傷春與悲秋為詞家常見的題材，士人所傷不僅僅是對時空轉換，歲月流逝的無奈，更是對自己有限生命的感傷〔註97〕。於是利用季節遞嬗抒發一生不平的際遇，在移情作用下，悲苦之情由此而生，故有傷時之作，藉以抒發自己悲憫之情。以〈憶江南〉寫此類題才，要以蘇軾所作最稱佳篇：

　　暮春（超然臺作）〔註98〕
　　春未老，風細柳斜斜。試上超然臺上看，半壕春水一城花。
　　煙雨暗千家。　　寒食後，酒醒卻咨嗟。休對故人思故國，
　　且將新火試新茶。詩酒趁年華。

　　暮春
　　春已老，春服幾時成。曲水浪低蕉葉穩，舞雩風軟紵羅輕。
　　酣詠樂昇平。　　微雨過，何處不催耕。百舌無言桃李盡，
　　柘林深處鵓鴣鳴。春色屬蕪菁。〔註99〕

蘇軾（1036～1101），字子瞻，一字仲和，號東坡居士，眉州眉山（今四川眉州）人。二十二歲便高中進士，後因被控譏諷新法而下獄，多次貶放。其才情奔放，為宋代傑出文學家，於詩、詞、文均有獨詣成

〔註96〕詳見註92，頁2127。
〔註97〕王水照編《宋代文學通論》（高雄：復文圖書出版社，2000年6月），頁447。
〔註98〕唐圭璋編：《全宋詞》（台北：文光出版社，1983年10月）詞題為「暮春」（頁295）。鄒同慶、王宗堂：《蘇軾詞編年校：》（北京：中華書局，2002年9月）詞題改為「超然臺作」（頁164）。
〔註99〕同註92，頁295。

就。詞風豪壯清雄，於詞體的風格與體製均有創變，為宋代重要文學
家〔註100〕。首闋〈憶江南〉作於熙寧九年（1076）暮春，時移居密
州，修茸「超然臺」，此為登臺遠眺，觸動思鄉情愁之作〔註101〕，第
二闋疑為同時之作〔註102〕，詞題「超然臺作」為登臺傷春感懷之作。
首闋第一句「春未老」點出作者內心超然之情，因暮春應是春將盡，
何來未老，可見已超脫世俗之見，故言「春未老」。接寫春景，第二
句寫春風、春柳，焦點集中在春風拂動細柳，搖曳生姿，正為春景最
佳寫照。第三句則寫登臺眺望，以啓後二句。四、五句寫登臺遠眺，
將視線逐漸拉大，觸目所及，春水繞城，春花綻放。再將視野延伸至
最大，則見一片煙雨籠罩全城千戶人家。上片全寫春景，將春風、春
柳、春水、春花、春雨，一一寫盡，視線則是由小而大，再登高臨下，
短短幾句寫盡春色。下片重在抒情，首句「寒食後」點出時間為暮春
時節，再接「酒醒卻咨嗟」，或因已到寒食祭祖時〔註103〕，卻被貶居
密州，無法還鄉祭祖，故而引發心中悲嘆。後三句又將情境急遽轉換，
一掃心中愁苦陰霾。如何排解此憂呢？就是「休對故人思故國，且將
新火試新茶」，故國為故鄉〔註104〕，不要再想了吧，且飲春茶賞春光，
以消內心鄉愁，心境為之一開。末云「詩酒趁年華」，既以詩酒自娛，
更題超然物外的胸襟。全詞由頭至尾，皆扣緊「超然」二字，情隨句

〔註100〕 唐圭璋：《唐宋詞鑑賞辭典》（台北：新地文學出版社，1991 年 4
月），頁 369。

〔註101〕 鄒同慶、王宗堂：《蘇軾詞編年校：》（北京：中華書局，2002 年 9
月），頁 164。蒲基為《東坡詞章法風格析論》（台北：萬卷樓圖書
公司，2005 年 11 月），頁 177。唐圭璋：《唐宋詞鑑賞辭典》（台北：
新地文學出版社，1991 年 4 月），頁 339～340。

〔註102〕 鄒同慶、王宗堂：《蘇軾詞編年校注》（北京：中華書局，2002 年 9
月）稱：「朱孝藏《東坡樂府》卷一：『後一首（春已老）疑同時作，
以類附焉。』」（頁 164）。

〔註103〕 沈勤松：《唐宋詞社會文化學研究》（杭州：浙江大學出版社，2000
年 1 月）稱：「上墓拜祭，新代多在清明這一天，但在宋之前，卻
是寒食的活動之一。」（頁 251）。

〔註104〕 同註 102，頁 165。

化。第二闋有人認為同時之作，但與上闋不盡相同，上片言把握暮春
最後的機會，雖然春服未好，仍可一賞春景。下片則寫春色將盡，農
夫把握時間正為春耕而忙碌。全詞不及上闋能言簡意賅，寫盡春光，
情感也未盡曲折變化。

　　東坡思想特色在於能變化角度看問題〔註105〕，方能呈現如此超
然的胸襟。清·陳廷焯《詞壇叢話》云：

　　　東坡詞，一片去國流離之思，哀而不傷，隱而不怒，寄慨
　　　無端，別有天地〔註106〕

此闋「超然臺作」正是「哀而不傷，隱而不怒」，可看出東坡此詞，
實勝過一般傷時憂怨的作品。

　　兩宋士人以〈憶江南〉寫傷時感懷的詞品作並不多見，蘇軾以外，
尚有趙子發（新夢斷）〔註107〕、張繼先「寄朋權」（秋夜事）〔註108〕、
朱敦儒（炎晝永）〔註109〕、蔡伸「感事」（花落盡）〔註110〕、趙長
卿「霜天有感」（山又水）〔註111〕、程垓「夜泊龍橋灘前遇雨作」（篷
上雨）〔註112〕、方千里（春色暮）〔註113〕、陳東甫（芳思遠）〔註114〕、
吳文英（三月暮）〔註115〕，共九闋而已，但內容俱是傷懷之作，不
如蘇軾於傷懷中帶有灑脫風胸懷。

　　節序詞在唐宋詞史發展上也佔有重要的地位，也是唐宋詞得以

〔註105〕楊海明：《唐宋詞與人生》（石家莊：河北人民出版社，2002 年 5
　　　　月），頁 100。
〔註106〕唐圭璋編：《詞話叢編》（台北：新文豐出版社，1988 年 2 月），頁
　　　　3721。
〔註107〕詳見唐圭璋編：《全宋詞》（台北：文光出版社，1983 年 10 月），頁
　　　　741。
〔註108〕同註 107，頁 64。
〔註109〕同註 107，頁 852。
〔註110〕同註 107，頁 1029。
〔註111〕同註 107，頁 1803。
〔註112〕同註 107，頁 2003。
〔註113〕同註 107，頁 2493。
〔註114〕同註 107，頁 2783。
〔註115〕同註 107，頁 2935。

發達的原因之一〔註 116〕。兩宋社會節日繁多，其中將元宵、清明、寒食列爲官訂節日〔註 117〕，士人於是利用節慶邀宴遊玩，因而有節令詞出現。宋詞中狀寫元宵節令詞共有 493 闋，此類題材始於柳永，但多爲應歌、應社之作，其價值不在文學藝術，而是拓寬宋詞的創作領域〔註 118〕。歌詠寒食、清明的節令詞則有 452 闋，總計填寫元宵、寒食、清明三節的詞作共有 945 闋，但以〈憶江南〉爲節令詞的只存 4 闋而已。寫元宵只有劉過（元宵景）〔註 119〕及劉辰翁（春悄悄）〔註 120〕二闋，其中劉過一詞爲話本《宋四公大鬧禁魂張》依托詞。寫重陽只有康與之（重陽日）〔註 121〕一闋。另有有無名氏（清夜老）一闋〔註 122〕，是寫立秋，四闋〈憶江南〉節令詞在兩宋只不過是聊備一格而已；因此茲列兩闋如次：

> 春悄悄，春雨不須晴。天上未知燈有禁，人間轉似月無情。村市學簫聲。〔註 123〕

> 清夜老，流水淡疏星。雲母窗前生曉色，梧桐葉上得秋聲。村落一雞鳴。　　催喚起，帶夢著冠纓。老去悲秋如宋玉，病來止酒似淵明。滿院竹風清。〔註 124〕

劉辰翁元宵節令詞主在藉景抒情；此節慶本應燈花燦爛，無奈春雨綿綿，遙望一輪明月，好似無情窺視人間，又傳來陣陣淒涼簫聲，更添愁苦之情，以佳節寫悲情，更見其悲。無名氏立秋節令詞也是如

〔註 116〕 沈勤松：《唐宋詞社會文化學研究》（杭州：浙江大學出版社，2000年 1 月）稱：「所以這（節序詞與壽詞）同樣是唐宋詞賴以繁榮的重要淵藪。」（頁 241）

〔註 117〕 詳見註 116，頁 206～250。

〔註 118〕 詳見註 116，頁 241～250。

〔註 119〕 詳見唐圭璋編：《全宋詞》（台北：文光出版社，1983 年 10 月），頁 2158。

〔註 120〕 同註 119，頁 3186。

〔註 121〕 同註 119，頁 1302。

〔註 122〕 同註 119，頁 3690。

〔註 123〕 唐圭璋編：《全宋詞》（台北：文光出版社，1983 年 10 月），頁 3186。

〔註 124〕 同註 123，頁 3690。

此；上片寫秋曉景色，下片則是寫情，以宋玉、陶潛爲喻，嘆自身的愁苦。

　　傷時爲詞體常見的題材，節令詞則擴大詞體的範疇，此二者皆爲宋詞常見的題材，也留下不少詞作，但以〈憶江南〉填寫此類題材也只有寥寥數闋而已，更加證明〈憶江南〉不爲士人常用的詞調。

（三）愛國與隱逸

　　兩宋三百多年來的歷史，雖無嚴重的內亂與內戰出現，卻因外患而導致兩次國變，因此上自帝王下至百姓都飽受戰爭離亂之災，於是無論皇帝、士大夫、樂師、男性詞人、女性詞人都因此發出內心深沉的悲鳴，可說是全民普徧的怨嗟〔註125〕。受儒教影響的士大夫抱有「達則兼善天下，窮則獨善其身」的理念，於是國家危急存亡之秋便有「成仁取義」的救國思想，或是「孤臣無力可回天」的隱逸思想，在此種環境與思潮交互激盪下，便形成愛國與隱逸的題材。愛國題材最常表現在征戰生活的邊塞詞與抒懷的詠史詞兩大類〔註126〕。隱逸詞從張志和〈漁歌子〉開始，宋詞雖不以漁父生活題材爲主幹，但也有許多因對現實的無奈而產生歸隱山林之志〔註127〕

　　填寫此類題材聞名的兩宋詞家有：范仲淹、賀鑄、李綱、朱敦儒、張孝祥、辛棄疾、陸游、陳亮、劉過、劉克莊、劉辰翁等人〔註128〕，其中范仲淹、辛棄疾、陸游、陳亮、劉克莊等人並未填製〈憶江南〉詞，其他人雖有填此調，但題材均非此類：賀鑄（九曲池頭三月三）〔註129〕爲異體詞，朱敦儒（炎晝永）〔註130〕爲秋夜抒感；李綱共有

〔註125〕楊海明：《唐宋詞與人生》（石家莊市：河北人民出版社，2002年5月），頁370。

〔註126〕王水照編：《宋代文學通論》（高雄：復文圖書出版社，2000年6月），頁455。

〔註127〕詳見註126，頁461～463。

〔註128〕詳見註126，頁456～461。

〔註129〕詳見唐圭璋編：《全宋詞》（台北：文光出版社，1983年10月），頁505。

十一闋詞，其「池陽道中」（歸去客）〔註131〕爲過池陽道心中有感，（新閣就）、（新酒熟）、（新雨足）、（新月出）〔註132〕則爲詠物詞。劉過（元宵景）爲元宵節令詞。劉辰翁共有十一闋〈憶江南〉，其中「元宵」（春悄悄）爲節令詞，「晚晴」（朝朝暮）〔註133〕、「秋日即景」（梧桐子，看到月西樓）、（梧桐子，人在御街遊）〔註134〕、「二月十八日，矓軒約客，因問晏氏海棠開未，即攜具至其下，已盛甚」（花幾許）〔註135〕等爲詠物詞，另有五闋〈雙調望江南〉〔註136〕爲壽詞。至於李綱作品中，有可歸爲愛國題材，茲移錄如次：

> 過分水嶺
>
> 征騎遠，千里別沙陽。泛碧齋傍凝翠閣，棲雲寺裏印心堂。回首意茫茫。　　分水嶺，煙雨正淒涼。南望甌閩連海嶠，北歸吳越過江鄉。極目暮雲長。
>
> 雲嶺水，南北自分流。觸目瀾翻飛雪浪，赴溪盤屈轉瓊鉤。鳴咽不勝愁。　　歸去客，征騎遠閩州。路入江南春信未，日行北陵冷光浮。還攬舊貂裘。〔註137〕

李綱（1083～1140），字伯紀，邵武（今福建）人。金兵圍攻汴梁時爲尚書右丞，親征登城督戰，擊退金兵，但不久受到主和派排擠；高宗即位雖曾起爲宰相，僅在職七十五天而已，其後又遭貶斥〔註138〕，與趙鼎、李光、胡銓並稱「南渡四名臣」〔註139〕。其詞作以七闋詠

〔註130〕 詳見唐圭璋編：《全宋詞》（台北：文光出版社，1983 年 10 月），頁 852。
〔註131〕 同註 130，頁 902。
〔註132〕 同註 130，頁 904。
〔註133〕 同註 130，頁 3186。
〔註134〕 同註 130，頁 3187。
〔註135〕 同註 130，頁 3327。
〔註136〕 同註 130，頁 3187。
〔註137〕 同註 130，頁 906。
〔註138〕 唐圭璋：《唐宋詞鑑賞辭典》（台北：新地文學出版社，1991 年 4 月），頁 639。楊海明：《唐宋詞史》（高雄：復文圖書出版社，1996 年 2 月），頁 488。
〔註139〕 路成文：《宋代詠物詞史論》（北京：商務印書館，2005 年 12 月），

史作品：〈念奴嬌〉「漢武巡朔方」、〈水龍吟〉「光武戰昆陽」、〈喜遷鶯〉「晉師勝淝上」、〈水龍吟〉「太宗臨渭上」、〈念奴嬌〉「憲宗平淮西」、〈雨霖鈴〉「明皇幸西蜀」、〈喜遷鶯〉「真宗幸澶淵」〔註140〕最引人注意，內容借古諷今，從漢寫至宋，力斥主和派，主張南宋不能苟安，應主動出擊。李綱於北宋時曾多次死諫欽宗不可棄城潛逃，南渡後亦多次上疏請求高宗巡幸北方〔註141〕，可惜終其一生仍無法一展抱負，心中憂憤之情可想而知。此兩闋詞為寫征戰悲慨之情，首闋「煙雨正淒涼」、「極目暮雲長」兩句，寫煙雨中的落日餘暉，怎不令人「回首意茫茫」，道出心中的無奈與悲壯。第二闋也是以景寄情，嶺上水「嗚咽不勝愁」，正道出李綱滿懷雄心大志卻無法為國盡力的苦楚。而歸去客，「日行北陵冷光浮。還攬舊貂裘」，寫出內心的孤獨，因主戰派終究抵不過主和的勢力，雖有為國犧牲的壯志，只落得淒涼一生，只能「還擁舊貂裘」而已。兩闋詞寫出李綱一心報國卻不得志的悲苦之情。

　　至於以〈憶江南〉寫隱逸之志的，則有李綱與張孝祥兩人。李綱詞云：

　　　予在沙陽，嘗作滿庭芳一闋，寄陵悼禮。末句云：「何時得，恩來日下，蓑笠老江湖。」今蒙恩北歸，當踐斯言，因作漁父四時詞以道意，調寄望江南。

　　　雲棹遠，南浦綠波春。日暖風和初解凍，餌香竿裊好垂綸。一釣得金鱗。　　風乍起，吹皺碧淵淪。紅膾斫來龍更美，白醪酤得旨兼醇。一醉武陵人。

　　　清晝永，幽致夏來多。遠岸參差風颭柳，平湖清淺露翻荷。

　　　頁132。
〔註140〕詳見唐圭璋編：《全宋詞》（台北：文光出版社，1983年10月），頁900～901。
〔註141〕詳見木齋：《唐宋詞流變》（北京：京華出版社，1997年11月），頁234～237。楊海明：《唐宋詞史》（高雄：復文圖書出版社，1996年2月），頁488～491。

移棹釣煙波。　　涼一霎，飛雨灑輕蓑。滿眼生涯千頃浪，
放懷樂事一聲歌。不醉欲如何。

煙艇穩，浦溆正清秋。風細波平宜進櫂，月明江靜好沈鉤。
棋笛起汀洲。　　鱸鱖美，新釀蟻醅浮。休問六朝興廢事，
白蘋紅蓼正凝愁。千古一漁舟。

江上雪，獨立釣漁翁。篛笠但聞冰散響，蓑衣時振玉花空。
圖畫若爲工。　　雲水暮，歸去遠煙中。茅舍竹籬依小嶼，
縮鯿圓鯽入輕籠。歡笑有兒童。〔註142〕

詞題即云有漁父之志，並以四時爲內容。李綱歷經宋室南渡，一直存
有復國之心，只因時不我予，自然興起退隱之心，因此以此表明歸隱
山林的決心。

　另有張孝祥也有以〈憶江南〉寫此題材，其詞云：

贈談獻可

談子醉，獨立睨東風。未試玉堂揮翰手，只今楚澤釣魚翁。
萬事舉杯空。　　謀一笑，一笑與君同。身老南山看射虎，
眼高四海送飛鴻。赤岸晚潮通。〔註143〕

張孝祥（1132～1169），字安國，號于湖居士，歷陽烏江（今安徽和
縣）人。紹興二十四年中進士第一名，便上疏爲岳飛伸冤。秦檜因
其子被奪第一名而遷怒於張，其父因此被誣下獄。年三十八過逝。
著有《于湖詞》。由於仕途蒙受主和派打擊，故其詞常有悲憤之氣
〔註144〕。張孝祥是蘇軾後、辛棄疾前最傑出的詞家〔註145〕，此闋爲
酬贈之作，上片言談獻可有隱逸山林之志，下片道出期許自己能和他
一樣歸隱山林；或因張孝祥仕途多難，救國之志又難伸，故有此嘆。

〔註142〕唐圭璋編：《全宋詞》（台北：文光出版社，1983 年 10 月），頁
907。

〔註143〕同註142，頁 1704～1705。

〔註144〕楊海明：《唐宋詞史》（高雄：復文圖書出版社，1996 年 2 月），頁
497。

〔註145〕木齋：《唐宋詞流變》（北京：京華出版社，1997 年 11 月）稱：「在
這連接蘇辛的鏈條中，最傑出者，莫過於張孝祥。」（頁 237）

此外，洪适也有兩二闋〈憶江南〉「答徐守韻」（嗟故歲）、（傾蓋侶）
〔註146〕寫見百姓生活困頓而起退隱之心，亦移錄供參考：

> 嗟故歲，夏旱復秋陽。十雨五風皆定數，千方百計爲災傷。
> 小郡怎禁當。　　勞拊字，惠露洽丁黃。田舍炊煙常蔽野，
> 居民安堵不離鄉。祖道免齎糧。

> 傾蓋侶，古語誦鄒陽。曲水一觴今意懶，陽關三疊重情傷。
> 離恨落花當。　　人截鐙，歸騎莫倉黃。誰肯甘心迷簿領，
> 不如袖手傲家鄉。高枕熟黃梁。〔註147〕

兩宋因整體環境的影響，士大夫興起報國或隱逸兩種截然不同的抱
負，在詞家中以此類爲題材的詞作不少，但以〈憶江南〉寫此題材的
詞作亦是不多，在此也可說明此調非屬兩宋士人常用的詞調。

（四）祝壽與諧謔

壽詞在兩宋詞史中佔有重要地位，但以〈憶江南〉填製壽詞的數
量亦不多（詳見第五章第二節）。除壽詞外，兩宋詞中還出現諧謔詞。
宋・王灼《碧雞漫志》云：

> 長短句中，作滑稽無賴語，起於至和，嘉祐之前猶未盛
> 也。……元祐間，王齊叟彥齡，政和間，曹祖元寵，皆能
> 文，每出長短句，膾炙人口。彥齡以滑香語噪河朔。〔註148〕

諧謔詞蓋起於宋仁宗至高宗紹興中期〔註149〕。其中王齊叟存有兩闋
詞，其一爲〈憶江南〉，詞云：

> 居下位，常恐被人讒。只是曾填青玉案，何曾敢作望江南。
> 請問馬都監。〔註150〕

王齊叟字彥齡，懷州（今河南省沁陽市）人。太原掾官，卒年三十九

〔註146〕詳見註142，頁1388～1389。
〔註147〕同註142，頁1388。
〔註148〕宋・王灼：《碧雞漫志》，《文淵閣四庫全書電子版》（上海：上海人
　　　　民出版社；香港：迪志文化出版社，1999年11月）。
〔註149〕王水照編：《宋代文學通論》（高雄：復文圖書出版社，2000年6
　　　　月），頁471。
〔註150〕同註142，頁358。

〔註151〕。填製此詞的背景是在任太原地方的屬官時，因填〈青玉案〉、〈望江南〉兩闋詞來嘲弄監察太原官員，郡守怒問王齊叟，於是填此詞以回答郡守。此時一旁的「馬督監」問王為何要他作證呢？王回答只是「借名湊韻」而已。以風趣詼諧充滿機智的方式嘲諷官吏的無能，於北宋擾亂不安的政治環境下，或可稍慰人心。

　　此外，兩宋詞中，尚有兩闋〈憶江南〉可做探討詞史的參考資料：一為廖剛〈憶江南〉，詞題云「送黃冕仲知福唐」〔註152〕，為宋代詞體「福唐體」考辨，提供「福唐」為縣名或州名的資料〔註 153〕。一為戴復古〈憶江南〉詞：

> 石屏老，家住海東雲。本是尋常田舍子，如何呼喚作詩人。
> 無益費精神。　　千首富，不救一生貧。賈島形模元自瘦，
> 杜陵言語不妨村。誰解學西崑。〔註154〕

此詞下片以詞論詩，為詞中少見的內容。

　　〈憶江南〉在兩宋市井間極為盛傳，酒樓歌妓、道家術士、佛家僧眾皆唱此調，也將此調做為占卜歌訣（詳見第五章），但卻不為兩宋士人所常用，這是因為它本身屬於通俗性詞調，在兩宋崇雅之風盛行的文學氛圍下，自然不易被士人所採納，因此雖流傳於市井，卻少見於文人詞中。

第三節　歷代詞選收錄分析

　　唐宋文人所填〈憶江南〉詞的數量，只佔唐宋詞中的少數而已。它在文壇的流傳度，則可藉由各種詞選集收錄的多寡看出，詞選集選

〔註151〕王水照編：《宋代文學通論》（高雄：復文圖書出版社，2000 年 6 月），頁 358。

〔註152〕唐圭璋編：《全宋詞》（台北：文光出版社，1983 年 10 月），頁 701。

〔註153〕劉尊明：《唐宋詞綜論》（北京：中國社會科學出版社，2004 年 12 月），頁 83。

〔註154〕同註 152，頁 2309。

入越多，代表作品受到重視的程度越高。此節即由宋至今各種詞選集，分析唐宋〈憶江南〉文人詞的流傳情形。

　　本節所分析的詞選集由宋至近代：宋至清時期的詞選集，於《文淵閣四庫全書》中有收錄唐宋〈憶江南〉詞者，計有：宋・黃昇：《花庵詞選》、宋・曾慥：《樂府雅詞》、明・陳耀文：《花草粹編》、清：《御選歷代詩餘》、清・朱彝尊《詞綜》〔註155〕，另有宋・趙聞禮：《陽春白雪》〔註156〕、清・夏秉衡：《歷朝名人詞選》〔註157〕。近代的詞選集則計有：胡適選注：《詞選》〔註158〕、龍榆生：《唐宋詞名家詞選》〔註159〕、俞平伯：《唐宋詞選釋》〔註160〕、張夢機、張子良：《唐宋詞選注》〔註161〕、鄭騫：《詞選》〔註162〕、唐圭璋：《唐宋詞簡釋》〔註163〕、唐圭璋：《全宋詞簡編》〔註164〕、陳弘治：《唐宋詞名作析評》〔註165〕、吳熊和、蕭端峰：《唐宋詞精選》〔註166〕、夏瞿禪：《唐宋詞欣賞》〔註167〕、俞陛雲：《唐五代兩宋詞選釋》〔註168〕、吳熊和、沈松勤：《唐五代詞三百首》〔註169〕。共計十九種，以此用

〔註155〕　各種選集均以《文淵閣四庫全書電子版》（上海：上海人民出版社；香港：迪志文化出版社，1999 年 11 月）為主。
〔註156〕　宋：《陽春白雪》（上海：上海古籍出版社，1993 年 6 月）。
〔註157〕　清・夏秉衡：《歷朝名人詞選》（台北：廣文書局，1972 年 9 月）。
〔註158〕　胡適選注：《詞選》（石家莊：河北人民出版社，1999 年 1 月）。
〔註159〕　龍榆生：《唐宋詞名家詞選》（台南：大孚書局，1978 年 1 月）。
〔註160〕　俞平伯：《唐宋詞選釋》（北京：人民文學出版社，1994 年 12 月）。
〔註161〕　張夢機、張子良：《唐宋詞選注》（台北：華正書局，1983 年 9 月）。
〔註162〕　鄭騫：《詞選》（台北：中國文化大學出版部，1982 年 4 月）。
〔註163〕　唐圭璋：《唐宋詞簡釋》（台北：木鐸出版社，1982 年 3 月）。
〔註164〕　唐圭璋：《全宋詞簡編》（上海：上海古籍出版社，1993 年 5 月）。
〔註165〕　陳弘治：《唐宋詞名作析評》（台北：文津出版社，1988 年 10 月）。
〔註166〕　吳熊和、蕭端峰：《唐宋詞精選》（南京：江蘇古籍出版社，1993 年 8 月）。
〔註167〕　夏瞿禪：《唐宋詞欣賞》（台北：文津出版社，1983 年 10 月）。
〔註168〕　俞陛雲：《唐五代兩宋詞選釋》（台北：文史哲出版社，1988 年 7 月）。
〔註169〕　吳熊和、沈松勤：《唐五代詞三百首》（長沙：岳麓出版社，1994 年 4 月）。

來統計分析唐宋〈憶江南〉的流傳度。

　　唐宋〈憶江南〉文人詞數量不多，選入選集更少，經筆者統計，其入選詞選集統計表如次：

宋至清詞選集統計表

作　者	詞　　作	陽春白雪	花草粹編	御選歷代詩餘	詞綜	樂府雅詞	花庵詞選	詞　選（張惠言）	歷朝名人詞選	合計
白居易	江南好		●	●	●				●	4
	江南憶，最憶是杭州			●	●				●	3
	江南憶，其次憶吳宮	.		●	●				●	3
劉禹錫	春去也，多謝洛城人	.	●	●	●				●	4
崔懷寶	平生願	.		●						2
溫庭筠	千萬恨，恨極在天涯	.	●							2
	梳洗罷，獨倚望江樓	●	●	●	●			●	●	6
馮延巳	去歲迎春樓上月	●		●					●	3
	今日相逢花未發	●		●					●	3
皇甫松	蘭燼落	●		●				●	●	5
	樓上寢	●		●				●	●	5
李　煜	多少淚	●	●	●					●	4
	多少恨	●	●	●					●	4
	閒夢遠，南國正清秋	●	●	●					●	4
	閒夢遠，南國正芳春	●	●	●					●	4
牛　嶠	紅繡被	●		●					●	3
	銜泥燕	●							●	2
伊用昌	江南鼓	●		●					●	3
歐陽修	江南蝶	●	●	●		●			●	5
	江南柳	●		●					●	3
王　琪	江南酒	●		●					●	4
	江南燕	●		●					●	4
	江南竹	●		●					●	4

	江南草	•	•	•					•	4
	江南雨	•	•	•			•		•	5
	江南水	•	•	•					•	4
	江南岸	•	•	•	•		•		•	6
	江南月	•	•	•					•	4
	江南雪	•	•	•					•	4
	江南柳	•	•	•	•		•		•	6
張　先	青樓宴	•	•	•					•	4
	香閣內	•	•						•	3
	江南柳	•							•	2
周邦彥	遊妓散	•	•	•					•	4
	歌席上	•		•					•	3
康與之	重陽日	•	•						•	3
程　垓	篷上雨	•	•						•	3
石孝友	山又水	•	•						•	3
盧祖皋	疏雨過	•	•						•	3
王　楙	三傑後	•	•						•	3
呂　巖	瑤池上	•	•						•	3
蔡真人	闌干曲	•	•	•					•	4
蘇　軾	春未老	•		•					•	3
	春已老	•		•					•	3
韓　琦	安陽好，形勢魏西州	•		•					•	3
	安陽好，戟戶使君宮	•		•					•	3
王安中	安陽好，物外占天平	•		•					•	3
	安陽好，耆舊迹依然	•		•					•	3
	安陽好，負郭相君園	•		•					•	3
	安陽好，曲水似山陰	•		•					•	3
吳文英	三月暮	•							•	2
仲　殊	南徐好，鼓角亂雲中	•							•	2
	南徐好，多景在樓前	•							•	2

戴復古	壺山好，博古又通今	•									•	2
	壺山好，膽氣不妨麤	•									•	2
	壺山好，文字滿胸中	•									•	2
	壺山好，也解憶狂夫	•									•	2
汪元量	官舍悄	•										2
謝 逸	臨川好，柳岸轉平沙	•		•							•	3
	臨川好，山影碧波搖	•									•	3
陳東甫	芳思遠	•										1
趙子發	新夢斷	•										1
趙時行	霜月溼	•										1
趙汝茪	簾不捲	•										1

近代詞選集統計表

作 者	詞 作	詞選（胡適）	唐宋詞選注	詞選（鄭騫）	唐五代兩宋詞選釋	唐宋詞名家詞選	唐宋詞簡釋	唐宋詞選釋	唐宋詞選	唐宋詞精選	唐宋詞名作析評	唐五代詞三百首	全宋詞簡編	合計
白居易	江南好	•	•	•	•	•		•	•	•	•			9
	江南憶，最憶是杭州	•	•		•	•		•		•	•			7
	江南憶，其次憶吳宮		•		•	•				•	•			6
劉禹錫	春去也，多謝洛城人	•	•		•	•			•	•	•			7
崔懷寶	平生願	•	•		•									3
溫庭筠	千萬恨，恨極在天涯	•	•		•	•	•					•		6
	梳洗罷，獨倚望江樓	•	•	•	•	•	•	•	•	•	•	•		10
馮延巳	去歲迎春樓上月	•	•		•	•								4
	今日相逢花未發	•	•		•	•								4
皇甫松	蘭燼落	•	•	•	•	•	•	•	•	•	•			10
	樓上寢	•	•	•	•	•	•		•	•	•			9
李 煜	多少淚	•	•		•							•		4
	多少恨	•	•		•			•				•		5
	閒夢遠，南國正清秋	•	•				•					•		5

作者	詞句									數
	閒夢遠，南國正芳春	•	•		•		•	•		5
牛　嶠	紅繡被	•	•		•			•		4
	銜泥燕	•	•		•			•		4
伊用昌	江南鼓	•	•		•					3
歐陽修	江南蝶	•	•		•	•			•	5
	江南柳	•	•		•					3
王　琪	江南酒	•	•		•				•	4
	江南燕	•	•		•				•	4
	江南竹	•	•						•	3
	江南草	•	•						•	3
	江南雨	•	•						•	3
	江南水	•	•						•	3
	江南岸	•	•	•	•				•	5
	江南月	•	•		•				•	4
	江南雪	•	•		•				•	4
	江南柳	•	•		•				•	4
張　先	青樓宴	•	•		•					3
	香閣內	•	•		•					3
	江南柳	•	•		•	•			•	5
周邦彥	遊妓散	•	•		•					3
	歌席上	•	•		•					3
康與之	重陽日	•	•		•					3
程　垓	篷上雨	•	•		•					3
石孝友	山又水	•	•		•					3
盧祖皋	疏雨過	•	•		•					3
王　楙	三傑後	•	•		•					3
呂　巖	瑤池上	•	•		•					3
蔡眞人	闌干曲	•	•		•					3
蘇　軾	春未老	•	•		•	•			•	5
	春已老	•	•		•				•	4

韓 琦	安陽好，形勢魏西州	•	•		•							•	4
	安陽好，戟戶使君宮	•	•		•							•	4
王安中	安陽好，物外占天平	•	•		•								3
	安陽好，耆舊迹依然	•	•		•								3
	安陽好，負郭相君園	•	•		•								3
	安陽好，曲水似山陰	•	•		•								3
吳文英	三月暮	•	•		•			•				•	5
仲 殊	南徐好，鼓角亂雲中	•	•		•							•	4
	南徐好，多景在樓前	•	•		•							•	4
戴復古	壺山好，博古又通今	•	•		•							•	4
	壺山好，膽氣不妨麤	•	•		•							•	4
	壺山好，文字滿胸中	•	•		•							•	4
	壺山好，也解憶狂夫	•	•		•							•	4
汪元量	官舍悄	•	•		•							•	4
謝 逸	臨川好，柳岸轉平沙	•	•										2
	臨川好，山影碧波搖	•	•										2

　　由此表分析得知：唐五代流傳度較高的詞作有白居易三闋〈憶江南〉、劉禹錫（春去也，多謝洛城人）一闋、溫庭筠（梳洗罷）一闋、皇甫松（蘭燼落）、（樓上寢）二闋，此四人的詞作入選次數最多，因此這七闋詞流傳度高，也是大眾熟悉的詞作。兩宋則以歐陽修、王琪的詠物詞入選次數較多，由此也可得知，兩宋時此調多用於雅玩時的詠物遣興之用。比較唐宋〈憶江南〉詞，雖然宋〈憶江南〉存詞較唐五代多，但唐代詞作入選詞選集大於兩宋詞作，可知唐五代〈憶江南〉詞作流傳度高於兩宋詞作。兩宋〈憶江南〉只有少數的詞作入選，也只有少數詞選集選錄，因此選錄的數量及次數零星可數。另一方面，並非各種詞選集均有收錄此調，宋‧周密：《絕妙好詞》、宋：《草堂詩餘》即未收錄此調，近代人唐圭璋：《宋詞三百首箋注》〔註170〕也

〔註170〕唐圭璋：《宋詞三百首箋注》（台北：臺灣學生書局，1976 年 9 月）。

未收錄此調，由此更可說明〈憶江南〉流傳至宋，已非文人的主流詞調。

　　無論從詞調的數量或是詞調的流傳度分析，都可看出唐宋〈憶江南〉不是文人主流詞調，而是屬於民間盛行的詞調。

第八章 結 論

　　詞以音律爲主，重在合樂可歌，而唐代音律發達，士人或以地方民歌塡寫新辭製作新曲，遂促進詞體的興起，當時主要的目的是爲了宴樂娛賓之用，故詞以實用功能爲主。後經文人雅化，注入文學生命力，將詞由民歌性質提升至文學殿堂，於是詞乃獨立成體，成爲文學體製。但文人化雖提高了詞的價值，卻也由此忽略詞的初始功用，至兩宋尤重詞的雅化，遂輕忽實用性詞作對詞體發展的影響。近代敦煌曲子詞的出土，便可證明民間詞與詞體發展有極大關係。〈憶江南〉爲詞史發展中的重要標誌，除了「劉白」塡作〈憶江南〉，宣告詞爲依聲塡詞外，它的同調異名也可視爲唐宋詞史發展的縮影。另一方面，此調並非唐宋士人最常用的詞調，卻能由唐、宋到明、清流傳不輟，甚至一直維持原有的面貌，少有變化，正是因爲它富有民歌性質，故能於市井間傳唱不絕。也就因爲此項特色，便增強其功用，擴大其實用範圍，因而延續了它的生命，所以〈憶江南〉雖非唐宋主流詞調，卻未被時間所淘汰。

　　詞有同調異名本不足以爲奇，但由於〈憶江南〉異名與唐宋詞發展有密切關係，所以分析其詞調意義，就有其必要性了。此調最早名爲〈望江南〉，見於唐《教坊記》，其同調異名計有：〈謝秋娘〉、〈江南好〉、〈春去也〉、〈憶江南〉、〈夢江南〉、〈夢江口〉、〈望江梅〉、〈安陽好〉、〈夢仙遊〉、〈步虛聲〉、〈壺山好〉、〈望蓬萊〉、〈歸塞北〉、〈思

晴好〉、〈南徐好〉、〈江南柳〉、〈雙調望江南〉等十七種。以首句三字
爲調名的有：〈憶江南〉、〈江南好〉、〈春去也〉、〈安陽好〉、〈壺山
好〉、〈思晴好〉、〈南徐好〉等七種，餘皆取其內容爲調名；而其中
〈望江南〉、〈杜秋娘〉、〈憶江南〉、〈步虛聲〉最足以印證唐宋詞史的
發展。

　　唐代詞調多詠本題，所以從〈望江南〉便知此調旨在詠江南風物，
由唐至宋大多如此，由此可知此調與南方文學有極大的關係。文學發
展與脫離不了地域性，從《詩經》、《楚辭》便可看出因南、北地域不
同形成不同的文學風格。筆者進一步觀察唐宋詞壇，發現出身南方的
士人逐漸主宰文壇，而且安史之亂後，南方已成爲唐代的政治經濟中
心；五代更建都南方，因此從唐五代起，南方文學風格明顯影響詞體
的形式，南方景物也提供詞體不少素材，在南方文學薰陶下，於是詞
逐漸走向「婉媚」的道路。南方的「吳歌」、「西曲」影響到詞體發展，
也爲詞的走向鋪路，奠定詞以「謝娘心曲」爲主的「艷情」風格，而
與詩分道揚鑣，故從詞的形式與內容觀察，與南朝文學頗有密切關
繫。〈望江南〉調名，正可說明詞是從南方文學中孕育茁壯而成的。

　　〈杜秋娘〉是李德裕爲亡妾而填製，雖未存其詞，但從其名可知
應與歌妓間的相思情愛有關。從文化層面分析，唐代除了受到儒家文
化影響外，也受到外來文化的薰陶，胡風影響所及，在音律方面，開
始吸收各種外來樂器與樂調，促進了唐音樂的高度發展，也促使填詞
風氣更加興盛。在社會風氣方面，受到胡風的影響，所以社會風氣更
加開放，兩性關係也因此變得較爲放縱，貞節觀念也較淡薄，因此宴
遊狎妓便不足以爲奇，更可以攜歌妓唱詞以娛賓遣興。士人以詞贈妓
爲樂，歌妓以唱文人詞爲榮，相輔相成，填詞之風更盛。另一方面，
唐代酒令也有助於小令的發展，因此歌妓宴樂可增強詞體的傳播。至
宋代，都市興起，酒肆歌樓更盛於唐，文人雅士與歌妓交往更加密切，
詞作中常有此類題材。士人、歌妓、樂工三者爲詞體興盛的重要因素。
故〈杜秋娘〉一名可說明詞的傳播與士人狎妓之風有關。

　　詞能夠卓然成體，主要是因為文人化。劉、白兩人以〈憶江南〉、〈春去也〉彼此酬唱，除了揭示詞以音律為重外，也宣告詞由民間詞步入文人詞的時代，文人填詞風氣漸開，遂成體製，建構出詞體的格律，有助於詞體創作。唐宋士人常以詞「應歌」、「應社」，詞作遂大增，詞體亦大備，進而與詩分庭抗禮。故劉、白〈憶江南〉所代表的是詞體逐步朝向文人化發展。

　　〈步虛聲〉則因宋・蔡眞人所填〈憶江南〉中有「閒引步虛聲」一句，因而〈憶江南〉又稱為〈步虛聲〉。但〈步虛聲〉非單指〈憶江南〉而言，宋・劉敬叔《異苑》指出此名為曹植登魚山，臨東阿聽聞神仙之音而來，因此凡神仙之事皆可用此名。而從此名也可看出佛道思想對詞體的影響；敦煌詞曲子詞中即存有佛曲及道教詞，宋詞受到佛道影響更深，〈步虛聲〉便可證明此種現象。

　　〈憶江南〉為詞體鼻祖之一，此調獨特之處在於雖非唐宋士人間常用的詞調，卻能由中唐起即以原有形式流傳至今。形成此項特點，與其結構有關：〈憶江南〉體製變化不大，主要形式為單調二十七字體與重頭雙調五十四字體為主。《御定詞譜》雖載有馮延巳雙調五十九字體，但僅限於馮詞，未見他家有填作，應與〈憶江南〉不同體，故列為異體。而敦煌詞中雖出現此調多種不同的體製，主因民間詞多有襯字，除去襯字仍不離此二體。其中〈步虛聲〉出現同調異體詞的情形最多，這是因為〈步虛聲〉不是單指〈憶江南〉而言，故有此現象。〈憶江南〉結構與近體詩相近又極富民歌性質，句式為三、五、七、七、五形式；首句三字多用於點題，餘為五、七言，句式重複，故演唱時極富民歌疊唱特色。就連其雙調亦為重頭形式，一調反複疊唱，充滿民歌易於傳唱的特色，因此一直盛行於市井間，傳唱不輟。也就因為不斷傳唱，才不斷擴大其實用範圍，形成實用性詞作多於文學性詞作的情形。再其押平聲韻，適於各種聲情，而五、七言為近體詩形式，其中七字句更與平起式七言律詩頷聯格律相近，此種形式為士人熟悉的句法，故在「應歌」、「應社」時便易以此調彼此酬唱。兩

宋應歌、應社之風盛行，所以〈憶江南〉以分題詠物的詞作也最多。
總之〈憶江南〉能保有原來面貌不斷流傳，主要是因為它的結構近於
詩又富民歌性質的緣故。

　　〈憶江南〉最特殊之處，在於實用性詞作遠超過文學性詞作，故
分析此調不能忽略此現象。由作品內容看，唐宋〈憶江南〉無論士人、
歌妓、僧侶、道士皆唱此調，證明此調流傳層面極廣。因此取其易於
傳唱的特點，擴大其功用，除原有娛樂性質外，也用於占卜兵要、佛
道修煉、到宋代也運用於賀壽等方面。其中以《兵要望江南》最為特
殊，作者將此調做為占卜歌訣，但內容非全屬陰陽五行之說，也有合
於《孫子兵法》指揮作戰之要。就因為能用於行軍征戰，故由晚唐一
直流傳至清，歷經累代不斷增補，形成了不同版本，其詞作數量之多，
用法之奇，乃詞中異數也。其次唐宋佛教盛行，敦煌曲子詞中以佛曲
為多，卻未見〈憶江南〉運用於此，這與唐代佛教傳播形式有關。唐
佛教深受印度佛教的影響，無論在傳教形式或佛曲曲調已朝向制式化
發展，雖有採用民間曲調為佛曲，但都為隋唐之前即盛行的曲調，而
〈憶江南〉至中晚唐才漸興於市井間，因此未被採用為佛曲。宋代佛
教則轉向中國化發展，因禪宗盛行，有以詩詞說禪，此調便成為傳授
佛理教義之用。唐宋除佛教外，道家亦盛行。敦煌曲子詞即見道教詞，
而道教詞中最特出之處便為「內丹詞」，宋〈憶江南〉亦用於此。內
丹詞主要為傳播修煉內丹之法，因用辭跳脫一般日常語法，又常有多
辭一義的情形出現，造成內容過於艱澀，難以由字面瞭解其內涵，故
為大眾所忽略；如能以內外丹修煉之法為基礎，配合修煉步驟加以分
析，便可領略其要旨。另一方面，如從純欣賞的角度分析〈憶江南〉
內丹詞，因其想像豐富，悠遊其辭亦能得其所樂。隨著詞體的發展，
不斷擴大詞的功用，南宋壽詞的出現代表詞體發展已到巔峰。〈憶江
南〉雖為壽詞中的少數，但也隨著宋詞發展的腳步前進，足見其旺盛
的生命力。此調因民歌性質強，通俗易於傳唱，因而流傳於各個階層
間，並運用於不同的用途，因此由作品內容分析，可知此調雖不盛行

於士人間，卻因其實用性得以在唐宋詞壇繼續發展。

　　實用性延續〈憶江南〉的生命力，卻也限制它在文人詞領域的發展。晚唐、五代，〈憶江南〉作品皆以悲愁爲主，詞壇大家皆曾塡製此調，佳作亦不少。至宋代，長調慢詞雖盛行，小令仍爲常用詞調，但在詞壇崇雅之風的影響下，宋詞各類題材中少見此調，甚至詞壇大家如柳永、李清照、晏幾道、姜夔、秦觀、辛棄疾等，皆未塡寫此調，可見此調非兩宋文人詞壇的主流。而宋〈憶江南〉各類題材中以詠物詞最多，此與宋士人「應歌」、「應社」與「雅遊」風氣有關，此種風氣影響下，酒宴席間便以詞彼此酬酢，而〈憶江南〉因體製與詩體相近，便於運用，故其詠物詞常見分題詠物的形式出現。由此更可以證明實用性對唐宋〈憶江南〉詞調的影響。

　　由上分析可知：〈憶江南〉詞調的文學性，提升了它的詞體價值；實用性卻延伸了它的詞體生命，兩者同爲詞體發展的重要因素。

參考文獻

（依出版時間排序）

一、《文淵閣四庫全書電子版》

（上海：上海人民出版社；香港：迪志文化出版社，1999 年 11 月）

1. 梁・沈約《宋書》。
2. 梁・蕭統撰，唐・李善註《文選》。
3. 唐・崔令欽《教坊記》。
4. 唐・白居易《白氏長慶集》。
5. 唐・劉禹錫《劉賓客文集》。
6. 唐・李延壽《北史》。
7. 唐・釋道世《法苑珠林》。
8. 唐・姚合《姚少監詩集》。
9. 唐・長孫無忌《隋書》。
10. 唐・釋玄奘《大唐西域記》。
11. 後蜀・歐陽炯《花間集・序》。
12. 後蜀・趙崇祚《花間集》。
13. 後晉・劉昫《舊唐書》。
14. 後魏・楊衒之《洛陽伽藍記》。
15. 宋・王灼《碧雞漫志》。
16. 宋・郭茂倩《樂府詩集》。
17. 宋・宋祁《新唐書》。
18. 宋・王暐《道山清話》。

19. 宋・沈括《夢溪筆談》。

20. 宋・孟元老《東京夢華錄》。

21. 宋・胡仔《苕溪漁隱叢話》。

22. 宋・阮閱《詩話總龜》。

23. 宋・劉敬叔《異苑》。

24. 宋・曾慥《類說》。

25. 宋・王欽若《冊府元龜》。

26. 宋・沈義父《樂府指迷》。

27. 宋・張炎《山中白雲詞》。

28. 宋・李昉《文苑英華》。

29. 宋・李之儀《姑溪居士前集》。

30. 宋・朱熹《朱子語類》。

31. 宋・朱熹《詩經集傳》。

32. 宋・吳自牧《夢梁錄》。

33. 宋・張邦基《墨莊漫錄》。

34. 宋・晁公武《郡齋讀書志》。

35. 宋・王堯臣《崇文總目》。

36. 宋・鄭樵《通史》。

37. 宋・司馬光《資治通鑑》。

38. 宋・司馬光《傳家集》。

39. 宋・李攸《宋朝事實》。

40. 宋・李燾《續資治通鑑長編》。

41. 宋・范成大《吳船錄》。

42. 宋・蘇轍《欒城集》。

43. 宋・嚴羽《滄浪詩話》。

44. 宋・劉克莊《後村詩話》。

45. 宋・《太平廣記》。

46. 元・楊士弘撰，張震註《唐音》。

47. 元・周德清《中原音韻》。

48. 元・陶宗儀《說郛》。

49. 元・托克托《宋史》。

50. 明・胡震亨《唐音癸籤》。

51. 明・馮惟訥《古紀詩》。

52. 明・陳耀文《正楊》。

53. 明・陳耀文《花草粹編》。

54. 明・胡應麟撰《少室山房筆叢正集》。

55. 明・楊士奇《文淵閣書目》。

56. 清・馬端臨《文獻通考》。

57. 清・《御定詞譜》。

58. 清・《御選歷代詩餘》。

59. 清・《御定全唐詩錄》。

60. 清・《御定全唐詩》。

二、專　書

（一）詞學類

1. 聞汝賢：《詞牌彙釋》（1963 年 5 月）。

2. 任二北：《敦煌曲校錄》（台北：盤庚出版社，1978 年 10 月）。

3. 蔡茂雄：《六一詞校注》（台北：文津出版社，1978 年 11 月）。

4. 張夢機：《詞律探原》（台北：文史哲出版社，1981 年 11 月）。

5. 清・舒夢蘭輯，陳栩、陳小蝶考證：《考正白香詞譜》（台北：學海出版社，1982 年 6 月）。

6. 唐圭璋編：《全宋詞》（台北：文光出版社，1983 年 10 月）。

7. 張璋、黃畬編：《全唐五代詞》（台北：文史哲出版，1986 年 10 月）。

8. 華東大學中文系編：《中國古代詩詞曲詞典》（南昌：江西教育出版社，1987 年 7 月）。

9. 王偉勇：《南宋詞研究》（台北：文史哲出版社，1987 年 9 月）。

10. 王易：《詞曲史》，收錄於《民國叢書》第一編六十二冊（上海：上海書局，1987 年 10 月）。

11. 林玫儀：《詞學考詮・論詞之襯字》（台北：聯經出版事業公司，1987 年 12 月）。

12. 唐圭璋編：《詞話叢編》（台北：新文豐出版社，1988 年 2 月）。

13. 龍榆生編：《唐宋詞定律》（台北：華正書局，1988 年 9 月）。

14. 吳熊和：《唐宋詞通論》（杭州：浙江古籍出版社，1989 年 3 月）。

15. 鄧廣銘箋注：《稼軒詞編年箋注（增訂本）》（台北：華正書局，1989年3月）。

16. 饒宗頤編：《李衛公望江南》（台北：新文豐出版社，1990年4月）。

17. 王洪主編：《唐宋詞百科大詞典》（北京：學苑出版社，1990年9月）。

18. 狄兆俊：《填詞指要》（南昌：百花州文藝出版社，1990年，12月）。

19. 唐圭璋：《唐宋詞鑑賞辭典》（台北：新文學出版社，1991年4月）。

20. 施議對譯注：《人間詞詞話譯注》（台北：貫雅文化事業，1991年5月）。

21. 陳弘治：《詞學今論》（台北：文津出版社，1991年7月）。

22. 潘慎主編：《詞律詞典》（太原：山西人民出版社，1991年9月）。

23. 葉嘉瑩：《唐宋詞十七講》（台北：桂冠圖書，1992年4月）。

24. 閔宗述、劉紀華、耿湘元選注：《歷代詞選注》（台北：里仁書局，1993年9月）。

25. 鄧喬彬：《唐宋詞美學》（濟南：齊魯書社出版，1993年12月）。

26. 謝世涯：《南唐李後主詞研究》（上海：學林出版社，1994年4月）。

27. 楊海明：《唐宋詞主題探索》（高雄：麗文文化事業，1995年10月）。

28. 龍沐勛：《倚聲學──詞學十講》（台北：里仁書局，1996年1月）。

29. 楊海明：《唐宋詞史》（高雄：復文圖書出版社，1996年2月）。

30. 木齋：《唐宋詞流變》（北京：京華出版社，1997年11月）。

31. 楊海明：《唐宋詞史》（天津：天津古籍出版社，1998年12月）。

32. 劉揚忠：《唐宋詞流變史》（福州：福建人民出版社，1999年2月）。

33. 劉揚忠：《唐宋詞流派史》（福州：福建人民出版社，1999年2月）。

34. 李劍亮：《唐宋詞與唐宋歌妓制度》（杭州：浙江大學出版社，1999年5月）。

35. 曾昭岷、曹濟平、王兆鵬、劉尊明編：《全唐五代詞》（北京：中華書局，1999年12月）。

36. 王兆鵬：《唐宋詞史論》（北京：人民文學出版社，2000 年 1 月）。

37. 沈勤松：《唐宋詞社會文化學研究》（杭州：浙江大學出版社，2000 年 1 月）。

38. 涂宗濤：《詩詞曲格律綱要》（天津：天津人民出版社，2000 年 9 月）。

39. 高國潘：《敦煌曲子詞欣賞》（南京：南京大學出版社，2001 年 8 月）。

40. 高建中：《唐宋詞》（廣州：廣東人民出版社，2001 年 9 月）。

41. 王力：《詩詞格律》（香港：中華書局，2002 年 1 月）。

42. 楊海明：《唐宋詞與人生》（石家莊市：河北人民出版社，2002 年 5 月）。

43. 鄒同慶、王宗堂：《蘇軾詞編年校：》（北京：中華書局，2002 年 9 月）。

44. 丁放、余恕誠：《唐宋詞概說》（合肥：安徽教育出版社，2002 年 12 月）。

45. 黃文吉：《黃文集詞學論集》（台北：台灣學生書局，2003 年 11 月）。

46. 王偉勇：《宋詞與唐詩之對應研究》（台北：文史哲出版社，2004 年 3 月）。

47. 趙杏根：《佛教與文學的交會》（台北：台灣學生書局，2004 年 11 月）。

48. 劉尊明：《唐宋詞綜論》（北京：中國社會科學出版社，2004 年 12 月）。

49. 吳藕汀、吳小汀《詞調名詞典》（上海：上海書店出版社，2005 年 9 月）。

50. 路成文：《宋代詠物詞史論》（北京：商務印書館，2005 年 12 月）。

（二）非詞學類

1. 趙本學：《孫子書校解引類》（台北：台灣中華書局，1970 年 4 月）。

2. 昌彼德、王德毅、程元敏、侯俊德編：《宋人傳記資料索引》（台北：鼎文書局，1975 年，3 月）。

3. 高樹藩新修：《康熙大辭典》（台北：啟業書局，1987 年 3 月）。

4. 周紹賢：《佛學概論》（台北：台灣商務印書館，1987 年 5 月）。

5. 鎌田茂雄、鄭彭年譯：《簡明中國佛教史》（台北：谷風出版社，1987 年 7 月）。

6. 竺家寧：《古音之旅》（台北：國文天地雜誌社，1987 年 10 月）。

7. 胡道靜、陳蓮笙、陳耀庭輯：《道藏要籍選刊三·九轉金丹祕訣》（上海：上海古籍出版社，1989 年 6 月）。

8. 舒蘭：《中國地方歌謠集成》（台北：渤海堂文化公司，1989 年 7 月）。

9. 孫昌武：《佛教與中國文學》（台北：東華書局，1989 年 12 月）。

10. 葛兆光：《道教與中國文化》（台北：東華書局，1989 年 12 月）。

11. 仇小屏：《篇章結構類型論》（台北：萬卷樓圖書公司，1990 年 2 月）。

12. 加地哲定著、劉衛星譯：《中國佛教文學》（北京：今日中國出版社，1990 年 12 月）。

13. 鄭振鐸：《插圖本中國文學史》（台北：莊嚴出版社，1991 年 1 月）。

14. 李濤：《佛教與佛教藝術》（台北：水牛圖書出版事業，1992 年 6 月）。

15. 卿希泰編：《道教興中國傳統文化》（福州：福建人民出版社，1992 年 6 月）。

16. 陳鼓應編：《道教文化研究第一輯》（上海：上海古籍出版社，1992 年 6 月）。

17. 趙文潤：《隋唐文化史》（西安：陝西大學出版社，1992 年 9 月）。

18. 慧皎：《高僧傳》（《大正新修大藏經》第三十七冊，台北：新文豐出版公司，1992 年）。

19. 楊惠南：《佛教思想發展史論》（台北：東大圖書，1993 年 6 月）。

20. 鄭阿財：《敦煌文獻與文學》（台北：新文豐出版公司，1993 年 7 月）。

21. 劉精誠：《中國道教史》（台北：文津出版社，1993 年 7 月）。

22. 方立夫：《中國佛教與傳統文化》（台北：桂冠圖書，1994 年 4 月）。

23. 曲金良：《敦煌佛教文學研究》（台北：文津出版社，1995 年 10 月）。

24. 劉克蘇：《中國佛教史話》（保定：河北大學出版社，1999 年 10 月）。

25. 王水照編《宋代文學通論》（高雄：復文圖書出版社，2000 年 6 月）。

26. 張廣保：《唐宋內丹道教》（上海：上海文化出版社，2001 年 1 月）。

27. 榮新江：《敦煌學十八講》（北京：北京大學出版社，2001 年 8 月）。

28. 張燕瑾、呂薇芬主編、杜曉勤撰：《隋唐五代文學研究》（北京：北京出版社，2001 年 12 月）。

29. 屈大成：《佛學概論》（台北：文津出版社，2002 年 4 月）。

30. 張志堅：《道教神仙與內丹學》（北京：宗教文化出版社，2003 年 11 月）。

31. 趙杏根：《佛教與文學的交會》（台北：台灣學生書局，2004 年 11 月）。

32. 詹可窗：《道教文化十五講》（台北：五南圖書出版公司，2005 年 12 月）。

33. 潘鏞：《隋唐時期的運河和漕運》（西安：三秦出版社，此書未寫出版日期）。

三、學位論文

1. 王兆鵬：《宋南渡詞人群體研究》（南京師範大學中文系博士論文）（台北：文津出版社，1992 年 3 月）。

2. 林仁昱：《敦煌佛教歌曲之研究》（國立大正大學中國文學研究所博士論文，2001 年）（《中國佛教學術論典》第八十九，高雄：佛光山文教基金會，2001 年）。

3. 史雙元：《宋詞與佛道思想》（南京師範大學中文系博士論文，1990 年）（《中國佛教學術論典》第五十七冊，高雄：佛光山文教基金會，2001 年）。

4. 林鍾勇：《宋人擇調之翹楚：〈浣溪沙〉詞調研究》（國立彰化師範大學國文研究所碩士論文，2002 年）（台北：萬卷樓圖書，2002 年 9 月）。

5. 王美珠：《〈蝶戀花〉詞牌研究》（國立彰化師範大學碩士論文，2003 年）。

6. 謝素真：《〈漁家傲〉詞牌研究》（國立彰化師範大學國文研究所碩士論文，2006 年 7 月）。

7. 施維寧：《〈水龍吟〉詞牌研究》（國立彰化師範國文研究所碩士論

文，2006 年）。

8. 李柔嫺：《〈漁美人〉詞調研究》（國立彰化師範大學碩士論文，2006 年）。

四、論文與期刊

1. 關德棟：〈談「變文」〉，張曼濤主編：《現代佛教學術叢刊》第十九（台北：大乘文化出版社，1981 年 7 月）。

2. 秋樂：〈變文與中國文學〉，張曼濤主編：《現代佛教學術叢刊》第十九（台北：大乘文化出版社，1981 年 7 月）。

3. 向達：〈龜茲蘇祇婆琵琶考原〉，《現代佛學大系》（台北：彌勒出版社，1984 年 5 月）。

4. 向達：〈論唐化佛曲〉，《現代佛學大系》（台北：彌勒出版社，1984 年 5 月）。

5. 繆鉞：〈論詞〉，趙爲民、程郁綴選：《詞學論薈》（台北：五南圖書出版公司，1989 年 7 月）。

6. 林大椿：〈詞之矩律〉，趙爲民、程郁綴選：《詞學論薈》（台北：五南圖書出版公司，1989 年 7 月）。

7. 俞感音：〈塡詞與選調〉，趙爲民、程郁綴選：《詞學論薈》（台北：五南圖書出版公司，1989 年 7 月）。

8. 龍沐勛：〈詞體的演進〉，趙爲民、程郁綴選：《詞學論薈》（台北：五南圖書出版公司，1989 年 7 月）。

9. 劉輯熙：〈詞的演變和派別〉，趙爲民、程郁綴選：《詞學論薈》（台北：五南圖書出版公司，1989 年 7 月）。

10. 懷玖：〈論詞的特性和詩詞分界〉，趙爲民、程郁綴選：《詞學論薈》（台北：五南圖書出版公司，1989 年 7 月）。

11. 姜亮夫：〈「詞」的原始與形成〉，趙爲民、程郁綴選：《詞學論薈》（台北：五南圖書出版公司，1989 年 7 月）。

12. 胡適：〈詞的起源〉，趙爲民、程郁綴選：《詞學論薈》（台北：五南圖書出版公司，1989 年 7 月）。

13. 漚盦：〈詞的起源與音樂之關係〉，趙爲民、程郁綴選：《詞學論薈》（台北：五南圖書出版公司，1989 年 7 月）。

14. 周玉魁：〈詞的襯字問題〉，《詞學》第十輯（上海：華東大學出版社，1992 年 12 月）。

15. 賈晉華：〈唐五代江南風物詞探微〉，《詞學》第十三輯（上海：華東大學出版社，2001 年 11 月）。

16. 楊雨：〈略論歌妓文化與詞的興起各傳播〉，《詞學》第十三輯（上海：華東大學出版社，2001 年 11 月）。

17. 藉濟平、張成：〈略論兩宋詞的宮調與詞牌〉，《中國首屆唐宋詩詞國際學術研討會論文集》（南京：江蘇教育出版社，1994 年 8 月）。

18. 詹可窗：〈金丹派南宗之成立及其詩詞論要〉，陳永源編：《道教與文化學術研討會論文集》（台北：國立歷史博物館，2001 年 2 月）。

19. 路成文：〈宋代詠物詞的創作姿態〉，莫礪鋒編：《第二屆宋代文學國際研討會論文集》（南京：江蘇教育出版社，2003 年 6 月）。

20. 吳肅森：〈論敦煌佛曲與詞的起源〉，張涌泉、陳浩編：《浙江與敦煌學》（杭州：浙江古籍出版社，2004 年 12 月）。

五、《東吳中文研究集刊》

1. 連文萍：〈試論詞調〈河傳〉的特色〉（第一期，1994 年 5 月）。

2. 曾秀華：〈〈訴衷情〉詞調分析〉（第一期，1994 年 5 月）。

3. 謝俐瑩：〈在詩律與詞律之間——〈漁歌子〉詞調分析〉（第二期）。

4. 郭娟玉：〈〈南歌子〉詞調分析〉（第二期，1995 年 5 月）。

5. 黃慧禎：〈試論詞調〈浪淘沙〉之特色〉（第二期，1995 年 5 月）。

6. 林宜陵：〈〈更漏子〉詞調研究〉（第三期，1996 年 5 月）。

7. 杜靜娟：〈〈生查子〉詞調析論〉（第五期，1998 年 7 月）。

8. 李雅雲：〈〈西江月〉詞牌研究〉（第五期，1998 年 7 月）。

9. 陶子珍：〈〈虞美人〉詞調分析〉（《中國國學》二十四期，1996 年 10 月）。

10. 陳清茂：〈〈生查子〉詞調綜考〉（《海軍軍官學校學報》七期，1997 年 12 月）。

11. 洪華穗：〈試從文類的觀點看溫庭筠詞的連章性〉，《中華學苑第五十一期》（台北：國立政治大學中文系，1998 年 2 月）。

12. 郭娟玉：〈淺析〈調笑〉詞之藝術特色〉（《國文天地》十四卷三期，1998 年 8 月）。

13. 沈冬：〈〈楊柳枝〉詞調析論〉（《臺大中文學報》十一期，1999 年 5 月。

六、其　它

1. 林金泉：《數術學專題研討講義》（國立成功大學在職專班，2004 年 9 月）。

附錄：唐宋〈憶江南〉詞分析表 [註1]

詞牌	作者	題目	全 文	頁數	內容	朝代	普通聯章	重句聯章	定格聯章	首句點題	對仗	備 註
憶江南	劉禹錫	和樂天春詞	春去也，多謝洛城人。弱柳從風疑舉袂，叢蘭裛露似霑巾。獨坐亦含嚬。	97至98	傷時與節序	唐		○		○	○	又名〈春去也〉
憶江南	劉禹錫		春去也，共惜豔陽年。猶有桃花流水上，無辭竹葉醉尊前。惟待見青天。	98	傷時與節序	唐		○		○	○	又名〈春去也〉
夢江南	皇甫松		蘭燼落，屏上暗紅蕉。閑夢江南梅熟月，夜船吹笛雨瀟瀟。人語驛邊橋。	180	傷時與節序	唐						又名〈夢江口〉
夢江南	皇甫松		樓上寢，殘月下簾旌。夢江秣陵惆悵事，桃花柳絮滿江城。雙髻坐吹笙。	180	傷時與節序	唐						
江南好	曾布		江南客，家有寧馨兒。三世文章稱大手，一門兄弟獨良眉。藉甚眾多推。　千里足，來自渥洼池。莫倚善題鸚鵡賦，青山須待健時歸。不似傲當時。	266	傷時與節序	北宋					○	

〔註1〕以張璋、黃畬編：《全唐五代詞》（台北：文史哲出版，1986年10月）。唐圭璋編：《全宋詞》（台北：文光出版社，1983年10月）為版本。易靜：《兵要望江南》不列入統計。

望江南	蘇軾	暮春	春已老，春服幾時成。曲水浪低蕉葉穩，舞雩風軟紵羅輕。酬詠樂昇平。　微雨過，何處不催耕。百舌無言桃李盡，柘林深處鵓鴣鳴。春色屬蕪菁。	295	傷時與節序	北宋	○			○	○	二闋反襯寫法
望江南	蘇軾	暮春	春未老，風細柳斜斜。試上超然臺上看，半壕春水一城花。煙雨暗千家。　寒食後，酒醒卻咨嗟。休對故人思故國，且將新火試新茶。詩酒趁年華。	295	傷時與節序	北宋	○			○		二闋反襯寫法
望江南	廖剛	送黃晁仲知福唐	無諸好，方面鎮全閩。千騎泛雲歸洞府，三山明玉外風塵。依約是蓬瀛。　賢刺史，龍虎擅香名。金花已傳當日夢，錦衣聊慰故鄉情。和氣萬家春。	701	傷時與節序	北宋｜南宋		○			○	
望江南	廖剛		無諸好，金地遍重城。烏石亭危千嶂合，荔枝樓暖百花明。十里暮潮平。　賢刺史，來暮相歡迎。終向鳳池朝紫極，暫依猿洞駐朱輪。風月錦堂春。	701	傷時與節序	北宋｜南宋		○			○	
望江南	趙子發		新夢斷，久立暗傷春。柳下月如花下月，今年人憶去年人。往事夢中身。	741	傷時與節序	宋						
望江南	張繼先	觀棋作	楸枰靜，黑白兩奩均。山水最宜情共樂，琴書贏得道相親。一局一番新。　松影裏，經度幾回春。隨分也曾施手段，爭先還恐費精神。長是暗饒人。	761	傷時與節序	北宋					○	
望江南	張繼先	寄朋權	秋夜事，月裏竹亭亭。清籟與誰喧池水，微風遣我下簷楹。圓缺若為情。　終南道，累寄笑歌聲。丹闕夜涼通馬去，黃河天曉照舟橫。聯轡去還成。	764	傷時與節序	北宋					○	
望江南	朱敦儒		炎晝永，初夜月侵床，露臥一叢蓮葉畔，芙蓉香細水風涼，枕上是仙鄉。　浮世事，能有幾多長，白日明朝依舊在，黃花非晚是重陽，不用若思量。	852	傷時與節序	北宋｜南宋						

望江南	李 綱	池陽道中	歸去客，迂騎過江鄉。茅店雞聲寒逗月，板橋人跡曉凝霜。一望楚天長。　春信早，山路野梅香。映水酒帘斜颺日，隔林漁艇靜鳴榔。杳杳下殘陽。	902	傷時與節序	北宋｜南宋			○	○	
望江南	李 綱	予在沙陽，嘗作滿庭芳一闋，寄陵惇禮。末句云：「何時得，恩來日下，養笠老江湖。」今蒙恩北歸，當踐斯言，因作漁父四時詞以道意，調寄望江南	雲棹遠，南浦綠波春。日暖風和初解凍，餌香竿裊好垂綸。一釣得金鱗。　風作起，吹皺碧淵淪。紅膾斫來龍更美，白醪酤得旨兼醇。一醉武陵人。	907	傷時與節序	北宋｜南宋	○		○		○	
望江南	李 綱		清晝永，幽致夏來多。遠岸參差風颺柳，平湖清淺露翻荷。移棹釣煙波。　涼一霎，飛雨灑輕蓑。滿眼生涯千頃浪，放懷樂事一聲歌。不醉欲如何。	907	傷時與節序	北宋｜南宋	○		○		○	
望江南	李 綱		煙艇穩，浦漵正清秋。風細波平宜進楫，月明江靜好沈鉤。棋笛起江洲。　鱸鱠美，新釀蟻醅浮。休問六朝興廢事，白蘋紅蓼正凝愁。千古一漁舟。	907	傷時與節序	北宋｜南宋	○		○		○	
望江南	李 綱		江上雪，獨立釣漁翁。篛笠但聞冰散響，蓑衣時振玉花空。圖畫若爲工。　雲水暮，歸去遠煙中。茅舍竹籬依小嶼，縮鯿圓鯽入輕籠。歡笑有兒童。	907	傷時與節序	北宋｜南宋	○		○		○	
望江南	蔡 伸	感 事	花落盡，寂寞委殘紅。蝶帳夢回空曉月，鳳樓人去護東風。春事已成空。　閒佇立，□□水溶溶。雲鎖亂山橫慘淡，煙籠綠樹晚溟濛。卻在淚痕中。	1029	傷時與節序						○	

望江南	康與之		重陽日，四面雨垂垂。戲馬臺前泥拍肚，龍山路上水平臍。澆浸倒東籬。 茱萸胖，黃菊溼薑薑。落帽孟嘉尋蒻笠，漉巾陶令買蓑衣。都道不如歸。	1302	傷時與節序	北宋				○	○	
望江南	張孝祥	贈談獻可	談子醉，獨立眈東風。未試玉堂揮翰手，只今楚澤釣魚翁。萬事舉杯空。 謀一笑，一笑與君同。身老南山看射虎，眼高四海送飛鴻。赤岸晚潮通。	1704至1705	傷時與節序	南宋						
望江南	趙長卿	霜天有感	山又水，雲岫插峰巒。斷雁飛時霜月冷，亂鴉啼處日銜山。疑在畫圖間。 金烏轉，遊子損朱顏。別淚盈襟雙袖溼，春心不放兩眉開。此去幾時還。	1803	傷時與節序	南宋						與石孝友之詞極相似
望江南	程垓	夜泊龍橋灘前遇雨作	篷上雨，篷底有人愁。身在漢江東畔去，不知家在錦江頭。煙水兩悠悠。 吾老矣，心事幾時休。沈水爇香年似日，薄雲垂帳夏如秋。安得小書舟。	2003	傷時與節序	宋						
望江南	石孝友		山又水，雲巘帶風灣。斷雁飛時天拍水，亂鴉啼處日銜山。疑在畫圖間。 人漸遠，遊子損朱顏。別淚空沾雙袖溼，春心不放兩眉開。此去幾時還。	2052	傷時與節序	南宋						與趙長卿之詞極相似
夢遊仙	張鎡	記夢	飛夢去，閒到玉京遊。塵隔天高那得暑，月明雲薄淡於秋。宮殿鎖金虬。 冰佩冷，風颺紫綃裘。五色光中瞻帝所，方知碧落勝炎洲。香霧溼簾鉤。	2127	傷時與節序	南宋				○	○	
望江南	劉過	元宵	元宵景，天氣正融融。柳線正垂金落索，梅花初謝玉玲瓏。明月映高空。 賢太守，歡樂與民同。簫鼓聒殘燈火市，輪蹄踏破廣寒宮。良夜莫匆匆。	2158	傷時與節序	南宋				○	○	話本依托詞。話本《宋四公大鬧禁魂張》

望江南	李好義		思往事，白盡少年頭。曾帥三軍平蜀難，沿邊四郡一齊收。逆黨反封侯。　元宵夜，燈火鬧啾啾。廳上一員閒總管，門前幾個紙燈毬。簫鼓勝皇州。	2283	傷時與節序	南宋			○	○	
望江南	戴復古	僕既爲宋壺山說其自說未盡處，壺山必有答語。僕自嘲三解	石屏老，家住海東雲。本是尋常田舍子，如何呼喚作詩人。無益費精神。　千首富，不救一生貧。賈島形模元自瘦，杜陵言語不妨村。誰解學西崑。	2309	傷時與節序	南宋		○		○	
望江南	戴復古		石屏老，長憶少年游。自謂虎頭須食肉，誰知猿臂不封侯。身世一虛舟。　平生事，說著也堪羞。四海九州雙腳底，千愁萬恨兩眉頭。白髮早歸休。	2309	傷時與節序	南宋		○		○	○
望江南	戴復古		石屏老，悔不住山林。注定一生佑有命，老來萬事付無心。巧語不如瘖。　貧亦樂，莫負好光陰。但願有頭生白髮，何憂無地覓黃金。遇酒且須斟。	2309	傷時與節序	南宋		○		○	
望江南	方千里		春色暮，短艇艤長堤。飛絮空隨花上下，啼鶯占斷水東西。來往燕爭泥。　桑柘綠，歸去覓前蹊。夜甕酒香從蟻鬥，曉窗眠足任雞啼。猶勝旅情悽。	2493	傷時與節序	宋				○	
望江南	陳東甫		芳思遠，南苑惜春時。翠柳枝柔金笛怨，碧桃花老玉笙悲。風日正遲遲。	2783	傷時與節序	宋				○	
望江南	方　岳	乙未生日時赴官淮東，以是日次南徐，泊舟普照寺下，侍親具湯餅。寺中門有扁曰壽丘山，親意欣然，蓋以丘山爲岳字云	梅欲老，撐月過南徐。家口縱多難減鶴，路程不遠易攜書。只是廢春鋤。　霜滿袖，茶灶借僧廬。湖海甚豪今倦矣，丘山雖壽竟何如。一笑薦冰蔬。	2838	傷時與節序	南宋				○	

望江南	吳文英		三月暮，花落更情濃。人去鞦韆閒挂月，馬停楊柳倦嘶風。堤畔畫船空。 恓恓醉，長日小簾櫳。宿燕夜歸銀燭外，啼鶯聲在綠陰中。無處覓殘紅。	2935	傷時與節序	南宋					○	
望江南	陳允平		煙漠漠，湖外綠楊堤。滿地落花春雨後，一簾飛絮夕陽西。梁燕落香泥。 流水恨，和淚入桃蹊。鸚鵡洲邊鸚鵡恨，杜鵑枝上杜鵑啼。歸思越淒淒。	3130	傷時與節序	南宋｜元					○	
望江南	劉辰翁	元 宵	春悄悄，春雨不須晴。天上未知燈有禁，人間轉似月無情。村市學簫聲。	3186	傷時與節序	南宋｜元						
雙調望江南	劉辰翁	賦所見	長欲語，欲語又蹉跎。已是厭聽夷甫頌，不堪重省越人歌。孤負水雲多。 羞拂拂，懊惱自摩挲。殘燭不教人徑去，斷雲時有淚相和。恨恨欲如何。	3187	傷時與節序	南宋｜元						一，二句頂眞
望江南	汪元量	幽州九日	官舍悄，坐到月西斜。永夜角聲悲自語，客心愁破正思家。南北各天涯。 腸斷裂，搔首一長嗟。綺席象床寒玉枕，美人何處醉黃花。和淚撚琵琶。	3340	傷時與節序	南宋｜元						
望江南	無名氏	立秋日曉作	清夜老，流水淡疏星。雲母窗前生曉色，梧桐葉上得秋聲。村落一雞鳴。 催喚起，帶夢著冠纓。老去悲秋如宋玉，病來止酒似淵明。滿院竹風清。	3690	傷時與節序	宋					○	
望江南	王 氏		公孫恨，端木筆俱收。枉念歌館經數載，尋思徒記萬餘秋。拓拔淚交流。 村僕固，悶獨駕孤舟。不望手勾龍虎榜，慕容顏老一齊休。甘分守閭丘。	3882	傷時與節序	宋					○	元明小說話本記宋人詞
憶江南	白居易		江南好，風景舊曾諳。日出江花紅勝火，春來江水綠如藍。能不憶江南。	121	吟詠風物	唐	○			○	○	

憶江南	白居易		江南憶，最憶是杭州。山寺月中尋桂子，郡亭枕上看潮頭。何日更重游。	122	吟詠風物	唐		○		○	○	
憶江南	白居易		江南憶，其次憶吳宮。吳酒一杯春竹葉，吳娃雙舞醉芙蓉。早晚復相逢。	122	吟詠風物	唐		○		○	○	
望江南			臺上月，一片玉無瑕。施邐看歸西海去，橫雲出來不敢遮。靉靆繞天明。	880	吟詠風物	唐				○		敦煌詞
憶江南	伊用昌	詠鼓	江南鼓，梭肚兩頭欒。釘著不知侵骨髓，打來只是沒人肝。空腹被人謾。	507	吟詠風物	五代楚人				○		
江南柳	張先		隋堤遠，波急路塵輕。今古柳橋多送別，見人分袂亦愁生。何況自關情。 斜照後，新月上西城。城上樓高重倚望，願身能似月亭亭。千里伴君行。	60	吟詠風物	北宋						只一首名〈江南柳〉
望江南	歐陽修		江南蝶，斜日一雙雙。身似何郎全傅粉，心如韓壽愛偷香。天賦與輕狂。 微雨後，薄翅膩煙光。纖伴遊蜂來小院，又隨飛絮過東牆。長是為花忙。	124	吟詠風物	北宋	○			○	○	作者有爭議
望江南	歐陽修		江南柳，花柳兩相柔。花片落時黏酒盞，柳條低處拂人頭。各自是風流。 江南月，如鏡復如鉤。似鏡不侵紅粉面，似鉤不掛畫簾頭。長是照離愁。	158	吟詠風物	北宋	○			○	○	作者有爭議
望江南	歐陽修		江南柳，葉小未成陰。人為絲輕那忍拆，鶯嫌枝嫩不勝吟。留著待春深。 十四五，閑抱琵琶尋。階上簸錢階下走，恁時相見早留心。何況到如今。	158	吟詠風物	北宋	○			○	○	作者有爭議
望江南	王琪	柳	江南柳，煙穗拂人輕。愁黛空長描不似，舞腰雖瘦學難成。天意與風情。 攀折處，離恨幾時平。已縱柔條縈客棹，更飛狂絮撲旗亭。三月亂鶯聲。	166	吟詠風物	北宋	○			○	○	

望江南	王 琪		江南酒，何處味偏濃。醉臥春風深巷裏，曉尋香旆小橋東。竹葉滿金鍾。　檀板醉，人面粉生紅。青杏黃梅朱閣上，鱠魚苦筍玉盤中。酩酊任愁攻。	166	吟詠風物	北宋	○			○	○	
望江南	王 琪		江南燕，輕颺繡簾風。二月池塘新社過，六朝宮殿舊巢空。頡頏恣西東。　王謝宅，曾入綺堂中。煙徑掠花飛遠遠，曉窗驚夢語匇匇。偏占杏園紅。	166	吟詠風物	北宋	○			○	○	
望江南	王 琪		江南竹，清潤絕纖埃。深徑欲留雙鳳宿，後庭偏映小桃開。風月影徘徊。　寒玉瘦，霜霰信相催。粉淚空流妝點在，羊車曾傍翠枝來。龍笛莫輕裁。	166	吟詠風物	北宋	○			○	○	
望江南	王 琪		江南草，如種復如描。深映落花鶯舌亂，綠迷南浦客魂銷。日日鬥青袍。　風欲轉，柔態不勝嬌。遠翠天涯經夜雨，冷痕沙上帶昏潮。誰夢與蘭苕。	166	吟詠風物	北宋	○			○		
望江南	王 琪	江 景	江南雨，風送滿長川。碧瓦煙昏沈柳岸，紅綃香潤入梅天。飄洒正瀟然。　朝與暮，長在楚峰前。寒夜愁敲金帶枕，暮江深閉木蘭船。煙浪遠相連。	166	吟詠風物	北宋	○			○	○	
望江南	王 琪		江南水，江路轉平沙。雨霽高煙收素練，風晴細浪吐寒花。迢遞送星槎。　名利客，飄泊未還家。西塞山前漁唱遠，洞庭波上雁行斜。征棹宿天涯。	166 至 167	吟詠風物	北宋	○			○	○	
望江南	王 琪	江 鄉	江南岸，雲樹半晴陰。帆去帆來天亦老，潮生潮落日還沈。南北別離心。　興廢事，千古一沾襟。山下孤煙漁市曉，柳邊疏雨酒家深。行客莫登臨。	167	吟詠風物	北宋	○			○	○	

望江南	王 琪		江南月，清夜滿西樓。雲落開時冰吐鑑，浪花深處玉沈鉤。圓缺幾時休。　　星漢迴，風露入新秋。丹桂不知搖落恨，素娥應信別離愁。天上共悠悠。	167	吟詠風物	北宋	○			○	○	
望江南	王 琪		江南雪，輕素剪雲端。瓊樹忽驚春意早，梅花偏覺曉香寒。冷影襯清歡。　　蟾玉迴，清夜好重看。謝女聯詩衾翠幕，子猷乘興泛平瀾。空惜舞英殘。	167	吟詠風物	北宋	○			○	○	
安陽好	韓 琦		安陽好，形勢魏西州。曼衍山川環故國，昇平歌吹沸高樓。和氣鎮飛浮。　　籠畫陌，喬木幾春秋。花外軒窗排遠岫，竹間門巷帶長流。風物更清幽。	169	吟詠風物	北宋			○		○	
安陽好	韓 琦		安陽好，戟戶使君宮。白晝錦衣清宴處，鐵檛丹榭畫圖中。壁記舊三公。　　棠訟悄，池館北園通。夏夜泉聲來枕簟，春來花氣透簾櫳。行樂興何窮。	169	吟詠風物	北宋			○		○	○	
望江南	韓 琦		維揚好，靈宇有瓊花。千點真珠擎素蕊，一環明玉破香葩。芳豔信難加。　　如雪貌，綽約最堪誇。疑是八仙乘皓月，羽衣搖曳上雲車。來會列仙家。	170	吟詠風物	北宋				○	○	另有二闋〈安陽好〉
南徐好	仲 殊	監 城	南徐好，鼓角亂雲中。金地浮山星兩點，鐵城橫鎖甕三重。開國舊誇雄。　　春過後，佳氣蕩晴空。漾水畫橋沽酒市，清江晚渡落花風。千古夕陽紅。	546 至 547	吟詠風物	北宋	○			○	○	崇寧中自縊卒。〈南徐好〉由來
南徐好	仲 殊	花山李衛公亭	南徐好，城裏小花山。淡薄融香松滴露，蕭疏籠翠竹生煙。風月共閑閑。　　金暈暗，燈火小紅蓮。太尉昔年行樂地，都人今日散花天。桃李但無言。	547	吟詠風物	北宋	○			○	○	崇寧中自縊卒。〈南徐好〉由來

南徐好	仲	殊	綠水橋	南徐好，橋下淥波平。畫柱千年嘗有鶴，垂楊三月未聞鶯。行樂過清明。　南北岸，花市管絃聲。邀客上樓雙榼酒，艤舟清夜兩街燈。直上月亭亭。	547	吟詠風物	北宋		○		○	○	崇寧中自縊卒。〈南徐好〉由來
南徐好	仲	殊	沈內翰宅百花堆	南徐好，溪上百花堆。宴罷歌聲隨水去，夢回春色入門來。芳草遍池臺。　文彩動，奎璧爛昭回。玉殿儀刑推舊德，金鑾詞賦少高才。丹詔起風雷。	547	吟詠風物	北宋		○		○	○	崇寧中自縊卒。〈南徐好〉由來
南徐好	仲	殊	刁學士宅春塢	南徐好，春塢鎖池亭。山送雲來長入夢，水浮花去不知名。煙草上東城。　歌榭外，楊柳晚青青。收拾年華藏不住，暗傳消息漏新聲。無計奈流鶯。	547	吟詠風物	北宋		○		○	○	崇寧中自縊卒。〈南徐好〉由來
南徐好	仲	殊	多景樓	南徐好，多景在樓前。京口萬家寒食日，淮南千里夕陽天。天際幾重山。　鶯啼處，人倚畫闌干。西寨煙深晴後色，東風春減夜來寒。花滿過江船。	547	吟詠風物	北宋		○		○	○	崇寧中自縊卒。〈南徐好〉由來
南徐好	仲	殊	金山寺化成閣	南徐好，浮玉舊花宮。琢破琉璃開世界，化城樓閣在虛空。香霧鎖重重。　天共水，高下混相通。雲外月輪波底見，倚闌人在一光中。此景與誰同。	547	吟詠風物	北宋		○		○	○	崇寧中自縊卒。〈南徐好〉由來
南徐好	仲	殊	陳丞相宅西樓	南徐好，樽酒上西樓。調鼎勳庸還世事，鎮江旄節從仙遊。樓下水空流。　桃李在，花月更悠悠。侍燕歌終無舊夢，畫眉燈暗至今愁。香冷舞衣秋。	547	吟詠風物	北宋		○		○	○	崇寧中自縊卒。〈南徐好〉由來
南徐好	仲	殊	蘇學士宅綠楊村	南徐好，橋下綠楊村。兩謝風流稱郡守，二蘇家世作州民。文彩動星辰。　書萬卷，今日富兒孫。三徑客來消永晝，百壺酒盡過芳春。江月伴開尊。	547	吟詠風物	北宋		○		○	○	崇寧中自縊卒。〈南徐好〉由來

南徐好	仲　殊	京　口	南徐好，直下控淮津。山放凝雲低鳳翅，潮生輕浪卷龍鱗。清洗古今愁。　天盡處，風水接西濱。錦里不傳溪上信，楊花猶見渡頭春。愁殺渡江人。	547	吟詠風物	北宋	○		○	○	崇寧中自縊卒。〈南徐好〉由來
望江南	仲　殊		成都好，蠶市趁遨遊。夜放笙歌喧紫陌，春邀燈火上紅樓。車馬溢瀛洲。　人散後，繭館喜綢繆。柳葉已饒煙黛細，桑條何似玉纖柔。立馬看風流。	550	吟詠風物	北宋	○		○	○	崇寧中自縊卒
望江南	仲　殊		成都好，藥市晏遊閒。步出五門鳴劍佩，別登三島看神仙。縹緲結靈煙。　雲影裏，歌吹暖霜天。何用菊花浮玉醴，願求朱草化金丹。一粒定長年。	551	吟詠風物	北宋	○		○	○	崇寧中自縊卒
望江南	謝　逸		臨川好，柳岸轉平沙。門外澄江丞相宅，壇前喬木列仙家。春倒滿城花。　行樂處，舞袖卷輕紗。謾摘青梅嘗煮酒，旋煎白雪試新茶。明月上簷牙。	651	吟詠風物	北宋	○		○	○	臨川人，寫故鄉之景
望江南	謝　逸		臨川好，山影碧波搖。魚躍冰池飛玉尺，雲橫石廩拂鮫綃。高樹竹蕭蕭。　寒食近，湖水綠平橋。繁杏梢頭張錦旆，垂楊陰裡繫蘭繞。遊客解金貂。	651	吟詠風物	北宋	○		○	○	臨川人，寫故鄉之景
安陽好九首井口號破子口號一	王安中		安陽好，形勝魏西州。曼衍山河環故國，昇平歌鼓沸高樓。和氣鎮飛浮。　籠晝陌，喬木幾春秋。花外軒窗排遠岫，竹間門巷帶長流。風物更清幽。	751	吟詠風物	北宋－南宋	○		○	○	〈安陽好〉由來
安陽好九首井口號破子口號二	王安中		安陽好，戟戶府居雄。白晝錦衣清宴處，鐵梁丹榭畫圖中。壁記舊三公。　堂訟悄，池館北園通。夏夜泉聲來枕簟，春風花影透簾櫳。行樂興何窮。	751	吟詠風物	北宋－南宋	○		○	○	〈安陽好〉由來

安陽好九首井口號破子口號三	王安中		安陽好，物外占天平。疊疊按藍煙岫色，淙淙鳴玉晚溪聲。仙路馭風行。　松路轉，丹碧照飛甍。金界花開常爛熳，雲根石秀小崢嶸。幽事不勝清。	751	吟詠風物	北宋｜南宋	○		○	○	〈安陽好〉由來
安陽好九首井口號破子口號四	王安中		安陽好，泮水盛儒宮。金字照碑光射斗，芸香書閣勢凌空。肅肅採芹風。　來勸學，鄉兗首文翁。歲歲青衿多振鷺，人人彩筆競騰虹。九萬舊飛同。	751	吟詠風物	北宋｜南宋	○		○	○	〈安陽好〉由來
安陽好九首井口號破子口號五	王安中		安陽好，眷舊迹依然。醉白垂楊低掠水，延松高檜老參天。曾映兩貂蟬。　王謝族，蘭玉秀當年。畫隼朱輪人繼踵，丹臺碧落世多賢。簪紱看家傳。	752	吟詠風物	北宋｜南宋	○		○	○	〈安陽好〉由來
安陽好九首井口號破子口號六	王安中		安陽好，負郭相君園。綠野移春花自老，平泉醒酒石空存。月館對風軒。　人選勝，幽徑破苔痕。擁砌翠筠侵坐冷，穿亭玉溜落池喧。歸意黯重門。	752	吟詠風物	北宋｜南宋	○		○	○	〈安陽好〉由來
安陽好九首井口號破子口號七	王安中		安陽好，曲水似山陰。咽咽清泉巖溜細，彎彎碧甃篆痕深。永畫坐披襟。　紅袖小，歌扇畫泥金。鴨綠波隨雙葉轉，鵝黃酒到十分斟。重聽遏梁音。	752	吟詠風物	北宋｜南宋	○		○	○	〈安陽好〉由來
安陽好九首井口號破子口號八	王安中		安陽好，□□又翬飛。撥刺旋裁花密密，著行重接柳依依。鴛瓦蕩晴輝。　池面渺，相望是榮歸。兩世風流今可見，一門恩數古來稀。誰與賦緇衣。	752	吟詠風物	北宋｜南宋	○		○	○	〈安陽好〉由來
安陽好九首井口號破子口號九	王安中		安陽好，千古鄴臺都。總帳歌人春不見，金樓夢鳳夜相呼。輦路舊縈紆。　閒引望，漳水遶城隅。暗有漁樵收故物，誰將宮殿點新圖。平野漫煙蕪。	752	吟詠風物	北宋｜南宋	○		○	○	〈安陽好〉由來

望江南	張繼先	山	西源好，仙構占仙峰。一鶴性靈清我宇，萬龍風雨亂霜空。高靜太疏慵。　天地樂，山水靜流通。行坐臥憐塵外景，虛空寂是道家風。非細樂相從。	761	吟詠風物	北宋	○			○	○	
望江南	張繼先		西源好，龍首虎頭高。風雨每掀清宇宙，林巒長似湧波濤。吟詠有詩豪。　成大樂，美稱適相遭。醮斗清筵投羽札，啓元喜會執金刀。身淨隔紛騷。	761	吟詠風物	北宋	○			○	○	
望江南	張繼先		西源好，巖館鑿松厓。五斗洞前斟玉斝，半酣窗外撫金杯。無累自悠哉。　青翠色，玉竹自新栽。風到莫來搖老木，雨霖時復洗圓苔。如此惱詩才。	761	吟詠風物	北宋	○			○	○	
望江南	張繼先		西源好，春日日初長。不看人間三月景，常思天上萬花香。幽賞一時狂。　歌笑也，空洞大歌章。千景淨來風谷秀，三雲歸後月林光。沈麝似蘭香。	761	吟詠風物	北宋	○	○		○	○	
望江南	張繼先		西源好，迎夏灑炎風。紅錦石邊憐一派，老張巖上戀群峰。時得化龍笻。　琴振玉，曉色倚梧桐。黼黻文章朝內盛，山川林木野亭空。朱火煥明中。	761	吟詠風物	北宋	○	○	○			
望江南	張繼先		西源好，秋景道人憐。時至自然天氣肅，夜涼猶喜月華圓。長嘯碧崖顛。　須信酒，難別詠歌邊。是處伐薪爲炭後，此時嘗稻慶豐年。童子舞胎仙。	762	吟詠風物	北宋	○	○	○			
望江南	張繼先		西源好，冬日雪中松。攜手石壇承愛景，靜觀天地入清宮。恰似大茅峰。　襟袂冷，琴裏意濃濃。吹月洞簫含碧玉，動人佳趣轉黃鍾。情緒發於中。	762	吟詠風物	北宋	○	○	○	○		

望江南	張繼先		西源好，幽徑不成斜。山谷隱連無改色，池塘空靜默無瑕。人釣水之涯。　仙舫小，人欲盼君家。歸棹日回如覽鏡，放船星落似乘槎。風雨亂寒沙。	762	吟詠風物	北宋		○		○	○	
望江南	張繼先		西源好，神洞自相求。傍水墾田流潤急，斫山開徑小花浮。蹤跡舊人留。　忘萬物，爽氣白雲收。司命暫曾尋寢靜，紫陽真是步條幽。思繼此公游。	762	吟詠風物	北宋		○		○	○	
望江南	張繼先		西源好，人在水晶宮。長願玉津名灌鼎，恰如龍井到天峰。的的好遺風。　清徹底，豈忤李唐隆。自浸巖前崖石潔，不籠天外嶺雲濃。澄徹瑩懷中。	762	吟詠風物	北宋		○		○		
望江南	張繼先		西源好，雨霽斂紅紗。碧水靜搖招釣叟，綠苔寒迫起漁家。攜駕會春茶。　風浩浩，錦蔭石屏華。灌鼎上方敲翠竹，轆轤西去碎丹砂。休問樂津涯。	762	吟詠風物	北宋		○		○	○	
望江南	張繼先		西源好，還向觀庭西。拚晚菊明方丈外，傍寒梅放六花飛。三鶴會同時。　清淨宇，處一貴無爲。戴月夜中仍是別，銜香原上不須迷。於此振衣歸。	762	吟詠風物	北宋		○		○		
望江南	李綱		新閣就，向日借清光。廣廈生風非我志，小窗容膝正相當。聊此傲羲皇。　狨尾拂，高挂木繩床。老病維摩誰問疾，散花天女爲焚香。恰好細商量。	904	吟詠風物	北宋｜南宋	○			○		
望江南	李綱		新酒熟，雲液滿香篘。溜溜清聲歸小甕，溫溫玉色照氍甌。飲興浩難收。　嘉客至，一酌散千憂。顧我老方齊物論，與君同作醉鄉遊。萬事總休休。	904	吟詠風物	北宋｜南宋	○			○	○	

望江南	李綱		新雨足，一夜滿南塘。梗稻鬷成初吐秀，芰荷雖敗尚餘香。爽氣入軒窗。　澄霽後，遠岫更青蒼。兩部蛙聲鳴鼓吹，一天星月浸光鋩。秋色陡淒涼。	904	吟詠風物	北宋｜南宋	○			○	○	
望江南	李　綱		新月出，清影尚蒼茫。學扇欲生青海上，如鉤先挂碧霄傍。星斗煥文章。　林下客，把酒挹孤光。藉問嫦娥憐我老，故窺書幌照人床。此意自難忘。	904	吟詠風物	北宋｜南宋	○			○		
白玉樓步虛詞	范成大		珠霄境，卻似化人宮。梵氣彌羅融萬象，玉樓十二倚清空，一片寶光中。	1621至1622	吟詠風物	南宋	○					
白玉樓步虛詞	范成大		浮黎路，依約太微間。雪色寶階千萬丈，人間遙作白虹看。幢節度高寒。	1622	吟詠風物	南宋	○					
白玉樓步虛詞	范成大		罡風起，背負玉虛廷。九素煙中寒一色，扶闌四面是青冥。環拱萬珠星。	1622	吟詠風物	南宋	○					
白玉樓步虛詞	范成大		流鈴響，龍馭簉雲來。夾道騫華籠綵仗，紅雲扶輅輾天街。迎駕鶴毰毸。	1622	吟詠風物	南宋	○					
白玉樓步虛詞	范成大		鈞天奏，流韻滿空明。琪樹玲瓏珠網碎，仙風吹作步虛聲。相和八鸞鳴。	1622	吟詠風物	南宋	○					
白玉樓步虛詞	范成大		樓闌外，輦道插非煙。開上鬱蕭臺上看，空歌來自始青天。揚袂揖飛仙。	1622	吟詠風物	南宋	○					
望江南	張孝祥	南嶽銓德觀作	朝元去，深殿扣瑤鐘。天近月明黃道冷，參回斗轉碧霄空。身在九光中。　風露下，環珮響丁東。玉案燒香縈翠鳳，松壇移影動蒼龍。歸路海霞紅。	1705	吟詠風物	南宋						
望江南	何令修		登龍脊，撫劍一長歌。巫峽峰高騰鳳鶴，夔門波闊失蛟鼉。東望意如何。	2066	吟詠風物	南宋				○	○	

江南好	趙師俠		天共水，水遠與天連。天淨水平寒月漾，水光月色兩相兼。月映水中天。　人與景，人景古難全。景若佳時心自快，心還樂處景應妍。休與俗人言。	2093	吟詠風物	南宋					
夢遊仙	張　鎡		晴晝永，開步小園中。羽帔雲輕蒼佩響，寶冠星瑩紺紗籠。波秀淺蛾峰。琳洞窈，人靜理絲桐。泛指餘音搖桂影，過牆高韻入松風。月上翠樓東。	2127	吟詠風物	南宋				○	
望江南	戴復古	壺山宋謙父寄新刊雅詞，內有壺山好三十闋，自說平生。僕謂猶有說未盡處，爲續四曲	壺山好，博古又通今。結屋三間藏萬卷，揮毫一字直千金。四海有知音。　門外路，咫尺是湖陰。萬柳堤邊行處樂，百花洲上醉時吟。不負一生心。	2308	吟詠風物	南宋	○		○	○	又名〈壺山好〉
望江南	戴復古		壺山好，膽氣不妨麤。手奮空拳成活計，眼穿故紙下功夫。處世未全疏。　生涯事，近日果何如。背錦奚奴能檢典，畫眉老婦出交租。且喜有贏餘。	2308	吟詠風物	南宋	○		○	○	又名〈壺山好〉
望江南	戴復古		壺山好，文字滿胸中。詩律變成長慶體，歌詞漸有稼軒風。最會說窮通。中年後，雖老未成翁。兒大相傳書種在，客來不放酒罇空。相對醉顏紅。	2309	吟詠風物	南宋	○		○	○	又名〈壺山好〉
望江南	戴復古		壺山好，也解憶狂夫。轉首便成千里외，經年不寄一行書。渾似不相疏。催歸曲，一唱一愁予。有劍賣來酤酒喫，無錢歸去買山居。安處即吾廬。	2309	吟詠風物	南宋	○		○	○	又名〈壺山好〉
望江南	盧祖皋		疏雨過，芳節到戎葵。繾臂細交紋線縷，稱身初試碧綃衣。閒步小亭池。　花下意，脈脈有誰知。試把花梢和恨數，因看胡蝶著雙飛。凝扇立多時。	2412	吟詠風物	南宋					

望江南	吳	潛		家山好，好處是三春。白白紅紅花面貌，絲絲裊裊柳腰身。錦繡底園林。　　行樂事，都付與閒人。掣檝攜壺從笑傲，踏青挑菜恣追尋。贏得箇天真。	2740	吟詠風物	南宋		○	○	○	○	
望江南	吳	潛		家山好，好是夏初時。習習薰風回竹院，疏疏細雨灑荷漪。萬綠結成帷。　　呼社友，長日共追隨。瀹茗空時還酌酒，投壺罷了卻圍棋。多少得便宜。	2740	吟詠風物	南宋		○	○	○	○	
望江南	吳	潛		家山好，好處是秋來。綠橘黃橙隨市有，巖花籬菊逐時開。管領付尊罍。　　新築就，別館共開臺。搖手出離名利窟，掉頭擺脫簿書堆。只在念頭灰。	2740	吟詠風物	南宋		○	○	○	○	
望江南	吳	潛		家山好，好處是三冬。梨栗甘鮮輸地客，魴肥美獻溪翁。醉滴小槽紅。　　識破了，不用計窮通。下澤車安如駟馬，市門卒穩似王公。一笑等雞蟲。	2740	吟詠風物	南宋		○		○	○	
望江南	吳	潛		家山好，結屋在山椒。無事琴書爲伴侶，有時風月可招邀。安樂更相饒。　　伸腳睡，一枕日頭高。不怕兩衙催判事，那愁五鼓趁趨朝。此福要人消。	2740	吟詠風物	南宋		○		○	○	
望江南	吳	潛		家山好，底事尙忘歸。但我辭榮還避辱，從渠把是卻成非。跳出世關機。　　將五十，老相已相催。爭得氣來有甚底，更加官後亦何爲。奉勸莫癡迷。	2740	吟詠風物	南宋		○		○		
望江南	吳	潛		家山好，一室白雲中。時喚道人談命蒂，也呼和尙說禪宗。孔佛老和同。　　淘汰盡，八面總玲瓏。欲把捉時無把捉，道虛空後不虛空。且問主人公。	2740	吟詠風物	南宋		○		○		

望江南	吳潛		家山好，負郭有田園。罍可充衣天賜予，耕能足食地周旋。骨肉盡團圓。　旋五福，歲歲樂豐年。自養雞豚烹臘裏，新抽韭薺薦春前。活計不須添。	2741	吟詠風物	南宋		○		○		
望江南	吳潛		家山好，有底尙縈牽。馬後樂聽餘十載，眼前赤看也多年。滋味只如然。　身外事，不用強探枯。自古幾番成與敗，從來百種醜和妍。細算不由賢。	2741	吟詠風物	南宋		○		○	○	
望江南	吳潛		家山好，好處是安居。無事不須干郡縣，有餘但管濟鄕閭。及早了王租。　隨日力，也著幾般書。靜裏精神偏爽快，閒中光景越舒徐。臘月盡工夫。	2741	吟詠風物	南宋		○		○	○	
望江南	吳潛		家山好，無事挂心懷。早課畦丁勤種菜，晚科園戶漫澆花。祇此是生涯。　塵世裏，擾擾正如麻。散復聚來螬上蟻，左還右旋壁閒蝸。只爲那紛華。	2741	吟詠風物	南宋		○		○	○	
望江南	吳潛		家山好，百事儘如如。渴飲飢餐都屬我，倒橫直立總由渠。更不要貪圖。　三逕裏，恰好小茅廬。種竹梅松爲老伴，養龜猿鶴助清娛。扣戶有樵漁。	2741	吟詠風物	南宋		○		○	○	
望江南	吳潛		家山好，不是撰虛名。世上盛衰常倚伏，天家日月也虧盈。退步是前程。　且恁地，捲索了收繩。六字五胡生口面，三言兩語費顏情。贏得鬢星星。	2741	吟詠風物	南宋		○		○	○	
望江南	吳潛		家山好，凡事看來輕。一壑儘由儂餖飣，三才不欠你稱停。有耳莫閒聽。　靜地裏，點檢這平生。著甚來由爲皎皎，好無巴鼻弄醒醒。背後有人憎。	2741	吟詠風物	南宋		○		○	○	

調名	作者	題序	內容	頁碼	類型	時代	甲	乙	丙	丁	戊	備註
望江南	吳文英	賦畫靈照女	衣白苧，雪面墮愁鬟。不識朝雲行雨處，空隨春夢到人間。留向畫圖看。　慵臨鏡，流水洗花顏。自織蒼煙湘淚冷，誰撈明月海波寒。天澹霧漫漫。	2897	吟詠風物	南宋						前有憶江南但不同體
望江南	吳文英	茶	松風遠，鶯燕靜幽坊。妝褪宮梅人倦繡，夢回春草日初長。瓷碗試新湯。　笙歌斷，情與絮悠颺。石乳飛時離鳳怨，玉纖分處露花香。人去月侵廊。	2897	吟詠風物	南宋				○		
望江南	楊澤民		尋勝去，驅馬上南堤。信腳不知人遠近，醉眠猶勸玉東西。歸帽任衝泥。　春雨過，農事在瓜畦。野卉無名隨路滿，山禽著意傍人啼。鼓角已悲悽。	3004	吟詠風物	南宋			○	○		
望江南	趙時行		霜月淫，人睡矮蓬秋。驚覺夜深兒女夢，漁歌風起白蘋洲。別岸又潮頭。	3177	吟詠風物	南宋						
望江南	劉辰翁	晚　晴	朝朝暮，雲雨定何如。花日穿窗梅小小，雪風灑雨柳疏疏。人唱晚晴初。	3186	吟詠風物	南宋—元					○	前有〈憶江南〉。首句疊字
望江南	劉辰翁	秋日即景	梧桐子，看到月西樓。醋釄橙黃分蟹殼，麝香荷葉剁雞頭。人在御街遊。	3186	吟詠風物	南宋—元		○				
望江南	劉辰翁		梧桐子，人在御街遊。鳳宿雲綃紒縲帶，龍池翠帳玉香毬。宮女後庭秋。	3187	吟詠風物	南宋—元		○				
憶江南	劉辰翁	二月十八日，朧軒約客，因問晏氏海棠開未，即攜具至其下，已盛甚	花幾許，已報八分催。卻問主人何處去，且容老子篛中來。花外主人回。年時客，如今安在哉。正喜錦官城爛漫，忽驚花鳥使摧頹。世事只添杯。	3327	吟詠風物	南宋—元				○		
望江南	無名氏		江南竹，巧匠織成籠。贈與吾師藏法體，碧潭深處伴蛟龍。色即是成空。	3347	吟詠風物	宋						

望江南	黃公紹		思晴好，去上竹山窠。自古常言言光霽好，如今卻恨雨聲多。奈此坐愁何。	3368	吟詠風物	南宋	○		○	○	又名〈思晴好〉
望江南	黃公紹		思晴好，試卜那朝晴。古木荒村雲淰淰，孤燈敗壁夜冥冥。不寐聽檐聲。	3368	吟詠風物	南宋	○		○	○	又名〈思晴好〉
望江南	黃公紹		思晴好，小駐豈無因。花上半旬春社雨，松間三宿暮山雲。轉住是愁人。	3368	吟詠風物	南宋	○		○	○	又名〈思晴好〉
望江南	黃公紹		思晴好，春透海棠枝。刻惜許多過時了，可憐生是我來遲。不見軟紅時。	3368	吟詠風物	南宋	○		○	○	又名〈思晴好〉
望江南	黃公紹		思晴好，天運幾乘除。祇爲晴多還又雨，誰知雨過是晴初。那得綠陰乎。	3368	吟詠風物	南宋	○		○	○	又名〈思晴好〉
望江南	黃公紹		思晴好，路滑少人行。早信雨能留得住，儘教盡日自舟橫。直等到清明。	3368	吟詠風物	南宋	○		○		又名〈思晴好〉
望江南	黃公紹		思晴好，我欲問花神。剛道社公曬舊水，一回舊也一回新。不是兩般春。	3368	吟詠風物	南宋	○		○		又名〈思晴好〉
望江南	黃公紹		思晴好，松路翠光寒。夜夜竹窠常夢到，天天后土幾時乾。極目霧漫漫。	3368	吟詠風物	南宋	○		○	○	又名〈思晴好〉
望江南	黃公紹		思晴好，日影漏些兒。油菜花間蝴蝶舞，刺桐枝上鷓鴣啼。閒坐看春犛。	3368	吟詠風物	南宋	○		○	○	又名〈思晴好〉
望江南	黃公紹		思晴好，晨起望籬東。畢竟陰晴排日子，大都行止聽天公。且住此山中。	3368	吟詠風物	南宋	○		○	○	又名〈思晴好〉
望江南	無名氏		梅花好，滿樹錦江邊。不似武陵曾見日，清香冷豔撲尊前。銷得醉留連。　憑造化，分付與花權。已共雪光爭臘早，且將春信爲君傳，桃李莫誇先。	3629	吟詠風物	宋	○		○		

望江南	無名氏		梅花好，依約透春光。記得佳人初睡起，巧臨鸞鑑試新妝。粉面鬥瓊芳。　　江亭上，遠樹嗅清香。擬把一枝傳信去，不知何處是蘭房。獨自暗淒涼。	3629	吟詠風物	宋		○		○	
夢江南	趙汝茪		簾不捲，細雨熟櫻桃。數點霽霞山又晚，一痕涼月酒初消。風聚絮花高。　　閒處少，磨盡少年豪。昨醉來騎白鹿，滿湖春水段家橋。濯髮聽吹簫。	3765	吟詠風物	宋					
望江南	無名氏	諭新及第友人	這擬駿，休恁淚漣漣。他是霸陵橋畔柳，千人攀了到君攀。剛甚別離難。　　荷上露，莫把作珠穿。水性本來無定度，這邊圓了那邊圓。終是不心堅。	3839	吟詠風物	宋					
望江南	申　純		從前事，今日始知空。冷落巫山〔峰十二〕，朝雲暮雨竟無蹤。一覺大槐宮。　　花月地，天意巧爲容。不比尋常三五夜，清輝香影隔簾櫳。春在畫堂中。	3886	吟詠風物	宋					
憶江南	呂　巖		淮南法，秋石最堪誇。位應乾坤白露節，象移寅卯紫河車。子午結朝霞。	997	宗教修行	唐	○		○	○	托名之作
憶江南	呂　巖		王陽術，得祕是黃牙。萬藥初生將此類，黃鍾憑律始歸家。十月定君誇。	997	宗教修行	唐	○		○		托名之作
憶江南	呂　巖		黃帝術，玄妙美金花。玉液初凝紅粉見，乾坤覆載暗交加。龍虎變成砂。	997	宗教修行	唐	○		○		托名之作
憶江南	呂　巖		長生術，玄要補泥丸。彭祖得之年八百，世人因此轉傷殘。誰是識陰丹。	997	宗教修行	唐	○		○		托名之作
憶江南	呂　巖		陰丹訣，三五合玄圖。二八應機堪采運，玉瓊回首免榮枯。顏貌勝凡姝。	998	宗教修行	唐	○		○	○	托名之作

憶江南	呂　巖		長生術，初九必濳龍。愼勿從高宜作客，丹田流注氣交通。耆老反嬰童。	998	宗教修行	唐	○			○		托名之作
憶江南	呂　巖		修身客，莫誤入迷津。氣術丹金傳在世，象天象地象人身。不用問東鄰。	998	宗教修行	唐	○			○		托名之作
憶江南	呂　巖		還丹訣，九九最幽玄。三性本同一體內，要燒靈藥切尋鉛。尋得是神仙。	998	宗教修行	唐	○			○		托名之作
憶江南	呂　巖		長生藥，不用問他人。八卦九宮看掌上，五行四象在人身。明了自通神。	998	宗教修行	唐	○			○	○	托名之作
憶江南	呂　巖		學道客，修養莫遲遲。光景斯須如夢裏，還丹粟粒變金姿。死去莫回歸。	998	宗教修行	唐	○			○		托名之作
憶江南	呂　巖		治生客，審細察微言。百歲夢中看即過，勸君修煉保尊年。不久是神仙。	998	宗教修行	唐	○			○		托名之作
憶江南	呂　巖		瑤池上，瑞霧靄群仙。素練金童鏘鳳板，青衣玉女嘯鸞弦。身在大羅天。　　沈醉處，縹緲玉京山。唱徹步虛清燕罷，不知今夕是何年。海水又桑田。	998	宗教修行	唐					○	托名之作
望江南	陳　朴		中黃寶，須向膽中求。春帝令行生萬物，乾坤膝下與吾儔。百脈自通流。　　施造化，左右火雙抽。浩浩騰騰充宇宙，苦煙裊裊上環樓。夫婦漸相謀。	189	宗教修行	宋	○			○		以下九首，除最後一首外，餘八首又作陳楠詞，見修真十書雜著捷徑
望江南	陳　朴		玄珠降，丹窟在中宮。九候息調重九數，赤波忽迸太陽東。心腎始交通。　　逢六變，重六息陰功。火自海門朝帝坐，水從蓮沼佐丁公。紫電透玲瓏。	190	宗教修行	宋	○			○		

望江南	陳　朴		毛髮落，丹左運行陽。胎色漸紅陰漸小，推移歲運助乾剛。育火養中央。　成物象，五嶽辨微茫。出入尙遲形尙小，晨昏天籟奏笙簧。常飲玉壺漿。	190	宗教修行	宋	○			○	
望江南	陳　朴		丹往右，四轉運行陰。逢六閉藏陽戶氣，玉關泉透合丁壬。龜戲任浮沉。　時出入，無礙貫他心。遊戲神通常出面，圓光周匝繞千尋。寒暑不相侵。	190	宗教修行	宋	○			○	
望江南	陳　朴		珠自右，飛電入丹城。內養嬰兒盈尺象，時逢九數採陽精。火向水中生。　燒鬼嶽，紫殿勢崢嶸。隨意出遊寰海內，寐如砂磧臥長鯨。時序與偕行。	190	宗教修行	宋	○			○	
望江南	陳　朴		日精滿，陰魄化無形。每遇月圓開北戶，神龜時飲碧瑤玲。形魄豈能停。　陽砂赤，陰粉色微青。粉換肉肌砂換骨，凡胎換盡聖胎靈。飛舉似流星。	190	宗教修行	宋	○			○	
望江南	陳　朴		形透日，七轉任飛騰。幽入深巖圖宴坐，息無來去使神凝。卻粒著奇能。　生神火，返本氣清澄。九候浴時開地戶，月中取火日求冰。五內換重新。	190	宗教修行	宋	○			○	
望江南	陳　朴		內外遍，八轉始還元。地帶長垂生坎戶，周行胎息貫天門。太始道方存。　純一體，黑赤氣常噴。丹火發來燒內境，冷泉深處浴猴孫。神水赤龜吞。	190	宗教修行	宋	○			○	
望江南	陳　朴		丹九轉，純一太初顏。內外無為常抱朴，縱橫海外與人間。功行積丘山。　青闕詔，玉簡賜金環。飲罷刀圭乘羽駕，旌幢簫鼓過天關。朝帝列仙班。	190	宗教修行	宋	○			○	

望江南	王安石	歸依三寶讚	歸依眾，梵行四威儀。願我遍遊諸佛土，十方賢聖不相離。永滅世間癡。	207	宗教修行	北宋	○			○	
望江南	王安石		歸依法，法法不思議。願我六根常寂靜，心如寶月映琉璃。了法更無疑。	207	宗教修行	北宋	○			○	
望江南	王安石		歸依佛，彈指越三祇。願我速登無上覺，還如佛坐道場時。能智又能悲。	207	宗教修行	北宋	○			○	
望江南	王安石		三界裏，有取總災危。普願眾生同我願，能於空有善思惟。三寶共住持。	270	宗教修行	北宋	○			○	
夢遊仙	張　鎡		歸興動，騎鶴下青冥。幾點山河浮色界，一簪風露拂寒星。銀漢悄無聲。　鸞嘯舞，仙樂送霓旌。摘得琪花飛散了，卻將何物贈仙卿。衣上彩雲輕。	2128	宗教修行	宋					
望江南	陳　楠		黃中寶，須向膽中求。春氣令人生萬物，乾坤膝下與吾儔。百脈自通流。　施造化，左右火雙抽。浩浩騰騰光宇宙，苦煙煙上靄環樓。夫婦漸相謀。	2313	宗教修行	南宋	○				與陳朴詞同
望江南	陳　楠		玄珠降，丹窟在中宮。九候息調重九數，赤波或進太陽東。心腎遂交通。　逢六變，重六息陰功。火自海門朝帝坐，水從蓮蕚佐丁公。紫電透玲瓏。	2313	宗教修行	南宋	○				與陳朴詞同
望江南	陳　楠		毛髮薄，三轉運行陽。胎色漸紅陰漸縮，推移歲運助陽剛。育火養中央。　成物象，五轉辨微茫。出入尚遲形上小，晨昏時飲玉壺漿。天籟奏笙簧。	2314	宗教修行	南宋	○				與陳朴詞同
望江南	陳　楠		丹已返，四轉運行陰。逢六閉藏陽戶氣，三關全透合丁壬。龜遊任浮沉。　時出入，無礙貫他心。遊戲神通常出面，圓光周匝繞千尋。寒暑不相侵。	2314	宗教修行	南宋	○				與陳朴詞同

望江南	陳 楠		珠自右，紫電入丹城。內養嬰兒成赤象，時逢五轉採陽精。火自水中生。　燒鬼嶽，紫電起崢嶸。隨意嬉遊竇海內，寐如砂磧臥長鯨。時序與偕行。	2314	宗教修行	南宋	○					與陳朴詞同
望江南	陳 楠		日精滿，陰魄化無形。每遇月圓開地戶，神龜時飲碧瑤精。清潔復如冰。　陽砂赤，陰粉色微青。粉換肉兮砂換骨，凡胎換盡聖胎靈。飛舉似流星。	2314	宗教修行	南宋	○					與陳朴詞同
望江南	陳 楠		形透日，七轉任飛騰。幽靜深巖圓宴坐，息無來往氣堅凝。卻粒著甚能。　生成火，返本氣澄清。九候浴時開地戶，月中取火日求冰。五內換重新。	2314	宗教修行	南宋	○					與陳朴詞同
望江南	陳 楠		內外變，八轉始還元。地帶長垂主坎戶，周行胎息貫天門。太始道方存。　純一體，赤黑氣常噴。丹火發時燒內景，冷泉湧處浴猴孫。神水赤龜吞。	2314	宗教修行	南宋	○					與陳朴詞同
望江南	淨 圓	娑婆苦六首	娑婆苦，長劫受輪迴。不斷苦因離火宅，祇隨業報入胞胎。辜負這靈臺。　朝又暮，寒暑急相催。一箇幻身能幾日，百端機巧袞塵埃。何得出頭來。	2431	宗教修行	宋		○		○		
望江南	淨 圓		娑婆苦，身世一浮萍。蚊蚋睫中爭小利，蝸牛角上竊虛名。一點氣難平。　人我盛，日夜長無明。地獄爭頭成隊入，西方無箇肯修行。空死復空生。	2431	宗教修行	宋		○		○	○	
望江南	淨 圓		娑婆苦，情念驟如風。六賊村中無暫息，四蛇篋內更相攻。誰是主人公。　無慧力，愛網轉關籠。一向四楞低搭地，不思兩腳卻梢空。前路更匆匆。	2431	宗教修行	宋		○		○	○	

望江南	淨 圓		娑婆苦，生老病無常。九竅腥膿流穢污，一包膿血貯皮囊。爭弱又爭強。　隨妄想，耽欲更荒唐。念佛看經云著相，破齋毀戒卻無妨。秖恐有閻王。	2431	宗教修行	宋		○		○	○	
望江南	淨 圓		娑婆苦，終日走塵寰。不覺年光隨逝水，那堪白髮換朱顏。六趣任循環。　今與古，誰肯死前閒。危脆利名纔入手，盧華財色便追攀。榮辱片時間。	2431	宗教修行	宋		○		○		
望江南	淨 圓		娑婆苦，光影急如流。寵辱悲懽何日了，是非人我幾時休。生死路悠悠。　三界裏，水面一浮漚。縱使英雄功蓋世，秖留白骨掩荒丘。何似早迴頭。	2431	宗教修行	宋		○		○		
望江南	淨 圓	西方好六首	西方好，隨念即超群。一點靈光隨落日，萬端塵事付浮雲。人世自紛紛。　凝望處，決定去棲神。金地經行光裏步，玉樓宴坐定中身。方好任天眞。	2431	宗教修行	宋		○		○	○	
望江南	淨 圓		西方好，瓊樹聳高空。彌覆七重珠寶網，莊嚴百億妙華宮。宮裏眾天童。　金地上，欄楯繞重重。華雨飄颻香散漫，樂音嘹喨鼓清風。聞者樂無窮。	2432	宗教修行	宋		○		○	○	
望江南	淨 圓		西方好，七寶整成池。四色好華敷菡萏，八功德水泛清漪。除渴又除飢。　池岸上，樓殿勢飛翬。碧玉雕欄塡瑪瑙，黃金危棟間玻瓈。隨處發光輝。	2432	宗教修行	宋		○		○	○	
望江南	淨 圓		西方好，群鳥美音聲。華下和鳴歌六度，光中哀雅讚三乘。聞者悟無生。　三惡道，猶自不知名。皆是佛慈觀變化，欲宣法語警迷情。心地頓圓明。	2432	宗教修行	宋		○		○	○	

望江南	淨圓		西方好，清旦供尤佳。縹緲仙雲隨寶仗，輕盈衣襪貯天華。十萬去非賒。　諸佛土，隨念遍河沙。蓮掌撫摩親授記，潮音清妙響頻伽。時至即還家。	2432	宗教修行	宋		○		○	○	
望江南	淨圓		西方好，我佛大慈悲。但具三心圓十念，即登九品越三祇。神力不思議。　臨報盡，接引定無疑。普願眾生同繫念，金臺天樂共迎時。彈指到蓮池。	2432	宗教修行	宋		○		○	○	
望江南	呂洞賓		瑤池上，瑞霧靄群仙。素練金童鏘鳳板，青衣玉女嘯鸞弦。身在大羅天。　沈醉處，縹緲玉京山。唱徹步虛清燕罷，不知今夕是何年。海水又桑田。	3858	宗教修行	北宋					○	《全唐五代詞》亦有此闋
望江南	蔡眞人		闌干曲，紅颺繡簾旌。花嫩不禁纖手捻，被風吹去意還驚。眉黛蹙山青。　鏗鐵板，開引步虛聲。塵世無人知此曲，卻騎黃鶴上瑤京。風冷月華清。	3861	宗教修行	宋						〈步虛聲〉由來
望江南	清源眞君	金完顏亮求仙，得此詞	纔舉意，玄象照離宮。坎女離男金水火，幾多鐵騎漫英雄。最苦是雲中。　遼陽鶴，驚起老蒼龍。四海九州沾惠澤，狼煙影裏弄清風。堪作主人公。	3864	宗教修行	宋						
憶江南	崔懷寶		平生願，願作樂中箏。得近玉人纖手指，砑羅裙上放嬌聲。便死也爲榮。	26	美人與醇酒	唐				○		
夢江南	溫庭筠	閨怨	千萬恨，恨極在天涯。山月不知心裡事，水風空落眼前花。搖曳碧雲斜。	234	美人與醇酒	唐				○	○	《草堂詩餘別集》調下有題閨怨
夢江南	溫庭筠		梳洗罷，獨倚望江樓。過盡千帆皆不是，斜暉脈脈水悠悠。腸斷白蘋洲。	234	美人與醇酒	唐						

夢江南	牛嶠		銜泥燕，飛到畫堂前。占得杏梁安穩處，體輕唯有主人憐。堪羨好因緣。	581至582	相思情受	五代前蜀			○		
夢江南	牛嶠		紅繡被，兩兩間鴛鴦。不是鳥中偏愛爾，爲緣交頸睡南塘。全勝薄情郎	582	相思情受	五代前蜀			○	○	救尾對
望江南			娘子麭，磑了再重磨。昨來忙暮行里小，蓋緣傍伴迸夫多。所以不來過。	878	相思情受	唐			○		敦煌詞
望江南			莫攀我，攀我太心偏。我是曲江臨池柳，這人折了那人攀。恩愛一時間。	879	相思情受	唐			○		敦煌詞
望江南			天上月，遙望似一團錦。夜久更闌風漸緊，爲奴吹散月邊雲。照見負心人。	879	相思情受	唐			○		敦煌詞
望江南	張先	與龍靚	青樓宴，靚女薦瑤杯。一曲白雲江月滿，際天拖練夜潮來。人物誤瑤臺。 醺醺酒，拂拂上雙腮。媚臉已非朱淡粉，香紅全勝雪籠梅。標格外塵埃。	79	美人與醇酒	北宋					詠妓
望江南	張先		香閣內，空自想佳期。獨步花陰情緒亂，謾將珠淚兩行垂。勝會在何時。厭厭病，此夕最難持。一點芳心無託處，荼蘼架上月遲遲。惆恨有誰知。	84	美人與醇酒	北宋					
望江南	周邦彥	大石	遊妓散，獨自遶回堤。芳草懷煙迷水曲，密雲銜雨暗城西。九陌未霑泥。 桃李下，春晚未成蹊。牆外見花尋路轉，柳陰行馬過鶯啼。無處不悽悽。	600	美人與醇酒	北宋				○	
望江南	周邦彥	大石·詠妓	歌席上，無賴是橫波。寶髻玲瓏欹玉燕，繡巾柔膩掩香羅。人好自宜多。 無箇事，因甚斂雙蛾。淺淡梳妝疑見畫，惺鬆言語勝聞歌。何況會婆娑。	615	美人與醇酒	北宋				○	

詞牌	作者	題序	詞作	頁碼	題材	時代					備註
夢遊仙	張鎡	小姬病起，幡然有入道之志，因書贈之	駿鸞侶，嬌小怯雲期。柳戲花遊能幾日，頓拋塵幻學希夷。清夢到瑤池。　霞袂穩，那顧縷金衣。自與長生分姓譜，恰逢長老鑄丹時。此意有誰知。	2127	美人與醇酒	南宋					與仙有關
望江南	陳允平		嬌滴滴，聰雋在秋波。六幅香裙細細穀，一鉤塵襪翹輕羅。春意動人多。　臨寶鑑，石黛掃修蛾。燕子樓頭蝴蝶夢，桃花扇底竹枝歌。楊柳月婆娑。	3130	美人與醇酒	南宋—元				○	
望江南	金德淑		春睡起，積雪滿燕山。萬里長城橫玉帶，六街燈火已闌珊。人立蓟樓間。　空懊惱，獨客此時還。轡壓馬頭金錯落，鞍籠駝背錦斕班。腸斷唱門關。	3345	美人與醇酒	南宋—元			○	○	為宋宮人。《詞綜》下有題目：贈汪水雲
望江南	連妙淑		寒料峭，獨立望長城。木落蕭蕭天遠大，□聲羌管遏雲行。歸客若為情。　樽酒盡，勒馬問歸程。漸近蘆溝橋畔路，野牆荒驛夕陽明。長短幾郵亭。	3345至3346	美人與醇酒	南宋				○	宋宮人
望江南	柳華淑		何處笛，覺妾夢難諧。春色惱人眠不得，卷簾移步下香階。呵凍卜金釵。　人去也，畢道信音乖。翠鎖雙蛾空宛轉，雁行箏柱強安排。終是沒情懷。	3346至3347	美人與醇酒	南宋				○	宋宮人
望江南	陶明淑		秋夜永，月影上闌干。客枕夢回燕塞冷，角聲吹徹五更寒。無語翠眉攢。　天漸晚，把酒淚先彈。寒北江南千萬里，別君容易見君難。何處是長安。	3346	美人與醇酒	南宋				○	宋宮人
望江南	黃靜淑		君去也，曉出蓟門西。魯酒千杯人不醉，臂鷹健卒馬如飛。回首隔天涯。　雲黯黯，萬里雪霏霏。料得江南人到早，水邊籬落忽橫枝。清興少人知。	3346	美人與醇酒	南宋				○	宋宮人

詞調	作者	內容	頁碼	主題	時代					備註
望江南	楊慧淑	江北路，一望雪皚皚。萬里打圍鷹隼急，六軍刁斗去還來。歸客別金臺。　江北酒，一飲動千杯。客有黃金如糞土，薄情不肯贖奴回。揮淚灑黃埃。	3346	美人與醇酒	南宋			○		宋宮人
望江南	吳昭淑	今夜永，說劍引盃長。坐擁地爐生石炭，燈前細雨好燒香。呵手理絲簧。　君且住，爛醉又何妨。別後相思天萬里，江南江北永相忘。眞個斷人腸。	3347	美人與醇酒	南宋			○	○	宋宮人
望江南	周容淑	春去也，白雪尙飄零。萬里歸人騎快馬，到家時節藕花馨。那更憶長城。　妾薄命，兩鬢漸星星。忍唱乾淳供奉曲，斷腸人聽斷腸聲。腸斷淚如傾。	3347	美人與醇酒	南宋			○		宋宮人
望江南	梅順淑	風漸軟，暖氣滿天涯。莫道窮陰春不透，今朝樓上見桃花。花外碾香車。　圍步帳，羯鼓雜琵琶。壓酒燕姬騎細馬，秋千高挂綵繩斜。知是阿誰家。	3347	美人與醇酒	南宋			○		宋宮人
望江南	華清淑	燕塞雪，片片大如拳。薊上酒樓喧鼓吹，帝城車馬走駢闐。羈館獨凄然。　燕塞月，缺了又還圓。萬里妾心愁更苦，十春和淚看嬋娟。何日是歸年。	3347	美人與醇酒	南宋			○		宋宮人
夢江南	仇　遠	花霧溼，黯黯覆庭蕪。十二闌干空見月，誰教涼影伴人孤。素被帶香鋪。　情荏苒，金屋又笙竽。天際有雲難載鶴，牆東無樹可啼烏。春夢繞西湖。	3403	美人與醇酒	南宋｜元					
望江南	李　煜	多少恨，昨夜夢魂中。還似舊時遊上苑，車如流水馬如龍。花月正春風。	456至457	愛國與隱逸	五代南唐	○		○		
望江南	李　煜	多少淚，斷臉復橫頤。心事莫將和淚說，鳳笙休向淚時吹。腸斷更無疑。	457	愛國與隱逸	五代南唐	○		○		
望江梅	李　煜	閒夢遠，南國正芳春。船上管絃江面綠，滿城飛絮輥輕塵。忙殺看花人。	459	愛國與隱逸	五代南唐	○				

望江南	李綱	答徐守韻	內容	頁	分類	朝代						備註
望江南			敦煌郡，四面六蕃圍。生靈若屈青天見，數年路隔失朝儀。目斷望隴輝。 新恩降，草木總光輝。若不遠仗天威力，河湟必恐陷戎夷。早晚聖人知。	877	愛國與隱逸	唐				○		敦煌詞
望江南			龍沙塞，路遠隔烟波。每恨諸蕃生留滯，只緣當路寇讎多。抱屈爭奈何。 皇恩薄，聖澤遍天涯。大朝宣差中外史，今因絕塞暫經過。路遠合通和。	877	愛國與隱逸	唐				○		敦煌詞
望江南			曹公德，爲國托西關。六戎盡來作百姓，壓壇河隴定羌渾。雄名遠近聞。 盡忠孝，向主立殊動。靖難論兵扶社稷，恆將籌略定妖氛。願萬載作人君。	876	傷時與節序	唐				○		敦煌詞
望江南			邊塞苦，聖上可聞聲。背蕃歸漢經數歲，常聞大國作長城。金榜有嘉名。 太傅化，永保更延齡。每抱沈機扶社稷，一人有慶萬家榮。早願拜龍旌。	878	傷時與節序	唐				○		敦煌詞
望江南	李綱		雲嶺水，南北自分流。觸目瀾翻飛雪浪，赴溪盤屈轉瓊鉤。嗚咽不勝愁。 歸去客，征騎遠閩州。路入江南春信未，日行北陵冷光浮。還攬舊貂裘。	906	愛國與隱逸	北宋—南宋	○				○	
望江南	洪适	答徐守韻	嗟故歲，夏旱復秋陽。十雨五風皆定數，千方百計爲災傷。小郡怎禁當。勞拊字，惠露洽丁黃。田舍炊煙常蔽野，居民安堵不離鄉。祖道免齎糧。	1388	愛國與隱逸	南宋						
		再作	傾蓋侶，古語誦鄒陽。曲水一觴今意懶，陽關三疊重情傷。離恨落花當。人截鐙，歸騎莫倉黃。誰肯甘心迷簿領，不如袖手傲家鄉。高枕熟黃粱。	1388	愛國與隱逸	南宋						
望江南	無名氏		左右字，從古不曾聞。未必書生能點墨，安知蔭子不能文。爾汝今朝。（此句有缺訛）除去了，多謝聖明恩。既不可高談闊論，又不敢藐視同群。但請換頭巾。	3835	愛國與隱逸	宋						昔之任子不敢儒巾

望江南	廖 剛	賀毛檢討生辰	蓬山曉，龜鶴倚芝庭。雲覆寶爐迷舞鳳，玉扶瓊液薦文星。棠蔭署風清。　人盡道，天遣瑞昇平。九萬鵬程才振翼，八千椿壽恰逢春。貂袞矚公榮。	701至102	祝壽賀詞	北宋｜南宋	○				○	
望江南	向子諲	八月十四日望爲壽，近有弄璋之慶	微雨過，庭院淨無塵。天上秋期明日是，人間月影十分清。眞不負佳辰。　稱壽處，香霧遶花身。玉兔已成千歲藥，桂華更與一枝新。喜氣滿重闈。	974	祝壽賀詞	北宋｜南宋					○	
望江南	楊无咎	張使節生辰	鍾陵好，佳節慶元正。瑞色潛將春共到，臺星遙映月初升。賢帥爲時生。人意樂，天宇亦清明。淡薄梅腮嬌倚暖，依微柳眼喜窺晴。和氣滿江城。		祝壽賀詞							
望江南	楊无咎		鍾陵好，和氣滿江城。憶昨旌麾初至止，到今政令只寬平。仍歲兆豐登。　稱慶且，遐邇一般情。共信我公躋壽考，從來陰德被生靈。襦袴聽歡聲。	1181	祝壽賀詞	北宋｜南宋	○				○	
望江南	楊无咎		鍾陵好，襦袴聽歡聲。薰入管絃增亮響，喚教羅綺亦光榮。引滿勸金觥。　誰信是，元自悟長生。鈴閣纔投公事筆，雲章惟讀道家經。家世仰仙卿。	1181	祝壽賀詞	北宋｜南宋	○				○	
望江南	楊无咎		鍾陵好，家世仰仙卿。衣帶不須藏貝葉，集賢何用化金瓶。且欲佑中興。　期早晚，丹詔下天庭。不許南州猶弭節，促歸東府共和羹。膏澤徧寰瀛。	1181	祝壽賀詞	北宋｜南宋	○				○	
望江南	王 楙	壽張儀眞	三傑後，福壽兩無涯。食孔相君功未既，嫵眉京兆眷方茲。富貴莫推辭。門兩載，卻棹一綸絲。蓴菜秋風鱸鱠美，桃花春水鱖魚肥。笑傲雪谿湄。	2123	祝壽賀詞	南宋						

雙調望江南	劉辰翁	壽謝壽朋	前之夕，織女渡河邊。天上一朝元五日，人間小住亦千年。相合降神仙。當富貴，掩鼻正高眠。欲語會稽仍小待，不知文舉更堪憐。蔗境在頑堅	3187	祝壽賀詞	南宋｜元						
雙調望江南	劉辰翁	壽趙松廬	添一歲，減一歲愁眉。若待一生昏嫁了，更須采藥十年遲。昏嫁已隨時。 東家者，俎豆伴兒嬉。幸自少年塲屋了，誰能匔匔數還炊。千歲是靈龜。	3187	祝壽賀詞	南宋｜元						
雙調望江南	劉辰翁	胡盤居生日	盤之所，春蝶舞晴喧。溪傍野梅根種玉，牆圍修竹筍生鞭。深院待回仙。 嘉熙好，四十二年前。猶記五星丁卯聚，更遲幾歲甲申連。快活共千年。	3187	祝壽賀詞	南宋｜元				○		
雙調望江南	劉辰翁	壽王秋水	齊眉舉，綵侍紫霞巵。天上九朝覺冉冉，尊前一笑玉差差。人唱自家詞。 籬下菊，醉把一枝枝。花水乞君三十斛，秋風記我一聯詩。留看晚香時。	3187	祝壽賀詞	南宋｜元				○		
雙調望江南	劉辰翁	壽張粹翁	七日後，重會是星前。二月之間渾似此，餘年何止萬三千。日擬醉華筵。 歌白雪，除是雪兒傳。看取長生瓢屢倒，眼前橘栗朮何玄。自唱鵲橋仙。	3187	祝壽賀詞	南宋｜元						
望江南	無名氏	壽東人母	階蓂舞，纔半小春天。青女霜前猶避暖，素娥月裏乍羞圓。蓬島降天仙。 稱壽處，瓊液拍浮船。長伴瑤池金母宴，蟠桃花下駕雲軿。結實看千年。	3760	祝壽賀詞	宋				○		
望江南	王齊叟		居下位，常恐被人讒。只是曾塡青玉案，何曾敢作望江南。請問馬都監。	358	其它	宋				○	諧 謔	
步虛詞	劉禹錫		阿母種桃雲海際，花落子城二千歲。海風吹折最繁枝，跪捧瓊榮獻天帝。	116	其它	唐					異 體	
步虛詞	劉禹錫		華表千年一鶴歸，凝丹爲頂雪爲衣。星星仙語人聽盡，卻向五雲翻翅飛。	116	其它	唐					異 體	

憶江南	馮延巳		去歲迎春樓上月，正是西窗，夜涼時節。玉人貪睡墜釵雲，粉消香薄見天眞。人非風月長依舊，破鏡塵箏，一夢經年瘦。今宵簾幕颺花陰，空餘枕淚獨傷心。	425	其它	五代南唐						異體
憶江南	馮延巳		今日相逢花未發，正是去年，別離時節。東風吹第有花開，恁時須約卻重來。重來不怕花堪折，衹怕明年，花發人離別。別離若向百花時，東風彈淚有誰知。	426	其它	五代南唐						異體
江南好	葉清臣		丞相有才神造化，聖皇寬詔養疏頑。贏取十年閒。	119	其它	北宋						異體
望江南	董又		縹緲煙中漁父槳，坡陀山上使君衙。	371	其它	北宋						異體
望江南	董又		六月涼窗涼襟袖，二蘇辭翰照青冥。	371	其它	北宋						異體
夢江南	賀鑄		九曲池頭三月三。柳毿毿。香塵撲馬噴金銜。浣春衫。　苦筍鱸魚鄉味美，夢江南。閶門煙水晚風恬。落歸帆。	505	其它	北宋						異體
望江南	邵伯溫	金泉山	百尺長籐垂到地，千株喬木密參天。只在郡城邊。	636	其它	北宋｜南宋						異體
步虛詞	程珌	壽張門司	休怪頻年司鑰，仙官長守仙宮。東風未肯到凡紅。先舞雲韶彩鳳。都是一團和氣，故教上苑春濃。群仙拍手過江東。高唱紫芝新頌。	2292	其它	南宋						異體
江南好	吳文英	友人還中吳，密圍坐客，杯深情浹，不覺沾醉。越翼日，吾儕載酒問奇字，時齋示江南好詞，紀前夕之事，輒次韻。	行錦歸來，畫眉添嫵，暗塵重拂雕櫳。穩瓶泉暖，花隙鬥春容。圍密籠香唵靄，煩纖手、親點團龍。溫柔處，垂楊嚲鬢，□暗豆花紅。行藏，多是客，鴛邊話別，橘下相逢。算江湖幽夢，頻繞殘鐘。好結梅兄罄弟，莫輕侶、西燕南鴻。偏宜醉，寒欺酒力，簾外凍雲	2903	其它	南宋						異體
合　計			265				64	96	12	164	131